U0529967

# 旧地重游

[英] 伊夫林·沃 著　朱建迅 译

陕西师范大学出版总社

图书代号：WX19N0090

**图书在版编目（CIP）数据**

旧地重游 /（英）伊夫林·沃著；朱建迅译 . — 西安：陕西师范大学出版总社有限公司，2019.4
ISBN 978-7-5695-0576-4

Ⅰ . ①旧… Ⅱ . ①伊… ②朱… Ⅲ . ①长篇小说 — 英国 — 现代 Ⅳ . ① I561.45

中国版本图书馆 CIP 数据核字（2019）第 032969 号

**旧地重游**
JIU DI CHONG YOU

［英］伊夫林·沃 著　朱建迅 译

| 出 版 人 | 刘东风 |
|---|---|
| 责任编辑 | 焦　凌 |
| 特约编辑 | 林小慧 |
| 责任校对 | 彭　燕 |
| 装帧设计 | 徐佩瑶 |
| 出版发行 | 陕西师范大学出版总社 |
|  | （西安市长安南路 199 号　邮编 710062） |
| 网　　址 | http://www.snupg.com |
| 印　　刷 | 山东临沂新华印刷物流集团有限责任公司 |
| 开　　本 | 880mm×1240mm　1/32 |
| 印　　张 | 11.5 |
| 插　　页 | 4 |
| 字　　数 | 300 千 |
| 版　　次 | 2019 年 4 月第 1 版 |
| 印　　次 | 2019 年 4 月第 1 次印刷 |
| 书　　号 | ISBN 978-7-5695-0576-4 |
| 定　　价 | 52.80 元 |

读者购书、书店添货或发现印装有问题，请与营销部联系、调换。
电　话：(029) 85307864　85303629　传　真：(029) 85303879

献给劳拉

# 译者序

英国沃斯特郡的马尔文山,山势不高,但却是理想的观景胜地。站在山顶极目远眺,东面是广袤的绿野平川,西面是威尔士连绵不尽的茂密森林,坐落于山脚下的麦瑞思菲尔德庄园,以其恢宏的气势和独具的神韵,吸引八方游客纷至沓来。自中世纪起,这座庄园便是利贡家族和比彻姆伯爵的世居宅邸。伊夫林·沃第一次见到麦瑞思菲尔德庄园是在 1931 年,当时他应邀在庄园里做客。沃后来创作的小说《旧地重游》中的 Brideshead(布莱兹赫德庄园),便是以此为原型。

小说采用第一人称叙事,主人公兼叙述者查尔斯·赖德上尉随部队换防来到新的驻地,惊讶地发现这里竟然是马奇梅因勋爵的旧居布莱兹赫德庄园,一时间触景生情,浮想联翩,回忆起自己一生中许多兴奋而痛苦的时刻。二十多年前,赖德在牛津大学读书期间与勋爵的儿子塞巴斯蒂安结为好友,随他多次来到此地,从而结识了勋爵一家人。这家人属于一个古老的天主教家族,勋爵一战后抛下家人,和情妇长期住在意大利的威尼斯,勋爵夫人表面笃信天主教,实则过着荒淫奢靡的生活。父母的生活丑闻给子女打下了耻辱的印记,扭曲了他们的天性。勋爵的长子布莱兹赫德沦为迂腐的庸人,第二个儿子塞巴斯蒂安不甘忍受宗教的严厉约束,对学校和家庭日益感到厌恶，以酗酒作为消极逃避的手段。美丽善良的女儿朱莉亚，在政客雷克斯的曲意逢迎下，不顾家人的反对，毅然嫁给了他，但是婚姻生活并不幸福。十年后，赖德成为一位有名的建筑美术家，他孤身前往美洲写生，在回国途中搭乘的海轮上与朱莉亚意外相逢，这时他与妻子的感情已濒于破裂，朱莉亚与雷克斯的婚姻也早已名存实亡。两人互诉衷肠，旧情复萌，决定各自离婚后结为夫妻。因移情别恋、抛弃家庭而违背天主教教规的老勋爵临终前回到了布莱兹赫德庄园，在弥留之际终于对自己的罪孽做了忏悔的表示。因为天主教视再婚为罪孽，出于深重的罪孽感，朱莉亚最后拒绝了赖德的爱情。战争爆发后，她和妹妹考德莉亚一起远赴巴勒斯坦从事战地服务工作，以期赢得上帝的宽恕。

《旧地重游》出版后，作家毛姆认为塞巴斯蒂安·弗莱特的原型人物是休·利贡。毛姆与利贡一家交谊甚笃，利贡还曾和他在法国南部待过一段时间。沃经常乘火车去麦瑞思菲尔德庄园，到达沃思特市时迎接他的往往是利贡家三个女儿之一的梅米。梅米白肤金发，面容姣好，风姿优雅，外貌酷似他的哥哥休。小说中塞巴斯蒂安的妹妹朱莉亚·弗莱特，正是以梅米为原型。沃的好友、英国女作家南茜·米特福德，与利贡家的姐妹也很熟悉，她认为小说《旧地重游》中弗莱特一家就是现实生活中的利贡家，小说中的每个人物都可以在利贡家找到影子。

读这部小说，我们很容易感受到弥漫在字里行间的浓郁的怀旧情味。随着主人公赖德客观冷静的叙述，我们渐渐置身那种宁静祥和的氛围，眼前出现了两次世界大战之间英国贵族镀金时代的一幅幅画面：仰卧在高大榆树下的草地上吃草莓、喝葡萄酒、吸雪茄，夏天傍晚满溢紫罗兰芬芳气息的大学生宿舍，掩映在绿树丛中的古宅，古宅内一个个装饰精美、风格古雅的房间，古宅内度过的悠长而惬意的夏日，年轻人恣意纵乐的夜生活，交通肇事后与警察的巧妙周旋，勋爵府上气氛压抑的晚宴……我们见证贵族阶层的精致和奢华，衰微与沉沦，耳畔仿佛传来"对着一具空棺材唱出的一曲颂歌"，或者毋宁说是大英帝国暮日的挽歌，悲叹正在消亡的古老社会秩序，以及英国豪宅庄园的日趋没落，不禁唏嘘感慨，陷入沉思。

正如作者在再版"序言"中所言，小说的主题是"天恩眷顾一群彼此迥异然却密切相关的人物"，《旧地重游》的鲜明特色在于其强烈的宗教主题：如果没有上帝，人物的存在将变得毫无意义。在这个充满罪孽的世界上，人们只能从上帝那里找到宽恕、仁爱和信仰，并且只能以牺牲幸福、忍受痛苦来达到这一目的。

《旧地重游》的语言优雅纯正，简练缜密，在内容上富有诗的意蕴，在形式上也不乏诗的韵律。作者并没有用很多笔墨直接刻画人物的内心世界，一般也不明确表示自己对人物的爱或憎，而是通过客观而准确的艺术描写暗示人物的感情，让读者自己体会他那含蓄蕴藉的褒贬。"几扇窗户全都敞开，陪伴我们的是满天的星光，芬芳的空气，月光下深蓝和银色的山谷夜景，喷泉水流飞溅的声音。"借助景物描写，衬托了赖德恬适愉悦的心境。"卵石路上，砾石路上，草坪上，处处落叶飘零，学院花园里营火的烟雾与河面上潮湿的雾气融为一体，飘过灰色的围墙；脚下的石板路滑溜溜的，随着一盏盏灯在四方院周遭的窗户里相继亮起，金黄色的光线弥漫开来，变得影影绰绰。"秋天的萧瑟景象正是主人公落寞惆怅的心灵的真实写照。沃又是运用比喻的高手。"这些灰色人物……有如高原上的羊群慢慢隐入雾气缭绕的欧石南丛中。""这只是瞬间一瞥，恰似从一辆公共汽车的顶层匆匆瞥见一个灯火通明的舞厅。""她像一只蝴蝶绕着话题款款飞舞。""然而负疚感久久萦绕在心头，像是经久不散的污浊的雪茄烟雾。"这类新颖奇妙的比喻在小说中俯拾即是，充分显示了作者驾驭文字的高超技艺。

伊夫林·沃写作的第一部小说《衰亡》，是关于一位无辜青年离奇遭遇的喜剧故事。小说辛辣地讽刺了英国教育界、司法界、政界和上流社会的腐败与堕落，甫一出版便"确立了他终生保持的英国主要讽刺小说家的地位"[1]。沃的第二部小说《罪恶的躯体》的主人公亚当也是一个天真幼稚的年轻人，作者通过一系列荒诞离奇的事件，深刻剖析20世纪20年代的英国社会，无情嘲弄种种愚蠢、荒唐的行为。1934年出版的《一抔尘土》，书名取自英国现代主义诗人托马斯·艾略特的长诗《荒原》，作者在书中揭露了现代社会的精神荒原，主人公托尼·拉斯特的遭遇象征着乡村世袭贵族的没落。《独家新闻》则讽刺了报社记者威廉·布特的同行们为了愚弄读者而弄虚作假的行径。沃的创作生涯长达三十多年，后期重要作品《荣誉之剑》三部曲（《军人》《军官与绅士》《无条件投降》）以第二次世界大战为题材，对军队和现代战争做了详尽的描述。

《旧地重游》创作于1943—1944年作者养伤期间，1945年出版后销售量高达六十万册，一时间佳评如潮。《纽约时报》刊载的书评认为"伊夫林·沃是一位艺术家、天才，论准确与清晰不输给同时代任何一位用英语写作的作家"。英国作家格雷厄姆·格林也将沃誉为"我这一代最伟大的作家之一"。沃在1959年又对此书做了修改，再版后依然畅销不衰。小说还在1981年被改编为电视剧，2008年被改编为电影，同样受到广大观众的热烈追捧。这些都说明它在英语文学史上具有不可忽视的重要地位，伊夫林·沃不愧为"英语文学史上最具有摧毁力和最有成果的讽刺小说家之一"。翻译这部内容丰富、文字优美、意蕴深邃的经典作品，译者所追求的目标在于紧扣原文，尽量保持原作的语言形象。译者注意选择既熨帖原意又贴合语境的词语，尽量采用与原作风格相符或接近的语言形式，最大限度地体现原作的丰采姿致。虽然已经付出很大的努力，但毕竟能力有限，谬误之处在所难免，尚祈读者指正。

2018年3月于扬州

---

[1] A. C. Ward, *Longman Companion to Twentieth Century Literature*, p. 561.

# 序　言

这部长篇小说，在这里经过多处小小的增补和若干大幅度的删节而重版，它使我失去了我在同时代人中一度享有的尊重，并将我引入一个充斥着大量书迷来信和报刊摄影记者的陌生世界。它的主题——天恩眷顾一群彼此迥异然却密切相关的人物——或许大而无当，但是我不会为此而辩解。我对小说的形式不甚满意，形式上那些较为明显的缺陷，或可归咎于此书写作时的环境。

1934年12月，我在跳伞时身负轻伤，因而有幸离队休养了一段时间。一位好心的指挥官延长了我的假期，允许我一直休息到1944年6月此书脱稿之时，我在写作时，带着一股不可思议的热情和急于重返战场的愿望。那是一段物质匮乏和灾难迫近的凄凉岁月——是大豆和"基本英语"[1]的岁月——因此书中充满了对酒食的贪馋，对往昔奢华的眷恋，以及对华丽典雅词语的热衷，而今我既已饱享口腹声色之娱，便对这些感到厌倦了。我修改了一些比较臃肿的段落，但并未将其尽皆删除，因为它们毕竟是此书的主要部分。

朱莉亚就深重罪孽的一通宣泄，马奇梅因勋爵的临终独白，我对二者该如何处理曾颇费踌躇。这些段落当然绝不打算如实记录有

---

[1] 由两位英国人Charles K. Ogden和I. A. Richards所创，采用八百五十个词和简单规则，供国际交往及外国人学习英语入门之用。

关人物的原话。这些段落属于另一种不同的写作方法，有别于，比如说，查尔斯和他父亲之间早先的几个场景。我现在不愿将其引用于另一部在别的方面以逼真呈现为目的的长篇小说。但是我在这里将这些段落悉数保留，使其接近原先的形式，因为如同勃艮第（此词在许多版本中都印错了）和月光，它们构成了写作的基调；同时因其受到许多读者的喜爱，虽然这并非出于头等重要的考虑。

1944年春天，不可能预见到人们现如今对英国乡村住宅的这种狂热迷恋。当时那些作为我们民族主要艺术成就的古老宅邸，似乎注定会像16世纪的寺院一样倾圮衰颓。所以我怀着热情和真诚对此做了一些渲染。布莱兹赫德今天将向旅游者开放，它的各种艺术珍宝经过专业人员的整理，精美织品保存得比马奇梅因勋爵当年还要好。英国贵族已经将自己的特性保存到当时看似不可能的程度。胡珀的进步已经在几个节点受到阻碍。因此本书的大部分篇幅，是对着一具空棺材唱出的一曲颂歌。但它不可能符合今天的现状，除非将其完全毁掉。此书奉献给年轻一代的读者，是作为第二次世界大战的纪念品，而不是作为二三十年代的纪念品，虽然它表面上是以这一时期为背景。

伊·沃

1959年于库姆·弗洛里

# 目 录

序幕：重归布莱兹赫德 / 1

## 第一部 我也曾住在阿卡迪亚

### 第一章 / 19
我遇见塞巴斯蒂安·弗莱特——遇见安东尼·布兰奇——初访布莱兹赫德

### 第二章 / 39
堂兄贾斯珀的严词训诫——告诫我谨防魅力——牛津星期日的早晨

### 第三章 / 60
我的父亲在家里——朱莉亚·弗莱特小姐

### 第四章 / 78
塞巴斯蒂安在家里——马奇梅因勋爵在国外

### 第五章 / 105
牛津的秋天——与雷克斯·莫特拉姆先生共进午餐，与博伊·穆尔卡斯特先生共进晚餐——桑姆格拉斯先生——马奇梅因夫人在家里——不合世俗的塞巴斯蒂安

## 第二部 旧地荒芜

### 第一章 / 151

桑姆格拉斯被揭露——我告别了布莱兹赫德——雷克斯被揭露

### 第二章 / 181

朱莉亚和雷克斯

### 第三章 / 203

穆尔卡斯特和我保卫祖国——塞巴斯蒂安在国外——我告别了马奇梅因府

## 第三部 猛拽一线

### 第一章 / 229

暴风雨中的两个弃儿

### 第二章 / 266

预展——雷克斯·莫特拉姆在家中

### 第三章 / 280

喷泉

### 第四章 / 300

不合世俗的塞巴斯蒂安

### 第五章 / 316

马奇梅因勋爵在家里——死在中式客厅内——意图被揭穿

## 尾声：重归布莱兹赫德 / 347

## 序幕：重归布莱兹赫德

我走到小山顶上Ｃ连的防线时停下脚步，回首眺望我们的营地，透过清晨灰蒙蒙的雾气，我将山下的整个营地尽收眼底。我们将在那天开拔。三个月前我们进驻这里时，白雪覆盖着大地，而今枝头正绽出春天新叶的嫩芽。当时我心里暗忖，无论我们今后面临多么萧瑟的景象，我再也不担心会有哪一种比眼前的情形更加令人沮丧。现在回想起来，这里没有给我留下任何愉快的回忆。

在这里，我和军队的缘分已尽。这里是有轨电车的终点，于是那些从格拉斯哥醉酒归队的士兵，可以一直在座位上打盹，最后到站时被人唤醒。从电车站到营房门口还有一段距离，士兵走在这段四分之一英里的路上，来得及扣好上装的纽扣，再把军帽扶正，然后通过警卫室。这段四分之一英里路两边的水泥路面已被荒草遮蔽。这里地处城市的最边缘。密集排列、风格单一的住宅区和电影院至此终止，偏僻的乡间由此开始。

兵营的驻地不久前还是牧场和耕地，那座农舍仍然位于山谷之中，已经成了营指挥部；昔日果园围墙的一截断壁上仍然爬满了常春藤；洗衣房后还有果树林剩留的半英亩遍体伤残的老树。早在军队进驻之前，这里便已计划清除。倘若再有一年的和平时期，这里的农舍、围墙和苹果树都将不复存在。两段光秃秃的土堤，土堤之

1

下是两排尚未加盖的排水沟，一条半英里长的水泥路横贯其间，显示出市政工程承包商当初计划修建排水系统的具体方位。倘若再有一年的和平时期，这里或将成为近郊的一部分。现在，我们过冬的那些小屋正等着轮到自己被人拆除。

坐落于马路对面、作为人们频繁讥嘲的对象、冬天也照样掩映于四面环绕的树林之间的，是市精神病院，它的铁栅栏和高大的院门使我们营地架设的粗铁丝网相形见绌。碰到天气晴暖的日子，我们可以看到一些疯子，在整齐的砾石小径和美观的人造草坪上来回溜达，蹦蹦跳跳。这些幸福的卖国贼们，已经放弃了他们力不胜任的抗争，打消了所有的疑虑，履行了全部的职责，无可争辩地合法继承了一个世纪的进步成果，正在安然享受这份遗产。我们列队经过精神病院门口时，士兵们常常隔着栅栏朝里面的病人大声喊话——"替我把床焐焐热吧，伙计。我很快就会来的——"然而，我们刚来的排长胡珀，却妒忌那些人的舒适生活，"希特勒会把他们统统关进一间煤气室，"他说，"照我看，我们能从他身上学到一两招。"

我们在隆冬时节进驻这里时，随我而来的是一连体魄健壮、满怀希望的士兵。当初我们从沼泽地向这个邻近码头的地区转移时，士兵中间纷纷传言说我们最终将开赴中东。时光日复一日地流逝，我们开始清除积雪，平整练兵场，我发现士兵们的情绪由失望变成了无奈。他们贪馋地嗅吸煎鱼店散发的香味，侧耳谛听工厂响起的和平时期熟悉的汽笛声，谛听舞厅乐队演奏的乐曲。如今每逢休假日，他们耷拉着脑袋站在街角，看到哪位长官走近便悄悄溜走，唯恐自己在向对方行礼时，会因身边的新情人而脸面蒙羞。连部积压了一叠小额预支军饷和恳求长官通融准假的申请。晨曦微露、一天刚刚开始之际，耳边总会响起哪个诈病的士兵哼哼唧唧的诉苦，眼前总会出现哪个满腹委屈的士兵忧郁的面孔和呆滞的眼神。

而我，按理说本该使他们振作起来——可我自顾尚且不暇，又何谈帮助别人？在这里，原先将我们按建制整编的那位上校已经晋级调走,接替他职务的长官比他年轻,性格却不及他随和,是从别的团平调过来的。战争爆发之初一起入伍受训的那批志愿兵,如今在食堂里一起就餐的已经所剩无几,他们以这样那样的方式几乎全离开了——有的因伤残退役,有的被提拔到别的营任职,有的被调任文职,有的志愿当了特工,有一个在野外靶场上因枪弹走火意外身亡,有一个被押上军事法庭受审——他们的位置都已由应征士兵取代。现在,军官餐厅休息室的收音机整天播放节目,我们在餐前灌下很多啤酒,以前可不是这样。

在这里,我在三十九岁的年龄日渐衰老。晚上我感到浑身酸疼、疲惫,懒得走出营地,我养成了专坐几张椅子和专读几张报纸的习惯,我通常在晚餐前连饮三杯杜松子酒,不多不少刚好三杯,听罢九点的新闻随即就寝。我总是在起床号吹响前一小时醒来,心里特别烦躁。

在这里,我心里残存的一点爱意消逝殆尽。它是在没有任何明显征兆的状态下消逝的。我们留在营地的最后一天前不久的某一天,我在起床号吹响前醒来,躺在尼森式活动房里,凝视着周遭的黑暗,任由同屋的其他四人发出粗重的鼾声,叽里咕噜地说着梦话,心里一遍遍地思考自己当天该办的各项事务——我是否已经为两名下士登记参加武器培训课程?当天休假到期尚未归队者,我们连会不会又是最多?我能够放手让胡珀带领一支预备队前去勘察地形吗?——我在长达一小时的黑暗里躺在床上,惊讶地意识到自己内心的某种感情,久病不愈,已经悄无声息地死了,产生了另一种感受,如同一个丈夫在婚后第四年忽然明白,他对自己一度挚爱的妻子不再有任何情欲、温柔或者尊重;跟她在一起时不再有愉快的感觉,没有取悦她的意图,一点也不想知道她可能做什么、说什么或者想什么;没有修复关系的愿望,对于婚姻的彻底失败并不感到自责。我完全知道这一点,知道婚姻幻灭的整个单调乏味的过程,我和军队共同经历了这一过程,从起初的苦苦追求在到现在的几乎一无所有，只剩下由法律、职责和习惯维系的冷冰冰的若干义务。我亲自出演了这部家庭悲剧的每一场戏，发现早期发生的口角如今日趋频繁，泪水不再那样动人，和解不再那样甜蜜，直到二者引发了一种淡漠的情绪和冷峻的批评，我因此越发坚信，犯下过错的不是我，而是我爱的人。我从她的声音里听出虚伪做作的腔调，学会了满怀疑惧地悉心捕捉这种腔调；我从她的眼睛里看出一种茫然困惑而又愠怒的目光，我熟悉她那出于自私抿紧的嘴角。我了解她，如同某人日复一日地与一个女人共居一室达三年半之久必知其人一般；我了解她的邋遢懒散的习惯，展现魅力的方式与套路，她的忌妒心理与追逐私利的做派，以及她撒谎时手指神经质的颤抖。时至今日，她身上所有迷人的风韵都已不复存在，我知道她是一个与我志趣不投的陌生人，我过去只是一时糊涂，才与她难舍难离地结合在一起。

因此，在部队开拔的这天早晨，我对于我们此行何去完全不感兴趣。我将继续履行现职，但除了默然从命以外，不可能再有别的作为。上级命令我们将当天的剩余口粮装入粗帆布背包，早晨九点一刻在附近的一条专用线上登车，这便是我需要知道的一切。副连长已经率领一支先遣小队打前站去了。连队的军需用品已经在前一天打包装箱。胡珀已经奉命去检查营房。全连于七点半列队集合，各人的粗帆布背包全部堆放在临时营房前。1940年的一个早晨，我们误以为自己将奉命前去保卫加来，为此欣喜若狂，自那以来已有多次类似的转移。迄今为止，我们平均一年有三四次换防。这一回，我们新上任的指挥官正在进行一场别出心裁的"安全"表演，甚至不惜制造麻烦，要求我们将制服和车辆上的所有醒目标记统统摘除。这是"实战状态下的有效训练"，他说，"一旦我发现有哪个营妓在那头迎候我们，就知道发生了一次军情泄密"。

伙房的袅袅炊烟在晨雾中慢慢飘散，整个营地像是一座由许多条错杂无序的小径构成的迷宫，临时添加在一幅尚未完稿的房屋建筑设计图上，仿佛是在此后多年的某日由一支考古队发掘出来的。

代号为"绿鳕"的这些发掘物，为20世纪的公民－奴隶阶层与继之而起的部落无政府社会，提供了一种颇有价值的参照。你在这里瞧见一个高度文明的民族，能够设计复杂精巧的排水系统，能够修建结实耐久的公路，却遭到一个最低劣民族的蹂躏。

这番话，我想，未来的专家学者们可能会写下来吧。我转过身询问连里的军士："胡珀先生来过吗？"

"今天早晨还没见到他，长官。"

我们来到东西已经搬空的连部，我发现在营房损毁设施登记造册之后又打破了一扇玻璃窗。"夜里的风刮的，长官。"军士长说。

（所有的物品损毁皆可归咎于类似的原因，或者用一句"工兵演习，长官"搪塞过去。）

胡珀来了，他是一个肤色灰黄的年轻人，梳着背头，没留一条从前额贯穿到后脑的中缝，说话带有单调的中部口音，他来连队已有两个月了。

胡珀在连里人缘不好，因为他对自己的本职工作所知甚少，而且有时明明是在向士兵们下达稍息口令，喊的却是"乔治"之类个别人的名字，但我对他有一种几近爱慕的感情，主要是因为他头天晚上在食堂碰到的一件事。

当时新来的上校跟我们相处不到一周，我们还不了解他的为人，他在食堂休息室里连喝了几杯杜松子酒，举止有些粗鲁，这时他第一次注意到胡珀。

"那个青年军官是你手下的人，是吧，赖德？"他对我说，"他的头发该剪剪啦。"

"的确，长官。"我说。确实早就该剪了。"我一定让他剪了。"

上校又喝了几口杜松子酒，开始盯着胡珀看，一面出声说："我的天，现在他们送给我们的是这号军官！"

那天晚上，胡珀似乎把上校搅得心神不安。饭后上校忽然大声说："在我原先那个团里，只要哪个青年军官露面时是这副模样，其他部下非把他的头发剪短不可。"

没有人对这句玩笑话表现出任何兴趣，见我们没有反应，上校似乎给惹恼了。"你，"他说，转身吩咐Ａ连一个老实本分的士兵，"去拿一把剪刀，给那个年轻军官理发。"

"这是命令吗，长官？"

"这是你顶头上司的愿望，我知道这种愿望是最好的命令。"

"遵命，长官。"

就这样，在尴尬冷漠的气氛中，胡珀坐在椅子上，任由那名士兵照准他的后脑勺剪了几下。我在士兵刚开始动手时离开了休息室，后来又为胡珀的这次遭遇向他道歉。"这样的事，在本团还是比较少见的。"我说。

"哦，别介意，"胡珀说，"一点玩笑我还是经得起的。"

胡珀对部队不抱幻想——或者确切地说，不抱任何特别幻想，这种特别幻想，显然不同于他隔着笼罩一切的迷雾观察宇宙时产生的幻觉。为了得到暂缓服役的机会，他付出了各种拙劣而徒劳的努力，最后迫于无奈才勉强入伍。他接受了这一现实，他说，"像接受麻疹一样"。胡珀绝没有浪漫的情怀，他儿时既没有与鲁珀特亲王[1]的骏马一道驰骋，也不曾坐在克珊托斯河神[2]的营火旁。在我这样的年龄，我的眼睛不会轻易落泪，只有听到诗歌时除外——我们学校介绍的关于印第安人如何坚忍自制的那首插曲，大人儿童闻之无不热泪盈眶——胡珀动辄落泪，但决不会为了圣克里斯品日亨利的

---

1　鲁珀特亲王（1619—1682），在英国17世纪内战中拥护查理一世，反对国会，精于骑术，是著名的骑兵指挥官。

2　参见荷马史诗《伊利亚特》第二十一章，希腊英雄阿喀琉斯大战河神克珊托斯。神人交战，烈焰与洪水相攻，场面十分壮观。

演讲[1]，也不会为了塞莫皮莱[2]的墓志铭。他们让他读的历史教材鲜有战事的记载，却有大量关于人道立法与近代工业变革的翔实史料。加利波利、巴拉克拉瓦、魁北克、勒庞多、班诺克博思、龙塞瓦勒斯，还有马拉松[3]——这些地方，加上致使亚瑟王[4]阵亡的西部战役，以及上百个这样的古战场上响起的号角，即使在我目前颓丧而紊乱的精神状态下，依然穿越漫长的岁月，像我童年时那样清晰有力持久不懈地召唤着我，可是胡珀却全然不为其所动。

他很少发牢骚。尽管谁也无法将哪怕是最简单的任务托付给他，他本人却过于重视效率，凭借极为有限的一点从商经验，他有时谈起部队的开支、供给和"工时"的利用："他们在生意场上是不可能蒙混过关的。"

他睡得很沉，而我却心里烦闷，无法入睡。

在我们相处的几周里，我觉得胡珀俨然成了英国青年的象征，于是，每次我读到某些公开言论，宣称青年在将来有哪些需要，世界应该向青年提供什么，我便用胡珀代替文中泛指的青年，以检验这些泛泛之论是否依然貌似有理。于是，在起床号吹响前黑暗的一小时里，我有时暗自思忖："胡珀联谊会""胡珀客栈""国际胡珀合作社""胡珀教"——他是检验所有这些事物的最可靠的标准。

要说他有什么根本变化，那就是他比刚从"军官教导队"来时少了几分军人气质。这天早晨，他背着全副装备，看起来几乎没有人形。他向我立正敬礼时，拖着跳舞似的曳步，将一只戴着羊毛手

---

[1] 英王亨利五世于1415年圣克里斯品日（10月25日）在阿金库尔附近大败法军，亨利在大战前夕发表了充满爱国激情的长篇演说。参见莎士比亚历史剧《亨利五世》第四幕第三场。

[2] 塞莫皮莱，又译温泉关，为一处险隘。希波战争中，斯巴达三百勇士扼守此关，使敌军久攻不下，后尽皆殉国。

[3] 皆为古战场名。

[4] 公元6世纪不列颠岛上凯尔特族的英雄。据称亚瑟王率领骑士同罗马皇帝作战，在进军期间，王位被其外甥篡夺，其妻亦为外甥霸占，他闻讯回国，途中战死。

套的巴掌搭在前额上。

"我想对胡珀先生说几句话,军士长……我说,你刚才到底去哪儿了?我吩咐你去检查营房的。"

"我来晚了吗?对不起,我刚才在急急忙忙地整理自己的装备。"

"你有一名勤务兵,这样的事该交给他。"

"嗯,我想是的,严格说来。不过你知道实际情况,他自个儿的行装也得收拾。要是你亏待了这号人,他们会变着法子报复你。"

"唔,现在去查看营房吧。"

"好咧噢。"

"看在基督的分上,别再说'好咧噢'了。"

"对不起,我一定谨记在心,刚才说漏嘴了。"

胡珀刚走,军士长就回来了。

"指挥官刚刚走上来这儿的小路,长官。"他说。

我赶紧出去迎指挥官。

他猪鬃似的小胡子上沾满了细密的水珠。

"呃,这儿的一切都清点好了吗?"

"是的,我想是的,长官。"

"你*想是的*[1]?你应当知道。"

他的目光落在那扇破碎的玻璃窗上。"那有没有登记在营房损毁设施表上?"

"还没有,长官。"

"还没有?不晓得什么时候它才能登记在册,如果不是我看到的话。"

和我待在一起,他感到很不自在,他那样大声嚷嚷,主要是由于内心的怯懦,但是我并没有因此变得好受一点。

---

[1] 此处在英文原著中以斜体表示,本书中以仿宋表示,后文同。

他领着我走到临时营房后面,来到将我连与运输排的营区隔离开来的一道铁丝网边,他轻巧地跃过铁丝网,走向一条荒草蔓生的沟,这条沟和上面的土堤曾经是农场一块田的边界。他在这儿开始用手杖掘地,像是一头肥猪在用嘴拱地下块菌,很快便得意地嚷了一声。他掘出了一个颇合普通士兵秩序观的垃圾坑:一截笤帚把,一个火炉盖,一只锈迹斑斑的水桶,一只袜子,一块面包,连同遍布其间的烟盒和空罐头盒,全被压在酸模草和蛇麻草下面。

"瞧瞧这个,"指挥官说,"会给前来接防的团留下好印象。"

"这太糟了。"我说。

"真丢脸。你们离开营地前,务必把这里的一切烧掉。"

"遵命,长官。军士长,快给运输排捎话,告诉布朗上尉,指挥官要求他们清理这条沟。"

我不知道上校是否容忍这种抗命不遵的行为——他容忍了。他犹豫不决地站立片刻,用手杖捣了捣坑里的脏物,继而转身迈着大步离去。

"你不该这么做,长官。"军士长说——自从我来到连队以后,凡事都靠他指点和撑腰。"你真的不该。"

"那不是我们的垃圾。"

"也许不是的,长官,可你知道这是怎么回事。如果你跟顶头上司的关系搞僵了,他们就会变着法子整你。"

我们列队经过疯人院时,两三个年长的疯子在栏杆后面口齿不清地说着什么客气话。

"再见啦,老朋友,我们会来看你们的。""我们不久就会回来的。""一直笑到我们重逢的那一天吧。"士兵们朝他们喊道。

我和胡珀走在先行排的最前面。

"我说,知道我们去哪儿吗?"

"不知道。"

"你认为真的会打起来吗？"

"不会。"

"只是一次待命行动？"

"是的。"

"人人都说我们就要开仗了。我不知道到底该怎么想。不管怎么说好像是很蠢，这么多的演习加上训练——如果我们永远不参战的话。"

"我不应该犯愁。到时候人人都有很多仗要打的。"

"噢，我可不愿太多，你知道。只要说我打过仗就够了。"

一列外观陈旧的火车在侧线等着我们。负责该车的是一名铁路运输管理军官；杂役队正将卡车上的最后一批背包依次装上行李车。半小时内我们做好了出发的准备，一小时后出发。

我手下的三名排长与我合用一节车厢。他们吃三明治和巧克力，抽烟，睡觉。他们谁都没有带一本书。在火车开动之后的头三四个小时里，每当我们像经常发生的那样停在两站之间时，他们都很留意城镇的名字，把头探出窗外。后来他们渐渐没了兴致。中午和天黑之后，有人用勺子将温热的可可茶从一只保温桶依次舀到我们各自的水杯里。火车缓慢地朝南行驶，穿过直通轨道两侧风景单调沉闷的地区。

当天的重大事件是指挥官的"命令发布会"。我们由一名传令兵召集到他的车厢里集中，看到他和他的副官头戴钢盔，身上全副武装。他开口就说："这是一次命令发布会。我希望你们与会时务必着装得体。我们偏巧在火车上，但这不是理由。"我以为他会打发我们回去，谁知他只是对我们怒目而视，稍后说了声"坐下"。

"营地处在一种令人蒙羞的状态之下。无论我走到哪里，都能发现军官们失职的证据，一个营地所处的状态，最能检验团级军官的办事效率。一支部队及其指挥官的声誉，靠的正是这类事情。而且,"——下面的话他果真说出了口呢,还是我根据他愠怒的口吻和眼神猜出来的?我觉得他把此话咽进了肚里——"我可不想让自己的职业声誉,因为几个临时军官的懒散懈怠而受到玷污。"

我们坐在那里,手持笔记本和铅笔,等着记录关于我们今后工作的详细指令。一个稍有几分心计的人便可看出,他无法令人敬畏;他大概看出了这一点,因为他用一个脾性乖戾的小学男教师惯用的语气补充道:"我唯一的要求是忠诚与合作。"

接着,他照着笔记本念道:

"命令。

"情报。本部现正行经 A 地与 B 地之间。这是 C 区的一条主线,易受敌军飞机轰炸和毒气袭击。

"意图。我打算到达 B 地。

"方法。火车约于 23 点 15 分抵达目的地……"等等。

真正戳中我痛处的,是结束时宣布的"后勤"一项之下的内容。C 连,一个排除外,将在火车到达侧线时负责卸车,到时将有三辆三吨卡车把所有军需物资运到新营地的一个临时堆集处;持续工作直到任务完成;剩下的一个排负责临时堆集处的守卫和营区周边的警戒。

"有什么问题吗?"

"我们能向装运物资的士兵分发一些可可茶吗?"

"不能,还有问题吗?"

我向军士长传达这几项命令时,他说:"可怜的老 C 连又遭殃了。"我知道这话是在责怪我不该跟指挥官做对。

我向几位排长说明了情况。

"我说,"胡珀说,"这差事会让弟兄们感到特别棘手,这会惹恼他们。他好像老是挑咱们干脏活。"

"你们排担任警戒。"

"好咧。可是我说啊,我在黑暗中如何辨认周围的警戒线呢?"

灯火管制刚开始，一名勤务兵情绪低落地走过整列火车，他弄出的碰撞声惊动了我们，一名比较老练的军士喊道："上第二道菜了。"

"敌人正在向我们施放液态芥子气。"我说，"赶紧把窗户全关上。"我随即草拟了一份简短的情况报告，说明我们没有人员伤亡，也没有任何物品遭到污染；已经指派士兵负责在部队下车前给车皮消毒。报告送达指挥官后，他似乎很满意，因为我们再没有收到他的其他指令，天黑后我们全都睡了。

终于，我们很晚才到达我们专用的侧线。停车时避开车站和月台，也是我们在安全和实战状态下训练的部分科目。黑暗中，士兵们从踏板跳到矿渣路基上，引起了一阵混乱，有些人还擦伤磕破了身体。

"快到铁路堤下的路上集合。C连好像又跟平时一样慢吞吞的，赖德上尉。"

"是的，长官，我们的漂白工作有一点难度。"

"漂白？"

"给车皮消毒，长官。"

"哦，是很认真，我确信。撂下它，准备出发。"

此时，我手下那些迷迷糊糊、肚里窝火的士兵正乱哄哄地在路上列队集合。胡珀那个排很快便进入黑暗之中。我看到几辆卡车，看到排成几队的士兵把一件件补给品从陡峭的路堤上依次传到堤下，此刻，士兵们发现自己正在做的事带有某种明确的目的，情绪变得开朗了一些。我跟他们一起传递了半个钟头的补给品，然后停下来，去迎接搭乘第一辆返程卡车回来的副连长。

"那个营地不错，"他报告说，"宽敞的私人住宅，两三个湖。看样子，如果我们走运，也许还能逮着几只野鸭。村里有一家酒吧，一个邮局，几英里之内没有集镇。我已设法为我俩搞到一间小屋。"

凌晨四时，运输任务已基本完成。我乘坐的最后一辆卡车，驶过一条条迂回曲折的乡间小道，树上垂下的一根根枝条不时抽打前方的挡风玻璃。在某个地方，我们离开小道，拐入一条私人小路；在另一个地方，我们开到两条私人小路交会的一片空地，一串防风灯标明此处存放了一堆军用物资。我们在这里卸了车，终于跟着几名向导到达我们的营地，头顶上不见一颗星星的天空，开始飘洒细密的雨丝。

我一觉睡到勤务兵把我唤醒，懒懒地起床，默默地穿衣、刮脸。我走到门口才问副连长："这地方叫什么名字？"

他说出了名字，霎时间，仿佛有人关了无线电，不知多少天来依稀恍惚持续不停地在我耳边咆哮的一个声音，被谁骤然打断；继之而来的是巨大的沉默，起初是一片空虚，但随着我受损的感官开始恢复知觉，逐渐充满许多甜美自然、遗忘已久的声音：因为他说出了一个我再熟悉不过的名字，一个带有几分古老神秘的有魔力的名字，只要一听到它，那些久久萦绕于心的往昔岁月便梦幻般浮现在眼前。

我怔怔地站在小屋外面。雨停了，但厚厚的云块低垂在头顶上。这是一个寂静的早晨，伙房的炊烟笔直地伸向铅灰色的天宇。一条马车道，原先用碎石铺成，后来杂草蔓生，如今遍布车辙，糊满泥浆，沿着山坡的轮廓线条伸展到一个山丘下面就不见了，车道两侧杂乱散布着许多波纹铁皮屋顶的营房，那里响起一阵咔嚓声、喊喳声、口哨声、尖叫声、士兵们开始新的一天时动物园似的各种嘈杂声，出现在我们前方和周围、更加熟悉的，是一派精美的园林风光。这是一个与世隔绝的地方，处在一个曲曲弯弯的山谷的封闭和怀抱之中。我们的营地分布在一片平缓的坡地上；我们对面那片尚未令人陶醉的原野一直延伸到附近的天际，原野和我们之间流淌着一条小溪——名叫新娘河，源自不到两英里之外一个名叫新娘泉的农场，我们有时候走去那里喝茶。溪水不停地往下流，在注入艾冯河前成了一条壮观的河流——艾冯河在这里被一道坝拦住，形成了三个湖泊，其中一个只是一片蓝灰色的芦苇荡，但其他两个湖却很宽阔，湖面倒映着天上的云朵和岸边巨大的山毛榉。树林里尽是橡树和山毛榉，橡树是灰色的，光秃秃的，山毛榉则因初萌的幼芽略带几分绿意。橡树和山毛榉树，绿色的林间隙地，连同开阔的绿草地，构成了一幅精心设计、色调简约的图案——毛色淡黄的小鹿还在这里吃草吗？——还有，为了避免人们的目光过于游移不定，水边矗立着一座多利斯式神庙，一座爬满常春藤的拱门，架在彼此相连的几道河堰最低的一道上。这一切都是在一个半世纪以前设计和营造的，因此人们今天能够欣赏这里臻于极致的美景。从我现在站的地方，看不见那栋被一道绿色山峦遮蔽的楼房，但我却熟知它的位置，熟知它怎样隐伏于酸橙树间，犹如一头隐伏于羊齿草丛中的雌马鹿。

胡珀踅到我跟前，用他那种多半出自模仿，却又无法被人模仿的姿势向我敬礼。他的面色由于值夜显得灰暗，而且还没刮脸。

"B连替下了我们。我已经打发小伙子们洗洗去了。"

"好。"

"房子就在那儿，拐角的地方。"

"知道了。"我说。

"旅司令部下周搬来。这地方驻扎一个兵营可是绰绰有余。我刚才悄悄察看了一番。非常华丽，我得说。一件怪事，这里还有一座天主教堂。我进去看了看，里面正在进行一种礼拜式——只有一个神父和一个老头儿。我感到特别尴尬。这方面你比我在行。"也许看我似乎没听见，他最后一次尝试着引起我的兴趣，说："还有一个特别大的喷泉，在台阶前面，全都是些石雕兽像，你肯定没有见过这样的东西。"

"不对，胡珀，我见过。我以前到过这儿。"

这番话似乎被我住的陋室的圆顶放大了音量,在我耳边回荡。
"哦,好吧,你知道这一切,我得去洗洗了。"
"我以前来过这里,它的事我都知道。"

第一部
**我也曾住在阿卡迪亚**

# 第一章

"我以前来过这儿。"我说。我以前到过那儿,第一回是和塞巴斯蒂安,二十多年前六月一个晴朗无云的日子,沟渠里长满浅黄色的宽叶绒线菊,空气中弥漫着夏日浓郁的芬芳。那是特别晴朗的一个日子,虽说此后我常去那里,每次都怀着不同的情绪,我在最近一次重返故地时,心里回想的却是初来这里的情景。

那一天,我也是漫无目标地来到这里。时值八桨划船比赛[1]周。牛津——现已湮没无闻,久遭遗忘,无望复原,如同瞬间涌入海水的莱恩尼斯[2]一样——牛津,当时仍是一座好似凹版印制的精致纤巧的城市。在她宽阔而寂静的街道上,人们像是身处纽曼时代一样走路和说话;她的秋天的雾气,她的灰色的春天,她那鲜见的夏日的辉耀——恰似那天一样——适逢栗树开花,钟声在山墙和穹顶高高的上方悠悠回荡——散发出几个世纪的青春的柔和气息。正是这种修道院回廊似的幽静,使我们的笑声分外响亮,并且欢快地盖过持续不停的喧嚷。在划船比赛周,这里不合时宜地来了一大帮女人,多达数百,喊喊喳喳、匆匆忙忙地走在卵石路上,登上一级级石阶,观光寻乐,喝着红葡萄酒,吃着腌黄瓜夹面包;她们撑着一艘艘方

---

[1] 牛津和剑桥两所大学间著名的划船比赛,每船有八名划手,一名舵手。
[2] 亚瑟王传说中英国西南部沿海某地,据说已沉入海底。

头浅平底船在河上到处游荡，成群地拥上一艘艘大学用作水上住宅的船；她们出现在泰晤士河上和大学生俱乐部里时，周围忽然爆发出一阵独特而滑稽又特别瘆人的吉尔伯特和沙利文[1]式的笑谑，学院教堂也产生了独特的合唱效果。闯入者的回音响彻每个角落，在我的学院却不是响起回音，而是引起了粗鄙的骚动。我们正在举办舞会。我住的前四方院已经铺了地板，搭起了帐篷；门房周围摆放了棕榈和杜鹃花，最糟糕的是，住在我上面的学监，监管理学院学生的那个胆小如鼠的家伙，把他的几个房间出租给外人当作衣帽间，一张公然宣布这一冒犯行径的铅印告示，就贴在离我的橡木门不足六英寸的地方。

对此反应最强烈的是我的校工。

"凡是没有女朋友的先生，最近几天请尽可能在校外用餐。"他神情沮丧地宣布。"您在校内用餐吗？"

"不在，伦特。"

"以便给仆役们一个机会，他们说。一个何等难得的机会！我得给女衣帽间另外买一个针垫。他们为什么跳舞？我看不出这其中有什么道理。以前他们在划船比赛周从来不跳舞。校庆舞会[2]另当别论，那是在假期中，而不是在划船比赛周，好像喝茶、河上划船还不够尽兴似的。你若是问我为什么，先生，这完全是因为战争的缘故。如果不是因为战争，就不会发生这样的事了。"因为这是1923年，对于伦特和成千上万的其他人而言，世道再也不会像1914年那样。"现在晚上喝酒，"他继续说，像他平素习惯的那样，半个身子站在门内，半个身子站在门外，"或者请一两位先生来学校共进午餐，这些做法都有道理。可是不该跳舞。那都是战后回乡的人们带来的风气。他们年龄偏大，他们没有学问，他们又不愿学习。这话一点

---

[1] 吉尔伯特和沙利文，英国作家，两人共同创作过一些滑稽歌剧
[2] 牛津大学每年为大学创办人和捐助人举行庆祝活动，校庆期间举行庆祝舞会。

不假，有些人甚至还去城里跟共济会[1]的那帮人一起跳舞——不过学监会逮他们的，你知道……哦，塞巴斯蒂安少爷来了。我不该站在这儿闲聊，还得去买针垫呢。"

塞巴斯蒂安走进来——鸽灰色法兰绒裤子，白绸缎上衣，一条时髦领带（偏巧是我系的那种），带有邮票图案——"查尔斯——你们学院究竟发生了什么事？是马戏团来了吗？除了大象，我可是什么都见到了。我只能说整个牛津忽然变得特别古怪。昨天夜里，女人的数量骤然激增。你应该马上走，避开危险。我搞到一辆摩托车，一筐草莓，还有一瓶法国佩拉基古堡的葡萄酒——这种酒你压根就没品尝过，别假充内行了，它和草莓是绝佳搭配。"

"咱们去哪儿？"

"去瞧一个朋友。"

"谁？"

"一个名叫霍金斯的，身上带些钱，万一我们看到什么东西想买。摩托车是一个名叫哈德卡斯尔的人的财产。万一我摔死了，替我把破车还给他，我的骑车技术不太好。"

大门外，在曾是门房的冬季花园外面，停着一辆敞篷双座摩托车。塞巴斯蒂安的玩具熊搁在驾驶座上。我们把玩具熊放在我俩中间——"当心别让他得病"——然后骑着车走了。圣玛丽教堂的钟正在敲响九点。我们险些撞上一位牧师，他头戴黑草帽，蓄着白胡须，在大街上悠闲地逆向骑着自行车。我们经过卡尔法克斯，经过车站，很快便来到波特莱路旁边的田野。那时候很容易到达一片田野。

"天不是还早吗？"塞巴斯蒂安说，"女人们还在做她们每次下楼前必须独自完成的事情。懒散的习性毁了她们。我们出来了，上帝保佑哈德卡斯尔。"

"别管他是谁。"

---

[1] 起源于中世纪欧洲，初为石匠和泥瓦工人的国际性秘密组织，宗旨为友爱互助，后发展为下层民众的国际性秘密组织。

"他想跟我们一道来，他同样毁于懒散的习性。唔，我告诉他十点见。他是我们学院一个郁郁寡欢的人。他过着一种双重人格的生活，至少我觉得他是这样。他不能够总是哈德卡斯尔，白天黑夜总是，他能吗？——那样他会腻烦死的。他说他认识我父亲，这不可能。"

"为什么？"

"没有人认识我爸爸。他是社会上谁都躲着不想见的人，你没听说吗？"

"可惜咱俩谁都不会唱歌。"我说。

我们在斯温顿离开大路。红日高高升上中天之时，我们已经来到那些干砌的石墙和料石砌的房屋中间。约莫十一点，塞巴斯蒂安没打招呼就把摩托车拐上一条马车道停下来。此时气温很高，迫使我们寻找阴凉处歇息。在几株榆树下一个草尖被羊儿啃掉的小山丘上，我们吃草莓，喝葡萄酒——正如塞巴斯蒂安向我保证的那样，二者是绝佳搭配——我们点燃粗大的土耳其烟卷，仰卧在草地上，塞巴斯蒂安的眼睛凝视着他上方的树叶，我的眼睛凝视着他的侧影。灰蓝色的烟没有受到一丝微风吹拂，徐徐上升，飘入树叶的深蓝色阴影里。烟草香甜的气味，与周围夏日甜润的气息和金黄色葡萄酒液的芳香交织在一起，我们仿佛被托举到距离草地一根手指的高度，持续处于悬浮状态。

"这正是埋藏一罐金子的好地方。"塞巴斯蒂安说，"我真想在我曾经感到幸福的每个地方埋一件珍贵的东西，等到我年老貌丑内心凄凉的时候，能够重回旧地，将它挖出，回忆往事。"

这是我进入牛津后的第三个学期，但是我把初识塞巴斯蒂安视为我牛津生活的开端，我是在上学期的期中与他偶然相遇的。我们不在同一个学院，来自不同的中学。我很可能人在牛津三四年，却无缘跟他谋面，倘若不是他凑巧有天晚上在我们学院喝醉了酒，而我又住在四方院前排底层的房间。

　　我的堂兄贾斯珀曾警告我住这样的房间有危险。我刚到牛津时，只有他认为我适合接受耐心细致的指教。我的父亲没有给我任何指教。他那时跟往常一样，避免与我谈论严肃的话题。直到距我入学仅有两周的一天，他才接触"指教"这个话题。他当时犹犹豫豫、闪烁其词地说："我跟人谈起你，我在科学俱乐部碰到你将来的院长。我想谈谈伊特拉斯坎人[1]关于永生的见解；他想谈谈给工人阶级增设讲座的问题，于是我们互相妥协，谈起了你。我问他将来你的津贴应该有多少。他说，'一年三百英镑，决不应该多给他，大多数学生都是这个数目'，我认为这个数目少得可怜。我上学那阵，领取的津贴超过大多数同学，现在回想起来，换作世界上其他任何地方，其他任何时候，几百英镑都不会以这种或那种方式，对一个人的尊严和名声产生那么大的作用。我考虑给你六百镑，"我父亲说着，稍稍抽了抽鼻子（每当他语带诙谐时都会抽一抽鼻子），"可是我想，假如院长以后听到这番话，大概会觉得我故意对他无礼。所以，我还是给你五百五十镑。"

　　我向他道了谢。

　　"是的，我对你很溺爱，但这笔钱全都来自我积累的财富，你知道……我想，现在我该给你一些忠告了。我自己以前从未得到谁的指教，只有你的堂叔阿尔弗雷德给了我一点忠告。你可知道，在我上大学之前的那年夏天，阿尔弗雷德骑着马来到博通，单单为了给我一条忠告？你知道这条忠告是什么吗？'耐德，'他说，'有件事我请求你务必做到。在校期间，每逢礼拜日都要戴礼帽。判断一个人，不看别的，就看这一点。'你可知道，"我父亲继续说着，用力抽了抽鼻子，"我总是戴着礼帽？有些人戴礼帽，有些人不戴。我从未看出二者之间有何区别，也从未听到别人对此有何议论，但

---

[1] 古意大利中西部一个名为伊特拉利亚的国家的人民。

是我总是戴着的。这只是表明，颇有见地的忠告能够产生什么样的影响，只要在适当的时机，以适当的方式提出。我但愿自己能给你一些忠告，可惜我不能。"

我的堂兄贾斯珀弥补了这一缺憾。他是我大伯父的儿子，我父亲不止一次（只是半开玩笑地）称他为"一家之主"；他在读四年级，上学期他差点荣获划船赛的蓝色绶带[1]；他是坎宁俱乐部的秘书，学生公用室的总管；他是本学院的一位重要人物。他在我入学以后的第一周就正式登门拜访，留下来喝茶；他吃了很难消化的一顿饭——抹了蜂蜜的小圆面包、油浸鳀鱼烤面包片、富勒氏胡桃蛋糕。饭后他燃起烟斗，躺在藤条椅上，定下我理应恪守的若干行为准则；他纵论许多话题，时至今日，我仍能逐词逐句地重复他说的许多话："……你学的是历史？一门挺不错的学科。最糟糕的是'英国文学'，其次是'现代伟人传记'。你要么争取第一，要么争取第四。介于二者之间的任何名次都没有任何价值。为了获得一个体面的第二名而花费时间，无异于虚掷光阴。你应当听最好的讲座——比方说，阿克赖特论狄摩西尼[2]——不论这些演说是否由你的学院主办。……服装，就像你在一座乡间别墅那样穿着打扮。千万不要穿花呢上衣，再配一条法兰绒裤——永远是一身套装。去一家伦敦的裁缝店，裁剪手艺好，赊欠期也长些……俱乐部嘛，现在参加卡尔顿，二年级一开始就参加格里德。如果你想参加学生会的竞选——这不是一件坏事——首先设法让你名声在外，在坎宁或者查塔姆，第一步是在报纸上发表言论……离野猪山远点……"对面山墙上的天空霞光灿烂，然后是一片昏暗。我往火炉里添了些煤，打开电灯，映现出他那气派不凡、在伦敦定做的宽松式运动裤和利安德牌领带……"别像对待中学教师那样对待大学教师；要像对待自

---

1 牛津大学划船比赛一等奖佩戴的标识。
2 狄摩西尼（公元前384—前322），古雅典雄辩家，民主派政治家，反对马其顿入侵希腊，后失败，服毒自杀。

己教区的牧师那样对待他们……你将发现，到了二年级，你得花一半时间甩掉你在一年级结交的那些不合心意的朋友……用心提防那些英国国教高教会派教徒——他们全是口音难听的鸡奸犯。说真格的，你得避开所有的宗教团体，他们只会惹祸……"

临走时，他最后说道："最后一点，调换一下房间。"——我住的房间很宽敞，带有深凹式窗户和油漆过的18世纪镶板，我有幸在大学一年级就住上这种房间。"我见过许多人，住在四方院前排底层，结果倒了大霉。"我的堂兄严肃深沉地说，"人们开始过来串门。他们把外衣搁在这儿，吃饭前再来取；你开始给他们喝雪利酒，你还不明白是怎么回事，就已经为学院所有的行为不端者开了一个免费酒吧。"

我不知道我是否自觉听从了他这番忠告的哪一条。我当然从没调换自己的房间。屋内窗下栽种了紫罗兰，夏天的傍晚，屋里溢满紫罗兰的芬芳。一个人回首往事时，很容易赋予他的青春时代几分虚假的早熟气质，或是些许佯装的单纯禀性，很容易篡改写在门边标识自己身高的日期。我乐于想象——我有时的确想象——我用莫里斯[1]的作品和阿伦德尔的画作装饰自己的房间，我的书架上摆满17世纪对开本的书籍，以及裹着俄罗斯软革及波纹绸的第二帝国时期的法国小说。但这并非事实。在我住进来的第一天下午，我就骄傲地把一幅凡·高《向日葵》的复制品挂在壁炉上方，竖起一扇屏风，上面是由罗杰·弗赖[2]描绘的普罗旺斯风景画，这扇屏风是我在欧米茄工艺厂因欠债被强制出售时廉价购买的。我还贴了一张从诗歌书店弄来的麦克奈特·考弗和赖姆·希茨的招贴画，而且，如今想来最令人沮丧的，是立于壁烛台上两支黑色细长蜡烛之间的一尊波莉·皮奇恩[3]的瓷像。我的书量少而普通——罗杰·弗赖的《眼光与

---

[1] 威廉·莫里斯（1834—1896），英国诗人、画家，主要作品有诗集《地上乐园》、散文《乌有乡消息》等。

[2] 罗杰·弗赖（1866—1943），英国艺术评论家。

[3] 英国诗人约翰·盖伊（1685—1732）的著名诗剧《乞丐的歌剧》中的年轻女主角。

设计》，麦迪齐出版社出版的《一个什洛普郡的少年》《维多利亚时代的著名人物》，几本《乔治王朝诗集》《罪恶的街》《南风》——我最早的一些朋友于这种背景倒是十分相宜，其中包括科林斯——我在温彻斯特学院的一名校友，刚刚开始就任牛津大学学监，一个认真读书、性格单纯的人，还有一个学院文人的小圈子，他们保持着一条文化的中间路线，介于浮夸做作的"唯美主义者"和在伊弗莱路及惠灵顿广场的公寓里那些紧张而艰难地搜集事实的无产阶级学者之间。我发现自己在牛津的第一个学期正是被这个圈子所接纳，他们给我提供了我在中学六年级时喜欢的那一类伙伴，而中学六年级也为我预备了那一类伙伴。但即便在我入学之初，有了自己的房间和支票簿，牛津生活的全部内容令我兴奋不已，我内心依然觉得这并不是牛津应该向我提供的一切。

接触了塞巴斯蒂安之后，这些灰色人物似乎在背景里逐渐黯然淡去以至于无，有如高原上的羊群慢慢隐入雾气缭绕的欧石南丛中。科林斯曾经向我揭示现代美学的谬误："……有意义的形式存在与否，其全部论据取决于体积。如果你允许塞尚在他两维空间的画布上表现一个三维空间，那么你势必允许兰西尔[1]让长耳狗的眼里流露出忠诚的目光……"然而，直到塞巴斯蒂安漫不经意地翻克利夫·贝尔的《艺术》，念道："'有谁对一朵蝴蝶或一朵花产生的感情，等同于他对一座教堂或一幅画产生的感情？'正是。我就是。"这时我才睁开了眼睛。

早在我遇到塞巴斯蒂安之前，我就知道了他的模样。这是不可避免的，因为从他进入牛津的第一周开始，他就是一年级最惹人注目的人物，一是由于他相貌英俊风姿迷人，二是由于他那似乎不知收敛的怪诞行径。我第一次见到他，是在杰尔默理发店，那一次他深深吸引我的并不是外表，而是他随身携带的一只硕大的玩具熊。

---

1　兰西尔（1805—1843），英国画家，擅长画动物。

"那位是,"理发师在我坐上椅子的当儿说道,"塞巴斯蒂安·弗莱特少爷。一位特别有趣的青年绅士。"

"显然是的。"我冷冷地说,"马奇梅因侯爵的二少爷。他的哥哥,布莱兹赫德[1]伯爵上学期离校。现在伯爵可是大不一样,一位沉默寡言的绅士,很像一个老头儿。你猜塞巴斯蒂安少爷干吗来了?给他的玩具买一把发刷,得带有很硬的鬃毛,不是用来梳熊毛——塞巴斯蒂安少爷说,而是在他心里恼火时用来打一记熊的屁股,以此吓唬吓唬它。他买了一把考究的发梳,带有象牙背脊的那种,他当场让人在背部刻上'阿洛伊修斯'——这是玩具熊的名字。"此人在他那个时候,大概早就厌倦了大学生的幻想,可他显然迷上了这头熊。不过我对他一直带着挑剔的眼光,以后两次偶然见到他,一次他坐在双轮双座马车上,一次他戴着假胡须在乔治餐厅用餐,我都对他没有什么好感,虽然科林斯正在读弗洛伊德,能用一些术语解释一切现象。我们最终会面的情形也很别扭。那是三月初一个临近午夜的时刻,我正在用加了糖和香料的热葡萄酒款待学院的一些文人。炉火熊熊,屋里弥漫着香烟和香料的气味,我的脑瓜被玄学弄得晕乎乎的。我推开窗户,从外面四方院里传来并无什么特别的醉汉狂笑声和踉跄的脚步声。一个声音说"停下";一个声音说"快来呀";另一个声音说"有的是时间……房子……等到汤姆打完电话再说";这时又响起另一个比其他嗓音更清晰的说话声,"知道吧,我感到非常难受,我得单独待一会儿",随即一张面孔出现在我的窗口,我认出是塞巴斯蒂安,只是这张脸不像我以前看到的那样活泼,那样喜形于色。他用散漫失神的目光瞅了我一会儿,然后伛偻着腰走进屋里,他很难受。晚宴以这种方式结束倒也并不罕见。的确,每逢这样的情形,都该给校工一笔小费以示歉意。我们都在反复尝试着调制自己的葡萄酒。塞巴斯蒂安在情急无奈之际选择了一扇敞开

---

[1] 此处为 Brideshead 的音译,这是一个领地的名字,继承领地和爵位的长子即以此为名。

的窗户，也表现出一种愚蠢而又可爱的富有条理的品质。不过，话虽如此，这次见面毕竟还是相当别扭。他的朋友们把他抬到大门口，几分钟后，他的东道主，一个来自伊顿、跟我同龄、性情随和的学生，回来向我们道歉。他也喝醉了酒，一遍遍地反复解释，临了声泪俱下。"酒跟酒差别太大了，"他说，"问题不在于质，也不在于量，而在于调制的酒。抓住这一点，你就抓住了事情的本质。理解一切就是原谅一切。""是的。"我说，可是翌日早晨面临伦特的数落时，我却感到满腹委屈。

"你们五个人喝两大罐加热的葡萄酒，"伦特说，"非得喝成这样不可。连窗口都去不了啦。喝不了的人最好别逞能。"

"那可不是我请的客，那人是别的学院的。"

"嗯，收拾起来一样脏得要命，甭管他是谁。"

"餐具柜上有五先令。"

"我瞧见了，谢谢您。其实我不情愿拿这钱，不情愿收拾这堆脏东西，不管是哪个早晨。"

我拿起大衣走出去，任由他在屋里收拾。那段日子我仍然经常去教室听课，当天十一点后我才回到学院。我发现屋里满是鲜花，看光景，实际上，屋里每个地方每个能想到的容器全都插满了花，数量之多，足够市场上一个花摊卖一整天。伦特正在将最后一些花藏进牛皮纸里，准备拿回家去。

"伦特，这些是什么？"

"先生，昨儿晚上的那位先生，他留了张字条给你。"

这张字条是用彩色铅笔写在整整一张我喜欢的绘图纸上的：我深感内疚。阿洛伊修斯要看见我得到你的宽恕才愿意跟我说话，因此，今天请你来我处吃午饭。塞巴斯蒂安·弗莱特。我想，他认定我知道他的住处——这正是他的行事风格。不过，那时我的确知道。

"一位很有趣的先生,跟在他后面清理房间,肯定是一件很愉快的事。我估计你要外出吃午饭吧,先生。我跟科林斯先生和帕特里奇先生也是这么说的——他们本来是想和你在食堂吃饭的。"

"是的,伦特,外出吃午饭。"

那次午餐会——事实证明是午餐会——标志着我生命中一个新时期的开始。

一路上我捉摸不定,因为那是个陌生的地方,同时我耳边响起一种细弱而生硬的警告声,像是科林斯的腔调,提醒我最好别去。可是那些日子我在寻找爱,所以还是去了,心里充满好奇,略带些许不愿承认的隐忧,感到我终将发现墙里那扇低矮的门,一扇我知道此前别人已经找到的门,此门通向一座四面围墙令人陶醉的花园,花园位于这个灰蒙蒙的城市中心的什么地方,无论站在哪扇窗口都无法瞧见。

塞巴斯蒂安住在基督教堂,位于草地大楼的高层。我到的时候他独自一人,正在剥一枚鸟蛋的壳,鸟蛋是从桌子中间一个长了青苔的大鸟巢中取出的。

"我刚数了一下。"他说,"每人五个蛋,另外多出两个,所以我在吃多出的两个。我今天饿得要命。我不加节制地狂饮两个牌子的酒,醉得不省人事,开始相信昨晚的一切是一场梦,请别弄醒我。"

他是迷人的,带有那种男性的娇柔美,青春妙龄之时讴歌爱情,乍遇寒风迅即凋萎。

他的房间乱糟糟地塞满各种古怪的杂物——一架搁在中世纪式琴盒里的簧风琴,一个象脚形废纸篓,一只形若穹顶的蜡制水果,两只大得不成比例的塞夫勒[1]细瓷花瓶,几幅镶于画框里的杜米埃[2]的画——这一切在朴素的学院家具和宽大餐桌的衬托下,越发显得

---

[1] 位于巴黎近郊,以出产细瓷器而闻名。
[2] 杜米埃(1809—1879),法国石版画家、漫画家。

不伦不类。他的壁烛台上摆满了几位伦敦女主人寄来的请柬。

"霍布森那畜生把阿洛伊修斯搁在隔壁了。"他说,"大概这样也好,反正没有鸟蛋给他吃了。你知道吗,霍布森讨厌阿洛伊修斯。但愿我能有一个和你这儿一样的校工。他今儿早上对我很和蔼,换作旁人,兴许就不会客气啦。"

宴会的客人到齐了。其中三位是来自伊顿的一年级新生,温和考究、孤高冷漠的青年人,他们昨晚全都参加了伦敦的一场舞会,此刻说起来,仿佛那是与其血缘虽近但并无感情的一个亲属的葬礼。他们每个人刚一进门便径自奔向鸟蛋,接着注意到塞巴斯蒂安,继而注意到我,带着礼貌而淡漠的神情,仿佛在说,"我们做梦也不该如此冒昧地提醒二位,我们以前未曾谋面。"

"今年头一回。"他们说,"你们从哪儿搞来的?"

"妈妈从布莱兹赫德送来的。鸟儿总是早早地给她下蛋。"

我们吃完鸟蛋接着吃纽伯格龙虾的当儿,最后一位客人到了。

"亲爱的,"他说,"我没法早点脱身。我正在跟我那古——古——古怪的导师共进午餐。我走的时候,他还为我离开他感到不可思议。我告诉他,我得换衣服踢足——足——足球。"

此人瘦高个儿,一双漂亮的大眼睛。我们其他人身穿粗花呢衣服,脚上是苏格兰高地农民穿的那种粗皮鞋。他身穿深褐色带有花哨白纹的平滑套装,领间缀了一只硕大的蝴蝶结,足蹬一双绒面革皮鞋,一进门就脱下油鞣革黄手套,有点像法国人,又有点像美国佬,或许还有几分犹太人的风度,俨然一副外国派头。

不用说,此人正是安东尼·布兰奇,杰出的"唯美主义者",这一侮辱性绰号从切尔韦尔河畔[1]一直流传到萨莫维尔[2]。当他带着十足的得意劲儿大踏步走过大街时,人们曾多次把他指给我看;我曾

---

[1] 切尔韦尔河是流经牛津郡的一条河流,此处暗指牛津大学。
[2] 位于美国坎布里奇城北面,美国哈佛大学校址,此处暗指哈佛大学。

经听到他在乔治教堂公然指责各种社会习俗的声音。此刻与他相见，在塞巴斯蒂安的影响下，我发现自己贪婪地喜欢上了他。

午餐后，布兰奇站在阳台上，手执不可思议地出现在塞巴斯蒂安房间里各种摆设中间的一只话筒，拖着疲惫的声调，开始朗诵《荒原》的片段[1]，声音传向身穿运动衫戴着手套正在朝河边走去的人群。

"我，帖瑞希士，早就忍受过了。"他站在威尼斯式拱门口，抽泣着向他们念道：

> 我就在这张沙——沙发或床——床上扮演过，
> 　　我，曾在底比斯的墙下坐过
> 　　又曾在最——最——最卑贱的死人中走过……

随后，他脚步轻盈地走进房间。"我把他们吓得不轻！我觉得所有的划、划船手都挺可爱。"

我们继续坐着啜饮君度酒，来自伊顿公学的最温和、最孤高冷漠的学生奏起风琴给自己伴唱："他们把她的阵亡勇士带回家。"

我们四点钟才散。

安东尼·布兰奇头一个走。他向我们大伙儿正式而客气地逐一告别。他对塞巴斯蒂安说："亲爱的，我真想在你身上插满有倒刺的箭，就像插在一只针——针垫上一样。"他对我说："我认为塞巴斯蒂安发现了你，真是棒极了。你暗藏在哪儿呢？我要钻进你的洞穴，把你赶——赶出来，像赶一只老鼬——鼬鼠一样。"

他走后不久，其他人全都离开了。我起身要和他们同行，不料塞巴斯蒂安说："再喝点君度吧。"于是我留下来，稍后他说："我得去植物园。"

---

[1] 《荒原》为英国诗人托马斯·艾略特（1888—1965）的著名长诗，此段出自其中的第三章《火诫》。

"为什么？"

"观赏常春藤。"

听起来是个挺不错的理由，于是我跟他一起去了。我们行走在默顿学院的墙下时，他挽着我的胳膊。

"我从没去过植物园。"我说。

"哦，查尔斯，有多少东西你得学啊！那儿有一扇漂亮的拱门，有许多我不知道的不同种类的常春藤。要是没有植物园，我真不知道我该待在哪儿。"

等到我终于返回自己的房间，发现它跟我当天早晨离开时完全一样，只是我嗅出一丝以前从未令我厌烦的平淡乏味的气息。出了什么问题？除了金黄色的水仙花，其余的一切似乎都是虚假的。是那扇屏风吗？我把它掉转身面朝墙壁，那样就好些了。

这便是那扇屏风的归宿。伦特从来都不喜欢它，几天后，伦特把它搬进他在楼梯下一个隐秘的储藏间，里面塞满了拖把和水桶。

那一天是我和塞巴斯蒂安友谊的开始，于是，六月的那天早晨，在几株高大榆树的树荫下，我躺在他身旁，瞧着他唇间吐出的烟雾徐徐向上飘入枝叶里。

不久，我们驱车前行，过了一个钟头，我们饿了。我们在一家兼作农场的小客栈前停车，在一间没有阳光的客厅里，我们吃鸡蛋、火腿、脆胡桃仁和干酪，喝啤酒。一架古老的挂钟在阴暗处嘀嗒作响，一只猫儿躺在空空的壁炉旁。

我们继续驱车前行，下午两三点钟到达了目的地：两扇熟铁大门，一片乡村草地上两间外观相同的古典式小屋，一条林荫路，又是几扇大门，露天停车场，汽车道的一个转弯处：一派别致而清幽的景象突然出现在我们眼前。我们位于一个山谷的高处，我们下方半英里的地方，绿树丛中闪现出兼有暗灰和金黄两种色调的一座古宅的穹顶与圆柱。

"怎么样?"塞巴斯蒂安停下车问道。穹顶那边是一连串渐渐远去的水中踏脚板,周围坡度徐缓的山峦护卫并遮蔽了穹顶。

"怎么样?"

"一个多么好的住处!"我说。

"你一定得瞧瞧花园前面和喷泉。"他俯身向前开动了摩托车。"那是我家住的地方。"即便在当时,我沉浸于幻想之中,还是感到浑身掠过一阵不祥的寒战,因为他使用的字眼——不是"那是我的家",而是"那是我家住的地方"。

"别担心,"他继续说,"他们都走了,你不必跟他们见面。"

"可我很想见见他们。"

我们绕过房前,驶进一个侧院——"全都锁上了。我们最好走这条路,"——穿过用人住宅区堡垒似的几条石拱顶石板地通道——"我想让你见见保姆霍金斯奶奶。我们就是为了这个来的。"——爬上未铺地毯、擦拭干净的榆木楼梯,走过中间铺了一条狭长粗呢地毯的宽幅木板路,走过铺着油布的过道,走过有许多小楼梯和许多深红及金黄色救火水桶的楼梯井,登上最后一道楼梯,尽头是一扇门。穹顶其实是有意制造的视觉效果,经过特殊设计,从下面看上去像是香波尔[1]式穹顶。它的鼓形座只不过是外加的一层楼,被隔成许多房间。这些房间是育婴室。

塞巴斯蒂安的保姆坐在敞开的窗口,她眼前展现出喷泉、湖泊和教堂,以及远方最后一面山坡上一座闪亮的方尖塔;她双手摊开搁在膝上,两手之间松松地垂着一串念珠,她在熟睡。她年轻时的长期劳作,中年时的权威,暮年的闲适与安逸,都在她那皱纹密布、神态自若的脸上留下了印记。

"哎呀",她醒过来说,"真是没料到。"

塞巴斯蒂安亲吻了她。

---

[1] 法国中部的一个村庄,此地高楼的顶层多为穹顶。

"这位是谁呀？"她瞅着我说，"我想，我应该不认识他。"

塞巴斯蒂安为我们互相做了介绍。

"你来得可正是时候。朱莉亚要在这儿待一整天，他们大伙儿多高兴啊。没有他们可真无聊。只有钱德勒太太、两个姑娘和老勃特。过后，他们就全去度假，八月份，锅炉工也要给打发走，你也要去意大利看爵爷和在那儿度假的其他人，得等到十月，我们才会重新过上正常的生活。不过，我还是认为朱莉亚应该像其他年轻太太那样享受生活，至于她们为什么总是在夏天最好的时候去伦敦，丢下那些花园，我可从没想明白。菲普斯神父星期四在这里，我也跟他说了同样这番话。"她补充了这句话，仿佛如此一来，她的见解便能以天赋神权为依据。

"你说朱莉亚在这儿？"

"是的，亲爱的，你刚才肯定没看见她。都怪那些保守党的妇女。小姐应该照应她们，可是她身体不好。朱莉亚不会待多久，她讲完话后立刻动身，等不及喝茶。"

"恐怕我们又要见不着她了。"

"别那样，亲爱的，她见到你，准会感到喜出望外，虽然她应该等到喝茶才离开，我告诉她，那些保守党的妇女正是为了喝茶才来的。好吧，有什么消息？你在用功读书吗？""恐怕不很用功，奶奶。""噢，我估计整天都在打板球，像你哥哥一样。不过他还有时间读书。圣诞节过后他就没回来过，不过他会回来看农业展览的，我寻思。你看到报上这篇关于朱莉亚的文章了吗？她拿来给我看的。倒不是文章把她说得有多好，而是上面的话很动听。'马奇梅因夫人介绍她的漂亮女儿初入社交界……服饰华丽，谈吐风趣……初入社交界的风头最劲的姑娘。'对，这话没说错，只可惜她把头发剪了。她有多么好看的满头秀发，就像夫人一样。我对菲利普祖父说，看上去不自然。他说，'修女都这样。'我说，'哎呀，当然啰，你不会让朱莉亚变成修女的吧？什么主意！'"塞巴斯蒂安和老太太继续聊着。这是一间舒适惬意的屋子，设计成奇特的形状，以顺应穹顶的弧线。四面墙上糊着印有缎带和玫瑰图案的壁纸。角落里有一只木马，壁炉架上挂着一幅圣心[1]的石印油画；空空的壁炉被一束银白色羽状的蒲苇和阔叶香蒲遮住；置于衣柜顶端、擦拭得干干净净的，是她的几个子女在不同时期回来带给她的一些小礼物，贝雕、熔岩、印花皮具、彩绘木制品、瓷器、泥炭橡木、饰有水波纹的银器、萤石、雪花石膏制品、珊瑚，许多假日纪念品。

过了不久，保姆说："摇铃吧，亲爱的，我们喝些茶。我通常下楼去钱德勒太太那里喝茶，可是今天我们让人把茶送上来。平时我使唤的那个姑娘跟其他人去伦敦了。刚换的这个是从村里来的。起先她什么都不懂，不过她现在有长进了。摇铃吧。"但是塞巴斯蒂安说我们得走了。

"不见见朱莉亚吗？她听说后一定很难受。你会让她感到多么惊喜。"

"可怜的奶奶。"塞巴斯蒂安在我们离开育婴室的时候说，"她过的这种生活实在太无聊了。我存心把她带到牛津和我一道生活，只是怕她总要劝我去教堂做礼拜。我们得趁我妹妹回来前赶紧走。"

"你为谁感到害臊，她还是我？"

"我为自己感到害臊，"塞巴斯蒂安严肃地说，"我不愿意你跟我的家人混在一起。他们多么富有魅力。我从小到大，他们一直在把我的东西一件件从我身边夺走，一旦他们用自己诱人的魅力将你攫住，他们就会使你成为他们的朋友，而不是我的朋友，我不想让他们这样做。"

"好吧，"我说，"我完全赞成。可是，难道你不允许我再多看一两眼这座宅子吗？"

---

[1] 耶稣的心，此处指耶稣圣像。

"全都关闭了。我们是来看奶奶的。在亚历山德拉王后日[1],这里全部对外开放,收费一先令。好吧。你想看,那就来看看吧……"

他领着我通过一扇挂着台面呢帘的门,走进一条阴暗的走廊,我隐约看见一块镀金檐板和上面拱顶的灰泥;接着,打开一扇厚重但转动自如的桃花心木门,他领着我走进一个黑暗的大厅。从百叶窗的缝隙透进几缕光线。塞巴斯蒂安解开一扇百叶窗的绳扣,将窗卷起,午后柔和的阳光泻入大厅,照亮了光秃秃的地板和大理石雕刻的一对大壁炉,照亮了以湿壁画技法绘满古典神祇与英雄的拱形天花板,照亮了镀金的镜子和人造大理石壁柱,以及蒙着罩单的几堆家具。这只是瞬间一瞥,恰似从一辆公共汽车的顶屋匆匆瞥见一个灯火通明的舞厅。塞巴斯蒂安随即关上百叶窗。"你瞧,"他说,"就是这样。"

自从我们在榆树下喝着葡萄酒,自从我们在车道上拐过弯他说了声"怎么样?"以来,他的情绪发生了变化。

"你瞧,没有任何好看的东西。有几样好东西,我倒是乐意哪天带你瞧一瞧——不是现在。但是有座小教堂,你得去看看,它堪称新艺术[2]的典范。"

最后一位受雇于布莱兹赫德的建筑师,增添了一个柱廊和几间楼阁式的厢房。其中之一便是小教堂。我们从公共门廊(另一扇门直通古宅)步入小教堂。塞巴斯蒂安把手指在圣水钵里蘸了蘸,往身上画十字,然后屈膝下跪;我照着做了。"你干吗这样做?"他气呼呼地问。

"只是出于礼貌。"

"哦,你不必为了我这样做。你来这儿是为了观光游览。这儿怎么样?"

---

[1] 亚历山德拉王后,英王爱德华七世(1841—1910)之妻,卒于1925年10月20日,此处指她的忌辰。

[2] 约1890—1910年间流行于欧洲和美国的一种装饰艺术风格,以曲折有致的线条为其特色,主要表现于建筑、室内装饰和插图艺术。

小教堂的整个内部曾经被劫掠一空,现在又按照19世纪最后十年的工艺风格重新进行了精细的装饰和陈设。身穿印花布罩衣的天使,蔓生种蔷薇,鲜花盛开的草地,活蹦乱跳的羔羊,用凯尔特语手写体抄写的经文,穿戴甲胄的圣徒,这些都以一幅色彩清晰而鲜艳的精美图案布满四壁。有一件灰白橡木雕刻的三联套饰品,制作时采用了特殊技艺,使它具有一种似乎是用橡皮泥捏出的奇异特性。圣灯和所有的金属器物都是青铜制品,手工敲打到表层布满凹痕的圆盘上;圣坛的台阶上铺着缀有白色和金黄色雏菊的草绿色地毯。

"天哪!"我说。

"这是爸爸送给妈妈的结婚礼物。我说,如果你看够了,咱们就走吧。"

行至汽车道,我们碰见一辆门窗紧闭由专职司机驾驶的劳斯莱斯轿车,后排座位上是一个女孩模样的模糊身影,隔窗望着我们。

"朱莉亚,"塞巴斯蒂安说,"我们走得正是时候。"

我们停下来和一个骑自行车的人说话——"这是老巴特。"塞巴斯蒂安说——然后我们继续前行,经过两扇熟铁大门,经过花匠的小屋,来到返回牛津的大路上。

"对不起",塞巴斯蒂安静默片刻之后说,"恐怕我今天下午的脾气不太好。布莱兹赫德常常给我造成这样的影响。可是我不得不带你去看我的保姆。"

为什么?我暗自纳闷,但没有吭声——塞巴斯蒂安的生活受制于这样一套强迫命令式的规则。"我必须有一件大红睡衣。""我一定得睡到太阳晒到窗户上才起床。""今晚我绝对必须喝香槟!"——只有"它对我产生了完全相反的作用"除外。

他沉吟良久,气恼地说:"我并没有不断打探你家里的事。"

"我也没有打探你家的事。"

"可是你一副好管闲事的表情。"

"哦,你把自家的事弄得那么神秘。"

"但愿我把所有事情都弄得挺神秘的。"

"也许我对别人的家庭感到特别好奇——你看,这是我弄不明白的一件事。我家里只有父亲和我两个人。一个姑妈照顾了我一段时间,可是后来被我父亲赶到国外去了。我母亲在战争[1]期间不幸阵亡。"

"哦……多么异乎寻常。"

"她是跟红十字会去塞尔维亚的。打那以后,我父亲的脑瓜就开始变得古怪起来。他独自住在伦敦,没有朋友,靠收集古玩打发时光。"

塞巴斯蒂安说:"你不知道你省了多少麻烦。我们家的人太多了。可以在《德布雷特贵族年鉴》[2]上查找他们。"

他现在的心情渐渐开朗起来。我们驱车越是远离布莱兹赫德,他抛弃的烦恼似乎越多——始终纠缠着他的几近诡秘的忧虑和焦躁。我们骑着摩托车,太阳落在我们身后,于是,我们好像是在追逐自己的身影。

"现在五点半。我们还来得及赶到戈得斯托吃晚饭,再在鳟鱼喝两杯,留下哈德卡斯尔的摩托车,沿着河边步行回校。这不是再好不过吗?"

以上是我第一次短暂访问布莱兹赫德的实录。当时我怎能知道,有朝一日,一位中年步兵上尉会眼含热泪想起它呢?

---

[1] 此处指第一次世界大战。
[2] 指《德布雷特英国贵族年鉴》,初版由英国出版家约翰·德布雷特于1803年编纂出版。

## 第二章

夏季学期临近结束时，我接待了堂兄贾斯珀的最后一次来访，听取了他的严肃批评。我刚好没有课，前一天下午已经考完史学初考的最后一门。贾斯珀的黑礼服和白领结表明，他依然处于最紧张的时刻；他露出疲惫而愠怒的神色，如同哪个学生担心自己在品达[1]的神秘音乐学科考试中发挥欠佳。那天下午，仅仅是在责任心的驱使下，他才来到我房间，这对他极为不便，对我偏巧也极为不便。他在门口碰到我的时候，我正要出门，为我当晚的一次宴请再最后张罗一番。这是几次宴请中的一次，旨在安慰哈德卡斯尔——最近落到我和塞巴斯蒂安身上的一项任务，因为我们把哈德卡斯尔的摩托车丢在校外，致使他遭到几位学监的严厉斥责。

贾斯珀不愿意坐下，这不会是一场愉快的交谈。他背朝壁炉站着，用他自己的话说，"像个叔叔似的"对我讲话。

"……最近一两周，我几次设法跟你接触。说实在的，我觉得你在躲避我。果真如此，查尔斯，我不能说我感到意外。

"你大概认为这不关我的事，可是我有一种责任感。你和我都知道，自从你的——嗯，自从战争开始，你父亲其实已经几乎不问世

---

[1] 品达（公元前 518—前 442），古希腊诗人，以创作合唱琴歌而著称。

事——生活在他自己的世界里。我不愿意坐视不管,看着你犯下那些一言及时提醒或可避免的错误。

"我预料你第一学年会犯错误。我们都犯错误,我结交了牛津学生教会联合会里一帮特别讨厌的家伙,他们利用暑期向摘啤酒花的工人传教。可你呢,我亲爱的查尔斯,无论你意识到与否,你已经直接进入牛津大学最坏的一帮人的圈子,完完全全跟他们厮混在一起。你也许认为,我住在宿舍里,并不了解学院发生的事,可是我听得到消息。事实上,我听到的消息可是太多了。我发现,由于你的缘故,我已经成为饭厅俱乐部里人们嘲笑的对象。那个叫作塞巴斯蒂安·弗莱特的家伙,你好像跟他打得火热。他也许不坏,我不知道。他的哥哥布莱兹赫德倒是个理智很正常的人。但是依我看,你的这位朋友行为古怪,并且招致人们的广泛议论。当然。他们的家庭很古怪。自从战争开始以来,马奇梅因夫妇就分居了。真是怪事一桩。谁都认为他们是一对恩爱夫妻。后来他带着自己的随从去了法国,再也没有回来。似乎被人杀死了。她是罗马天主教徒,因此不能离婚——或者不愿意,我估计。在罗马,你有钱什么事都能办成,他们阔极了。弗莱特可能不坏,至于安东尼·布兰奇嘛——此人绝对不能原谅。"

"我自己并不特别喜欢他。"我说。

"哦,他老是在这儿转悠,学院里那帮狠角色可不喜欢这样。他们不能容忍他待在宿舍里。昨晚他又待在墨丘利。你陪着这些人到处闲荡,他们谁都没有在各自的学院认真对待自己分内的学业,这才是问题的关键。他们以为自己的钱多得可以随便乱花,因此什么事都能办成。"

"这是另外一回事。我不知道我叔叔给你多少生活费,不过我敢打赌,你目前的花销准是这笔钱的双倍。这样就过分了。"他说着,一只手大幅度地一挥,把他周围恣意挥霍的证据统统包括进去。的确,我的房间已经褪去了它朴素的冬季装束,按照不算太慢的几个步骤,变成了一个藏品日渐丰富的衣橱。"那个付钱了吗?"(餐具柜上装有一百支精制帕塔加斯雪茄的盒子)"那些呢?"(桌上十一二本没有价值的新书)"那些呢?"(一只刻有花卉浮雕的玻璃细颈盛水瓶和几只玻璃杯)"还有那个特别讨厌的东西?"(最近从医学院买来的一具死人头盖骨,安卧于一盆玫瑰花中,形成了眼下我桌上的主要装饰。它的前额上刻有一句拉丁文箴言,"我也曾住在阿卡迪亚[1]"。)

"付了。"我说,因为消除了一条被指控的罪状而高兴,"这具头盖骨我得付现金。"

"你不可能在干任何正经事。倒不是因为那有什么要紧,尤其是如果你正在其他什么地方干出什么名堂——可是你干出名堂了吗?你在学生会或任何俱乐部做过讲演吗?你跟哪一家杂志有联系吗?你有没有哪怕正在争取牛津大学戏剧社的一个位置?还有你身上的衣裳!"我的堂兄继续说,"记得你刚来时,我建议你要像住在乡间别墅一样着装。你现在这身打扮,既像是出席梅登海德戏剧联欢合适的装束,又像是参加一个园林化郊区无伴奏男声三部重唱比赛应景的行头,介于二者之间,不伦不类,瞧着别扭。

"说到喝酒——一个学生一学期喝醉一两次,谁也不会介意。事实上,他在某些场合应当喝醉。可是我听说,人家常常看到你在下午三四点钟醉醺醺的样子。"

他停住了,他已经尽了责任。关于学业考试的种种疑惑,正在他心里悄然萌生。

"很抱歉,贾斯珀,"我说,"我知道这一定让你难堪,可是我偏巧喜欢这些坏人。我喜欢午餐时喝得醉醺醺的,再者,虽说我的花销还没达到爸爸给我的生活费的两倍,我在学期结束前肯定会达

---

[1] 原文为 Et In Arcadia Ego,是一块墓碑上的铭文。阿卡迪亚,希腊一地名,位于伯罗奔尼撒半岛。历史上,当地居民因长期与世隔绝过着田园牧歌似的生活,古希腊的田园诗将其描绘为世外桃源。

到的。我通常在这当儿要喝一杯香槟。你愿意跟我一道喝吗?"

于是,我的堂兄贾斯珀绝望了,我后来听说,他给他父亲写信,专讲我如何行为放纵,他父亲又把这话写信转告我父亲,可是我父亲对这件事既没有采取行动,也没有特别在意,一是因为他将近六十年来始终讨厌我伯伯,二是因为,正如贾斯珀所言,自从我母亲去世以来,父亲一直生活在他自己的世界里。

就这样,仅凭寥寥数笔,贾斯珀便勾勒出我大学第一学年显著的形象特征;我还能同样简略地补充一些细节。

我早些时候已经答应科林斯与他共度复活节假期,尽管我会毫无歉疚地背弃自己的承诺,撇下我先前结交的这位朋友,只要塞巴斯蒂安做出某种表示,可是他没有做出任何表示,因此,我和科林斯在拉文纳[1]过了几星期省俭而富有教益的生活。这里几个巨大的陵墓之间刮来亚得里亚海的一股冷风。在适合于温暖气候居住的旅馆房间里,我给塞巴斯蒂安写了几封长信,每天去邮局等他的回信。一共收到两封回信,每一封都寄自不同的地址,都没有说清楚他本人的近况,因为他用的是一种朦胧而怪诞的文体——……"妈妈和陪伴她的两个诗人都患了三次严重的伤风头痛,所以我来到了这里。时值泰亚迪亚的圣尼古德姆斯节,这位圣者以头顶被钉上山羊皮的方式而殉教,所以他是秃顶人的保护神。告诉科林斯,我相信他准会早于我们谢顶。这里的人实在太多。幸亏有一个人,感谢上帝!戴了一只号角状助听器[2],使我心情开朗。眼下我得去捕一条鱼,我们相距太远,无法把鱼送给你,因此,我要保留这条鱼的脊骨……"——读得我烦躁不安。科林斯为一篇小论文做了些笔记,指出镶嵌画的原件不如照片好看,自此播下了他成就颇丰的一生的第一粒种子。多年以后,他在自己研究拜占庭艺术的工作尚未完成之时出版了第一卷巨著,令我感动的是,我在正文之前语气谦恭的两

---

1 意大利东北部一港市。
2 一般为半聋者所戴。

页致谢辞中发现了自己的名字"……感谢查尔斯·赖德,借助于他洞察一切的眼光,我第一次见到加拉·普拉西第亚陵[1]和圣维达尔教堂[2]……"

有时我真想知道,倘若不是塞巴斯蒂安,我是否会像科林斯一样踏上这条致力于文化研究的道路。我父亲年轻时参加过牛津大学万灵学院的入学考试,在一年的激烈竞争中遭到淘汰;他后来获得其他方面的一些成就和荣誉,但是早年的那次失败深深影响了他,又通过他影响了我,致使我产生了一种不理智的看法,认为那就是理智生活恰当而固有的目标。我当然也会失败,但是失败以后,我也许会在其他地方渐渐走上一条不太令人敬畏的学术生活的道路。这是可以想象的,但我认为是不可能的,因为灼热的泉水不断涌出没有固态泥土的地层深处,喷射到阳光下——在它逐渐冷却的水汽中的一条彩虹——带有岩石无法遏抑的一股力量。

结果,那个复活节假期形成了一条平坦的短路,这条路在贾斯珀告诫我用心提防的陡峭的坡道上。下行这是上行?随着我依次获得一个个成人的习惯,我觉得自己正变得日渐年轻。我度过了寂寞的童年时代,度过了饱尝战争苦难和丧母之痛的少年时代,除了英国人青春期特有的独身生活的艰辛,除了早熟的自尊和学校制度的专横,我还形成了悲哀而冷酷的个性。与塞巴斯蒂安一起度过的那个夏季学期,当时似乎正在赋予我一段前所未有的短暂时光,一段幸福的童年时光。虽然这段时光的日常享受是丝绸衬衫、甜酒和雪茄,顽劣成性名列各种严重过失之首,我们身上仍有些许婴儿般的清新气息,不乏纯真之乐。期末我参加了第一次大学学位考试。如果我想继续留在牛津,就必须通过这场考试。我的确通过了考试,那是在一星期以后。其间我严禁塞巴斯蒂安来我房间,天天埋头苦

---

[1] 西罗马皇帝赫诺琉斯于公元420年为其妃子加拉·普拉西第亚修建的陵墓,是欧洲现存最古老的十字式建筑。
[2] 建于公元526年,平面呈双重八形,内部的石柱为典型的拜占庭风格。

读直到深夜，喝冰镇咖啡，吃炭饼干，把久已荒疏的课本知识填进自己的脑袋。现如今那些东西我连一个字也记不得了，但是我在那学期获得的另一些更加古奥的学问，将以这样或那样的形式伴随着我，直到生命的终结。

"我喜欢这些坏人，我喜欢午餐时喝得醉醺醺的。"当时那样就够了。现在还有别的需要吗？

二十年后的今天，回首往事，没有什么当年我不愿意干，或者不愿意那样干的。我可以用一只更强壮的斗鸡的气概，对付我堂兄贾斯珀那斗鸡般世故老成的性格。我可以告诉他，当年的所有恶行，如同人们掺入杜罗河区纯葡萄汁的酒精，充满黑色混合物的醉人的东西；那些恶行既充实又延缓了青春的整个历程，犹如酒精抑制了葡萄酒的发酵，使之不能饮用，必须年复一年地藏在黑暗的地窖内，直到最终适宜饮用时才摆上桌。

我还可以告诉他，了解并热爱另一个人，乃是一切智慧之源。但是我觉得这番诡辩已经实无必要，此时我坐在堂兄面前，瞅着他——看他摆脱了与品达的无谓较量，身穿深灰色套装，系着白领结，罩着学士袍；听着他严肃的腔调，一直在细嗅窗下盛开的紫罗兰的香气。我自有隐秘而可靠的避邪物，像是一件贴胸珍藏的护身符，危急时刻赶紧摸一下，发现之后牢牢握住。于是我跟他说了句并不符合实情的话，谎称我通常在这会儿要喝一杯香槟，并且邀请他与我一道共饮。

贾斯珀严词训诫之后的第二天，我接受了另一次训诫，这一次用词不同，而且它的源起也出乎我的意料。

整个学期，我见到安东尼·布兰奇的次数之多，远远超出了我出于兴趣与他保持接触的合理程度。我现在生活在他的朋友中间，但是我们的频繁见面往往是出于他而不是我的意愿，因为我对他敬畏有加。

他的年龄仅仅稍长于我,但他当时似乎有着流浪的犹太人的经历与重负。他的确是一个无国籍游民。

小时候,他家里曾试图将他培养成一个英国人。他在伊顿公学上了两年学;战争爆发以后,他不顾潜水艇的危险,远涉重洋去阿根廷和母亲团聚,一个机灵大胆的中学生,自此进入了母亲这个有着男女仆人、两名司机、第二任丈夫和一只小狮子狗的家庭。他和他们一起周游世界,内心的邪恶迅速膨胀,像是霍加斯笔下的一名侍童。战争结束以后,他们返回欧洲,下榻于旅馆和设施齐全的别墅,光顾一个个游览胜地、海滨浴场和游乐场所。十五岁那年,作为一笔赌注,他被打扮成女孩的模样,带到布宜诺斯艾利斯的赛马俱乐部,站在大桌上表演;他与普鲁斯特[1]和纪德[2]共同进餐,同加图和第雅基列夫[3]来往密切;费班克[4]赠给他几部长篇小说,上面写有热情的题词;他在卡普里岛[5]挑起了三场不可调和的争斗;按照他的叙述,他曾经在切法卢[6]练习巫术,在加利福尼亚戒掉了毒瘾,在维也纳根除了俄狄浦斯情结[7]。

有些时候,我们同他相比似乎都是孩子——大多数时候,但并非一贯如此,因为在安东尼身上有一种气势和热情,已经被我们其他人在闲暇充裕的青春期某些场合表现出来,在运动场上,或者在教室里;安东尼愈演愈烈的恶行,并没有多少寻欢作乐的成分,主要是为了制造耸人听闻的效果,在他表演那些拿手绝技的当儿,我常常想起自己在那不勒斯见到的一个顽童,在一群英国游客面前滑稽地跳跳蹦蹦,做出明显下流的手势。当他说起他晚上赌博的故事

---

1 马赛尔·普鲁斯特(1871—1922),法国小说家,代表作有《追忆似水年华》等。
2 安德烈·纪德(1869—1951),法国作家,一生著有小说、剧本、散文多种,1947年获诺贝尔文学奖。
3 第雅基列夫(1872—1929),俄国芭蕾舞编导家,艺术评论家。
4 R. 费班克(1886—1926),英国小说家。
5 意大利那不勒斯湾的一个岛。
6 位于意大利克里特岛的一个港市。
7 弗洛伊德精神分析学说中儿子对母亲的性爱和对父亲的嫉妒。

时，我们能从他骨碌转悠的眼珠里看出，他怎样在继父的聚会上贪婪地瞥视那堆渐渐减少的筹码。当我们在泥泞里翻滚着踢足球，大口大口吃着烤面饼的时候，安东尼已经在亚热带沙漠中帮助美女减肥，在时髦的小酒吧啜饮餐前开胃酒。所以，已经被我们驯服的野性，在他身上依然不受任何羁束。他也非常心狠，像是一个任意残害昆虫的顽童，他也同样无畏，如同一个小学生垂下脑袋，挥舞着小拳头，猛地扑向班长。

他邀请我吃饭，我发现就我们两人，心里稍感不安。"我们去泰姆。"他说，"那儿有一家适意的饭店，幸好并没有迎合布林敦学院那些人的口味。我们要喝莱茵酒，想象我们……在哪里？反正不是和约——约——约罗克兄弟一起外出游——游——游览。不过我们先得喝点开胃酒。"

在乔治酒吧，他吩咐道，"请来四杯亚历山德拉鸡尾酒"。他将四杯酒在面前摆成一行，发出赞叹美味似的咂嘴声，惹得人人侧目而视。"你大概比较喜欢雪利，可是，亲爱的查尔斯，你就别喝雪利了。这难道不是一种很好喝的混合酒吗？你不喜欢它？那我替你喝。一、二、三、四，全都喝下肚。那些学生眼睛瞪成那样！"然后他领着我出门坐上正在等候的汽车。

"但愿我们不会在那里碰到大学生。眼下我对他们有些反感。你听说了他们星期四是怎么对待我的吧？太不成体统了。幸亏那天我穿着最旧的睡衣裤，晚上天气又很闷热，否则我真要大发脾气了。"安东尼有一个把脸凑近对方说话的习惯。他的呼吸沾染了甜腻奶油似的鸡尾酒的难闻气息。我在租来的汽车的角落里侧身避开他。

"想象一下我的情形吧，亲爱的，单身一人，勤奋好学。我刚买了一本令人生畏的书，名叫《滑稽的圆圈舞》[1]，我知道我星期天必须在去加辛顿之前读完，因为每个人都得谈谈这本书，如果你没有

---

[1] 英国作家奥尔都斯·赫胥黎（1894—1963）的长篇小说。

读过,承认你没有读过这部当代作品,那就显得太落伍了。我认为唯一可行的对策就是不去加辛顿,但是我直到此刻才想出这一对策。所以,亲爱的,我干脆带上一张煎蛋饼、一只桃子和一瓶维希矿泉水,静下心来读书。我得承认,我的脑子在走神,可是我一页页地翻着,一边看着天光渐渐暗淡,这在佩格泉,亲爱的,是一种奇妙的体验——随着夜幕的降临,岩石仿佛在眼前朽烂了。我不禁回想起马赛旧港那些建筑物的鳞状墙面,直到突然被一阵你从没听到过的呐喊和尖叫声惊醒,那儿,下面小小的游廊上,我瞧见一伙大约二十个年轻人,你知道他们在反复而有节奏地喊什么吗?'我们要布兰奇。我们要布兰奇。'用的是吟诵连祷文的腔调。如此公开表白!唔,我看出今晚没法再陪赫胥黎先生了。我得承认,我已经腻烦到任何打搅都欢迎的程度。他们的吼声扰乱了我的心思,但是,你可知道,他们的吼声越响,就越发显得心虚胆怯?他们不停地说'博伊在哪儿?''布兰奇是博伊·穆尔卡斯特的朋友。''博伊一定得把他带下来。'你当然见过博伊啰?他总是频繁出入于亲爱的塞巴斯蒂安的房间。他完全符合我们肤色浅黑的欧洲人[1]心目中英国贵族的形象,一个我敢担保的非常合适的结婚对象,伦敦所有年轻的小姐都在追求他。他很喜欢朝她们摆架子,我听人说。亲爱的,他给吓呆了。一个十足的蠢货——这就是穆尔卡斯特——还有,亲爱的,一个无赖。复活节那天他来到图居埃,我打破了惯例,好像请他留了下来。他在牌桌上输了一点点钱,结果居然指望由我付他请客的所有花销——唔,穆尔卡斯特在这伙人中间,我能看见他笨拙的身躯拖着脚步走来走去,听到他说:'不好。他出去了。咱们回去喝一杯吧?'于是,当时我把头伸出窗外朝他喊道:'晚上好,穆尔卡斯特,老寄生虫,老马屁精,你是不是躲在一群傻小子中间?你是不是来还我三百法郎的,你向我借这笔钱,是为了你在赌场上

---

[1] 指肤色浅黑的意大利人、西班牙人、葡萄牙人等。

勾搭的那个可怜的婊子吧?要消除她的麻烦,这点钱实在少得可怜,多大的麻烦,穆尔卡斯特,快来还我钱,你这流氓!'

"这番话,亲爱的,好像给他们注入了几分活力,他们咚咚咚地奔上楼梯,大约六个人来到我的房间,其他人站到外面大声喧哗。亲爱的,他们看起来太怪异了。他们在吃可笑的俱乐部晚餐,全都穿着彩色燕尾服——一种制服。'亲爱的,'我对他们说,'你们真像是一群最不守规矩的仆人。'此时他们当中的一位,一个劲头十足的愣小子,指责我搞同性恋。'亲爱的,'我说,'我也许搞同性恋,可我不是没个够的。等你单独一人的时候再来吧。'接着他们开始用不堪入耳的下流话辱骂我,忽然间,我也开始被他们惹恼了。'真的,'我想,'我想起我十七岁那年遭遇的所有麻烦,文森尼公爵(当然是老阿曼德,而不是年轻的菲利普)向我挑起一场决斗,为了我和公爵夫人(当然是年轻的斯苔芬妮,而不是上了年纪的波比)的恋情,而且我保证,是远远超出恋情的关系——眼下要我忍受这帮长着脓包、喝醉了酒的小崽子们放肆无礼的举动……'嗯,我放弃了戏谑似的轻松口吻,让自己处于一点点攻势。

"这时他们开始说:'抓住他。把他扔进水星池。'喏,你晓得,我有两尊布兰库西[1]的雕像和几件漂亮的东西,我可不想让他们糟蹋了,于是我平静地说:'亲爱的漂亮的乡巴佬们,你们只要稍微懂得一点性心理学,就会知道,我此刻最大的快乐,莫过于受到你们这些肉乎乎的孩子的虐待。那将是最刺激的一阵快感。所以,不管你们当中谁想当我的玩伴,赶紧过来抓住我吧。另一方面,如果你们仅仅希望满足于某种隐隐约约、说不清道不明的性欲,要看我洗澡,亲爱的笨货,那就安安静静地随我去水池吧。'

"你可知道,听了这番话,他们全部傻了似的?我和他们一道走下楼时,没有人敢紧挨着我。然后,我跳进水池,知道吧,池水

---

[1] 康斯坦丁·布兰库西(1876—1957),罗马尼亚雕塑家。

确实很凉爽,因此,我在池里游了一阵,还玩了几个花样,直到他们转身悻悻地往回走,我听到博伊·穆尔卡斯特说:'不管怎么说,我们的确把他扔进了水星池。'你知道,查尔斯,这就是他们会在二十年间不断重复的一句话。他们全都会娶瘦骨嶙峋、爱讲闲话的矮小女人为妻,生下一个个蠢猪一样酷似他们本人的儿子,这些儿子常常穿着同样颜色的衣服在同一个俱乐部的餐桌上喝醉酒,当人们提到我的名字时,他们仍然会说'我们有天晚上把他扔进了水星池',而他们粗俗的女儿们会暗自发笑,认为自己的父亲年轻时是一个地地道道的男子汉,后来变得那么蠢笨真是可惜。啊,疲惫的北方人[1]!"

我知道,安东尼并不是第一次被人逼进水里,只是此事似乎沉甸甸地压在他心头,因为他在晚餐桌上重又转向这一话题。

"你不能想象这样的倒霉事会发生在塞巴斯蒂安身上,是吧?"

"是的。"我说。我不能想象。

"是的,塞巴斯蒂安富有魅力,"他对着烛光举起一只盛有莱茵河白葡萄酒的玻璃杯,重复道,"富于这样的魅力。你可知道,我第二天顺便去看望了塞巴斯蒂安?我估计我那天晚上的惊险遭遇会把他逗乐。你猜我看到了什么——当然,除了他那只有趣的玩具熊之外?穆尔卡斯特和他头一天晚上的两个好朋友。他们一副傻乎乎的模样,塞巴斯蒂安神情镇定,像是笨——笨——《笨拙》(周刊)[2]上的庞——庞——庞松比·德·汤姆金斯太太。他说,'当然啰,你认识穆尔卡斯特勋爵,'那几个白痴说,'噢,我们就是来看看阿洛伊修斯怎么样了。'因为他们和我们同样觉得玩具熊很有趣。——或者,我是否可以说,稍稍感到更加有趣一些?于是他们走了。我说,'塞——塞——塞巴斯蒂安,你知道这帮搬——搬弄是非的懒汉昨晚冒犯了我,要不是天气还暖和的话,他们会害我得

---

1 原文为法语。法国人认为英国位于北方,英国人的生活比欧洲南部人更为劳累。
2 英国一种漫画幽默杂志,创刊于1981年。

重——重——重感冒的。'他说,'可怜的家伙们。我估计他们喝多了。'他对谁都会美言一句,你瞧,他如此富于魅力。

"我看得出来,他已经完全把你迷住了,亲爱的查尔斯。嗯,我并不感到惊奇。当然,你认识他的时间没有我长。我和他是中学同窗。说起来你不会相信,可那时候人们常说他是个小混蛋;只有几个野小子跟他好。当然,当铺里的每个人都喜欢他,还有所有的教师。我认为其实他们很嫉妒他。他好像从没遇到过麻烦,我们其他人动辄为一些琐屑小事挨一顿狠揍,塞巴斯蒂安可从没挨过揍。他是我们寄宿舍里唯一没有挨过揍的孩子。我现在能看见他十五岁的样子。他没有任何污点;其他所有的孩子都有污点。博伊·穆尔卡斯特确实道德败坏。塞巴斯蒂安可不是。或者说他有一个缺陷,那是他颈背上的一个顽疾?现在回想起来,他的确有。长了一个脓包的那喀索斯[1]。他和我都是天主教徒,因此我俩常常一起去望弥撒。他经常在忏悔室里一待就是很久,我常常琢磨他有什么可说的,因为他从没做过任何错事;从没犯过什么大错;至少,他从没受过处罚。或许他在经受拷问时显得很有魅力。我离开忏悔室时,心里有一团称之为疑云的东西,你知道——我想不通它为什么叫作疑云,我觉得它是一道讨厌的光。这个过程包括我和导师一系列令人窘迫的交谈。我发现事实证明这个温和的老人目光何等敏锐,心里不禁有些惶愧。他知道的我的那些事情,我认为无人——大概唯独塞巴斯蒂安除外——知道。从中得到的教训是,切勿相信温和的老人——抑或迷人的学生。该相信谁呢?

"我们再来一瓶这样的葡萄酒,或者别的什么酒?一种不同的、够劲的陈年勃艮第葡萄酒,好吗?我说,查尔斯,你的口味我都知道。你必须和我一道去法国喝葡萄酒。我们要在葡萄收获期去。我带你去文森尼家住。他们的葡萄已经全部收完了,他有法国最好的

---

[1] 希腊神话中的美少年,因拒绝回声女神的求爱而受到惩罚,死后化为水仙。

葡萄酒，他和波塔隆亲王——我还要把你带到亲王那儿去。我想你会觉得他们很风趣，当然他们也会喜欢你的。我要把你介绍给我的许多朋友。我跟科克多谈过你的情况，他期待着跟你会面。我说，亲爱的查尔斯，你是那种罕见的人物，一位画家。哦，对了，你一定不要显得那么腼腆。在你冷漠而恬静的英国佬的外表下，你是一位画家。我看到过那些你不断藏在屋里的小幅画。那些画很雅致。而你呢，亲爱的查尔斯，不知你是否理解我的意思，却并不雅致，一点也不雅致。艺术家是不雅致的。我是雅致的；塞巴斯蒂安呢，在某一方面，是雅致的。但是画家是一种永恒的类型，坚定，果断，目光敏锐——而且，在这一切下面，是激——激——激情，呃，查尔斯？

"可是，谁承认你呢？前几天我对塞巴斯蒂安说起你，我说，'不过你知道查尔斯是一位画家，他的画技堪与年轻的安格尔[1]媲美。'你知道塞巴斯蒂安说什么来着？——'是啊，阿洛伊修斯画得也挺漂亮，不过他当然更加时髦。'多么迷人，多么风趣。

"当然，有魅力的人并不真正需要头脑。四年前，斯苔芬妮·德·文森尼撩得我心头痒痒的。亲爱的，我甚至用跟她同样牌子的指甲油涂我的脚指甲。我模仿她的谈吐，模仿她的姿态点烟，我还用她的声调在电话里跟人交谈，致使公爵误以为我是她，和我进行了长时间的亲密通话。这主要因为公爵的心思照老习惯是放在了手枪和马刀上。我的继父认为这对我是一种再好不过的教育。他认为这将使我逐渐摆脱他所说的我的'英国习惯'。可怜的人，他是纯粹的南美洲人……我从没听见任何人说过斯苔芬妮一句坏话，除了公爵以外，她呢，亲爱的，肯定患有愚侏病[2]。"

安东尼聊起自己往年的罗曼史，说到动情处就不再口吃了。

---

[1] 安格尔（1780—1867），法国古典主义画派画家，擅长于肖像画，代表作有《浴女》《泉》等。

[2] 一种由于先天缺乏甲状腺素分泌而引起的畸形，多发生于阿尔卑斯山区。

在咖啡和甜酒的作用下，往事短暂地浮现在他脑海里。"地道的绿——绿——绿色察吐士窖酒[1]，是在僧侣遭到驱逐以前酿制的[2]。这酒缓缓流过舌尖时，你会品出五种明显不同的滋味。好似吞下一道光——光谱，你愿意塞巴斯蒂安与我们在一起吗？你当然愿意啰。我吗？我不知道。怎么我们的思路全都集中在他那点魅力上。我想你准是在对我施催眠术，查尔斯。我花了不少钱，带你来这儿，只是为了谈谈我自己，可我发现我谈的尽是塞巴斯蒂安，没有旁人。这很奇怪，因为他本人并没有神秘可言，除了他为何出生在那样一个非常不幸的家庭之外。

"我忘了你是否知道他的家庭。照我看，他不会让你见到他的家人。他实在太聪明了。他家里的人相当、相当讨嫌。你可曾觉得塞巴斯蒂安身上有一丁点讨嫌的做派？没有？也许这是我的想象，有时他看起来和他家里的其他人简直像极了。

"说到布莱兹赫德，此人有点古板，像是从一个密封数百年的洞穴挖掘出来的。他那张脸，浑似一位阿兹台克雕塑家尝试着刻出的塞巴斯蒂安的雕像；他是一个颇有学问、行为偏执的人，一个彬彬有礼、缺乏修养的人，一个雪中被困的喇嘛……嗯，你说是什么都可以。至于朱莉亚，你知道她长得什么样。有什么法子呢？她的照片定期出现在画报上，就像比彻姆药丸的广告一样。那张脸体现了佛罗伦萨 15 世纪毫无瑕疵的美。几乎其他任何一个如此貌美的女人，都会不自觉地具有几分艺术修养。不是朱莉亚小姐，她像——嗯，像斯苔芬妮一样漂亮。她身上没有一点矫揉造作的姿态。如此快乐，如此端庄，如此单纯。我不知道她是否有乱伦行为。我拿不准。她唯一需要的是权力。应当设立一个特别宗教法庭对她处以火刑。还有一个妹妹，我想，正在上学。我们对于她一无所知，只听说她的

---

[1] 由加尔都西会修士用芳香草和白兰地制成的酒，呈黄、绿或白色。
[2] 1893 年法国雅各宾专政初期法国曾封闭寺院，此处指该酒系 1893 年以前的陈酿，故极为名贵。

家庭女教师发了疯,不久前投河而亡。我敢肯定她很可恶。所以你看,可怜的塞巴斯蒂安只能摆出温柔而迷人的姿态,几乎没有其他任何办法。

"我们谈起父母时,往往会触及一些心底埋藏很深的隐情。亲爱的,这样一对夫妇,马奇梅因夫人是怎么维持下去的?这是一个年龄引起的问题。你见过她吗?非常、非常美,没有打扮,精心梳理的银色发丝刚开始稍稍泛灰,脸色白皙,没涂胭脂,一双大眼——尤其惊人的是,那双眼睛看起来特别大,眼皮因毛细血管密布而呈蓝色,其他任何人得用指甲沾上油彩才能涂出这种蓝;戴着几颗珍珠和几粒星光般闪烁的宝石,古法镶嵌的祖传遗物,嗓音像祷告一样轻而有力。马奇梅因勋爵呢,嗯,大概稍许胖了些,但很英俊,一个威尼斯贵族,一个沉溺于酒色的人,一个拜伦式的人物,百无聊赖,富于感染力的慵懒姿态,压根不是你指望能看到的被轻易征服的人。那个莱茵哈特的修女,亲爱的,毁了他——彻底毁了他。他那张紫色的阔脸膛在哪里都不敢见人。他是某人遭到社会摒弃的最后一个历史性的真实例证。布莱兹赫德不愿见他,姑娘们不能见他,塞巴斯蒂安当然见他,因为他如此迷人。其他人没有谁接近他。呃,去年九月,马奇梅因夫人住在威尼斯的福格利埃府邸。说实话,她在威尼斯委实有点出乖露丑。她当然从没走近海滨浴场,却总是和埃德里安·波森爵士一道坐着贡多拉在运河上到处悠游闲荡——那副派头,亲爱的,活像勒卡米耶夫人[1]。有一回我经过他们身边,瞧见福格利埃家的船夫,此人我当然认识,他朝我用力眨了眨眼。她参加所有的社交聚会,像是被一根根游丝牵着自动前往那些场所,仿佛她是某出凯尔特语戏剧中的一个角色,或者梅特林克[2]剧作中的女主人公。而且她常去教堂。嗯,你知道。威尼斯是意大

---

[1] 勒卡米耶夫人(1777—1849),法国贵妇人,十五岁时嫁给银行家雷卡米耶,其在巴黎的沙龙是当时政界和文坛知名人士聚会之地。

[2] 莫里斯·梅特林克(1862—1949),比利时法语诗人和剧作家,象征派戏剧的代表作家,代表作有剧作《青鸟》、诗集《暖房》等,获1911年诺贝尔文学奖。

利唯一没有人去教堂的城市。总之,她是那年一个特别滑稽的人物,那年月能够乘坐马尔登的游艇露面的人,除了可怜的马奇梅因还会有谁?他在那儿拥有一座小巧舒适的宅邸,可是允许他进门吗?马尔登勋爵让马奇梅因和他的贴身男仆搭乘一艘橡皮救生艇,把他们送上驶往里雅斯特[1]的汽船。他甚至连自己的情妇都没带。她当时正在休年假。谁也不知道他们如何得知马奇梅因夫人在那儿。而且,你可知道,整整一周,马尔登勋爵行踪诡秘,见人便溜,像是丢尽了脸似的?他的确丢尽了脸。福格利埃亲王夫人举办了一场舞会,没有邀请马尔登勋爵和他游艇上的任何人——甚至没有邀请德·帕诺塞斯。马奇梅因夫人是怎样做到这一点的呢?她使世人确信马奇梅因勋爵是一个恶人。事实的真相又是怎样呢?他俩结婚大约十五年后马奇梅因勋爵上了战场;他从此再未回返,却和一位天资卓绝的舞蹈家发生了关系。这样的事情成千上万。她拒绝跟他离婚,因为她是一个虔诚的教徒。唔,这类纠纷此前也有一些先例,通常总是激发人们对奸夫的同情:但人们并不同情马奇梅因勋爵。你会觉得这个道德堕落的老家伙折磨了她,窃取了她的世袭财产,将她撵出门外,烤熟她的孩子们,填入佐料后吃掉,自己脖颈上挂着索多玛和蛾摩拉[2]各种花朵编织的花环到处寻欢作乐;真相是什么呢?他为她所生的四个好儿女当父亲,将布莱兹赫德庄园和圣詹姆斯的马奇梅因府邸转交给她,并且悉数奉上她可能想花的所有的钱,却与一位讨人喜欢的中年女演员坐在海鸥戏院里,按照最传统的爱德华七世时代的风格,穿着带有雪白硬前胸的衬衫。与此同时,她养了一群任他奴役的瘦削的囚徒供她独自享用。她吸他们的血。埃德里安·波森洗澡时,你可以看到他的肩膀遭她啃咬的齿痕。而他,亲爱的,他是我们时代唯一最伟大的诗人。他的血被吸干了,什么也

---

[1] 意大利东北部港市。
[2] 两个因居民罪恶深重而被上帝焚毁的古城,参见圣经《旧约·创世纪》18:20:"耶和华说,索多玛和蛾摩拉的罪恶甚重,声闻于我。"

没留下。另有五六个性别不同年龄各异的人,幽灵似的到处跟着她。一旦被她的牙齿咬住,他们就永远无法逃脱。此外没有别的解释。

"所以我说,如果塞巴斯蒂安有时好像缺少一点生气,我们绝不应该埋怨他——你不要埋怨他,你埋怨他吗,查尔斯?他的生长背景那样阴暗,除了装出一副单纯而迷人的外表,又能做什么呢,尤其因为他在上流社会并不是天资出众。我们不能这样要求他,尽管我们很爱他,能这样要求他吗?

"如实告诉我,你可曾听见塞巴斯蒂安说过任何你能记住五分钟的话?你知道,每次我听他说话,就会想起这句话,同时多少想起讨嫌的'泡泡'图。谈话应当像杂耍表演,向上扔出一只只球儿和盘子,上下翻飞,来来去去,这些漂亮而结实的道具被舞台脚灯照得亮闪闪的,稍一失手便会砰的一声落地。可是,亲爱的塞巴斯蒂安开口说话时,好似一根古老的黏土烟斗上飘出一个小而圆的肥皂泡,瞬间映出七色虹彩。随即——噗的一声消失了,什么都没有留下,什么都没有。"

接着,安东尼谈到一名艺术家固有的体验,谈到他希望来自朋友们的鉴赏、批评和鼓励,谈到他在追求情感时势必遭遇的危险,谈这谈那说个没完,我在一边昏昏欲睡,任由自己的脑袋开了一阵小差。然后我们开着车回去,不过当车摇摇晃晃地驶过玛德格琳桥时,他的话让我想起我们晚餐谈话的主题。"唔,亲爱的,我确信你明儿早晨一起身,就会赶紧跑到塞巴斯蒂安那儿,把我关于他的议论原原本本告诉他。我要告诉你两点:第一,这将丝毫也不影响塞巴斯蒂安对我的感情,第二,亲爱的——尽管我的话显然让你厌烦得直打瞌睡,我还是请你记住——他会立刻说起他那有趣的玩具熊。晚安。睡个好觉。"

可是我睡得很不好。迷迷糊糊地倒在床上,不到一小时又醒过来,口渴加上心烦,时热时冷,异常激动。我喝了很多酒,但无论是混合酒,修道院的陈年窖酒,马乌罗达弗尼酒[1]浸果酱布丁,还是我整晚坐着不动,几乎一言不发,没有像我们惯常那样出去嬉闹一番,消消肚里的酒气,都解释不了我这一夜何以如此痛苦,仿佛饱受女妖的折磨。我并没有做一场噩梦,梦到晚间所见的形象被扭曲成各种恐怖的形状。我清醒地躺在床上。我无声地独自重复着安东尼的话,模仿他说话的声腔调门和节奏,同时闭拢眼皮,仍能瞧见餐桌上我对面烛光下他那张惨白的脸。在黑暗中流逝的那些时间里,我有一次把画册拿到起居室的灯光下,坐在窗前翻阅。四方院里的一切都是漆黑而死寂,只有每隔一刻和三刻山墙上方鸣响的钟声。我喝汽水,抽烟,心里烦躁,直到天刚破晓之际一阵轻轻吹起的微风把我送上床。

醒来时,只见伦特站在敞开的房门口。"我让你多躺会儿。"他说,"我想你不会去参加圣餐仪式。"

"说得太对了。"

"大多数一年级新生都去了,还有相当一部分二年级和三年级学生。全都是由于新来的教堂牧师的缘故。以前从来不举行集体圣餐仪式——只让想参加这种仪式的人领圣餐,加上礼拜和晚礼拜。"

这是本学期的最后一个礼拜日;今年最后一个礼拜日。我去洗澡时,四方院里尽是身穿长袍和钭襟衣的大学生,慢悠悠地从礼拜堂走向饭厅。我洗完澡回来,他们正成群地站着抽烟;贾斯珀骑着自行车从他的宿舍出来,跟他们待在一起。

我走过阒无人迹的一片开阔地,像我礼拜日常做的那样,前往伯利约学院对面的一家茶餐店吃早餐。空气中回荡着周围教堂的塔楼传来的钟声,太阳把一条条拖得长长的影子投到空旷的地上,驱散了夜晚的恐惧。茶餐店像图书馆一般寂静,几个从伯利约学院和

---

[1] 马乌罗达弗尼酒,一种产于希腊的甜味红葡萄酒。(参见陆谷孙主编《英汉大词典》)

三一学院单独过来的学生,脚穿寝室的拖鞋,我走进店里时他们抬起了头,旋又埋头看星期日的报纸。我带着年轻人一夜辗转难眠之后的好胃口吃炒蛋和苦味柠檬酱。我点燃一支烟,继续坐着,这当儿伯利约和三一学院的几个学生相继付了账,啪嗒啪嗒地拖着脚步走过大街,返回各自的学院。我将近十一点时离开这家店,一边走一边听到全城复调的钟声停止,代之以一种单调的钟声,提醒市民礼拜仪式即将开始。

那天上午出门在外的似乎只有那些去教堂做礼拜的人。大学本科生和研究生,家庭主妇和生意人,他们以显系英国人平素上教堂的那种步速行走,既不是匆匆赶路,又不是悠然闲逛,手持黑羔皮和白赛璐珞封面的五六种不同教派的祈祷书,分别走向圣巴纳巴斯教堂,圣哥伦巴教堂,圣阿洛伊斯教堂,圣玛丽教堂,蒲塞会堂,黑衣僧会堂,除此而外天知道什么地方的教堂;走向修复的诺尔曼式教堂和翻新的哥特式教堂,走向拙劣模仿威尼斯和雅典的教堂——全都在夏阳的照耀下走向本民族的圣殿。只有四名异教徒骄傲地宣告他们不信奉正教;四个印度人走出伯利约学院的大门,穿着新洗的白色法兰绒长裤和熨平的色彩鲜艳的上装,头上缠着雪白的头巾,褐色胖手上拿着鲜亮的靠垫、一只野餐篮和萧伯纳的《令人不快的戏剧》,朝河边走去。

在谷物市场,一群游客站在克拉伦登旅馆的台阶上,同他们的司机讨论一张地图。旅馆对面,隔着名为金十字的一道古老拱门,我跟我们学院的一群学生打招呼,他们刚刚在那儿吃完早餐,此刻正拿着烟斗,在爬满常春藤的庭院中漫步。同样前往教堂的一队童子军,排着不符合军事规定的队列大步走过去,因为身上的彩色缎带和勋章而格外醒目。在卡尔法克斯,我遇见市长和市政当局的人,身穿红色长袍,挂着金链,列队去市教堂聆听布道,前有手执权杖者开道,后有行人的冷眼睨视。在圣阿尔戴兹,我遇到两人一排成纵列的唱诗班男童歌手,戴着浆硬的衣领和独特的帽子,正朝汤姆门和大教堂走去。我就这样走过虔诚教徒的世界去找塞巴斯蒂安。

他不在家。我读了他乱糟糟地摊在书桌上的那些信,全都不得要领;仔细察看他放在壁炉台上的请帖——没有新的补充。于是我读起《女人变狐狸》[1],一直等到他回来。

"我刚才在老王宫教堂望弥撒。"他说,"本学期还没去过一次,贝尔蒙席[2]上星期两次请我吃饭,我知道这是什么意思。妈妈一直给他写信。所以我干脆坐在前面他无法看到我的地方,结束时可着劲儿高呼万福马利亚,就这么过去了。跟安东尼晚餐吃得怎么样?你们聊些什么?"

"唔,大部分时间都是他在说。告诉我,你在伊顿认识他吗?"

"他在我读第一学期时就被开除了。我记得在什么地方见过他。他一向是一位引人注目的人物。"

"他和你一起上过教堂吗?"

"我想没有,怎么啦?"

"他见过你家的什么人吗?"

"查尔斯,你今天这样太反常了。没有,我想没有。"

"没在威尼斯见过你母亲?"

"我想她倒是谈到过这一点。原话我记不得了。记得她和我们的几个意大利表兄妹,福格利埃一家人,待在一起,安东尼和他家的人出现在那家旅馆。福格利埃家举办了一次晚会,没有邀请安东尼一家人。记得妈妈听我说安东尼是我的朋友时,她就此说过一些话。我不明白他为什么想参加福格利埃的聚会——亲王夫人对自己的英国血统引以为荣,津津乐道于这个话题,此外一概不谈。不管怎样,没有人对安东尼有什么反感——没有强烈的反感,我认为。他们以为难处的是他母亲。"

"文森尼公爵夫人是谁呢?"

---

1 英国小说家大卫·加纳特的长篇小说,出版于 1922 年。
2 天主教会神职人员因其对教会所做出的贡献而被罗马教皇授予的荣誉称号。

"波比？"

"斯苔芬妮。"

"这你就得问安东尼了。他声称自己和她有过一段恋情。"

"真的吗？"

"我敢说是真的。我想，这事在戛纳时多少带有一些强迫性。你为什么对这一切感兴趣？"

"我只想知道安东尼昨晚说的有多少是真话。"

"我认为一句真话也没有，这正是他最大的魅力。"

"你也许认为这是他的魅力，我认为这很可怕。你可知道，昨天整整一晚上，他都在竭力唆使我跟你做对，而且差不多成功了。"

"是吗？真蠢。阿洛伊修斯压根不会赞成他这么做，你呢，你这头自负的老熊？"

此时，博伊·穆尔卡斯特走进屋里。

# 第三章

　　我回家过暑假,既无计划又没钱。为了偿付期末的各项费用,我把欧米茄屏风以十镑的价格卖给了科林斯,这笔钱我现在只剩下四镑;我的最后一张支票在我的个人账户上已经透支了几先令,银行方面通知我,未经我父亲授权,我不得预支任何款项。我的下一笔津贴要到十月份才能兑现。如此一来,我面临着黯淡的前景,我把此事反复思量了许久,对前几个星期自己的挥霍无度不免有些懊恼。

　　我在学期之初付清了膳宿及学杂费,当时手头尚有一百多镑。这笔钱全部花光了不算,我赊欠的每笔账款至今分文未还,这样花钱其实没有任何理由,丝毫乐趣也没有得到,那么多钱都算是白白打了水漂。塞巴斯蒂安常常拿我打趣——"你花钱那么大方,活像是赛马场上的赌徒。"——可是那些钱全都是为他花的,或者是和他一起花的。他自己的经济状况永远令人心生隐忧。"都给律师们算计光了,"他无奈地说,"我估计他们从中捞了不少。反正我好像从没拿到过多少钱。当然,不管我要多少钱,妈妈都会照给。"

　　"既然如此,你何不向她索取一笔固定的生活费呢?"

　　"噢,妈妈喜欢把什么都当作礼物送人。她人可好啦。"他说的这句话,在我正在描画的她的个人形象上又增添了一笔。

现在塞巴斯蒂安已经隐入他不愿我仿效的另一种生活，我被他撇下，心里颇感惆怅和懊恼。

当我们到了迟暮之年，久久地回忆当年有欠思考、行为放荡的夏日时光，如果断然否认自己年轻时的道德感，我们的心胸将显得何等狭隘。一个人在叙述自己的早年生活经历时，如果避而不谈他如何怀念幼年的美德，他纠正错误时如何追悔不迭，痛下决心，避而不谈像轮盘赌台上的"0"那样几乎可以准确预测的忧郁时刻，他的叙述便毫无坦诚可言。

于是，我从一间屋踱到另一间屋，隔着厚玻璃窗轮番瞅着花园和大街，心里怀着强烈的自责，就这样度过了回家之后的头一天下午。

我知道我父亲在家里，然而他的书房是一个禁地，快到吃晚饭时他才出来招呼我。他时年五十八九岁，但是外形远比实际年龄苍老，恰恰是他鲜明的个人特征，人们乍一见到他，往往以为他年已七旬，及至听到他开口说话，又会觉得他年近八十。他此刻向我走来，拖着刻意模仿的沉重缓慢的方步，露出一丝表示欢迎的羞涩的微笑。当他在家吃晚餐时——他难得在别处吃晚餐——他穿一件缀有盘花纽扣的天鹅绒吸烟罩衫。这种罩衫多年前很是时兴，以后还将再度时兴，可是当时肯定已经老掉牙了。

"亲爱的孩子，他们没跟我说一声你在这儿。你一路旅行很是疲乏吧？他们让你吃茶点了吗？你身体好吗？我刚刚与索纳查因古董店做成了一桩有点冒险的交易——一只15世纪的赤陶土公牛雕像。我刚才一直在仔细验看，忘了你已经到了家。车厢里坐得很满吗？你是不是坐在角落的座位上？"（他自己甚少出门旅行，因此每次听到别人旅行，总能激起他心里的关切。）"海特尔把晚报给你拿来了吗？当然没有什么新闻——尽是废话。"

仆人通报说开饭了。父亲出于多年的习惯带了本书放到餐桌上，稍后想起我在场，随即偷偷地把它丢到椅子下面。"你想喝点什么？

海特尔,我们有什么酒给查尔斯先生喝?"

"还有点威士忌。"

"有威士忌。也许你喜欢喝点别的什么?我们还有别的酒吗?"

"家里没别的酒了,先生。"

"没别的酒了。你得告诉海特尔你爱喝什么酒,他会买来的。我如今家里再也不放酒了。医嘱禁止我喝酒,再说也没人来看我了。但是你在这里期间,不管喜欢什么都应得到满足。你会在这儿待很久吗?"

"说不准,爸爸。"

"这是一个漫长的假期。"他沉思着说。"我年轻时,我们总是举办所谓的读书会,总是待在山区。为什么,为什么,"他急躁地重复道,"人们认为高原风光有益于读书呢?"

"我打算花些时间去美术学校进修——旁听写生课。"

"亲爱的孩子,你会发现美术学校全都关了门。学生们都去巴比松[1]或类似的地方写生了。我年轻时有个组织叫'素描俱乐部'——男女在一起"(抽鼻子),"自行车"(抽鼻子),"椒盐色灯笼裤,荷兰雨伞,而且普遍认为是,自由恋爱"(抽鼻子),"一大堆诸如此类的废话。但愿他们还在办这种俱乐部。你不妨试试看。"

"暑假的一个难题是钱,爸爸。"

"哦,我在你这样的年纪,绝不会为这种事犯愁。"

"你知道,我手头相当拮据。"

"是吗?"父亲的话音里丝毫没有体贴的意味。

"说真的,我不大知道下面两个月的日子该怎么过。"

"嗯,我是最不适合替你拿主意的人。我从没有过被你痛苦地称为'拮据'的时候。你还有别的词儿可用吗?缺钱?贫困?苦恼?尴尬?破产?"(抽鼻子)"负债?落魄?我们就说你落魄,就这么

---

[1] 巴黎附近的一个村庄,米勒等自然主义风景画派的代表人物曾居住于此,形成了巴比松画派。

说吧。你爷爷曾对我说,'钱要省着用,不过你要是遇到难处,赶紧来找我,别去找犹太人'。许多类似的废话。你试试看,去找杰尔明大街那些仅凭手写字据便直接放贷的先生。亲爱的孩子,他们连一镑也不愿借给你。"

"那你说我怎么办?"

"你表兄梅尔基奥贸然投资,结果负债累累。他去了澳洲。"

自从父亲在《伦巴底祈祷书》中发现两页公元2世纪的古埃及文稿以来,我第一次见到他这样高兴。

"海特尔,我把书掉到地上了。"

海特尔从父亲脚边把书捡起,将它倚靠着餐桌中央摆放鲜花和水果点心的分格饰盘。在晚餐余下的时间里,他一直沉默不语,只是偶尔愉快地抽一抽鼻子,我想这并不是由他看的书所致。

随后,我们离开餐桌,坐在花园屋里。在那儿,他显然把我抛到了脑后;他的思绪,我知道,已经远离现实,进入那些遥远的年代,那些年代任他轻松穿越,一个一个世纪地飞快流逝,所有的人物形象都模糊难辨,他的同伴们的名字变成了讹误迭出、另有他意的文字。他的坐姿会让其他任何人感到极不舒服,斜倚在直背椅上,高举着一本书,斜对着灯光。他时不时地从表链上取下一只金质铅笔盒,拿出铅笔,在书的页边做一个记号。窗户敞开着,外面是夏天的夜晚;屋里只听得见时钟的嘀嗒声,贝斯沃特路上远远传来的辘辘车声,以及父亲有规律地翻动书页的声音。我原先以为,边抽雪茄边哭穷实为不当之举;而今希望既已破灭,我干脆回到自己房间取了一根。父亲没有抬头。我掰开雪茄头儿,将它点燃,带着恢复如初的信心说道:"爸爸,你当然不愿意我整个假期都在这儿陪着你吧?"

"呃?"

"让我在家里待这么久,你难道不觉得心烦吗?"

"即便我觉得心烦,我相信自己也不会流露出这种情绪。"父亲温和地说道，复又看起书来。

晚间过去了。终于，屋里几只款式各异的时钟全都敲响了悦耳的十一点钟。父亲合上书，取下眼镜。"非常欢迎你，我的孩子。"他说，"只要觉得合适，待多久都行。"他在门口停下脚步转过身来。"你表兄梅尔基奥去澳洲了，靠着当一名普通水手抵偿旅费。"（抽鼻子）"我不知道，什么叫'普通水手'。"

在随后闷热的一周里，我与父亲的关系急剧恶化。白天我很少见到他，他在图书室里一待就是几个钟头；他间或露面时，我总是听到他冲着楼梯栏杆喊道："海特尔，给我备车。"然后他出门在外，有时半小时左右，有时一整天；至于做些什么，他从来不做解释。我经常见到仆人临时端着托盘送到楼上他房间里，盘中有少量托儿所的点心——脆饼干，几杯牛奶，香蕉，等等。如果我们在走廊或楼梯上照面，他总是怔怔地瞅着我说，"啊——哈"，或者"天气真暖"，或者"天气好极了，好极了"。可是在晚间，每当他穿着天鹅绒吸烟罩衫来到花园屋时，他总是正式向我打招呼。

晚餐桌是我们的战场。

第二天晚上，我带上自己的书去餐室，他那温和而游移不定的目光蓦地注意到这本书，牢牢盯住不放。我们经过客厅时，他偷偷地把自己的那本书留在一张墙边桌上。我们入座之后，他悲哀地说："我想，查尔斯，你能跟我说说话吧。今天一天我实在累得够呛，我真想跟你聊聊。"

"当然啰，爸爸。咱们聊什么呢？"

"让我打起精神，给我解解闷，"他使着性子说，"就跟我聊聊那些新戏吧。"

"可我没看过一出戏。"

"你应该去看戏，知道吧，你真该去看看戏。一个年轻人，整晚整晚地待在家里，很不正常嘛。"

"喏，爸爸，我跟你说过，我没有多少闲钱去戏院。"

"亲爱的孩子，你不该听任金钱这样主宰你的行动。噢，在你这样的年龄，你表兄梅尔基奥就与别人合作谱写了一首乐曲。这是他闯荡天下的一桩乐事，你应该去看戏剧，作为自身教育的一部分。如果你读过杰出人物的生平故事，就会发现他们当中足有一半人初次接触戏剧，是在剧院的顶层楼座上。别人对我说，那样看戏，没有任何乐趣可言。但正是在那种地方，你能发现真正的评论家和忠实的观众，所谓'与众神相邻而坐'。看戏所需的花销微乎其微，而且甚至你在街上等候入场的时候，也会被'街头艺人'逗乐。哪天晚上我们也去戏院与'众神'相邻而坐。你觉得艾贝尔太太的烹调技艺如何？"

"没有变化。"

"这还是受到你菲利帕姑妈的启发呢，她交给艾贝尔太太十份菜单，这些菜单从未有过任何变动。我独自用餐时，并不注意自己吃的是什么，可如今你在家，我们就得换换花样啦。你喜欢吃些什么？有哪些时令菜？你喜欢吃龙虾吗？海特尔，告诉艾贝尔太太，明天的晚餐要给我们上龙虾。"

当天的晚餐，有一盆淡而无味的白汤，炸得过老、浇上粉红色调味汁的鳎鱼片，斜码在圆锥形土豆泥上的羔羊肉排，摆在一种海绵蛋糕上的果冻煨酥梨。

"我吃得这么考究，纯粹是出于对你菲利帕姑妈的尊重。按照她的规定，一餐饭三道菜，才是中产阶级。'一旦你听任仆人自行其是，'她说，'就会发现你自己每晚只吃一块排骨。'再没有比排骨更合我口味的了。其实，艾贝尔太太不在家的晚上我去俱乐部，吃的也正是排骨。可是你姑妈规定，我在家用餐必须是三菜一汤，有几晚是鱼、肉和开胃菜，有几晚是肉、甜食和开胃菜——几种菜可以互换搭配，变出不同的花样。

"有些人善于简洁而精确地表达自己的见解，非常了不起，你姑妈就有这种本领。

"如果以为我曾经与她晚上在一起用餐——如同此刻我和你一样,那未免太可笑了,我的孩子。她不遗余力地给我解闷,常常跟我说起她读的书。她在心里把我这儿当成她自己的家。她认为如果她对我撒手不顾,我准会养成一些怪癖。或许我已经养成了一些怪癖。有没有呢?可我不能听她的,最后我还是把她甩了。"

他说这番话时,语音里显然含有一种威胁的意味。

多半由于我姑妈菲利帕的缘故,如今我发现自己在父亲家里竟然成了一个陌生人。母亲去世后,她过来同我父亲和我住在一起,无疑,正如父亲所言,她想把我们这儿当成自己的家。当时,我对晚餐桌上的种种痛苦毫不知情,姑妈要亲自陪伴我,我毫无疑问地领了她的情。此种情形持续了一年之久。后来发生的第一个变化,是她重新启用原先打算出售的萨里的那座房子,她在我上学期间住在那里,每次来伦敦小住几日,仅仅是为了购物和消遣。夏天我们一起去海滨寓所。后来,她在我高中最后一学年离开了英国。"我终于把她甩掉了。"他用嘲讽而又得意的口吻说起那位善良的夫人,知道我从话里听出了一种向我挑衅的含意。

离开餐室时,我父亲说:"海特尔,你有没有跟艾贝尔太太说,我预定明晚吃龙虾?"

"没有,先生。"

"那就别说了。"

"好的,先生。"

我们在花园屋落座以后,他说:"我不知道海特尔是否存心提龙虾的事。我认为他不会提。你可知道,我相信他以为我是在开玩笑?"

第二天,一件武器凑巧落在我手里。我遇见一位中学时代的老友,名叫乔金斯的同龄人。我向来不太喜欢乔金斯。记得还是菲利帕姑妈在家里的时候,有一次他来吃茶点,姑妈判定他兴许能用心灵打动别人，但初看起来却无法博得人们的好感。这一回，我热情地向他打招呼，请他来我家吃饭。他应邀而来，没有显示出什么变化。海特尔肯定已经提醒过父亲，说家里今晚有一位客人，因为他身上穿的不是那件天鹅绒罩衫，而是燕尾服，这身燕尾服，加上黑背心，高高的硬领，窄窄的白领带，便是他的晚礼服。他穿着这套晚礼服，露出悲戚的神情，仿佛身着宫廷丧服一般。这套服装他年轻时开始穿上身，因为发现款式尚合人意，遂一直保留至今。他从未有过一件男式餐服。

"晚上好，晚上好。你大老远地来到这儿，真是太好了。"

"哦，不算远。"乔金斯说，他住在苏塞克斯广场。

"科学消灭距离。"父亲口不择言地说，"你来这儿是做交易吗？"

"噢，是做生意，如果你说的是这个意思。"

"我有一个亲戚是做生意的——你应该不会认识他，比你高一辈。那天晚上我还跟查尔斯谈到他呢。我经常想到他。他成了，"父亲倏地打住，以便使即将说出的怪词带有充足的分量——"一个惨败者。"

乔金斯神经质地咯咯笑了起来，父亲用责备的目光直视着他。

"你觉得他的不幸是一个愉快的话题？抑或我用的词有些冷僻，想必你会说他'破产'了吧。"

父亲控制着局面。他已经为自己制造了一种幻象，认准乔金斯是美国人，因此整晚都在单方面跟乔金斯玩一场微妙的客厅游戏，谈话中出现的任何特有的英国用语他都加以解释，将英镑折合成美元，还用一些词语谦卑地迎合对方，诸如，"当然，按照你们的标准……""这一切在乔金斯先生看来肯定过于偏狭。""在你业已习惯的辽阔地域……"于是我的客人隐约觉得我父亲大概对他的身份有些误解，而他又根本没机会解释清楚。席间他频频窥探父亲的眼神，很想从中读出一种简单的信号，表明这样的谈吐是一个刻意而为的玩笑，可他接触到的却是温蔼慈祥的目光，因而感到茫然无绪。

席间我一度觉得父亲实在太过分了，因为他说："我担心你住在伦敦，肯定会因无法参与本国的全民运动而伤感。"

"本国的全民运动？"乔金斯问道，他的理解力有些迟钝，但察觉到这终究是一个澄清事实的机会。

父亲将投向乔金斯的目光转向我，脸上的表情也由和善变为怨恨；再朝乔金斯看去时，又恢复了和善的表情。那副神气活像是一个赌徒，在向满场赌客押上一笔赌注。"本国的全民运动，"他从容地说，"板球。"他抑制不住地抽了抽鼻子，浑身打着寒战，用餐巾揩了揩眼睛。"在伦敦城工作，你肯定发现自己在板球场上的时间减少了许多吧？"

他走到餐室门口离开了我们。"晚安，乔金斯先生。"他说，"但愿你下次'横渡鲱鱼池[1]'之后，再来我们这里做客。"

"我说，你老爸这话是什么意见？他好像几乎把我当成美国人啦。"

"他有时相当古怪。"

"他竟然建议我去看看威斯敏斯特大教堂。这好像太离谱了。"

"不错，我没法解释。"

"我几乎以为他是在取笑我呢。"乔金斯用惶惑的口吻说道。

几天以后父亲做出了反击。他找到我说："乔金斯先生还在这儿吗？"

"不在了，爸爸，当然不在。他只是来吃饭的。"

"呃，我倒希望他跟我们一起待些日子。这样一个多才多艺的年轻人。不过你今天在家吃晚餐吗？"

"在家吃。"

---

[1] Herring pond，鲱鱼池，北大西洋的谑称。

"我准备举行一场小型家宴,调剂一下你连续多天在家单调的晚间生活。你认为艾贝尔太太能够操持得了?她不行。幸好我们的客人并不挑剔。卡思勃特爵士和奥姆-赫里克小姐是所谓的核心人物。我希望餐后听一会儿音乐。我还特意为你请了几位年轻人。"

我对父亲的计划已有不祥的预感,但没料到实际情形竟然更糟。客人们聚集在被我父亲毫不羞愧地称为"楼座"的房间里,此时我才看出,父亲精心挑选这些客人,分明是为了让我难堪。其中的"年轻人"分别是格洛里亚·奥姆-赫里克小姐,一名大提琴专业的学生;她的未婚夫,一位供职于大英博物馆的秃头青年;还有一位使用单一语言的慕尼黑出版商。我瞧见父亲和他们站在一起,在瓷器架后面朝我抽鼻子。这天晚上,他在纽扣洞里缀了一朵小小的红玫瑰,好似骑士佩戴的一枚战斗徽章。

晚宴时间很长,菜肴跟客人们一样,都经过认真挑选,本着存心嘲讽的初衷。菜肴并非出自菲利帕姑妈的选择,而是源于很早一个时期的拼凑,远在父亲在楼下用餐之前。餐盘纹饰精美,可供观赏,按照红白相间的规律交替摆放。它们和葡萄酒同样令人乏味。晚餐过后,父亲领着德国出版商走到钢琴旁,出版商弹起钢琴,他离开客厅去"楼座",请卡斯勃特·奥姆-赫里克爵士欣赏那尊伊特鲁里亚[1]公牛雕像。

这是一个令人厌烦的夜晚,宴会终于结束时,我惊讶地发现才十一点零几分。父亲给自己倒了一杯大麦茶,说道:"我这帮朋友叫人好不扫兴!你知道,要不是你在家,使我打起精神,我哪有闲心思邀请他们。我近来一直懒得宴请客人。既然你要在我这儿待很久,我就会度过许多这样的夜晚。你喜欢格洛里亚·奥姆-赫里克小姐吗?"

"不喜欢。"

---

[1] 意大利中西部古国。

"不喜欢？你讨厌她毛茸茸的唇髭呢，还是她的一双大脚？你觉得她高兴吗？"

"不高兴。"

"我也有同感。我不知道是否会有哪位客人认为这是他们最愉快的一个夜晚。那个年轻的外国人钢琴弹得糟糕透顶，我想。我在哪儿见过他呢？还有康斯坦蒂亚·斯麦斯维克小姐——我在哪儿见过她呢？可是我必须履行殷勤待客的义务。只要你一直待在这儿，你就不会觉得无聊了。"

以后两周的激烈冲突弄得我们两败俱伤，只是我输得更惨，因为父亲既有丰富的资源可以利用，也有广大的地域与我周旋，我却被他牢牢限制在高地和大海之间的桥头堡里。他从不宣布他的战争目标，我至今不知他的目标是否纯系惩罚性质——他心底是否有某种地理政治的考虑，企图将我逐出这个国家，如同我的菲利帕姑妈被他赶到博迪格拉、表兄梅尔基奥被他赶到达尔文，抑或他与我交战，是否只是由于酷爱一场能使其大显身手的战斗（这一点似乎极有可能）。

一天，我收到塞巴斯蒂安的一封来信，当时我父亲正在家里吃午饭，这件惹人注目的东西当着他的面交到我手中。我瞧见他好奇地盯着这封信，便赶紧把它拿走，好在私下里细读。信纸和信封都是维多利亚时代后期厚厚的唁函用笺，且都印有黑色花冠，四周镶以黑框。我急切地读起来：

布莱兹赫德古堡
威尔特郡
不知今天为何日
最最亲爱的查尔斯：

我在一张书桌后面找到一盒这样的纸，因此我必须给你写信，此时我正在哀悼自己已逝的纯真。纯真从来不像是活着的。医生们从一开始就对它感到绝望。

我即将启程前往威尼斯,和我爸爸一起住在他的罪恶之宫里。我希望你来,我希望你在这里。

我从来不是一个人待着。家里的人们不断地回来,不断地整理行装,再次离开,但是白色的浆果已经熟了。

我很不愿意带阿洛伊修斯去威尼斯。我不想让他遇到许多讨厌的意大利熊,从而染上种种恶习。

爱你,或者如你如愿。

塞

我熟悉他写的这类老式信件,此类信我在拉文纳收到过。我本不该感到失望,然而那一天,我把这张硬纸撕成两截,扔进废纸篓里,愤懑地注视着对面肮脏的花园和贝斯沃特河边高低不平的山坡地,注视着那些杂乱分布的污水管、太平梯和醒目的小暖房。此刻我脑海中浮现出安东尼·布兰奇苍白的脸,透过纷披的枝叶隐约可见,如同它曾经透过泰姆饭店的朦胧烛光隐约可见那样,同时在过往车辆的轻微噪声中,我听见他清晰的嗓音……"你千万别责备塞巴斯蒂安,即使他有时显得缺乏风趣……每次我听见他说话,就会想起那幅在某些方面令人作呕的画《吹泡泡》。"

此后一连数日,我都觉得自己讨厌塞巴斯蒂安。一个星期日的下午,我收到他的一封电报,驱散了那层阴影,同时使我的心头又蒙上一层更加浓重的阴影。

父亲出门在外,回来时发现我处于忧郁而焦躁的状态。他站在走廊上,头上依然戴着那顶巴拿马凉帽,笑眯眯地望着我。

"你保准猜不出我是怎么度过这一天的。我去动物园啦。真是愉快极了,那些动物好像特别喜欢晒太阳。"

"爸爸,我得马上出门。"

"是吗?"

"我的一个特别要好的朋友——他出了一桩很严重的事故。我得赶紧到他那儿。海特尔正在给我收拾行李。过半个小时有一班火车。"

我把电报拿给他看,上面写得很简单:"严重受伤速来塞巴斯蒂安。"

"嗯,"父亲说,"你这么难过,我感到很不安。看到这行字,我得说事故不至于像你想的那样严重——否则不大可能由受伤者本人签名。再者,当然,他很可能神智完全清醒,只是眼睛失明,或者腰骨摔断、身体瘫痪。你去那儿究竟有什么必要呢?你不懂医术,你又不是神职人员。你是不是希望得到一份遗产?"

"我跟你说过,他是我一个特别要好的朋友。"

"嗯,奥姆-赫里克是我特别要好的朋友,可我不会在一个暖和的周日下午匆匆赶到他临终躺着的床前。我拿不准奥姆-赫里克太太是否欢迎我上门。然而,我看你并没有这些顾虑。我会惦念你的,亲爱的孩子,但别为了我急着回来。"

帕丁顿火车站,八月那个星期天下午的日暮时分,阳光从顶棚上的毛玻璃窗照进来,几个书报亭已经打了烊,几个旅客在他们的脚夫身旁慢悠悠地踱着步子,此番情景能使一个心绪没有我烦躁的人逐渐恢复平静。火车上几乎是空的。我把手提箱放在一节三等车厢的角落里,在餐车上占了一个座。"里丁站过后第一顿正餐,大约在晚上七点。您现在来点什么?"我点了杜松子酒和味美思酒,火车刚出站就送到我面前。刀叉发出它们惯常的叮叮当当声;车窗前不断掠过一幅幅瑰丽的风景画面。可是我没心思欣赏这些平和的景物,心底里的恐惧犹如酵母,持续膨胀,表层浮起大团大团的泡沫,化作一个个灾祸的景象:篱边台阶上被人随意举起的一杆上了膛的步枪,一匹后腿直立倒地翻滚的马,树荫遮蔽下的一个池塘,一截没入水中的木桩,一截榆树枝杈在一个寂静的早晨骤然落地,一辆小汽车被困在一个死角里;威胁文明生活的各种险象从脑瓜里纷纷涌现,幽灵般地死死缠着我;我甚至想象出一个嗜杀成性的疯子在阴影里扮着鬼脸,一边挥舞着一截铅管。浸润于金色夕晖的一片片麦田和茂密林地倏忽而过,车轮的震颤声持续而单调地在我耳畔回荡——"你来得太晚了,你来得太晚了。他死了,他死了,他死了。"

我吃过晚饭,换乘火车,在苍茫暮色中抵达我的目的地梅尔斯台德·卡布里。

"是去布莱兹赫德的吗?先生?正好,朱莉亚小组在车场等您呢。"

她坐在一辆敞篷汽车的驾驶座上,我立即认出她来,我不可能认不出她来。

"您是赖德先生吧?快上车吧。"她说话的声音和语气都和塞巴斯蒂安一样。

"他怎么样了?"

"塞巴斯蒂安?噢,他很好。您吃过晚饭了吗?呃,我想那种饭一定挺难吃。家里还有一些吃的。家里就我和塞巴斯蒂安两人,所以我们觉得应该等你一道吃饭。"

"他出了什么事?"

"难道他没说吗?我估计,他认为你要是知道实情就不会来了。他脚踝上的一根骨头断裂,一根小得没有名字的骨头。不过他们昨天给他拍了片子,嘱咐他静养一个月。这可让他烦透了,他所有的计划都泡了汤,他一个劲地唠叨抱怨……其他所有人都走了。他想让我留下来陪他。呃,我想你知道他能疯狂而又可怜到什么地步。我眼看就要屈服了,转念又说:'当然,你肯定能抓住什么人。'他说人们不是外出就是很忙,反正没有谁愿意陪他。不过他总算同意找你试试看,我向他保证,要是你不答应我就留下来,因此你可以想象,你来这里我是多么欢迎。我得说,你一接到电报就大老远地赶到这里,实在了不起。"然而,在她说这番话的当儿,我却从她的声音里听出,或者自以为听出些许鄙夷的意味,为了我居然如此乐意听命于他。

"他是怎么受伤的?"

"信不信由你,玩槌球的时候。他陡然使性,被拱门绊了一跤。一道不太体面的伤痕。"

她同塞巴斯蒂安简直太相像了,致使我在愈来愈浓的夜色里坐在她身旁,竟然被熟悉而又陌生的双重幻觉弄得神思恍惚。就像有人用高倍望远镜瞭望,能够注视着一个人从远处渐渐走近,认真观察来人面部和衣裳的每一个细节特征,相信自己伸手即可触摸他,却又感到惊讶,自己走动时此人居然没有听到声响,也没有抬头张望,及至用肉眼看见他,这才蓦然想起,自己在对方眼里只是一个遥远的斑点,未必是人。我知道她,她不知道我。她的一头黑发几乎不比塞巴斯蒂安的长多少,也像塞巴斯蒂安那样从前额拢到脑后;她那双瞅着灰暗公路的眼睛,正是塞巴斯蒂安的眼睛,只是大一些;她那涂了口红的嘴唇对世人少了几分友善。她一只手腕上戴着缀有小饰物的手镯,两只耳垂上坠着一对小小的金耳环。她的轻薄外套里面露出一两寸印花绸料——人们当时偏爱短裙。她那双伸向汽车离合器的腿是细长的,同样颇合时尚。由于她的性别像熟悉与陌生人之间的差异一样易于察觉,在我和她之间似乎无处不在,所以我觉得她有一股特别的女人味,而我以前在别的女人身上从未有过这种感觉。

"我特别害怕在这么晚的时候开车。"她说,"家里好像没有留下一个会开车的人。我和塞巴斯蒂安其实是临时凑合住在这里。我希望你这次来可别指望什么热闹的聚会。"她俯身前倾,从贮藏箱中取出一盒烟。

"我不吸烟,谢谢。"

"替我点一支,好吗?"

这是平生第一次有人向我提出这样的要求,我把烟从唇边拿下塞进她唇间时,听到蝙蝠求欢时短促的吱吱声,一种只有我才能听见的轻微声息。

"谢谢。你以前来过这儿,奶奶说过这事。我们俩都觉得,你不留下来跟我一起喝茶,实在是太奇怪了。"

"那是塞巴斯蒂安的主意。"

"你好像过于听凭他的摆布了。你不该这样,这对他很不好。"

此时我们已经在车道上拐了弯,树林和天空的光线都消失了,眼前的这座宅子似乎涂了一层制作模拟浮雕专用的灰色颜料,只有两扇敞开的大门之间露出正中一个金黄色的正方形。一个男仆等着替我拿行李。

"到啦。"

她领着我走上台阶,步入前厅,把自己的外套扔在一张大理石桌子上,弯下腰抚摸一只跑来迎接她的狗。"塞巴斯蒂安大概还没有开始吃饭吧。"

话音未落,塞巴斯蒂安就出现在那一端的两根圆柱之间,摇着轮椅过来。他身穿睡衣睡裤,一只脚上缠着厚厚的绷带。

"噢,亲爱的,我把你的好朋友带过来了。"声音里再次透出稍许难以察觉的鄙夷。

"我以为你快死了。"我说,当即感到——正如我刚到此地便一直感到的那样———一种充塞于胸的烦恼,而不是释然于怀,因为自己受人蒙骗,以为这里发生了一场惨剧。

"我也以为我快死了,疼得真叫人受不了。朱莉亚,你觉得,今晚如果你向威尔考克斯要香槟喝,他会给我们吗?"

"我不喜欢香槟,再说赖德先生已经吃过晚饭了。"

"赖德先生?赖德先生?查尔斯不管什么时候都喝香槟。你可知道,看到我这只缠满绷带的大脚,我就不禁想到自己得了痛风,因此特别想喝香槟。"

我们在一间被他们称为"彩绘客厅"的屋里用餐。这是一个宽敞的八角形房间，装饰的时间晚于府中的其他房间。四壁饰以一个一个花环状的圆形图案，整个穹顶天花板上，是画面清爽的古庞贝时期几组牧羊人站立的群像。这些画像，椴木和镀金家具，地毯，悬挂式铜烛架，镜子，以及壁式烛台，全都浑然一体，出自一位技艺非凡的巧匠之手。"家里只有我俩的时候，我们通常在这里用餐，"塞巴斯蒂安说，"这里很惬意。"

他们开始吃饭，我吃着一只桃子，同时把我和父亲的激烈冲突说给他们听。

"听起来他还蛮可爱的。"朱莉亚说，"现在我得离开你们哥俩了。"

"你去哪儿？"

"育婴室。我答应奶奶跟她玩最后一盘跳棋。"她吻了吻塞巴斯蒂安的头顶。我替她打开门。"晚安，赖德先生，再见啦。我想我们明天就见不着了。我明天一大早就走。你把我从病床边解脱出来，我真说不出对你有多么感激。"

"我妹妹今晚可是太张扬了。"塞巴斯蒂安在她走后说道。

"我想她并不喜欢我。"我说。

"我想她谁都不太喜欢。我爱她。她太像我了。"

"你爱她吗？她像你吗？"

"我指的是相貌和她的说话方式。我不会爱任何一个和我性格相似的人。"

喝完波尔图葡萄酒，塞巴斯蒂安摇着轮椅，我走在他身边，一起穿过柱廊去图书室，在那天和随后一个月的几乎每天夜晚，我们都坐在那里。图书室位于府邸那俯瞰湖面的一侧，几扇窗户全都敞开，陪伴我们的是满天的星光，芬芳的空气，月光下深蓝和银色的山谷夜景，喷泉水流飞溅的声音。

"我俩将度过一段无比美妙的时光。"塞巴斯蒂安说。翌日早晨，我正在刮脸，从浴室窗口瞧见朱莉亚，身后搁着行李，把车开出前院,旋即消失在小山顶,没有回望一眼,我顿时感到一阵自由和安宁,正如多年以后,挨过辗转难眠的一夜,听到"警报解除"的汽笛声,我同样感到一阵自由和安宁。

# 第四章

青春的柔情——它是何等非凡，何等完美！又多么迅速、多么无可挽回地失去了！热情、真挚豁达的友爱、幻想、绝望，青春的所有传统特性——柔情除外的所有特性——与我们的生命同生共死。这些特性是生命本身的一个组成部分，然而柔情——尚未倦怠的精力的稍许松弛，身处僻静从容自顾的心境——只属于青春，并且与青春一起消逝。或许在地狱的边境[1]的殿堂里，英雄们拥有这样一些柔情，以补偿他们失去的真福直观[2]，或许，真福直观与这样低微的体验有某种间接的关系。总之，我相信，在布莱兹赫德度过的那些倦怠乏力的日子里，我离天堂仅有一步之遥。

"为什么这座府邸叫作'古堡'呢？"

"以前有一座古堡，后来被他们迁走了。"

"你这话是什么意思？"

"就是这意思。我们以前有座古堡，一英里之外，就在下边村庄的旁边。后来我们喜欢这个山谷，就把古堡拆了，将拆下的石块运到这儿，重新建了一座宅邸。我为此感到庆幸，你不感到庆幸吗？"

---

1 据传是基督降生前未受洗礼的儿童及好人灵魂所居之地。
2 指圣徒灵魂在天堂对上帝的直接认知。

"如果这座宅子是我的,我绝对不会住在别的地方。"

"可是你瞧,查尔斯,它并不是我的,只有眼下才是我的,但它通常住满了贪婪的野兽。但愿它总是能像现在这样——总是夏天,总是独自一人,果子总是熟的,阿洛伊修斯脾气总是很好……"

因此,我喜欢回忆那年夏天塞巴斯蒂安的样子,当时我俩一起漫游在那座迷人的宫殿里。塞巴斯蒂安坐在轮椅上,沿着家庭菜园里两边长着黄杨的小径行驶,寻觅高原草莓和暖色的无花果,他转动轮椅,穿过一间间气味不同温度各异的暖房,剪下一串串麝香葡萄,挑选几朵兰花缀到我们衣服的纽扣眼上;他用一种格外吃力的姿势一跛一颠地走到育婴室,和我并排坐在一块磨旧了的绣花地毯上。四周空荡荡的,只有一个玩具柜,霍金斯奶奶在房间角落里怡然自得地缝缀衣物,一边说道:"你们两个都一样淘气,真是一对活宝。这就是他们在学院教给你们的东西吗?"塞巴斯蒂安仰卧在柱廊里洒满阳光的长椅上,就像现在这样,我坐在他身边的一张硬椅上,试着画出眼前的喷泉。

"这个穹顶也是伊内果·琼斯[1]设计的吗?它好像造得晚一些。"

"得啦,查尔斯,别像个旅行家似的。它建于哪个年代有什么要紧,如果它好看的话。"

"这类事情我就很想知道。"

"嗨,亲爱的,我寻思我已经把你这些毛病都治好了——可怕的科林斯先生。"

住在高墙之内的这座宅邸里,信步走进一个个房间,从索恩式图书室逛到中国式客厅,瞅着那些令人目眩的镀金宝塔、点头哈腰的中国清朝官员、彩绘壁纸和奇彭代尔[2]式装饰浮雕,从庞贝式客厅转悠到挂着壁毯的宽大走廊,发现它依然保持着原貌,宛若二百五十年前设计时一般;一连数小时坐在阴凉处,远眺前方的露

---

[1] 伊内果·琼斯(1753—1652),英国画家、建筑师,建筑古典学派的奠基人。
[2] 18世纪英国家具制造家。

台——所有这些不啻一番美学教育。

这个露台是整座宅邸设计中最后完成的部分；它坐落于巨石堡垒之上，俯瞰着下方的几个湖泊，因此从走廊台阶上看去，它仿佛高悬于湖上，似乎哪个人凭栏站立在那里，垂直丢下一块卵石，即可坠入脚底的第一个湖里。露台由两排柱廊环护；几个凉亭那边，一片欧椴树林一直延伸到草木茂盛的山坡。露台的一部分铺砌了地砖，另一部分安置了几个花坛，并用矮小的黄杨拼缀成阿拉伯式精细图案；稍高些的黄杨长成茂密的树篱，形成一个宽敞的椭圆，其间嵌入几个壁龛，散置着几座雕像。在椭圆形的中央，矗立于整个开阔地上的，便是喷泉。这样的一座喷泉，人们可以指望在意大利南部的一个城市广场上见到；这样的一座喷泉，的确是由塞巴斯蒂安的一个祖先一百年前在那里发现的，发现，购买，装运，重新竖立在异域然却适宜的环境里。

塞巴斯蒂安让我把喷泉画下来。对于一名业余画师来说，这是一项勉为其难的任务——一个椭圆形水池，水池中央是一个用经过雕琢的岩石堆垒的岛屿；岩石上生长着形态整齐的石雕热带植物，以及叶片逼真呈现的石雕野生英国蕨草；其间流过十几道清泉似的溪水，造型奇异的石雕热带动物在溪水周围追逐嬉戏，几头骆驼，几只长颈鹿，一头奔放不羁的狮子，全都口中吐水；岩石上矗立着一座红砂岩质地的埃及方尖塔，达到古典建筑门廊顶上三角墙的高度——这东西远非我能力所及，但是，因了某种奇特的机缘，我竟然把它画了出来，而且借助审慎而简练的笔法和时髦的技巧，创作出一幅相当不错的仿效皮拉内西[1]的画作。"我把它送给你母亲好吗？"我问道。

"为什么？你又不认识她。"

"这样才显得有礼貌。我眼下正住在她家里。"

---

[1] 皮拉内西（1720—1778），意大利建筑师、装饰画家、雕刻家，尤以铜版画而著称。

"把它送给奶奶吧。"塞巴斯蒂安说。

我照他的话做了,她把画摆在五斗橱顶上她的收藏品中间,说喷泉画得挺像,她常常听到人们赞赏那座喷泉,可她自己根本看不出它美在哪里。

对我来说,这是新发现的美。

我在中学读书期间,经常骑着脚踏车在附近的几座教堂周围转悠,抚摸教堂内的黄铜纪念碑,拍摄几张圣水盂的照片,自此逐渐养成了观赏建筑物的爱好,但是,虽然我在观点上完成了这一步轻松的飞跃,像我这一代人普遍从罗斯金[1]的清教主义到罗杰·费莱[2]的清教主义的轻松一跃那样,我内心的情感却是偏狭保守的,倾向于中世纪。

我的兴趣就这样转到巴洛克[3]上来。这里,在傲视一切的高高穹顶下,在那些花格镶板下,我穿过那一道道拱门和残存的希腊式三角墙,来到圆柱投下的阴影里,一连几小时坐在喷泉前面,探查它的一道道阴影,追寻它萦绕不绝的回声,尽情欣赏它上面那些大胆创造出来的艺术群像,这时我感到自己的全副身心都被重新激活了,仿佛那一股股在石雕中汩汩喷涌的水流,的确是赋予生命活力的源泉。

一天,我们在一个小木橱里发现一只乌黑光亮的大号锡皮盒,里面摆放着一管管仍能使用的油画颜料。

"这是妈妈一两年前买的。有人告诉她说,你只有学着画画这世界,才能欣赏它的美。为了这,我们把她大大嘲笑了一番。她压根不会作画,不管那些颜料原本多么鲜亮,一经妈妈调和,就变成了

---

[1] 约翰·罗斯金(1819—1900),英国作家和美术评论家。代表作有《现代画家》《建筑的七盏灯》《威尼斯之石》等。
[2] 罗杰·费莱(1866—1943),英国艺术评论家。
[3] 一种建筑艺术风格,在17世纪的欧洲普遍盛行,多装饰曲线以追求动势与起伏,以铺张浮华为特征。

一种土黄色。"调色盘上各种干燥灰暗的污迹便是明证。"妈妈总是支使考德莉亚去洗画笔。弄到最后我们全都表示抗议,这才迫使她罢手。"

这盒颜料使我们萌生了装饰办公室的念头。这是通向柱廊的一间小屋,它曾经用于处理有关财产事宜,如今早已闲置,仅仅存放了一些花园游戏用具和一桶枯萎的芦荟。此屋当初设计时,显然是为了某种比较舒适的用途,或是作为茶室,或是作为书房,因为四面的灰泥墙全都饰以精美的洛可可式[1]镶板,屋顶也做成美观的穹棱状。这里,在一个稍小些的椭圆形的画框上,我简单勾勒出一幅富于浪漫气息的风景画,随后几天再逐渐涂上色彩,而且,凭着运气和当时的愉快心情,居然画得相当不错。那支画笔的运行,不知怎的,似乎完全听凭我的意志。这是一幅没有人物的风景画。蓝天白云,一派夏日风光,前景是一片爬满常春藤的废墟,岩石和飞瀑稍稍衬托后面那片渐渐远去的园地。我对油画所知甚少,只能一边画,一边领悟其中的门道。等到一星期后画完了,塞巴斯蒂安又急着让我在一面较大的镶板上作画。我画了几幅草图。他命人取来一幅名为《游园会》的油画,上面画着一架饰以彩带的秋千,一个黑人听差,一个吹风笛的牧羊人,只是我觉得兴味索然。我知道自己画出那幅风景画,纯属机缘凑巧,而要画出如此精美的一幅模仿画,却远非我能力可及。

一天,我们和威尔考克斯一起走进地窖,看见几个曾经贮存大量葡萄酒的分隔间,现已空空荡荡,只有一条十字形甬道如今还在使用,上面堆放的木箱里装满了东西,有些箱中装着五十年陈酿葡萄酒。

"自打爵爷出国后,这里再没有添过一瓶酒。"威尔考克斯说道。"许多陈年老酒都该喝掉。我们本该贮存十八年和二十年的酒。我已

---

[1] 18世纪后半期盛行于欧洲的一种建筑装饰艺术风格,其特点为精巧、烦琐、华丽。

经收到酒商好几封关于这批酒的信,可是爵爷夫人却让我询问布莱赫兹德勋爵,布莱赫兹德勋爵又让我询问爵爷,爵爷又让我询问律师。事情就这样耽搁下来。照目前喝的量,这儿的酒够喝十年,可到那时我们又该怎么办呢?"

威尔考克斯充分助长了我们的兴致;我们吩咐他从每个木箱中各取出一瓶酒。正是在那些与塞巴斯蒂安共同度过的静谧的夜晚,我初次认真结识了葡萄酒,并且播下了富足精神生活的种子,这种精神生活将成为我许多空虚岁月里的重要支柱。我们常常坐在彩绘客厅里,桌上摆着三瓶葡萄酒,每人面前各放着三只玻璃杯。塞巴斯蒂安找到一本品酒的书,我们按照书上的详细指示品尝葡萄酒。我们把酒杯贴近蜡烛的火焰稍加预热,再朝杯中斟入三分之一的酒,将酒杯转一转,用手小心托住杯壁,举起酒杯对着灯光照一照,贴近鼻子嗅一嗅,浅啜一口,再喝一大口,让酒滑过舌面,在硬腭上发出一声脆响,恰似一枚硬币落在柜台上的脆响,往后仰起脑袋,让酒液缓缓流入喉咙。接着,我们就此议论一番,小口嚼几片巴斯·奥利弗牌饼干,继续品尝另一种葡萄酒,过后又回头品尝第一种,稍后再品尝另一种,直到三种酒全都轮流品尝过了,酒杯的顺序也打乱了。我们为哪杯是哪杯争得不可开交,酒杯在我俩之间传过来递过去,直到六只酒杯当中有几只掺入了我们误从不同酒瓶倒进的混合酒,直到我们不得不各用三只干净酒杯重新开始品尝,三只酒瓶见了底,我们对酒的赞语也愈加怪诞离奇。

"……这酒稍许有些羞涩,像是一头瞪羚。"

"像是一个矮妖精[1]。"

"身上有花纹,出现在花毯般的草地上。"

"像是静水边的一枝长笛。"

"……这是一种智慧的老酒。"

---

[1] 此处指爱尔兰民间传说中的一种体形矮小的妖精,将其捉住后可使之指点宝藏所在。

"隐居洞穴的一位先知。"

"……这是一串挂在白皙脖颈上的珍珠项链。"

"像一只天鹅。"

"像是最后一匹独角兽。"

此时我们常常离开餐室金黄色的烛光,走到外面的星光下,坐在喷泉边上,双手伸进水里凉一下,带着醉意谛听泉水在岩石上的阵阵泼溅和潺潺流淌的声音。

"我们每天晚上都应该喝醉吗?"一天早晨,塞巴斯蒂安问道。

"没错,我想是这样。"

"我也这么想。"

我们只见过很少的几个陌生人。其中有一位时任代理商,一位体型偏瘦皮肤松弛的上校,他有时在路上遇到我们,曾经来喝过一次茶。通常我们总是设法躲开他。每逢星期日,都有一位从附近修道院请来的修道士在这里做弥撒,并且与我们共进早餐。他是我平生遇到的第一位修道士,我注意到他与一位教区牧师是多么不同,但是布莱兹赫德是一个让我为之心醉的地方,我希望那里的每件事、每个人都超乎寻常。菲普斯神父其实是一个脾性温和的人,长着一张小圆面包似的脸,对郡际板球赛很感兴趣,并且固执地认为我们也同样感兴趣。

"你知道,神父,我和查尔斯根本不懂板球。"

"真希望能看到邓尼森上周四是怎么赢五十八分的。那一定是精彩的一局。《泰晤士报》上的报道相当生动。你们见过他跟南非人对垒吗?"

"我从没见过他。"

"我也没见过。我已有好多年没看过一场第一流的比赛了——上一次看,还是格雷夫斯神父带我去的,当时我们途径利兹,之前刚刚参加了安普福尔斯修道院的院长就职典礼。格雷夫斯神父设法查到了一趟合适的火车班次,让我们有三小时观看下午那场与兰开夏的比赛。那是一个下午。那一场的每个球我都记得。从那以后,我就只好通过报纸看比赛了。你们难得看板球赛吧?"

"从没看过。"我说,他用一种此后我多次在宗教人士脸上见到的神情注视着我,一种纯真而又诧异的神情,他想不到那些面对尘世各种危险的人们,竟然很少利用尘世间的各种机会寻求慰藉。

塞巴斯蒂安总是听他主持的弥撒,听他主持弥撒的人很少。布莱兹赫德并不是一个久已确立的天主教中心。马奇梅因夫人领来几个信奉天主教的仆人,可是大多数仆人和所有雇农,如果要在什么地方祈祷,必定是在庄园大门边灰色小教堂内弗莱特家族的墓地上。

塞巴斯蒂安的信仰当时对于我是一个难解之谜,只是我并不特别急于解开这个谜。我不信教。小时候我被家人每周一次带去教堂做礼拜,上学期间每天都去附属教堂,然而,仿佛是作为补偿,自从上了公立学校,我就不用在假日做礼拜了。我们的神学课老师告诉我说,《圣经》的经文可信度很低。他们从没建议我做祷告。我父亲平时不去教堂,除非是在家庭事务的场合,每次去也都摆出一副嘲笑的姿态。我母亲呢,依我看是一个虔诚的教徒。我曾经觉得不可思议,她居然认为自己出于义务应该撇下我父亲和我,跟随一个战地救护队远赴塞尔维亚,最后累死在波斯尼亚的雪地里。可是后来,我意识到自己身上也有一些这样的精神。同样,我后来开始逐渐接受了我在1923年时从没费神检验的那些主张,并且开始将一些超自然事物视为真实的事物。在布莱兹赫德度过的那个夏天,我没有意识到这样做的必要。

自从我结识塞巴斯蒂安以来,经常地,几乎每天,他在谈话时偶尔吐露的一些字眼使我想起他是一个天主教徒,但是我把这看作一个瑕疵,就像他的玩具熊一样。我们从没讨论过这件事,直到我们在布莱兹赫德的第二个星期日,菲普斯神父走后,我们坐在柱廊里看报,他说的一句话使我猛吃一惊:"哎呀,当一个天主教徒可真不容易。"

"这跟你有很大关系吗?"

"当然。一直有关系。"

"呃,我得说我还没注意到这点。你是不是正在抵御某种诱惑?你的品行好像并不比我高尚多少。"

"我可远远比你缺德。"塞巴斯蒂安愤慨地说。

"那又怎么样?"

"是谁常常祷告,'啊,上帝,让我变好吧,我还没变好'?"

"我不知道。你吧,我想应该是。"

"呃,是的,我祈祷,天天祈祷,但不是这个意思。"他重又看起《世界新闻报》,说道:"又一个道德败坏的童子军领队。"

"是不是他们变着法子让你相信一大堆无稽之谈?"

"那是无稽之谈吗?我倒巴不得是哩。有时我听起来还挺在理呢。"

"可是亲爱的塞巴斯蒂安,你可绝不能当真相信它呀。"

"我不能吗?"

"我是说圣诞节啦,星星啦,还有三个王[1],牛和驴什么的。"

"哎我信,我信这些。这些想法很美。"

"可你不能因为想法美就轻易相信一些事情。"

"可是我相信,我就是这样相信的。"

"也相信祈祷文吗?你是不是认为,你只要在一尊塑像前屈膝跪下,念叨几句,甚至不出声,只是在心里默念,就可以改变天气;既然某些圣徒比其他圣徒更有影响,你就得找到其中合适的一位,帮助你解决某个问题?"

"嗯,不错。你难道不记得上学期,有一次我随身带着阿洛伊修

---

[1] 此处指耶稣诞生的故事。传说耶稣降生时有三位先知看到伯利恒升起一颗星,便知有圣人降临人世,特前来拜谒,并且都带来了寓意深远的礼物。

斯,后来不知道把他丢在什么地方。那天早晨我发疯似的向帕多瓦的圣安东尼[1]祈祷,刚吃过午饭,就有一位尼科尔斯先生来到坎特伯雷门前,怀里抱着阿洛伊修斯,说我把他丢在他的车里了。"

"喏,"我说,"如果你能相信这一切,而又不想变好,那你信教的难处又在哪儿?"

"如果你看不出来,那就算了吧。"

"哎,在哪儿?"

"咳,别再烦人了,查尔斯。我要读这条消息,赫尔的一个女人一直在使用一种器械。"

"这个话题是你引起的。我刚刚对它感兴趣。"

"我绝不再提它了……参照其他三十八个案例,判处她六个月有期徒刑——我的天!"

可是大约十天后,他又重提这个话题,当对我们正躺在房顶上,一边沐日光浴,一边用一架望远镜观看下面公园里正在举行的农业展览会。这是一个规模不大为期两天的展览,面向附近的几个教区,它保留至今,主要作为一个集市和社交聚会的场所,而不是激烈竞争的中心。公园里用许多面旗子围成一个圆形场地,周边搭了五六顶大小不同的帐篷;场地当中有一个牲畜鉴定站和几个畜栏;最大的帐篷里供应茶点便餐,农场主们成群地聚集在那儿。各项准备已经持续进行了一周。"我们得躲起来。"塞巴斯蒂安在那天快到的时候说,"我哥哥到时会来的。他可是农业展览会上的重要人物。"于是我们开始躺在屋顶的栏杆下面。

布莱兹赫德当天上午乘火车到达,随后又与那位代理商芬德上校共进午餐。我在他到达时同他交谈了五分钟。安东尼·布兰奇的描述十分贴切——他有弗莱特家族的脸型,像是由一个阿兹台克人雕出来似的。此时我们可以透过望远镜看到他,姿势别扭地走在几

---

[1] 圣安东尼(1195—1231),方济各会的修道士,生于葡萄牙里斯本,曾在意大利和法国教授神学。

个佃户中间,停下脚步跟鉴定师打招呼,接着又俯身倚在一个畜栏边上,仔细打量着里面的牛群。

"怪人一个,我的哥哥。" 塞巴斯蒂安说。

"他看上去挺正常的。"

"咦,他可不正常。你不知道,我们家中要数他最古怪,只是没有表现出来罢了。他的心灵完全扭曲了。他原来想当一名神父,知道吧。"

"我过去不知道。"

"我看他现在还有这个念头。刚从斯托尼赫斯特学校[1]毕业那会儿,他差点成为一名耶稣会会士。这对妈妈来说太可怕了。她根本没法阻挠他,不过当然啰,这是她最不情愿的事。想想别人会说些什么吧——长子;换作是我就不同了。还有可怜的爸爸。即使不发生这件事,教会给他的苦恼也够多的了。那种麻烦让人讨厌极了——修道士和修道院长像一群耗子似的在家里到处乱窜,布莱兹赫德阴沉着脸坐在那儿,谈论上帝的意旨。你知道,爸爸出国时他心里最难受——实际上远比妈妈难受。最后,他们说服他去读牛津大学,再把此事认真考虑三年。眼下他正在争取最后拿定主意。他谈过要当皇家骑兵,要进下议院,还谈过结婚。他不能知道自己要干什么。我不知道我是否会变成那样,假使我当年上了斯托尼赫斯特学校的话。我本来也要上那所学校,只是爸爸出国时,我还没到上学的年龄,他一门心思要我上伊顿公学。"

"你父亲不信教了吗?"

"唔,他已经有点儿不信了;他只是在和妈妈结婚时才重新信教。他刚刚出国,便把宗教连同我们抛到身后。你应当见见他。他是个很好的人。"

塞巴斯蒂安以前从没认真谈过他的父亲。

---

[1] 位于英国的兰开夏,是天主教耶稣会教派办的学校。

我说:"你父亲当年离家的时候,你们肯定都很难受吧?"

"都很难受,除了考德莉亚,她当时太小了。当时我挺难受的。妈妈竭力向我们三个大孩子解释,好让我们不恨爸爸。几个孩子中只有我不恨爸爸,我觉得她希望我恨爸爸。我一向深受他的宠爱。要不是因为这只脚,我现在应该跟他待在一起。只有我一人去他那里。你为什么不也去呢?你会喜欢他的。"

下面那块场地上,有一个人正在用高音喇叭大声宣布最后一轮竞价的结果,他的声音隐隐约约地传到我们耳边。

"所以你瞧,我们一家人在宗教上有不少分歧。布莱兹赫德和科迪莉亚是狂热的天主教徒。他很痛苦,而她像小鸟一般快乐;我和朱莉亚是半个异教徒,我很快乐,但我相信朱莉亚并不快乐;人们普遍认为妈妈是一个圣徒,爸爸是个被逐出教会的人——我不想知道他们哪一个幸福。说到底,不管你怎么看待宗教,幸福好像跟它没有多大关系,我只有这个愿望……但愿我更喜欢天主教徒。"

"他们看起来就像其他人一样。"

"亲爱的查尔斯,他们恰恰和其他人不一样——特别是在这个国家,他们为数很少。这倒不是因为他们同属一个教派——实际上,他们至少是四个教派,有一半时间全都在互相谩骂——可是他们持一种截然不同的人生观:凡是他们认为重要的全都有别于旁人。他们竭力隐瞒自己的人生观,然而他们的人生观却时时流露出来。他们必须隐瞒自己的观点,这其实是很自然的。不过你知道,对于像我和朱莉亚这样的半异教徒来说,这又很难做到。"

我们这番异常严肃的交谈,突然被一排高烟囱那边传来的孩子的高声呼唤所打断:"塞巴斯蒂安,塞巴斯蒂安。"

"我的天呐!"塞巴斯蒂安说着,伸手去拿一条毛毯,"听声音是我妹妹考德莉亚,你快把身子遮住。"

"你在哪儿呢?"

一个十一二岁胖鼓鼓的女孩进入我们的视线。她显示出明确无误的家族特征,只是她胖鼓鼓的身上洋溢着直率而又质朴的气息,与这些特征不够协调。两条粗大的老式辫子垂在她脑后。

"走开,考德莉亚。我们还没穿衣裳呢。""什么?你们可真讲究啊。我猜你就在这儿。你不知道我来了吧?我和布莱德[1]一起来的,留下来看看弗朗希斯·泽维尔。"(她转向我)"他是我的猪。后来我们和芬德上校一起吃午餐,接着又去展览会。弗朗西斯·泽维尔受到了专门表彰。兰德尔那家伙单靠一头癞皮牲口就拿了第一。亲爱的塞巴斯蒂安,很高兴又见到你。你可怜的脚怎么样了?"

"向赖德先生问好。"

"噢,对不起,你好。"她微微一笑,尽显家族的全部魅力。"他们在下边全都喝得醉醺醺的,所以我过来了。我说,是谁待在办公室画画呢?我去那儿找一个折叠凳手杖[2]时看到的。"

"说话留点神。那是赖德先生。"

"画得太好了。我说,真是你画的吗?你真聪明。你俩干吗不穿好衣服下来呢?附近没有人。"

"布莱德肯定会把鉴定员带来的。"

"可是他不会的。我听他说他不打算带他们来。他今天的脾气糟透了。他不想让我和你们一起吃晚饭,不过我主意已定。来吧,等到你们适合见人的时候,我就去育婴室。"

我们几个人在当晚的餐桌上情绪低落。只有考德莉亚一人完全处于轻松状态,她乐滋滋地吃着饭菜,乐于吃到这么晚的时候,乐于得到她几个哥哥的陪伴。布莱兹赫德仅仅年长我和塞巴斯蒂安三岁,可他似乎跟我们隔了一代。他有他家族的一些体表特征,他那偶尔露出的微笑,也和家人的笑容同样动人;他出言吐语,也是他们那样的嗓音,并且带着一副庄重而矜持的腔调。若是我的堂兄贾斯珀用这副腔调说话,准会显得虚伪做作,布莱兹赫德同样用这副

---

[1] 布莱兹赫德的昵称。
[2] 一种顶端可打开作凳的手杖。

腔调，听起来却是那样纯朴自然。

"很抱歉，你在我家待了这么久，我才知道你来了。"他对我说。"他们对你照顾得周到吗？我希望塞巴斯蒂安会照管那些葡萄酒。如果威尔考克斯自己做主，他一般都相当吝啬。"

"他待我们相当慷慨。"

"我很高兴听到你这句话。你喜欢葡萄酒吗？"

"很喜欢。"

"我巴不得自己喜欢。别的男人都和它那么有缘。在玛格德琳学院时，我不止一次试着把自己灌醉，可我就是不喜欢喝它。我觉得啤酒和威士忌更加不合我的胃口。今天下午那样的场合，其结果对我来说是一场折磨。"

"我喜欢喝葡萄酒。"考德莉亚说。

"我妹妹考德莉亚最近的一份成绩报告单上说，她不仅是校内最差的女生，而且也是最年长的修女记忆中该校最差的女生。"

"那是因为我拒绝做圣母会修女。院长嬷嬷说，要是我不把屋子收拾得整齐一些，我就当不了圣母会修女，于是我说，好嘞，我还不想当呢，再说我不相信圣母会介意我是不是左脚穿着体操鞋，右脚穿着舞鞋。院长嬷嬷气得脸色发青。"

"圣母对顺从是特别在意的。"

"布莱德，你不该这么虔诚。"塞巴斯蒂安说，"我们当中有一位无神论者。"

"不可知论者。"我说。

"真的吗？这种人在你们学院多吗？在玛格德琳可有一些。"

"我真的不知道。早在进牛津读书之前，我就是不可知论者。"

"不可知论者到处都有。"布莱兹赫德说。

宗教似乎是当晚非谈不可的话题。我们聊了一阵农业展览会。而后布莱兹赫德说："我上周在伦敦见到主教。你知道，他想关掉我们的小教堂。"

"噢，他关不了。"考德莉亚说。

"我想妈妈会阻止他的。"塞巴斯蒂安说。

"小教堂离得太远了。"布莱兹赫德说，"梅尔斯台德附近十几户人家没法来这儿。他想在那儿开设一个弥撒中心。"

"那我们怎么办？"塞巴斯蒂安说，"冬天的早晨我们是不是还得开车过去？"

"我们一定要让圣餐礼在这里举行。"考德莉亚说，"我喜欢时不时地突然出现在现场；妈妈也是。"

"我也是，"塞巴斯蒂安说，"可是我们人太少了。好像我们不是老派的天主教徒，不能让全庄园每个人都去做弥撒。小教堂早晚都得停用，兴许是在妈妈过世之后。问题是现在停用是否妥当。你是画家，赖德，从审美眼光来看，你认为小教堂怎么样？"

"我认为它很美。"考德莉亚眼里噙着泪珠说。

"它是完美的艺术品吗？"

"呃，我不太明白你这话是什么意思。"我谨慎地说，"我认为它是它那个时期的一个杰出的范例。大概八十年后，它将倍受赞誉。"

"但它肯定不可能二十年前美，八十年后美，当下却不美。"

"唔，当下也许很美。我的意思无非是，我偏巧不太喜欢它。"

"但是，喜欢一样东西和认为它好，二者是否有别呢？"

"布莱德，别像耶稣会会士那样诡辩。"塞巴斯蒂安说。可是我知道这样的争执并非纯系语言表述的问题，而是表现出我们之间一种深刻而又无法消弭的分歧，我俩都没有，而且也不能互相理解对方。

"难道你不正是靠这个来区分葡萄酒的吗？"

"不。葡萄酒有时是手段，用以实现我喜欢且认为正当的目的——增进人与人之间的同情。然而就我的情况来说，它并没有达到这一目的，因此我既不喜欢它，也不认为它对我有好处。"

"布莱德，快别说了。"

"对不起，"他说，"我倒认为这是一个很有趣的话题。"

"感谢上帝，我当年读的是伊顿公学。"塞巴斯蒂安说。

晚餐过后布莱兹赫德说："恐怕我得把塞巴斯蒂安带走半个钟头。我明天要忙一整天，展览会结束后我得赶紧动身回去。我有一大堆文件要让父亲签字。塞巴斯蒂安还得取出这些文件，解释给他听。你现在该去睡觉了，考德莉亚。"

"我需要先消化一下。"她说，"我还不习惯晚上肚子里塞得太饱。我要跟查尔斯聊聊。"

"查尔斯？"塞巴斯蒂安说。"'查尔斯'？你应当叫'赖德先生'，孩子。"

"来吧，查尔斯。"

屋里只有我们两人时，她说："你真是不可知论者吗？"

"你们家可是随时都在谈论宗教问题？"

"不是随时，这个话题不过是自然而然想起来的，不是吗？"

"是吗？我以前可从没想过。"

"那你大概是个不可知论者。我要为你祈祷。"

"你可真有善心。"

"我不能为你祈祷一整串念珠[1]的时间，只能是十个念珠。我得为一长串的人们祈祷。我把他们按顺序排好，我为每人祈祷十个念珠的时间，大约每周一次。"

"我肯定不值得你花费这些时间。"

"噢，我碰到的一些情况比你还要棘手。劳埃德·乔治，凯泽，奥利弗·班克斯。"

"她是谁？"

"她上学期从女修道院逃跑了。我不太知道是什么原因。院长嬷

---

[1] 天主教徒祈祷时用的一串念珠共计一百六十五颗，十个一组，以此计算祈祷的时间。

嬷发现了她一直在写的什么东西。你知道吧,如果你不是不可知论者,我一定会向你讨五先令,好买一个黑人教女。"

"无论什么也不会让我对你的宗教感到惊奇。"

"这是上学期一位传教士发起的一件新鲜事。只要你给非洲的一些修女寄去五先令,她们在给某个女婴洗礼时,就会用你的名字作为她的教名。我已经有六个黑皮肤的考德莉亚了,是不是挺可爱的?"

布莱兹赫德和塞巴斯蒂安回来后,便打发考德莉亚睡觉去了。布莱兹赫德又谈起我们刚才的讨论。

"当然,你的话确实有理。"他说,"你把艺术当作手段而不是目的。这是严谨的神学理论,然而异乎寻常的是,我发现一位不可知论者也相信神学。"

"考德莉亚已经答应为我祈祷了。"我说。

"她曾经为她的猪做过连续九天的祈祷。"塞巴斯蒂安说。

"你知道,所有这些都让我特别困惑。"我说。

"我觉得我们正在引起人们的反感。"布莱兹赫德说。

当晚我才开始意识到,我对塞巴斯蒂安的实际了解是多么有限,并且开始明白,他为何总是设法不让我接触他生活的其他方面。他好像是我在公海客轮上结识的一位朋友,此时我们已经抵达他家所在地的港口。

布莱兹赫德和考德莉亚走了,展会现场的几个顶帐篷拆除了,那些旗子也都拔掉了;久遭践踏的绿草重又开始恢复其本色。以慢悠悠的节奏开始的这个月,倏已到达月底。塞巴斯蒂安现在走路已经不用拐杖,也忘记了自己的脚伤。

"我想你最好和我一起去威尼斯。"他说。

"没钱呐。"

"这我已经想到了。我们到那以后靠我爸爸生活。我的旅费由律师提供——头等车卧铺。这笔钱足够我俩坐三等车。"

我们就这样动身了。先是搭乘廉价长途渡海客轮前往敦刻尔克，彻夜坐在清朗夜空下的甲板上，眺望连片沙丘上方渐渐露出的熹微晨光；上岸后坐硬席去巴黎，到达巴黎后驱车去洛蒂旅馆，在那里洗了澡刮了脸，又去富瓦蒂饭店吃午餐，饭店里很热，有一半座位空着，饭后带着睡意逛了几家商店，接着在一家咖啡馆里久坐不起，一直等到我们这趟车的开车时间；我们在灰蒙蒙的温暖的傍晚抵达里昂车站，换乘南行的慢车，又是硬座，车厢里挤满了返乡探亲的穷人——像北欧国家的穷人那样，外出旅行时带着许多包裹，带着对实权人物谦卑恭顺的神情——还有一些休假结束归队的水兵。我们时睡时醒，火车一路颠簸着，驶驶停停，夜里换了一次车，醒来时发现车厢空荡荡的，车窗外不断掠过一片片松林和远处的连绵群峰。边境线上是身穿崭新军服的士兵，我们在车站快餐部吃面包喝咖啡，周围的人们带着南方人特有的淳朴和快乐；火车重又驶入平原地区，针叶树林变成大片的葡萄园和橄榄林，在米兰换车；从一辆手推售货车上买来蒜肠、面包和一瓶奥维多白葡萄酒（我们在巴黎几乎把钱全花光了，只剩几个法郎）；太阳升上高空，大地热浪滚滚；车厢里满是农民，每到一站便潮水似的退去而又涌入，闷热的车厢里弥漫着大蒜的气味。终于，我们在日暮时分到达威尼斯。

一个面色阴沉的人在那儿迎接我们。"爸爸的仆人，普兰德。"

"我先是去接那趟快车。"普兰德说，"爵爷觉得你们准是看错了火车时刻表。只有这趟车才是从米兰开来的。"

"我们坐的是三等车。"

普兰德礼貌地吃吃一笑。"我安排了一条贡多拉在这儿候着。我马上坐汽轮把行李送过去。爵爷到利多[1]去了。他说不准是否能赶在你们之前到家——因为我们当时预计你们乘坐的是快车。他现在

---

[1] 威尼斯附近一小岛，有著名的海滨浴场。

该到家了。"

他领着我们登上正在旁边等候的小船。两个船夫身穿白绿相间的号服,胸前别着银质徽章;他们微笑着鞠躬。

"府邸。普隆托。"

"好的,普兰德先生。"

于是小船载着我们向前驶去。

"你以前来过这儿吗?"

"没有。"

"我以前来过一次——是从海上来的。这条路过去就到了。"

"瞧,我们到了,先生们。"

这座府邸不及它的名称听上去那样气派,狭窄的帕拉第奥式门面,布满苔藓的石阶,一道由粗面石料琢出的阴暗拱廊。一个船夫跳到岸上,将船绳在木桩上拴牢,摁响门铃;另一个船夫站在船头,使船身紧挨着石阶。门打开了,一个身穿俗气的条纹亚麻布夏服的仆人,领着我们走上楼梯,从背阴处走到高处。一架名贵的钢琴沐浴着灿烂的阳光,与墙上几幅丁托列托[1]学派的壁画交相辉映。

我们的房间在上面一层,爬上一段陡峭的大理石楼梯才能到达。两个房间的百叶窗全都关上,遮挡了午后的阳光。仆人打开百叶窗,我们远眺窗外的大运河。两张床上都挂着蚊帐。

"现在没有蚊子。"

两间屋里都有一只球茎状小衣柜,一面边框镀金、模糊不清的镜子,此外别无家具。地面是大理石板,没有铺上地毯。

"有点凄凉吧?"塞巴斯蒂安问道。

"凄凉?看看那边。"我再一次把他领到窗口,观赏我们周围和下方无比壮美的风光。

"不,你不能说它凄凉。"

---

[1] 丁托列托(1518—1594),意大利文艺复兴后期威尼斯画派画家,代表作有《圣马克拯救奴隶》等。

一阵巨大的爆裂声把我们吸引到隔壁,我们发现一间仿佛建在烟囱里的浴室。上面没有天花板;四壁直接穿过上面一层楼通向露天。那个男仆被裹在一座老式热水锅炉喷出的雾气里,身影依稀难辨。我们嗅到一股刺鼻的煤气味,看见一小股冷水慢慢地流淌。

"没法用了。"

"是的,是的,真是意外,先生。"

男仆跑到楼梯顶上,朝下面大声叫喊;应答的是一个女人的声音,比他的声音更加刺耳。我和塞巴斯蒂安回到房间里,继续观赏窗下的壮丽景象。不久,那场争吵结束了,一个女人带着一个孩子出现在我们房间里,她朝我笑了笑,对男仆皱了皱眉,将一只银脸盆和一罐热水放在塞巴斯蒂安的衣柜上。与此同时,男仆打开我们的衣箱,折叠衣裳,渐渐说起意大利语,向我们历数那座热水锅炉未受重视的种种优点,他说着说着,脑袋蓦地歪向一侧,陡然警觉起来,说了声"爵爷来了",匆匆跑下楼梯。

"我们最好打扮得体面一些再去见爸爸。"塞巴斯蒂安说,"我们用不着穿礼服。我估计此刻他那里没有旁人。"

在强烈的好奇心理驱使下,我很想见到马奇梅因勋爵,及至见到他时,我首先被他的正常状态所触动,随着见他的时间越来越长,我发现这种正常状态值得仔细玩味一番。他似乎意识到自己比较庸俗,因此竭力加以掩饰。他站在客厅的阳台上,转过身来迎接我俩时,脸上蒙着一层浓重的阴影。我只感到眼前立着一个高大挺拔的身躯。

"亲爱的爸爸,"塞巴斯蒂安说,"你看上去真年轻!"

他吻了吻马奇梅因勋爵的面颊,自从离开育婴室后便再没吻过父亲的我,此时羞涩地站在塞巴斯蒂安身后。

"这位是查尔斯。你不觉得我父亲很英俊吗,查尔斯?"

马奇梅英勋爵跟我握了握手。

"不管谁帮你们查的火车时刻表,"他说——他的嗓音也和塞巴斯蒂安一样,"都是干了一件蠢事。根本没有这班车。"

"我们就是坐的这趟车。"

"你们不可能。那段时间只有从米兰开来的一趟慢车。我当时在利多。我已经养成习惯,下午四五点钟去那儿和职业球员一起打网球。一天当中只有那段时间不太热。但愿你们两个小伙子在楼上住得相当舒适。这座宅子似乎只是为了一个人的舒适而设计的,这个人就是我。我有一个跟这同样大小的房间,还有一间挺不错的化妆室。卡拉占了另一个相当大的房间。"

听见他如此简单随意地提及自己的情妇,我不禁入了神。后来我猜想他这样做是刻意而为,是因为我的缘故。

"她好吗?"

"卡拉吗?很好,我希望。她明天将回到我们这儿。她眼下正在布伦塔运河边的一栋别墅里看望几位美国朋友。我们在哪儿用餐呢?我们可以去卢娜饭店,可惜那里现在尽是英国人。你们待在家里是不是感到闷得慌?卡拉明天保准要出去的,这儿的厨师真是太棒啦。"

他已经离开了窗口,此时他呈站姿,周身浸浴在夕阳的光辉里,后面是红锦缎似的墙壁。他有一张高贵的脸,一张内敛的脸,仿佛正是他刻意表现出来的那副模样,稍显疲惫,略带讥讽,略带几分耽溺酒色的痕迹。他看上去正当盛年,其实只比我父亲小几岁,想想真是不可思议。

我们坐在四面靠窗的一张大理石餐桌边用餐。房间里的一切,都是大理石的或者丝绒的,或者是单调的镀金石膏底料制品:"你们打算怎样度过在这里的时光呢?洗海水浴,还是观光游览?"

"总得游览一番。"我说。

"卡拉会喜欢那样的——她嘛,塞巴斯蒂安大概跟你说过了,是你们在这里的女主人。你们不可能二者兼顾,你们知道。你们一旦到了利多,哪里还能脱得开身——你们玩十五子棋,你们泡在酒吧里,你们被太阳晒得昏昏沉沉。可得坚持去教堂哟。"

"查尔斯很喜欢绘画。"塞巴斯蒂安说。

"是吗?"我听出一种极度厌烦的口吻,我从父亲的谈吐中早已听惯了这种口吻。"是吗?具体哪一个威尼斯画派的画家?"

"贝里尼。"我相当放肆地答道。

"是吗?哪一个?"

"恐怕我不知道有两个贝里尼。"

"准确地说有三个[1]。你将发现,在那些伟大的时代,绘画通常是一项家庭事业。你们是怎么离开英国的?"

"它一直很美。"塞巴斯蒂安说。

"它过去美吗?它过去美吗?我不喜欢英国乡村,这一直是我的不幸。继承了一些重大责任却又满不在乎,我认为这是可耻的事情。我目前的状态,完全符合社会主义者对我的希望,我现在是自己政党的一块巨大的绊脚石。噢,我的大儿子将改变这一切,我毫不怀疑,如果他们留给他什么东西继承的话……为什么,我不明白,人们总是认为意大利甜食那么好呢?布莱兹赫德府过去总是请一位意大利糕点师,直到我父亲管事以后。他用了一位奥地利厨师,好多了。我寻思现在那里大概有一位胳膊壮实的英国女管家了。"

饭后我们通过街门离开了府邸,走过迷宫似的那么多石桥、广场和小巷,去弗洛里安喝咖啡,瞧着钟楼下方那些川流不息不太醒目的人群。"威尼斯的一群人跟其他地方的都不同。"马奇梅因勋爵说,"这个城市充斥着无政府主义者,然而,有天晚上,一个双肩裸露的美国女人想坐在这里,他们跑过来盯着她看,全都默不吭声,结果把她逼走了;他们像盘旋的海鸥一样去而复来,直到她最后离开。我们的同胞在试图从道德角度表达不满时,行为远远说不上高尚。"

一伙英国人刚从滨水区过来,朝我们旁边的一张餐桌走去,随

---

[1] 贝里尼,父子三人均是名画家,父名雅可波(约1400—约1470),一子名香提里(1429?—1507),另一子名乔万尼尼(1430—1516)。

即忽然移到另一侧,眼睛轻蔑地瞅着我们,脑袋凑在一起嘀咕。"当年我从政时,认得那个男人和他妻子。你们教会的一个著名人物,塞巴斯蒂安。"

当晚我们临睡前塞巴斯蒂安说:"他真是个活宝,不是吗?"

马奇梅因勋爵的情妇第二天到了。我那年十九岁,对女人全然无知。我在大街上不能带有任何把握地认出一个妓女。因此,我对自己与一对通奸男女同住一个屋檐下的事实并非无动于衷,但在我这样的年龄,已经能够掩饰自己的好奇。因此,马奇梅因勋爵的情妇发现我对她抱有许多相互矛盾的期望,所有这些期望,转瞬之间,全都由于她的相貌而破灭。她不是图卢兹-劳特累克[1]笔下引发淫念的后宫婢妾;她不是"有点像年轻女郎";她是一个已届中年、善于保养、服饰考究、风姿优雅的女人,这样的女人我在无数的公众场合见过,或者在别处偶尔遇到过。她身上好像没有任何社会恶名的标记。她到达当天我们在利多吃午饭,几乎每张餐桌上的客人都跟她打招呼。

"维多利亚·科隆波娜邀请我们大家参加她周六的舞会。"

"承蒙她好意。你知道,我不跳舞。"马奇梅因勋爵说。

"可是为了孩子们呢?那种场面值得一看——科隆波娜府举办舞会时可是灯火辉煌。很难说将来还能举行多少场这样的舞会。"

"孩子们去不去尽可自便。我们应当谢绝。"

"还有,我已经邀请哈钦·布伦纳太太吃午餐。她有一个妩媚迷人的女儿。塞巴斯蒂安和他的朋友都会喜欢她的。"

"塞巴斯蒂安和他朋友真正感兴趣的是贝里尼,而不是什么女继承人。"

"这可正是我一向的愿望。"卡拉说着,巧妙地调整了自己的进

---

[1] 图卢兹-劳特累克(1864—1901),法国画家,擅长人物画,对象多为巴黎蒙马特一带的舞者、女伶、妓女等中下阶层人物。

攻点,"我来这儿的次数已是多得数不清,亚历克斯却连一次也没让我进圣马克里面看看。我们要成为游客了,对吧?"

我们成了游客;卡拉招聘了一名向导,一位所到之处大门都为之敞开的矮个头威尼斯贵族,她把向导带在自己身边,手持一本旅游指南,和我们一起游览。她有时疲倦乏力,但从未中途辍游——一个置身壮观胜地的利落而平凡的女子。

威尼斯的半月时光飞快而惬意地流逝——兴许是过于惬意,我久久沉浸于甜蜜中,毫无痛苦的滋味。有几天,我们充分领略了贡多拉的节奏,坐在上面缓缓穿行于大运河的一条条支流,船夫不时发出鸟鸣般哀怨而又悦耳的警告声;另几天,我们乘坐快艇急驶于潟湖之上,掀起一股阳光下泡沫闪亮的波浪。这些日子留下了一大堆杂乱的回忆:沙滩上灼热的阳光;大理石建筑凉爽的内室;到处是水,拍击着平滑的石块,在彩绘天花板上映现出斑驳的光影;在科隆波娜府邸度过的一夜,拜伦可能同样在那里度过的一夜;拜伦可能度过的另一个夜晚,在基奥嘉的浅滩上捕捞挪威海螯虾——小船后面闪烁着的粼粼波光,船头上不停晃荡的灯,出水时满网兜起的水草、沙泥和拼命挣扎的鱼儿;清凉的早晨阳台上的甜瓜和熏火腿;哈里酒吧的热奶酪三明治和香槟鸡尾酒。

我记得塞巴斯蒂安仰望着科莱奥尼的铜像[1]说:"想想真是悲哀,不管发生什么情况,我和你都不会卷入一场战争。"

我还特别记得这段假期临近结束时的一场谈话。

塞巴斯蒂安和他父亲打网球去了,卡拉终于承认自己累了。下午四五点钟,我们坐在俯瞰大运河的窗户边,她坐在沙发上做着针线活,我懒洋洋地坐在扶手椅上。这是我俩第一次单独待在一起。

"我觉得你很喜欢塞巴斯蒂安。"她说。

---

[1] 巴托罗缪·科莱奥尼(1400—1475),曾任威尼斯和米兰共和国总统,以创造野战炮兵战术而著称。由委罗奥创作于1481—1496年的科莱奥尼骑马雕像,现位于意大利威尼斯斯库奥拉·迪·圣马可广场。

"嗯，当然。"

"我了解英国人和德国人那些浪漫的友谊。他们不是拉丁民族。我认为这类友谊很好，如果持续时间不太长的话。"

她神态镇定，语气平淡，因此我不能见怪，但却想不出一句应答的话。她好像并不指望我应答，只是继续做着针线活，间或住手，从身边的针线包里取出一块绸料比一比花色。

"这是孩子们心里产生的一种爱情，早在他们懂得它的意义之前就有了。在英国，这种爱情在你即将成人时产生。我觉得我喜欢这种爱情。与其对一个女孩怀有这种爱情，还不如对另一个男孩怀有这种爱情。亚历克斯，知道吗，曾经对一个姑娘、他的妻子有过这种爱情。你认为他爱我吗？"

"真的，卡拉，你提出了一个最难答的问题。我怎么知道呢？我想……"

"他不爱我，一点点都不爱。那他为什么和我住在一起呢？让我告诉你吧，因为我保护他不受马奇梅因夫人的纠缠。他恨她，可是你根本想不到他多么恨她。你会认为他特别冷静，英国派头十足——英国绅士——早就玩腻了，所有热情都已消失，贪图安逸，但愿不受干扰，打发时光，让我做一件没有哪个男人能为他做的事情。我的朋友，他心里充满火山般随时可能爆发的仇恨。他不能和她呼吸同一个地方的空气。他不愿踏上英国的土地，因为她的家在那儿；他和塞巴斯蒂安待在一起，很难有什么好心情，因为塞巴斯蒂安是她的儿子。不过塞巴斯蒂安也恨她。"

"这一点你肯定说错了。"

"他可以对你否认这一点，他可以对自己否认这一点。他们充满了仇恨——仇恨他们自己。亚历克斯和他的家庭……想想看，他为什么永远不进社交界呢？"

"我一直认为人们都在跟他做对。"

"亲爱的孩子，你太年轻啦。人们会跟亚历克斯这样英俊潇洒、聪明健康的男子汉作对吗？绝无可能。是他把人家都撵走了。即便是现如今，他们还是一次次地跑过来，受到他的斥责和嘲笑。都是由于马奇梅因夫人的缘故。但凡有可能握过她的手的人，亚历克斯都不愿意再跟他握手。每次我们家里有客人，我都看出他在暗自琢磨，'他们大概是从布莱兹赫德来的吧？他们是不是在前往马奇梅因府的路上？他们会不会跟我的妻子说起我呢？他们是不是我和受到我仇视的她之间的联系人？'不过，我心里当真认为他就是这样想的。他疯了。她为什么应该受到如此这般的憎恨呢？她并没有做过什么，充其量只是被某个未成年的人爱过。我和马奇梅因夫人素不相识，我只见过她一次，但是，只要你跟一个男人同居，就会逐渐了解他爱过的另一个女人。我非常了解马奇梅因夫人。她是一个善良单纯的女人，曾经被人以错误的方式爱过。

"当人们集中全副精力仇恨谁时，他们仇恨的正是自己身上的某种东西。亚历克斯仇恨他儿时的种种幻想——天真，上帝，希望。可怜的马奇梅因夫人只得忍受这一切。一个女人爱谁时，不会有那么多的方式。

"现在亚历克斯很喜欢我，我保护他不因自己的天真而受到伤害。我们在一起很轻松。

"塞巴斯蒂安迷恋自己的童年时代，这会让他很痛苦。他的玩具熊，他的保姆奶奶……他十九岁了……"

她在沙发上挪了挪，调整了一下身体的重心，以便俯视窗下经过的一条条小船，继而又用深情兼有嘲讽的语调说："坐在阴凉处谈论爱情，真是此乐何及。"少顷，又带着兴致骤降的口吻补充道，"塞巴斯蒂安酒喝得太多了。"

"我想我们俩酒都喝得太多。"

"你喝得多没关系。我留神看过你俩一起喝酒的情形。塞巴斯蒂安就不同了，如果没人出面制止，他会喝得酩酊大醉。这种情况我见得多了。亚历克斯遇到我时差不多就是一个醉鬼，酗酒是天性使然,我从塞巴斯蒂安喝酒的样子看出来了。你不是那样喝的。"

我们在开学前一天到达伦敦。我们从查林大十字乘车回家,途中我让塞巴斯蒂安在他母亲住宅的前院下车。"'马奇家'到了。"他说,旋即一声叹息,意味着一段假期的结束,"我不请你进去了,里面大概尽是我家的人。我们牛津见。"我坐着车穿过公园到家。

父亲招呼我时,依然是平素那副略带遗憾的神态。

"今天到家,"他说,"明天就走。我好像难得见到你。也许你待在这儿很无聊吧。还能是别的原因吗?你玩得尽兴吗?"

"非常尽兴。我去威尼斯了。"

"正是,正是。我估计是这样。那儿天气好吗?"

当晚他一直在默不作声地研究着什么,过后去卧室睡觉时他驻足问道:"你特别牵挂的那位朋友,他死了吗?"

"没死。"

"我深感欣慰。你该写信告诉我嘛。我为他担了那么多心。"

## 第五章

"这是牛津大学的特色,"我说,"新学年从秋季开始。"

卵石路上,砾石路上,草坪上,处处落叶飘零,学院花园里营火的烟雾与河面上潮湿的雾气融为一体,飘过灰色的围墙;脚下的石板路滑溜溜的,随着一盏盏灯在四方院周遭的窗户里相继亮起,金黄色的光线弥漫开来,变得影影绰绰。苍茫暮色中,身穿簇新长袍的新生悠然漫步于一道道拱门之下,熟悉的钟声诉说着一年的许多往事。

秋天的况味占据了我们两人的心灵,仿佛六月的炽烈和繁盛已经随着那些紫罗兰逝去,窗前如今嗅不到花香,只能看见四方院一角阴燃的潮湿落叶。

这是新学期第一个星期日的傍晚。

"我觉得自己整整一百岁了。"塞巴斯蒂安说。

他是昨天晚上到的,比我早一天,我们在出租车上分手之后,这还是第一次见面。

"今天下午我被贝尔蒙席训了一通。这是我上学以来的第四回了——我的导师,副教务长,万灵学院的桑姆格拉斯先生,加上这回的贝尔蒙席。"

"万灵学院的桑姆格拉斯先生是谁啊?"

"我妈妈的什么人呗。他们都说上学年开始时我的表现很差,说我已经受到警告,如果再不改过,就会被勒令停学。怎样才叫改过呢?照我的估计,那就得加入国家联盟协会,每周读《伊希斯》,早晨在卡德纳咖啡馆喝咖啡,抽大号烟斗,玩曲棍球,去野猪山喝茶,到凯布尔听讲座,骑一辆带有小型文件筐的脚踏车,筐里装满笔记本,晚上喝可可汁,严肃地讨论性问题,哎,查尔斯,上学期以来到底发生了什么事?我觉得自己老多了。"

"我觉得自己到了中年。这可太糟糕了。我相信我们在这里能够预料到的开心事已经全都经历过了。"

随着夜幕的降临,我们在炉火的映照下默默地坐着。

"安东尼·布兰奇已经离开了学校。"

"为什么?"

"他给我来过信。他显然已经在慕尼黑租了一套房间——他已经对那里的一名警察产生了爱慕之情。"

"我会相信他的。"

"我想我也会的,从某种意义上讲。"

我们再度陷入沉默,在火光下一动不动地坐着,一个来找我的人在门口伫立片刻,以为屋里没人便转身离去。

"真不该这样开始一个新学年。"塞巴斯蒂安说,但是这个阴沉沉的十月黄昏,似乎继续把它阴冷潮湿的气息吹向了之后的接连几个星期。整整一学期乃至整整一学年,我和塞巴斯蒂安置身越来越隐秘的氛围,像是一件受到盲目迷恋的物体,先是躲开那些积极鼓吹者,而后终于被他们忘却。玩具熊阿洛伊修斯搁在五斗橱上,饱受人们的冷落。

我们两人身上都有了变化。我们已经失去了探索的意识,这种意识贯穿于我们纷扰忙乱的整个第一学年。我开始安下心来。

我出乎意料地想念堂兄贾斯珀,他在古典人文学科的大考中获得了第一名,目前正在伦敦笨拙地过一种公开添乱的生活。我需要他的刺激,没有那种巨大影响,学院生活便似乎缺了依托,它再也不像夏天那样促使我干些出格的事情。何况，我回来时已经享受过度，有些腻烦，决心放慢节奏。我再也不愿任由自己感受父亲的情绪，他用那种离奇的迫害方式使我相信，入不敷出地度日实属蠢举，若是换作厉声斥责，便不可能收到这种效果。本学期我没有挨过训斥；我的历史初试得分很高，期末考试中有一门得到了略低于第二等的成绩，因而没费多少力气便与导师保持着正常关系。

我与历史学院维系着一种松散的联系，每周写两篇论文，偶尔听一场讲座。此外，我在本学年开始时参加罗斯金艺术学院的活动。我们每周有两三个上午相聚，大约十一二个人——至少一半是牛津北区的女生——地点是阿什莫利恩博物馆里古代雕塑模型的陈列区；每周两次我们在一家茶室楼上的小屋里对着裸体模特儿画像。学校当局努力杜绝那些夜晚有伤风化的任何苗头，不允许白天从伦敦请来给我们当模特的年轻女郎在大学城里留宿。靠近煤油炉的那面墙，我记得，总是玫瑰色的，另一面则是杂色斑驳，表层起皱，仿佛被人抠过似的。在那儿，在煤油灯的气味中，我们跨坐在驴背式板凳上，召唤特丽尔比[1]的依稀可见的幽灵。我的绘画作品毫无价值。我在自己的房间里精心绘制了一些临摹画，其中几幅被当时的几位朋友收藏，偶尔拿出来展示一番时，我总是感到尴尬。

指导我们作画的是一个和我年岁相仿的男人，怀着戒心和敌意与我们相处。他穿一件深蓝色衬衫，系一条柠檬黄领带，戴一副角质架眼镜。主要由于这种形式的告诫，我不断调整自己的着装风格，直到后来纵使堂兄贾斯珀看到，也会认为已经基本适合在乡间邸宅做客。就这样，服饰得体而又愉快地忙于绘画的我，成了本学院一位相当体面的人物。

塞巴斯蒂安的情形却不同。他那一年的率性妄为已经满足了他深刻的内在需要，即逃避现实，随着他发现自己在一度觉得自由的

---

[1] 英国小说家杜·莫里埃尔（1834—1896）所著同名小说中的女主人公，是巴黎一个和蔼可亲的模特儿，深受英国许多学习绘画的年轻人的喜爱。

地方越发受到限制，他有时显得倦怠而孤僻，即便是和我在一起。

　　这学期我们俩过从甚密，彼此依恋，因此没有在别处寻找朋友。堂兄贾斯帕曾对我说，你读到二年级以后甩掉一年级的朋友，这很正常，事实果如其言。我的大多数朋友都是通过塞巴斯蒂安认识的，我将他们统统甩掉，没有另觅新友——事先并不声明和谁断交。起初我们好像和以往一样经常去看他们，我们依然参加聚会，但自己很少举办聚会。我不想让那些新生刮目相看，如同他们的伦敦姐妹一样，他们正在别人的引导下进入这里的社交界，每个聚会上都有几张陌生面孔。我在几个月前还热衷于结交新友，现在感到厌倦了。即便是我们这个贴心知己的小圈子，在夏阳的照耀下曾经那样活跃，如今在到处弥漫的雾气和河边的暮霭中，显得迟钝而沉闷，这种雾气和暮霭使那年我的一切都很柔弱和模糊。安东尼·布兰奇一走，便同时带走了某些东西；他锁上了一扇门，将房门钥匙挂在自己的匙链上；他始终是自己所有朋友中的一个异类。现在他们需要他了。

　　我感到这场慈善义演已经结束。剧团经理已经扣上羔皮外套的纽扣，拿上自己的报酬，团里那些郁郁不欢的女演员失去了一个主心骨。没了他，她们便忘了自己的结束语，或者说错了台词。她们需要他及时鸣铃开启幕布；她们需要他调度舞台灯光；她们需要他在舞台两侧悄声提示，需要他傲慢地盯着乐队指挥。没了他，场上就没有周报周刊的摄影师，事先酝酿的友善气氛和期待的欢快场面都没有出现。没有什么能像共同的事业那样把他们紧密联系在一起，丝绒质地和镶有金色饰带的戏服都已折叠包装，返还给服装出租商，现在她们身上是平时穿的灰黄色制服。几小时愉快的排练，台上几分钟出神入化的表演，她们扮演了一个个光彩耀眼的角色，她们自己的伟大前辈，她们心目中那些酷似著名油画人物的形象。现在这一切都完结了，在昏暗的天光下，她们必须回到各自的家里，回到频繁来到伦敦的丈夫身边，回到赌输了钱的情人身边，回到长得太快的孩子身边。

安东尼·布兰奇的那一伙人散掉了，成为仅仅十来个处在青春期的懒散的英国人。他们在未来的人生岁月有时会说："你还记得我们当年在牛津全都知道的那位非凡人物——安东尼·布兰奇吗？我想知道他后来怎么样了。"他们慢吞吞地回到自己原先所在的那类人当中，当初他们就是被布兰奇随意从中挑选出来的，如今他们的个性已经越来越不容易识别了。这种变化对于他们不像对于我们一样明显，他们依然偶尔在我们的房间里相聚，但是我俩不再请他们来了。相反，我们养成了偏好低俗伙伴的趣味，晚上消磨时间，常常是在圣埃博街和圣克莱门斯街上那些霍加斯[1]笔下的小酒店里，以及老市场和运河之间的几条街上，我俩在那些地方寻欢作乐，而且我相信，深受伙伴们的喜爱。花匠胳膊酒店，碎嘴婆脑袋酒店，剧院旁边的巫师头颅酒店，以及地狱走廊上的泥炭酒店，都是我们的常去之地。不过在泥炭酒店里，我们往往碰到其他在校大学生——布雷兹诺兹学院那些逐店痛饮的运动员——塞巴斯蒂安的心头充满憎恶，就像人们穿着与自身职业不相符的制服，有时会心生憎恶一样，结果好多夜晚都因他们的搅扰败了兴致，每逢此时他就放下喝了一半的酒杯，悻悻地返回学院。

马奇梅因夫人正是在这种情形下看到我们的，当时米迦勒假期[2]刚开始，她来牛津盘桓一星期。她发现塞巴斯蒂安心情抑郁，原来的一大群朋友如今只剩下我一人。她将我视为塞巴斯蒂安的朋友，并且设法使我成为她的朋友，然而她在这样做的同时，无意之中却伤害了我和塞巴斯蒂安的友情。这是我必须针对她给予我的厚爱做出的唯一指责。

她此次来牛津，是找万灵学院的桑姆格拉斯先生办事，这位先

---

1 威廉·霍加斯（1697—1764），英国油画家，版画家，代表作有《时髦婚姻》《妓女生涯》等。
2 米迦勒节在9月29日，基督教节日，纪念天使长米迦勒。

生此时在我们的生活中开始发挥越来越大的作用。马奇梅因夫人正在编纂一份纪念册，专供她的朋友们传阅，为了纪念她的弟弟耐德，在蒙斯和帕斯尚德勒[1]之间全部阵亡的三位传奇英雄中最年长的一位。他遗留了一大批文献——诗歌，书信，演讲稿，文章。编纂这些文稿，即便是为了在一个人数有限的圈子里传阅，也需要无数次机敏地做出判断，其间全由一位满怀敬仰的姐姐把握，容易造成失误。她承认这一点，征求外人的建议之后，找来桑姆格拉斯先生协助她工作。

他是一位年轻的大学历史教师，矮小肥胖，衣着整齐，稀疏的发丝梳理得平平整整，紧贴在一个硕大的脑袋上，双手灵巧，两脚偏小，一副沐浴过勤的外表。他态度和蔼，出言吐语风格独特。我们逐渐对他熟悉起来。

帮助他人工作是桑姆格拉斯先生的特殊习惯，但他本人也是几本时髦小书的作者。他善于探查各种档案资料，能够敏锐地捕捉到生动的素材。塞巴斯蒂安把他说成是"妈妈的什么人"，未免有违实情，差不多但凡能有什么地方吸引他的人，都是他的什么人。

桑姆格拉斯先生是家谱学家，也是君主政体的拥护者；他爱戴被剥夺了特权的皇族，知道觊觎王位者们对许多王权提出的强硬要求究竟是否有效合法；他没有保持宗教习惯，然而他对天主教的了解，比大多数天主教徒还要多，他在梵蒂冈有朋友，能够详尽地谈论梵蒂冈的政策和各项任命，说出当前哪些传教士受到赏识，哪些时运不济，最近提出的哪项神学假说难以成立，哪个耶稣会会士或多明我修道士如履薄冰，或在四旬斋[2]的演说中险些捅出娄子。他身上无所不有，独缺宗教信仰，他后来喜欢参加在布莱兹赫德小教堂举行的祈福仪式，喜欢见到这个家族中那些身披薄纱斗篷虔诚地缩着脖颈的夫人小姐；他喜欢历数上流社会中那些久已遗忘的丑闻，擅长于推定家系；

---

1　蒙斯位于比利时西南部，帕斯尚德勒位于法国北部，两地均为第一次世界大战的战场。
2　指复活节前的四十天。

他声称自己乐于追忆往事，可是我总觉得，他认为但凡与他稍有联系的声名显赫的伙伴，无论在世的或者已故的，全都荒唐可笑，唯有他桑姆格拉斯先生实际存在，余皆无足轻重的浮华虚饰。他是维多利亚时代的旅游者，一副稳健而又屈尊俯就的姿态，异域风情全都展现在他面前供其观赏。他那学究式的态度稍带活泼，我估摸着在他装有镶板的房间里的什么地方，说不定藏着一部口述录音机。

第一次遇见他和马奇梅因夫人待在一起，我当时心想，除了这位风头正盛的饱学之士以外，她不可能找到另一个跟她自己反差如此之大的人了，也无法为她自身的魅力找到更合适的陪衬。大模大样走进别人的生活，并不符合她的行事风格，但是临近那个周末时，塞巴斯蒂安相当烦躁地说："你和妈妈好像太亲密了。"我意识到她正在通过几个迅速而难以察觉的步骤，把我拖进亲密的氛围里，因为她没有耐心接受任何一种缺乏亲密行为的人际关系。后来她离开时我向她保证，下面整个假期，除了圣诞节当天以外，我都将在布莱兹赫德度过。

一两周过后的周一上午，我正在塞巴斯蒂安的房间里等他上完导师的辅导课回来，朱莉亚忽然走进来，后面跟着一个身材魁梧的男人，朱莉亚介绍他是"莫特拉姆先生"，叫他"雷克斯"。他们是驾驶汽车从他们度周末的一户人家过来的，两人解释说。雷克斯·莫特拉姆身穿乌尔斯特方格呢大衣，温暖而自信；朱莉亚身穿皮衣，冰凉而羞涩，她径自走到火炉边，蜷伏在火边上直打寒战。

"我们指望塞巴斯蒂安请我们吃一顿午餐。"她说，"要是他不行的话，我们总还可以找博伊·穆尔卡斯特试试，不过我始终认为，我们在塞巴斯蒂安这边会吃得好些，我们饿极了。整个周末，我们待在凯茨姆夫妇家里，的的确确一直饿着肚子。"

"他和塞巴斯蒂安将要跟我一起吃午饭，你们也来吧。"

于是，没有任何顾忌，他们在我屋里与我们共进午餐，这是我举行的以往类型的最后一次聚餐。雷克斯·莫特拉姆竭力拿腔作势。

他相貌英俊,一头乌发低低地覆住前额,额下是两道乌黑的浓眉。他说话时带有一种动听的加拿大口音。人们很快便知道他希望别人了解的有关他的一切,知道他财运颇佳,嗜赌成性,是一位下院议员,一个规矩人;他经常和威尔士亲王一起打高尔夫,跟很多人私交甚笃,包括"马克斯"[1]"弗·伊""格尔蒂"·劳伦斯,奥古斯塔斯,卡彭特——似乎与人们偶尔提到的任何人都有交情。谈到牛津大学时他说:"不,我从没在这儿待过。来这上学意味着你比别人晚三年开始生活。"

他的生活,按照他本人的说法,始于战争期间,他当时在加拿大军中服役,得到一个很不错的典礼官职位,及至服役期满,已经是一位知名将军的侍从武官。

我们见到他时,他不可能超过三十岁,但在我们牛津人眼里,却显得相当苍老。朱莉亚对待他,如同她为人处世的惯常做派,似乎带有稍许轻蔑,但也带有一种占用的神气。我们还在吃着饭,她就支使他到汽车上取香烟,有一两次他牛皮吹过了头,她代他致歉道,"记住他是从殖民地来的。"闻听此言,他报以朗声大笑。

他离开之后我问这人是谁。

"噢,就是朱莉亚的什么人吧。"塞巴斯蒂安说。

一周后,我们稍感意外地收到他的一份电报,邀请我们和博伊·穆尔卡斯特翌日前往伦敦,参加"朱莉亚一伙人"的晚宴。

"我看他应该不认识任何年轻人,"塞巴斯蒂安说,"他的朋友都是伦敦城里和下院浑身厚皮的老鲨鱼。我们还去吗?"

我们商量了一会儿,考虑到我们目前在牛津的生活很压抑,因此决定还是去。

"他为什么要博伊去呢?"

"我和朱莉亚从小就认识他。我估计,他看到博伊和你一起吃午

---

[1] 人名加引号系原文如此,下同。——编者注

饭,以为他是你的好友。"

我们对穆尔卡斯特本无多少好感,但是我们三人从各自学院获准外宿假,乘坐哈德卡斯尔的汽车驶上通往伦敦的公路时,全都兴致盎然。

我们计划当晚住在马奇梅因府。我们先去那儿换礼服,更衣的同时喝了瓶香槟,又把三人各自的房间依次走了一遭,它们全都位于三楼,跟楼下那些富丽堂皇的房间相比,显得相当寒碜。我们下楼时恰好与朱莉亚擦肩而过,她去楼上自己的房间,身上依然穿着日常的衣裳。

"我要晚会儿到。"她说,"你们几个小伙子最好接着去雷克斯那儿。你们来得太好了。"

"这是什么聚会?"

"我被牵扯进去的一场糟糕透顶的慈善舞会。雷克斯执意要为它举办一场宴会。在那儿见你们吧。"

雷克斯·莫特拉姆的住处距马奇梅因府很近。"朱莉亚要晚会儿到。"我们说,"她刚刚上楼更衣。"

"这就是说得晚一小时。我们最好喝些葡萄酒。"

一个被介绍为"钱皮恩太太"的女人说:"我料定她愿意我们先开始,雷克斯。"

"嗯,还是先让我们喝些葡萄酒吧。"

"干吗要来一大瓶呢,雷克斯?"她抱怨道,"你不管什么总是要特别大的。"

"对我们来说不算太大。"他说着,双手接过酒瓶,旋开瓶口的软木塞。

席间还有两个姑娘,朱莉亚的同龄人,她们好像全都参与了舞会的筹办工作。穆尔卡斯特以前认识她们,而她们呢,我寻思,认识他,却对他不感兴趣。钱皮恩太太跟雷克斯说着话,我和塞巴斯蒂安兀自喝着酒,就像我们往常那样。

朱莉亚终于来了,从容不迫,身姿优雅,毫无悔意。"你们就不该让他等嘛。"她说,"这是他加拿大式的礼节。"

雷克斯·莫特拉姆慷慨待客,晚宴结束时,我们三个来自牛津的年轻人都喝得醉醺醺的。我们站在前厅等候姑娘们下楼,雷克斯和钱皮恩太太已经从我们身边走开,一边压低嗓门语带讥刺地聊着什么,这时穆尔卡斯特说:"我说,我们还是避开这场糟糕的舞会,去梅菲尔德妈妈那儿吧。"

"梅菲尔德妈妈是谁?"

"你知道梅菲尔德妈妈。天下谁人不识老一百号的梅菲尔德妈妈。我认识常住那儿的一个姑娘——一个名叫埃菲的甜妞。如果埃菲听说我人在伦敦,却不过去看她,那麻烦可就大啦。走吧,去梅菲尔德妈妈那儿见见她。"

"好吧,"塞巴斯蒂安说,"就让我们去梅菲尔德妈妈那儿见见埃菲。"

"我们从好客的莫特拉姆那儿再拿一瓶酒,躲开那场讨厌的舞会,随后便去老一百号,怎么样?"

逃离舞会并非难事。雷克斯·莫特拉姆找来的姑娘们在那儿有很多朋友,我们一起跳了一两支舞曲后,面前的桌上开始摆上一瓶瓶酒,雷克斯·莫特拉姆点的葡萄酒越来越多。很快我们三人便一起站在外面的人行道上了。

"你知道那地方在哪儿吗?"

"当然知道,百条阴沟街。"

"这条街在什么地方?"

"莱斯特广场过去就是。最好弄辆车。"

"为什么?"

"碰到这种场合,有自己的车总归要好些。"

我们没有深究其中的原因,这正是我们的失策之处。汽车停在马奇梅因府的前院,距离我们刚才跳舞的旅馆仅有一百码。穆尔卡斯特驾驶汽车转悠了一阵,便将我们稳稳当当地带到阴沟街。一个漆黑的大门口,一侧站着一个身穿制服的看门人,另一侧站着一个身穿晚礼服的中年男子,他脸对着墙,把额头抵住墙砖感受凉意,看来这就是我们的目的地。

"别进去,有人会给你们下毒的。"中年男子说。

"是会员吗?"守门人问道。

"名字是穆尔卡斯特。"穆尔卡斯特说,"穆尔卡斯特子爵。"

"那好,进去试试吧。"守门人说道。

"你们会遭劫,中毒,受传染,遭劫。"中年男子说。

漆黑的大门里面,是一扇明晃晃的小门。

"是会员吗?"一个身穿晚礼服的肥胖女人问道。

"我喜欢这样。"穆尔卡斯特说,"现在你该认识我了吧。"

"不错,亲爱的。"那个女人冷淡地说,"每位十先令。"

"噢,听我说,我以前从来不付钱。"

"也许没付过吧,亲爱的。今晚我们这儿客满,所以要付十先令。凡是在你们后面入场的,一律得付一镑。你们算是走运的了。"

"让我和梅菲尔德女士说句话。"

"我就是梅菲尔德女士。每位十先令。"

"哟,妈妈,你打扮得这么阔气,我都没认出来。你认识我,是吧?博伊·穆尔卡斯特。"

"没错,宝贝儿,每位十先令。"

我们付了钱,那个一直挡在我们和内门之间的男人这时让开了路。门里面气氛热烈,挤满了人,老一百号正处于它一天生意的高峰。我们找到一张餐桌,点了一瓶酒;侍者收下钱才把酒瓶打开。

"埃菲今晚在什么地方?"穆尔卡斯特问道。

"哪个埃菲?"

"埃菲,总是待在这儿的一个姑娘。皮肤黝黑的漂亮姑娘。"

"有很多姑娘在这儿干活。她们有的皮肤黑,有的皮肤白。其中有一些算得上漂亮。我可没工夫记住她们的名字。"

"我要去找她。"穆尔卡斯特说。

他刚刚走开,便有两个女人在我们桌边停下脚步,好奇地瞅着我们。"走吧,"其中一个对另一个说,"咱们是在白费时间。他俩不过是一对相好的。"

不一会儿穆尔卡斯特得意扬扬地带着埃菲回来了,侍者不等她点菜,就立即端来一份熏咸肉和鸡蛋拼盘。

"整晚我这才吃第一口。"她说,"这地方只有早餐还说得过去。一直到处转悠,真把我饿坏了。"

"还得再加六先令。"侍者说。

埃菲吃饱肚子后抹抹嘴,继而打量起我们来。

"我以前在这儿见过你,经常见到,是吧?"她对我说道。

"恐怕没有。"

"可是我见过你吧?"她问穆尔卡斯特。

"嗯,我确实相信是这样。你没忘了九月份我们在一起的那个短暂夜晚吧?"

"没忘,亲爱的,当然没忘。你是皇家禁卫军里那个砍伤自个儿脚趾的小伙子,是不是?"

"我说埃菲,别开玩笑啦。"

"没开玩笑,那就是另一个夜晚,是不是?我知道——警察进来时,你正和邦蒂待在一起,我们全都藏在人家放垃圾箱的地方。"

"埃菲喜欢取笑我,是不是,埃菲?她因为我这么久不来而恼火,对不对?"

"随你说什么,反正我以前在什么地方见过你。"

"别开玩笑了。"

"我可没有开玩笑的意思。真的,想跳舞吗?"

"这会儿不想。"

"感谢上帝。今晚我的鞋实在太夹脚了。"

不久她就和穆尔卡斯特深谈起来。塞巴斯蒂安仰靠着椅背，对我说："我马上叫那两个过来陪我们。"

那两位起先留意过我们、眼下仍未找到客人的姑娘，这时又在我们附近兜起了圈子。塞巴斯蒂安微笑着起身招呼她们，很快她俩也放开肚子吃起来。其中一位有一副骷髅似的面孔，另一位的脸酷似体弱多病的孩儿。骷髅头似乎盯牢了我。"小范围乐一乐如何，"她说，"就咱们六个在我那儿？"

"当然可以。"塞巴斯蒂安说。

"你们进来时我还以为你们是相好的呢。"

"那是因为我们特别年轻。"

骷髅头咯咯笑起来。"你真讨人喜欢。"她说。

"你们俩的确挺可爱的。"病孩儿脸说，"我得告诉梅菲尔德太太我们要出去。"

我们又来到大街上，这时还不算晚，刚过午夜不久。守门人想说服我们搭一辆出租车。"你们的车子我可以照看，先生，可我开不了呀，先生，真的开不了。"

可是塞巴斯蒂安握住了方向盘，那两个女人，一个坐在另一个身上，在他旁边指路。我跟埃菲和穆尔卡斯特一起坐在后排。车子开动时我们大概都欢呼了一声。

车子并没开多远。我们的车拐上沙夫兹伯里大街，驶向皮卡迪里广场，这时我们险些和一辆对面开来的出租车迎头相撞。

"看在基督的分上，"埃菲说，"瞧好前面的路啊。你莫不是想谋害我们吧？"

"那家伙真粗心。"塞巴斯蒂安说。

"你这样开车可真危险。"骷髅头说，"再说，我们也该靠着马路那一边嘛。"

"是该那样。" 塞巴斯蒂安说着，猛地掉转车身朝向马路对面驶去。

"喂，停车。我宁可走着去。"

"停车？当然可以。"

他随即脚踩刹车，车子蓦地停住，横在马路中央。两名警察加快脚步朝我们走来。

"让我下去。"埃菲说着，连蹦带跳地逃掉了。

我们其他人都被当场抓住。

"如果我妨碍了交通，那我非常抱歉，警官。"塞巴斯蒂安谨慎地说。"可是那位女士执意要我停车让她下去，这一点她不会否认。你们也将注意到，她那会儿急着赶时间。神经方面的问题，知道吧。"

"让我跟他说吧。"骷髅头说，"讲点交情吧，漂亮的警官。除了你俩，别人什么也没看见。几个小伙子并没有恶意。我给他们叫辆出租车，安安稳稳地送他们回家。"

两个警察仔细打量着我们，心里正在做出自己的判断。即便是在此刻，任何事情仍有转圜的余地，倘若穆尔卡斯特不插话。"我说，好心人，"他说，"二位大可不必什么都盯住不放嘛。我们刚从梅菲尔德妈妈那儿过来。我估计她向你们付了笔可观的酬金，让你们睁只眼闭只眼。好啦，你们也可以对我们睁只眼闭只眼，绝不会因此而吃亏。"

这番话立即打消了警察可能感到的任何疑虑。没多久我们就进了单人牢房。

一路上的情形或入狱的过程我都印象不深了。我想起当时穆尔卡斯特激烈地提出抗议，后来狱卒命令我们掏空口袋，他又指责对方偷窃私人财物。随后我们被送进牢房，我对它最初的清楚记忆是，贴了瓷砖的四面墙壁，一盏高高挂着的灯，灯上面是一块厚玻璃板，一张简陋的床铺，我身边一扇没有把手的门。在我左侧的什么地方，塞巴斯蒂安和穆尔卡斯特正在大声喧哗。塞巴斯蒂安在前往警局的路上脚步还算平稳，情绪也相当镇定；现在被关进牢房里，他似乎陷入了极度狂躁的状态,一边砰砰訇訇地敲门,一边高喊:"他妈的,我没喝醉。快点开门。我一定要见医生。告诉你们,我没醉。"这时穆尔卡斯特在那边嚷道:"我的上帝,你们得为此付出代价!你们犯下了一个大错,我可以告诉你们,给内务大臣打电话。把我的私人律师找来。我享有人身保护权。"

其他牢房里掀起了一片抗议的声浪,里面形形色色的流浪汉和扒手还想睡一会儿:"喂,安静点!""让人安静点,行不行?"……"这是讨厌的拘留所,还是疯人院?"——正在例行巡视的那名警察,隔着铁栅栏门警告他俩,"你们要是不识相的话,就得在这儿待整整一夜。"

我沮丧地坐在床铺上,打了一会儿盹。不久,喧嚷声渐渐平息,塞巴斯蒂安喊道:"喂,查尔斯,你在那儿吗?"

"我在这儿。"

"这事可真糟透了。"

"我们能不能得到保释什么的?"

穆尔卡斯特似乎已经睡着了。

"我要告诉你那个人——雷克斯·莫特拉姆。他在这儿挺吃得开的。"

我们费了一番周折才联系上他。我按铃叫人,半小时后那名当值警察才过来。最后他总算同意,虽说仍持怀疑态度,通过电话给那家正在举行舞会的旅馆捎个口信。又耽搁了很久之后,我们牢房的门才终于打开。

透过警局污浊的空气,即尘垢和消毒水混杂的酸腐气息慢慢飘来的,是甜丝丝的浓郁烟味儿,来自一支哈瓦那雪茄——来自两支哈瓦那雪茄,因为那个值班警察也在吸。

雷克斯站在值班室里,俨然是权力和富贵的化身——其实是对二者的滑稽讽刺。他穿一件带有阿斯特拉罕式宽大翻领的皮衬里大衣,戴一顶丝绒帽。几个警察态度恭敬,迫切为他效劳。

"我们也是例行公事，"他们说，"拘捕这几位年轻的先生，是为了保护他们。"

穆尔卡斯特带着明显的醉意，开始口齿不清地控诉他们剥夺了自己合法的陈述权和公民权。雷克斯说："所有这些话最好单独跟我讲。"

这时我的头脑清醒了，我饶有兴致地看着、听着雷克斯处理我们的问题。他察看了案情记录，和蔼地跟两个拘捕我们的警察交谈；他以最不易察觉的微妙手段试图行贿，但他看出事情拖了很久，消息也已广泛扩散，随即加以掩饰；他保证次日上午十点将我们送到地方法院，接着便把我们带走了。他的汽车停在外面。

"今晚谈论这些事毫无作用。你们睡在哪儿？"

"马奇家里。" 塞巴斯蒂安说。

"你们还是来我这儿吧。今晚我可以安顿你们。一切事情都交给我吧。"

他显然为自己如此利索能干而高兴。

翌日早晨，这种炫耀的意味越发惹人注意。我醒来时，惊慌而又疑惑地感到自己睡在一间陌生的屋子里，在意识恢复的最初瞬间，想起前一天夜晚发生的事情，起先犹如一场噩梦，继而回归现实。雷克斯的仆人正打开一只衣箱。看到我在动弹，他走到洗脸架旁，把什么东西从一只瓶子倒进杯里。"我想马奇梅因府的所有东西我这儿都有。"他说，"这东西是莫特拉姆先生吩咐人去赫佩尔药店买的。"

我服了药，觉得好些了。

特朗泊理发店的一名理发师为我们修了面。

雷克斯和我们一起吃早餐。"出庭时要紧的是保持体面。"他说，"幸好你们的衣着看上去都不算寒碜。"

早饭后律师来到我们的住处，雷克斯把案情向他扼要陈述了一遍。

"塞巴斯蒂安陷入困境。"他说,"他因醉酒驾车面临最高可达半年的徒刑。不幸的是,你们的案子将由格里格审理。他对此类案件一向持相当严厉的态度。今天上午我们唯一能够做到的,是请求法庭推迟一周审理塞巴斯蒂安的案子,以便做好辩护准备。你们二位可以表示服罪,并且表示歉意,每人再交五先令罚款。至于收买几家晚报的事,我得想想怎么办为好。恐怕《星报》比较难说话。

"切记,关键是绝口不提老一百号。幸好那几个骚货当时还算清醒,现在没有受到指控,不过她们都已作为证人记录在案。如果我们企图否认警方证言,她们就会被传唤到庭。我们无论如何都得避免这种情况发生,因此我们只能硬着头皮全盘接受警方陈述的整个案情经过,并且恳求地方法院慈悲为怀,勿因年轻人一时的幼稚轻率之举便断送他的前程。这样说能够奏效。我们还需要一位牛津大学的教师证明你们品行优良。朱莉亚跟我说,你们有一位叫桑姆格拉斯的老师比较好说话。他可以为你们作证。同时你们需要简单说明,你们从牛津来参加一场十分体面的舞会,不习惯喝葡萄酒,却又喝得太多,因而开车回家时迷了路。

"这些都做了以后,我们还得没法跟你们牛津大学校方一起最后落实此事。"

"我让他们把我的律师找来,"穆尔卡斯特说,"可是他们拒绝了。他们已经无可挽回地犯了错,我看他们绝对推卸不了责任。"

"看在上帝分上,不要挑起任何争端。乖乖认罪,缴纳罚款。明白吗?"

穆尔卡斯特嘟囔着,可还是屈服了。

法庭上发生的一切果如雷克斯所料。十点半,我们站在鲍夫街[1]上,我和穆尔卡斯特已经自由,塞巴斯蒂安具结担保一星期后出庭。穆尔卡斯特当时对自己的冤情未置一词。我和他都受到了口头警告,

---

[1] 鲍夫街,伦敦 1805 年以后的警察厅所在地。

每人被处以五先令罚款,另付十五先令诉讼费。我们觉得穆尔卡斯特越来越烦人,听到他以办事为由要去伦敦,心里顿时踏实了许多。那位律师也匆匆离去,就剩下我和塞巴斯蒂安,越发感到孤单而忧郁。

"我估计这件事妈妈已经听说了。"他说,"该死,该死,该死!天气真冷。我不想回家。我又没地方可去。我们还是悄悄溜回牛津。等他们来找我们的麻烦吧。"

治安法庭的一些落拓不羁的常客来来去去,走上走下台阶;我俩仍然站在当风的街角,一时拿不定主意。

"为什么不去找朱莉亚呢?"

"我也许要出国。"

"亲爱的塞巴斯蒂安,你只会换一顿训斥,再罚几镑了事。"

"不错,可是那有多烦人——妈妈,布莱德,家里的所有人,还有牛津的老师。我宁愿进监狱。如果我干脆溜到国外,他们就没法把我弄回来,是不是?人们在受到警察追究时,正是这么干的。我知道妈妈会设法让人们觉得,整个事情主要是由她一个担着。"

"我们还是给朱莉亚打个电话,让她在什么地方跟我们碰头,一起商议一下。"

我们和朱莉亚在伯克利广场的冈特饭店见面。她像当时大多数女人一样,头戴一顶绿色女帽,低低地压到眉梢上,帽上还缀有一枚箭形钻石;她腋下夹着一条小狗,四分之三的身体藏在她大衣的皮毛里。她和我们打招呼时,显示出一种异乎寻常的好兴致。

"嘿,你们真是一对活宝。我得说,你们干这种事好像特别在行。我只喝醉过一次,过后瘫在床上一整天。我以为你们当时可能会带我一起去。那种舞会可是够恐怖的,而且我一直盼着能去老一百号看看。永远不会有谁带我去。玩得挺开心的吧?"

"这么说,你也全知道啦?"

"雷克斯今天早晨给我打了电话,把什么都告诉我了。你们那几个女朋友模样如何？"

"别那么好色。"塞巴斯蒂安说。

"我那位像一个骷髅头。"

"我那位活像一个痨病鬼。"

"天哪。"我们带女人出去玩过，因而显然提高了我们在朱莉亚心目中的地位，她们正是她的兴趣所在。

"妈妈知道吗？"

"不知道你们的什么骷髅头和痨病鬼，她只知道你们进了牢房，是我告诉她的。她在这件事上的表现好极了，当然。你知道，耐德舅舅什么事都干得挺漂亮，有一回他把一头熊带进劳埃德·乔治[1]的会场，结果他遭到关押，因此她对整个事情确实抱着宽容豁达的态度。她想要你们俩和她一道吃午饭。"

"噢，上帝！"

"最麻烦的还是报纸和家庭。你家里的人讨嫌吗，查尔斯？"

"只有父亲一人。他绝对不会听说这事。"

"我们家的人可讨嫌了。可怜的妈妈因为他们就要倒大霉了。他们将纷纷写信给她，并且登门看望，表示同情，一半人的心里始终在说的是，'这就是把孩子培养成为一名天主教徒的结果。'另一半人心里却始终在说，'这就是把他送去伊顿而不是斯托尼赫斯特的结果。'可怜的妈妈无法听到他们的真实想法。"

我们和马奇梅因夫人一起吃午饭。她以幽默而又无奈的态度对待整个事件。她仅仅责备道："我不能理解你们为什么跟莫特拉姆先生一起出去，和他待在一起。你们可以先来跟我通个气嘛。"

"我该怎么向全家人解释这件事呢？"她问道，"他们发现我对这件事不像他们那样难过，一定会感到特别惊讶。你知道我嫂嫂范妮·罗斯康芒吗？她一向认为我对孩子们的教养方式很成问题。

---

[1] 劳埃德·乔治（1863—1945），英国政治家，1916—1922年任英国首相。

现在我开始认为她的话有道理。"

我们离开时我说:"她实在是太有魅力了。你到底愁什么呢?"
"我没法解释。"塞巴斯蒂安痛苦地说。

一周后塞巴斯蒂安出庭,他被处以十镑罚款。一些报纸把消息刊登在令人头疼的醒目位置,其中一篇报道还被冠以讽刺性的大字标题:"侯爵的儿子喝不惯葡萄酒"。地方法官声称,只是由于警察果断采取行动,他才免遭严重的指控……"纯粹出于好运,你才没有承担严重肇事的责任……"桑姆格拉斯先生作证说,塞巴斯蒂安的个人品行无可指摘,还说他在牛津大学的光明前途已经岌岌可危。几家报纸也抓住了这句话——"模范学生前途堪忧"。倘若不是桑姆格拉斯先生作证,那位地方法官说,他很可能被判处惩戒性的徒刑。无论对于任何一个小流氓,还是一名牛津大学的在校生,法律都是一视同仁的。的确,家世愈好,罪行愈卑鄙……

桑姆格拉斯先生的个人价值并不仅限于鲍夫大街。他在牛津大学显示出全部热情和机敏,堪与雷克斯·莫特拉姆在伦敦的表现媲美。他逐一走访学校当局、几位学监和大学副校长;他怂恿贝尔蒙席拜访基督教会学院院长;他安排马奇梅因夫人同校长本人谈话。作为上述种种努力的一个结果,我们三人在本学期剩余的时间内不得离校外出。哈德卡斯尔呢,不太清楚为了什么缘故,再度被严禁使用自己的汽车,这件事就此了结。我们遭受的持续时间最长的处罚,其实是我们与雷克斯·莫特拉姆和桑姆格拉斯的亲密关系,不过鉴于雷克斯生活在伦敦政界和上层金融界,而桑姆格拉斯先生生活在牛津,距离我们很近,因此我们从他那儿吃到的苦头更多。

在本学期余下的时日里,他总是缠着我们。我们既已被禁止外出,便不能在一起过夜,每天从晚上九时起自个儿待着,并且处在桑姆格拉斯先生的监控之下。几乎没有哪个夜晚他不来找我或塞巴斯蒂安。他说起"我们的轻微越轨行为",仿佛他也蹲过单人牢房,和我们有这种缘分……有一次我翻墙爬出学院，桑姆格拉斯先生发现校门关上后我竟然待在塞巴斯蒂安的房间里，为这事进一步加紧了对我的约束。因此，我圣诞节后回到布莱兹赫德，走进他们称为"挂毯大厅"的房间，发现桑姆格拉斯先生独自坐在炉火前，似在恭候我，心里并不感到惊讶。

"你发现我在独自占有一切。"他说。的确，他似乎占据了这座客厅和四壁悬挂的狩猎挂毯上灰暗的景象，占据了壁炉两侧的女像柱，而且他起身握住我的手、主人一般招呼我时，也同样占据了我。"今天早晨，"他继续说道，"我们在草坪上举行了马奇梅因狩猎会——那种古朴而风雅的场面——我们所有的年轻朋友都在猎狐，甚至塞巴斯蒂安也在，你听见他的名字不会吃惊，他身穿粉红色外套，看上去风度翩翩。布莱兹赫德则是派头多于优雅，他和本地一个名叫沃尔特·斯特里克兰-维纳尔斯爵士的风趣人物共同主持狩猎会。我真希望这些单调的挂毯上能增补他们二位的肖像——那样的画面将平添几分梦幻的情调。

"我们的女主人一直待在家里；还有一位病后康复中的多明我派教士，马利丹读得太多，黑格尔读得太少；当然还有艾德里安·波森爵士，加上两位令人生畏的匈牙利表兄弟——我曾经试着用德语和法语跟他们交谈，可是他们对两种语言都不感兴趣。现在这些人都坐车去看一个邻居了。我坐在炉火前，手里拿着这本无与伦比的《查勒斯》，惬意地消磨下午的时光。你的到来鼓起了我打铃要茶的勇气。我怎样才能使你为聚会做好心理准备呢？哎呀，明天它就散啦。朱莉亚小姐去别的什么地方欢度新年，还把那位时髦的社交人物带走了。我会想念住在这座宅子附近的几个美人——尤其是那个西莉亚，她是我们那位境况不佳的老伙伴博伊·穆尔卡斯特的妹妹，奇妙的是一点都不像他。跟人交谈时，她像鸟儿啄食般连续不断地一点点接触话题，那副神态我觉得特别可爱，她的着装打扮酷似一位学校班长，款式我只能说'别致'。我会想念她的，因为我明天不走。明天我将认真着手编辑我们女主人的书——这本书,相信我,将荟萃一个时期的精华——确凿有据的1914年史。"

茶送上来了,喝完茶不久,塞巴斯蒂安回来了,他早就找不到狩猎队的人,他说,干脆一路逛回来了;他到家后不久,其他人也在黄昏时分被汽车接回家,他们当中没有布莱兹赫德,他在养狗场有事要办,考德莉亚也随他去了。回来的人挤满大厅,接着开始吃炒鸡蛋和烤面饼;那位已在家里吃过午饭、整个下午都在炉火前打盹的桑姆格拉斯先生,也和他们一道吃着鸡蛋和烤饼。稍后,马奇梅因夫人一行也到家了,我们还没来得及上楼换晚餐礼服,她就说:"谁去教堂念玫瑰经?"这时塞巴斯蒂安和朱莉亚都说他们得赶紧去洗澡,桑姆格拉斯先生便跟她和那位男修士一道走了。

"我巴不得桑姆格拉斯先生走哩,"塞巴斯蒂安洗澡的时候说,"我对向他表示感激已经厌恶透了。"

在接下来的半个月里,人们对桑姆格拉斯先生的厌恶开始逐渐成为全府上下一个心照不宣的小小秘密。只要他在场,艾德里安·波森爵士那双漂亮的褐色眼睛就仿佛在察看远方的一条地平线,抿紧的唇边也染上了典型的悲观情绪。只有那对匈牙利表兄弟,误解了大学导师的身份,将他视为一个享有特权的高级用人,没有因为他在场而受到影响。

桑姆格拉斯先生,艾德里安·波森爵士,两个匈牙利表兄弟,男修士,布莱兹赫德,塞巴斯蒂安,考德莉亚,留下参与圣诞聚会的人员悉数在此。

宗教在这座府邸居于主导地位,不仅表现在家庭的行为习惯上——每天早晚在小教堂做弥撒,诵玫瑰经——而且表现在家庭内部的所有交往方面。"我们必须把查尔斯变成一个天主教徒。"马奇梅因夫人说,在我几度做客期间,我们多次在一起聊着聊着,她忽然巧妙地把话题引入一个神圣的领域。第一次这样聊过以后,塞巴斯蒂安说:"妈妈是不是像往常那样跟你'闲聊'过一次?她一贯如此。我真希望她别再这么做了。"

她从没叫谁过去聊聊,或者有意把谁引到这种闲聊上来;每当她希望跟谁说说知心话的时候,就有人发现自己碰巧和她在一起,如果是夏天,就站在湖边僻静的一条小道上,或者围以石墙的玫瑰园的一个角落里;如果是冬天,便待在二楼她的起居室里。

这间起居室完全归她所有。她把房间据为己有后进行了一番改造,因此你初进此屋,便恍若置身另一座宅邸。她特意放低了天花板,因而以各种形态为宅内各室增色添辉的精制门楣,在这间屋里看不见了;四面墙壁,包括装有凸花镶板的一面,统统被刮除干净,漆成蓝色,其间缀以无数引发深情联想的小幅水彩画;屋里甜腻的气息与鲜花的清香和百花香的陈腐味儿混杂在一起;她的一本本藏书都被裹以软革封皮,那些读过多遍的诗集和神学著作,摆满了一只黑檀木小书架;壁炉架上尽是小小的私人珍品——一尊圣母象牙雕像,一尊圣约瑟石膏像,她三个当兵的弟弟的几张小幅遗像。那个阳光灿烂的八月,我和塞巴斯蒂安单独住在布莱兹赫德期间,始终没有进入他母亲的这个房间。

随着我逐渐回忆她这个房间,我们当时谈话的一些片断重又浮现于脑际。我记得她说:"我小的时候家里比较穷,不过比起世上大多数人还是富裕许多,结婚时我变得阔多了。我时常为此发愁,认为自己拥有那么多漂亮的东西,而别人却一无所有,这是不合理的。现在我认识到,富人也可能由于贪图穷人的特权而犯罪。穷人一向是上帝和他的圣徒们的宠儿,不过我相信,净化包括富人在内的整个生灵,实乃神的一项特殊成就。异教的罗马的财富肯定是残酷掠夺的产物,不会是其他情况。"

我说起骆驼和针眼[1]的典故，她愉快地对此做出回应。

"不过当然，"她说，"人们完全料想不到骆驼会穿过针眼，可是福音书纯粹是种种出人意料的事物的一部汇编。谁也料想不到一头牛和一头驴居然在畜栏里做礼拜。在圣徒的传记中，牲畜总是在做种种古怪的事情。这完全是宗教本身诗的一面，爱丽丝漫游奇境般传奇的一面。"

但是她的信仰，如同她的魅力，并没有将我打动；或者毋宁说，我被二者同样打动。我当时一心只以塞巴斯蒂安为念，我发现他正在遭受威胁，虽说还不清楚这种威胁有多严重。他那固定不变、出于绝望的祈祷不容任何打扰。依靠自己心中流淌的蔚蓝色海水和飒飒作声的棕榈，他快乐，单纯，有如一个波利尼西亚人，只有当大船在珊瑚礁边抛锚、小艇在环礁湖里搁浅的时候，那面不曾留下一只靴印的斜坡，遭到商人、官吏、传教士、旅客等入侵者的野蛮践踏——这时才该发掘出本部落古老的武器，在山中敲响战鼓；或者，更容易做到的是，离开洒满阳光的门口，独自躺在黑暗中，虚弱无力的彩绘诸神无谓地在四面墙上列队行进，他对着一大堆朗姆酒剧烈咳嗽。

自从塞巴斯蒂安将自己的良心和人类情感的所有需要归为入侵者之列以来，他那田园牧歌式淳朴生活的日子便屈指可数了。因为在这段对我而言显得宁静的时光里，塞巴斯蒂安却惶恐不安。我非常熟悉他那警觉和猜疑的情绪，他像一头鹿，听见远处猎队的声响蓦然昂首；我已经看出，每当他想到自己的家庭和宗教信仰时，他就变得十分谨慎，如今我发现自己也受到他的怀疑。他不是没有恋爱过，而是失去了恋爱的欢乐，因为我再也不是他寂寞时的伴侣。随着我和他家庭的关系越发紧密，我渐渐成为他力图逃避的那个世界的一部分；我成为他的一种束缚。这正是他母亲每次跟我闲聊时

---

[1] 语出《圣经》，意为根本做不到的事，见《新约·马太福音》19:24，耶稣对门徒说："我实在告诉你们，财主进天国是难的。我又告诉你们，骆驼穿过针的眼，比财主进神的国还容易呢。"

力图使我适应的角色。一切说法都已收回。我只是偶尔隐隐约约地怀疑什么正在进行。

从表面上看,桑姆格拉斯先生是唯一的敌人。我和塞巴斯蒂安在布莱兹赫德待了半个月,过着自己的日子。他哥哥参与体育运动和房地产经营;桑姆格拉斯先生在图书室专心编纂马奇梅因夫人的书;艾德里安·波森爵士占用了马奇梅因夫人的大部分时间。除了夜晚,我们难得见到他们。那个宽大的房顶下面,能够容纳各种各样的独立生活。

半个月过后,塞巴斯蒂安说:"我再也受不了桑姆格拉斯先生啦。我们去伦敦吧。"于是他来和我待在一起,现在开始住在我家而不去"马奇"家。我父亲很喜欢他。"我觉得你的朋友很有趣。"他说,"叫他常来吧。"

后来,我们返回牛津,继续那种仿佛正在寒冷的空气中渐渐萎缩的生活。上学期塞巴斯蒂安身上那种深沉的悲哀不见了,代之以一种愠怒,一种有时甚至针对我的愠怒。他心头有个什么症结,可我不明就里,我为他感到难受,又没法帮他。

如今他的快活时光,通常是在他醉酒之际,一旦喝醉了,他便沉溺于"嘲笑桑姆格拉斯先生"之中。他谱写了一首歌谣,内有叠句"绿屁股,桑姆格拉斯——桑姆格拉斯绿屁股",顺着圣玛丽教堂和谐钟声的节奏唱起来,他还索性向桑姆格拉斯唱小夜曲,大概每周一次,就在对方的窗户下面。桑姆格拉斯先生以第一位在自家安装私人电话的大学教师而闻名。塞巴斯蒂安常常带着醉意拨通他的电话,把这支小曲唱给他听。桑姆格拉斯先生对所有这些毫不见怪,每次碰见我们,总是向人们所说的那样,露出谄媚的微笑,但却带着日益增长的自信,似乎塞巴斯蒂安每一次的冒犯,都在某种程度上促使自己加强对他的控制。

正是在这个学期,我开始意识到,塞巴斯蒂安是一个跟我自己的理解截然不同的醉鬼。我常常喝醉,却是由于兴致极高,沉溺于醉酒的时刻,希望延长和增强醉意;塞巴斯蒂安酗酒则是为了逃避。随着我俩年岁的增长,性格趋于严肃,我喝得越来越少,而他喝得越来越多。我发现有时我回到学院之后,他还迟迟不睡,兀自狂饮。一连串灾祸迅速降临到他头上,来势之猛出乎意料,很难说我究竟何时看出我的朋友深陷于苦恼之中,我在复活节假期中完全明白了这是怎么回事。

朱莉亚常说:"可怜的塞巴斯蒂安,这是他身上的某种化学问题。"

这是时下流行的时髦语,源于人们对科普知识的天知道什么误解。"他们之间有某种化学问题。"人们常用这话解释随便哪两人之间极大的仇恨或爱情,是用一种新说法表达宿命论的旧观念。我不相信我的朋友身上存在任何化学问题。

布莱兹赫德的复活节聚会是一个令人痛苦的场合,最终导致了一个虽小然却难忘的事件。塞巴斯蒂安在他母亲家里,晚餐前喝得大醉,从而标志着他忧郁症病史上一个新时期的开端,成为他逃离家庭,最终致使自己堕落的又一重要步骤。

那天黄昏时分,参与复活节聚会的一大批人离开了布莱兹赫德。名曰复活节聚会,其实它在复活节周的星期二才开始,因为从濯足节[1]直到复活节当天,弗莱特一家人始终隐居在一家修道院的客户家里。塞巴斯蒂安已经说过他今年不想回家,但在最后时刻又动摇了,回家时他的心境极为颓丧,我根本无法使他振作起来。

整整一周他酒喝得很厉害——只有我知道有多厉害——喝的时候心神不安,遮遮掩掩,完全不同于他以往的习惯。聚会期间,图书室里总是放着一托盘格洛格酒[2],塞巴斯蒂安白天时不时地偷偷溜

---

[1] 濯足节,又称圣星期四,指复活节前的星期四,纪念耶稣基督在受难前夕最后晚餐上为十二使徒洗脚。
[2] 用朗姆酒或威士忌酒兑水而成。

进去,甚至对我都只字不提。白天家里人差不多走空了。我在柱廊上小小花园屋里的另一块画板上作画。塞巴斯蒂安说他得了感冒,留在家里没走,其间从无十分清醒的时刻;他默不作声,以此避开旁人的注意。我时常发现他吸引了人们好奇的目光,不过来此度假的客人大多对他所知甚少,因此无法看出他身上的变化,而他家的人又都很忙,每人都得陪伴自己的客人。

每当我好言规劝,他总说,"我真受不了周围这帮人",然而,等到他们终于离去,他不得不近距离面对自己的家人时,他真的撑不住了。

府上惯常的做法是,六点钟把鸡尾酒托盘端进客厅;我们自行掺兑酒水,等到我们上楼更衣,酒瓶便撤走了;过后,晚餐前,鸡尾酒复又出现,由男仆依次递给每个人。

那天塞巴斯蒂安吃完茶点便消失了;天色已晚,我和考德莉亚玩了一小时麻将牌。六点,客厅里只剩我一人,塞巴斯蒂安回来了,他双眉紧锁的样子我非常熟悉,他甫一开腔,我便从他的声音里听出一股浓重的醉意。

"他们还没有把鸡尾酒端来吗?"他笨拙地拽动铃绳。

我说:"你刚才去哪儿了?"

"楼上,跟奶奶在一起。"

"我不信。你一直待在什么地方喝酒。"

"我一直待在自己的房间里读书。我的感冒今天加重了。"

托盘端进来后,他抖抖索索地把杜松子和味美思倒入一只平底大杯,端着酒杯走出客厅。我尾随他上楼,他当着我的面关上自己房间的门,拧上了锁。

我回到客厅,心里充满了绝望和不祥的预感。

全家人都围坐在一起。马奇梅因太太说:"塞巴斯蒂安现在怎么样了?"

"他已经睡下了。他的感冒加重了。"

"哦，亲爱的，但愿他没得流感。我觉得他最近一两次像是有发烧症状。他需要什么吗？"

"不需要，他特别要求我们别打搅他。"

我暗自寻思是否该向布莱兹赫德言明实情，可他那张水晶石般阴冷的面孔打消了我的全部信任。于是我趁上楼更衣的当儿告诉了朱莉亚。

"塞巴斯蒂安喝醉了。"

"不会吧。他连鸡尾酒也没来喝嘛。"

"他在自己的房间里喝了一下午的酒。"

"太奇怪了！他真讨厌！他到时候能来吃晚饭吗？"

"不能。"

"唔，你必须照看他，这不关我的事。他是不是经常这样？"

"他近来经常这样。"

"真是讨厌极了。"

我试着推开塞巴斯蒂安的门，发现它锁上了。指望他正在睡觉，然而当我洗完澡回来，却发现他坐在我的火炉前的椅子上。他已经换上了晚餐礼服，只是鞋子没穿，而且领带歪斜，头发根根竖立；他脸颊绯红，眼睛稍稍乜斜，说话口齿不清。

"查尔斯，你说得很对。没在奶奶那儿，一直在这儿喝威士忌。现在聚会散了，图书室里没人。聚会散了，只有妈妈在。感到醉得厉害，我想最好还是在这儿喝点托盘里的什么。不和妈妈一起吃晚饭了。"

"快去睡吧。"我告诉他，"我就说你的感冒更严重了。"

"严重多了。"

我把他带到隔壁他的房间，想让他躺在床上，可他坐在梳妆台前，斜眼看着镜中的自己，试着整理蝴蝶结。炉火旁的写字台上放着喝剩一半的威士忌酒瓶。我拿起酒瓶，心想他看不见，不料他当即从镜前转过身来说："你把它放下。"

"别傻了,塞巴斯蒂安。你已经喝得够多的了。"

"这他妈的跟你有什么相干?你只是这里的一个客人——我的客人。我在自个儿家里喝我想喝的酒。"

当时他很可能为这跟我干一架。

"也罢,"我说着,把细颈酒瓶放回原处,"只是看在上帝的面上,别让人瞧见。"

"嚯,操心你自个儿的事吧。你作为我的朋友来到这里;现在你却替我母亲暗中监视我,我知道。好了,你可以出去了,替我跟她传句话,将来我选择我的朋友,她选择她的侦探。"

于是我离开了他,到楼下用餐。

"我刚才去了塞巴斯蒂安那儿。"我说,"他的感冒特别严重。他已经睡下了,他什么也不需要。"

"可怜的塞巴斯蒂安。"马奇梅因太太说,"他最好喝杯热威士忌。我得去看看他。"

"妈妈别去,我去吧。"朱莉亚说着站起身。

"我去吧。"考德莉亚说,她当晚下来吃饭,一起为客人们饯行。她此时站在门口,不等别人拦她便出了门。

朱莉亚与我交换了一个眼神,无奈地微微耸了耸肩。

几分钟后考德莉亚面色严峻地回来了。"是的,看来他什么也不想要。"她说。

"他怎么样了?"

"噢,我不知道,可我觉得他醉得很厉害。"她说。

"考德莉亚。"

这孩子蓦地咯咯笑了起来。"'侯爵的儿子不习惯喝葡萄酒'。"她读着报纸上的话,"'模范学生前程堪忧'。"

"查尔斯,这是真的吗?"马奇梅因夫人说。

"是的。"

接着宣布开饭,我们都去了餐室,此话再未提及。

别人全都离开，只剩下布莱兹赫德和我时，他问："你是说塞巴斯蒂安喝醉了？"

"是的。"

"单挑这个时候。你不能拦住他吗？"

"拦不住。"

"拦不住，"布莱兹赫德说，"我估计你拦不住。有一次我看见父亲醉了，就在这间屋里。我当时大概还不超过十岁。如果有人存心喝醉，你是拦不住的。我母亲就拦不住我父亲，知道吧。"

他用古怪而冷漠的腔调说着。这家人我看得越多，我想，就越发觉得他们怪异。"我今晚要请母亲为我们朗读。"

我后来知道这是惯例，每逢家庭气氛紧张的夜晚，总是请马奇梅因夫人朗读。她声音悦耳，表情幽默。当晚她念了《布朗神父的智慧》的片断。朱莉亚坐在那里，一张搁脚凳上摆满修剪指甲的用品，悉心修饰自己的指甲；考德莉亚怀里搂着朱莉亚的小狮子狗；布莱兹赫德玩着单人纸牌；我坐着无聊，便仔细端详他们几个人构成的美妙景象，一边为楼上我的朋友感到悲哀。

然而当晚的可怕事情并未了结。

家中客人离去以后，马奇梅因夫人有时习惯于睡前去一趟小教堂。她刚刚合上书提议我们去那里，门就开了，塞巴斯蒂安随之露面，他身上的衣着依然和我上楼看到他时一样，不过此刻脸色不是绯红，而是惨白。

"来道歉。"他说。

"塞巴斯蒂安，亲爱的，快回你的房间去吧。"马奇梅因夫人说，"我们可以明早再谈这事。"

"不是向你道歉。我来向查尔斯道歉。我刚才对他太粗暴了，他是我的客人。他是我的客人，我唯一的朋友，我对他太粗暴了。"

我们身上掠过一阵寒栗。我领着他回自己的房间；他全家人都去做祈祷了。上楼后我发现那只细颈酒瓶空了。"现在你该睡觉了。"

我说。

塞巴斯蒂安开始轻声啜泣。"你为什么站在他们一边跟我作对?我知道,只要我让你跟他们见面,你就会跟我作对。你为什么监视我呢?"

他说了不少令我不堪回首的往事,有些甚至已时隔二十年。最后我安顿他睡下,自己也郁郁不乐地去睡了。

第二天清晨,他早早地来到我房间,此时全家人仍在熟睡。他拉开窗帘,发出的声响把我弄醒,我发现他站在那儿,已经穿戴停当,背对我抽着烟,眺望远处几道长长的破晓的曙光和其间闪烁的露珠,眺望正在绽芽的树梢上最早啁啾的几只鸟儿。听到我说话,他转过脸来,这张脸已经敛去了昨晚的恶相,清新而又稍带愠意,犹如一个懊丧的孩子。

"喂,"我说,"你觉得怎么样?"

"怪得很。我觉得自个儿也许还有几分醉意。我刚刚下楼去马厩那儿,想搞一辆车,可是所有的东西都锁上了。我们走吧。"

他拿起我枕边的水瓶喝了几口水,把香烟扔出窗外,又点燃一支,双手像个老头似的战栗不已。

"你要去哪儿?"

"我不知道。伦敦吧,我寻思。我能来你家住吗?"

"当然可以。"

"那好,穿上衣服。他们可以托运我们的行李。"

"我们不能这样一走了之啊。"

"我们不能待下去了。"

他坐在窗台上,目光从我身上移开,望着窗外。少顷他说:"有些烟囱在冒烟,他们准已打开了厩门。走吧。"

"我不能走。"我说,"我得跟你母亲道别。"

"乖巧的叭喇狗。"

"嗯,我偏巧不喜欢偷偷溜走。"

"我可一点也不在乎。我要继续溜,尽量溜得更远更快。随你和我母亲一起搞什么鬼花样,我不会回来了。"

"昨晚你就是这么说的。"

"我知道。对不起,查尔斯。我跟你说过我还醉着呢。我恨透了我自己,如果这话能给你带来任何安慰。"

"这话没有给我任何安慰。"

"总会有点安慰,我原来是这样想的。好吧,如果你不愿意走,替我向奶奶问好。"

"你真的要走?"

"当然。"

"我在伦敦会见到你吗?"

"会的,到时我来和你住在一起。"

他离开我走了,可是我再也没有入睡。大约两小时过后,一个男仆端来茶、面包和黄油,摆出我当天要穿的衣服。

上午晚些时候我找到了马奇梅因夫人。风势增强了,我们待在室内。我挨着她坐在她屋里的炉火前,她俯身做着针线活儿,外面正在绽芽的爬山虎贴着窗户玻璃沙沙作响。

"我真希望见不到他,"她说,"我并不在乎他喝醉了这一点。每个男人年轻时都有过这种事。我对这一点已经习惯了。我的几个弟弟在他这个年龄喝得可猛呢。昨晚令人痛心的是,他一点都不快乐。"

"我知道。"我说,"我以前从没见他喝成那样。"

"偏偏不巧是昨天晚上……客人们都走了,只剩下我们在这里——你瞧,查尔斯,我完全把你当成我们家中的一员。塞巴斯蒂安喜欢你——他无须努力做出快乐的样子。他不快乐。我昨晚几乎没睡着,不断想到这事。他一点都不快乐。"

我自己尚且一知半解的事情,如何能向她解释清楚。甚至当时我就感到,她很快就会知道这事。此刻她大概已经知道了。

"真可怕。"我说,"可是请别认为这是他的常态。"

"桑姆格拉斯先生告诉我,整个上学期他一直嗜酒无度。"

"是的,不过没像现在这样——以前从来没有。"

"那现在为什么这样呢?这里?和我们?一整夜我都在琢磨,祈祷,寻思我该怎么对他说,可现在,今天早晨,他干脆不见了。他可真狠心,一句话不说就走了。我不想让他感到害臊——感到害臊完全不符合他的性格。"

"他为自己的不快乐而感到害臊。"我说。

"桑姆格拉斯先生说他吵吵嚷嚷,兴奋过度。我相信,"她说,阴云密布的脸上闪现出几许幽默的神采,"我相信你和他特别喜欢取笑桑姆格拉斯先生。你俩真淘气。我很喜欢桑姆格拉斯先生,你俩也该喜欢,他毕竟为你俩做了许多事。不过我想,若是我和你俩同龄,而且又是男人,大概也会同样有意取笑桑姆格拉斯先生。不,我并不在意这个,可是昨晚和今晨却是另一种情形。你知道,这种事以前都发生过。"

"我只能说,我常常看见他喝醉,也常常陪他一起喝醉,但昨晚的情形却从没见过。"

"噢。我指的不是塞巴斯蒂安。我指的是多年以前,我曾经与某个我爱过的人共同经历过这一切。你想必知道我指的是谁——是他父亲。他过去常常醉成那样。有人告诉我,他现在不像那样了。我祈求上帝这是真的,果真如此,我衷心感谢上帝。至于偷偷溜走——他也溜走了,你知道。正如你刚才说的那样,他为自己不快乐而感到害臊。他们两人都不快乐都很害臊,都偷偷溜走。这太可怜了。和我一起长大的弟弟们"——她的一双大眼从绣花手工转向壁炉架上嵌在折叠式皮革相框里的三帧小照——"不像那样。我根本不懂这种事。你懂吗,查尔斯?"

"稍微懂一点。"

"可是塞巴斯蒂安爱你,胜过爱我们家任何人,你知道。你得帮助他。我帮不了。"

我在这里把原本需要长篇叙述的事情压缩成寥寥数语。马奇梅因夫人说话并不啰唆,但是她以女性卖弄风情的方式谈论自己的话题,兜圈,靠近,退却,佯攻;她像一只蝴蝶绕着话题款款飞舞;她还玩奶奶走步游戏[1],趁着别人转背之际不知不觉地接近要点,被人看到时稳稳地站立原地。不快乐,偷偷溜走——这两点成了她的心病,话未说完她便以自己的方式使之暴露之遗。不到一小时,她就说完了想说的话。后来,我起身离别时,她好像临时起意似的补充道:"不知道你有没有看过关于我弟弟的一本书?刚刚出版。"

我告诉他,我在塞巴斯蒂安的房间里浏览过这本书。

"我希望你也有一本。我可以送你一本吗?他们是三个优秀的男人。耐德是他们当中最优秀的。他是最后一个阵亡的。我知道早晚会收到阵亡电报,电报送到时,我想:'现在轮到我儿子去完成耐德未竟的事业了。'当时就我一人。他刚刚去伊顿。只要你读了有关耐德的这本书,自然就会理解。"

她的书桌上恰好放着一本。我当时想:"她在我进屋前便精心策划了这次离别。她是否预演过整场谈话呢?假如事情的发展不像现在这样,她是否会把那本书放回抽屉呢?"

她在扉页上依次写下她的名字、我的名字、日期及地点。

"昨夜我也为你祈祷了。"她说。

我走出屋子,随手把门关上,同时关在门内的,还有质量低劣的宗教艺术品,低垂的天花板,印花棉布,羊羔皮封面的书,佛罗伦萨的风景画,盛有风信子和百花香的碗钵,那件斜针绣品,那个小小的难题,那位亲密的女性,时髦的社会,重新回到饰以平顶镶板的穹隆状房顶下,回到中央大厅的圆柱旁和柱顶下,再度置身一

---

[1] 一种儿童游戏,玩时一人背对众人,其余人从起点线开始偷偷移步上前触碰其背,背对众人者可不时地回头,当发觉某人正在移步时即令其退回到起点线。

个更好时代威严的、男性的氛围里。

我绝非傻瓜,我已成年,足以懂得那种存心收买我的企图,同时我还年轻,足以发现此番经历令人愉快。

这天早晨我没见到朱莉亚,可就在我即将离开时,考德莉亚跑到汽车门前说道:"你会见到塞巴斯蒂安吗?请向他转达我特别的爱。你记得住吗——我特别的爱?"

坐在前往伦敦的火车上,我读起马奇梅因夫人送我的那本书。卷首是一张翻拍的一个青年身穿掷弹兵军服的照片,我发现照片清晰显示出那张冷酷假面的原版,假面戴在布莱兹赫德脸上,遮蔽了他父系家族的优雅容貌。这是一个久居森林岩穴的人,一名猎手,一位部落议会的法官,守护一个正与周围环境抗争的民族的严苛传统。书中还有其他图片,包括三兄弟结伴度假的几张快照,我从每个人身上都探寻到同样的古老血脉。想起马奇梅因夫人,神采焕发,姿容优雅,我在这三个面色阴沉的男人身上找不到与她的任何相似之处。

她在书中甚少露面。她比三兄弟当中最大的还要年长九岁,她当年结婚离家时,他们还在读小学。她和他们之间还有两个姐妹。第三个女孩出生后,父母亲曾数度朝圣,一次次虔诚地施惠于人,祈求再生一个儿子,因为他们饶有家资,而且是一个门第显赫的古老家族。男性继承人很晚才相继来到世间,数量之多似乎在当时有望延续家族的血脉,谁知这条血脉却因三个男儿的悲惨离世猝然中断。

这个家族的历史,在苏格兰信奉天主教的乡绅中颇为典型。自伊丽莎白女王至维多利亚女王统治时期,他们一直过着相对封闭的生活,只与自己的承租人和亲属保持联系,送自己的子弟出国留学,常常在当地结婚,而且是族内通婚,否则就跟二十来个类似于他们的家族联姻。他们与所有的美差肥缺无缘,从迷惘的一代代中吸取教训,这些教训从这一家最后三个男人的生平中依然能够领悟。

桑姆格拉斯先生利用娴熟的编辑手段，整理汇集出一本浑然天成的小书——诗歌，信件，一篇日记的片断，一两篇未发表的文章，字里行间散发着同样自豪、严肃、勇武的气息，同样的理想世界的气息。来自他们的同龄人的几封书信，写于他们亡故之后，文笔水平高低不等，讲述的却是三人相同的故事。他们的学业和体育成绩优异，发展势头强劲，颇有人缘，有望获得丰厚的报酬，在别人与自己的伙伴眼里多少有些疏离，是倍享哀荣的牺牲者，献身于祭坛。这些人必须死去，以便为胡珀创造一个世界；他们的土著居民，根据法令，是歹徒，应该被人从容地击毙，使那位旅行商人可以身处安全的环境，他戴着一副多边形夹鼻眼镜，伸出汗湿的胖手跟人握手，咧嘴嬉笑时露出满口假牙。火车载着我渐渐远离马奇梅因夫人，我独自思量，在她身上是否燃烧着同样的火焰，标志着用战争除外的其他方式使她和她家人归于毁灭？她是否在自己舒适的壁炉通红的火焰中看出一种征兆，是否从爬山虎刮擦窗户玻璃的声响中听出这种死亡的声息？

过后我到达帕丁顿站，接着回到家里，发现塞巴斯蒂安人在那儿，悲凄的感觉已然全消，他轻松而快乐，就像我初次与他见面时一样。

"考德莉亚向你表达她特别的爱。"

"你和妈妈'闲聊'了吗？"

"聊了。"

"你是不是转向她那边了？"

若是在前一天我会说，"并不存在两边"；这一天我却说，"没有，我站在你一边，'毫不顾忌世俗的塞巴斯蒂安'。"

我们就这一问题的谈话到此为止，之后再未提及。

可是阴影逐渐笼罩在塞巴斯蒂安周围。我们回到牛津，我窗下的紫罗兰再度盛开，一条条街被栗树抹上亮色，温热的石块剥落的碎片撒满卵石路面，只是一切非复旧观，塞巴斯蒂安的心里已是隆冬时节。

几个星期过去了,我们寻觅下学期的住所,结果在默顿街找到了,邻近网球场的一座僻静而又价高的小房子。

遇到近来不常见的桑姆格拉斯先生,我把我们挑选住处的事跟他说了。他当时正站在布莱克威尔书店一张陈列近期出版的德国书籍的长桌旁,把刚买的一小堆书放在一边。

"你准备跟塞巴斯蒂安合住?"他说,"这么说他下学期还要来喽?"

"我想是的。他为什么不来呢?"

"我不知道为什么,我猜他也许不会来了。我对这类事情的猜测总是出错。我喜欢默顿街。"

他让我看他刚买的书,我不懂德文,自然对这些书不感兴趣。他在我离开时说:"别以为我在管闲事,知道吧,在你们真正拿定主意以前,我不会在默顿街做出任何具体的安排。"

我把这次谈话告诉了塞巴斯蒂安,他说:"没错,正在密谋策划,妈妈想让我和贝尔主教住在一起。"

"你为什么没告诉我呢?"

"因为我不准备和贝尔主教住在一起。"

"我还是觉得你应该早点告诉我。这是什么时候开始的?"

"呃,一直在进行中。妈妈很聪明,你知道。她看出她的算计在你身上没有成功。我估计是因为你看了耐德舅舅的书后写的那封信。"

"我几乎什么都没说。"

"这就对了。假使你将来能对她有所帮助,你就会说一大通。耐德舅舅是个试探,知道吧。"

不过她似乎并未完全绝望,因为几天后我收到她写的一张便条:"我将于星期二路过牛津,希望见到你和塞巴斯蒂安。我想在见他之前和你单独会面五分钟。这要求提得很过分吗?我大约在十二点左右去你的住处。"

她来了,她很欣赏我的房间……"我弟弟西蒙和耐德以前在这儿待过。耐德的房间正对着花园。我原来希望塞巴斯蒂安也来这儿,可是我丈夫当时供职于基督教会学院,何况你也知道,他负责塞巴斯蒂安的教育。"她赞赏我的画……"人人都喜欢你在花园屋里画的那些画儿。你要是不把它们画完,我们绝不会放过你。"最后她才说到正题。

"我想你已经猜到我来这里会问什么。很简单,塞巴斯蒂安本学期是不是酒喝得太多了?"

我已经猜到了。我答道:"假如他喝得太多,我就不会回答。事实上,我可以说,'不是'。"

她说:"我相信你。感谢上帝!"接着我们一起去基督教会学院用餐。

当晚塞巴斯蒂安遭遇他的第三次灾祸,夜里一点钟,副院长发现他在汤姆方院周围游荡,醉得一塌糊涂。

我在十二点差几分离开他时,他虽然情绪苦闷,意识倒还十分清醒。他在随后的一小时里独自喝了半瓶威士忌。翌日清晨他来告诉我当时的情形,大多已记不清了。

"你是不是经常那样,"我问,"我走后你自个儿接着喝?"

"大概有两次,或许四次。只有当他们打搅我时才这样。只要他们让我自个儿待着,我就不会有事。"

"他们现在不会打搅你了。"我说。

"我知道。"

我俩都知道这是一次危机。那天早晨我对塞巴斯蒂安绝没有爱可言;他需要爱,我却不能给他半分。

"真的,"我说,"如果你每次看到家里哪个人,都要独自猛喝一阵,那就毫无希望了。"

"嗯,是的。"塞巴斯蒂安无比怅惘地说,"我知道。没希望了。"

可是我的自尊心受到了伤害,因为这让我看似一个撒谎者,而我又无法满足他的需要。

"喂,你打算怎么做?"

"我什么也不做。一切都让他们去做。"

随后机器重又开始运转起来,我看到十二月份发生的事又完全重复了一遍。桑姆格拉斯先生和贝尔主教面见基督教会学院院长;布莱兹赫德来此住了一夜。重齿轮慢慢转动,小齿轮快速旋转。人人都为马奇梅因夫人感到特别遗憾,她三个弟弟的姓名被人用金色字体镌刻在阵亡将士纪念碑上,他们的事迹在许多人心目中记忆犹新。

她又来看我了,我这里必须将一番长谈压缩为几句话,长谈一路伴随着我们,从霍利威尔到公园,穿过美索不达米亚,搭乘渡船前往北牛津,她将在此与满满一屋的修女一起过夜,她们都在一定程度上受到她的保护。

"你一定要相信,"我说,"当我告诉你塞巴斯蒂安没在喝酒时,我告诉你的是我所知道的实情。"

"我知道你希望做他的好朋友。"

"我不是这个意思。我过去相信我告诉你的话。我如今在某种程序上依然相信那些话。我相信他以前喝醉过两三次,仅此而已。"

"这可不好,查尔斯。"她说,"你的话无非能够表明,你对他的影响和了解,并没有我想象的那样大、那么多。你或我试图影响他是无济于事的。我以前认识一些酒鬼,他们最可怕的一件事就是欺骗。热爱真理是切实可行的头一等事。

"一道愉快地吃了那顿午餐之后。你走后,他对我特别温顺,就像他儿时一样,而我则满足他的所有愿望。你知道,我对你和他合住寝室始终持怀疑态度。你知道我们都很喜欢你,撇开你是塞巴斯蒂安的朋友不论。你要是不再来跟我们住在一起,我们一定会特别惦念你。可我希望塞巴斯蒂安有各种各样的朋友,而不是只有一个。贝尔蒙席告诉我,他从来不和别的天主教徒待在一起,从来不去纽曼俱乐部,甚至难得去做弥撒。上帝不允许他只认识天主教徒,但他应该认识一些。完全自立于世,需要十分坚定的信仰,而塞巴斯蒂安的信仰并不坚定。

"可是,我在星期二的午餐桌上心情特别愉快,结果放弃了自己所有的反对意见。我和他一起转了转,还看了你们挑选的房子。那房子挺好看的。我们选定了几件你们本来可以在伦敦买的家具,把房子布置得更美观些。接下来,就在我见到他以后的当晚!——不,查尔斯,这根本不合逻辑。"

"嗯,"我说,"您还有补救的方法吗?"

"院方一直特别宽仁大度。他们说,只要他和贝尔主教同住,他们就不会将他除名,这种话我本人不便提出,可它是主教自己的主意。他专门捎话给你,说他随时欢迎你去。其实老皇宫那里没有你住的地方,不过我敢说你自己也不愿去那儿。"

"马奇梅因太太,如果你想让他成为一个酒鬼,那就照此办理吧。你难道没有看出,任何监视他的意图,都将造成致命的后果吗?"

"哦,亲爱的,试图解释是没有用的。新教徒一贯认为天主教神职人员都是侦探。"

"我不是这意思。"我急于解释,但却拙于言辞,"他必须感到自由。"

"不过他一向自由,始终自由,直到如今,再看看结果吧。"

我们已经到达渡口,我们的讨论也陷入了僵局。我几乎一言不发地送她去修道院,然后搭乘公共汽车返回卡尔法克斯站。

塞巴斯蒂安正在我的房间里等我。"我马上给爸爸拍海底电报。"他说,"他不会听任他们逼迫我住进这个神父的房间。"

"可如果他们把这作为允许你上学的条件又怎么办?"

"那我就不读书了。你能想象我——每周做两次弥撒,在茶会上照应那些信奉天主教的腼腆的新生,陪同某位客座教师在纽曼俱乐部用餐,我们有客来访时喝一杯波尔图葡萄酒,都有贝尔主教蒙席的眼睛盯着,不让我喝得太多,我刚离开房间,他就赶紧解释说,我是当地令人伤透脑筋的酒鬼,之所以被收留下来,是因为我的母亲风韵迷人的缘故?"

"我告诉她这样不行。"我说。

"今晚我们真的喝醉好吗?"

"这一回我们醉酒不会受到任何可以想象的伤害。"我说。

"不顾忌任何世俗观念?"

"不顾忌任何世俗观念。"

"上帝保佑你,查尔斯。不会有许多夜晚留给我们了。"

那天夜里,许多星期以来的第一次,我们在一起喝得烂醉。我送他到大门口,所有的钟都敲响了夜半钟声,我跌跌撞撞地走回自己的房间,头上的星空仿佛在塔楼之间令人眩晕地旋转,我和衣而卧,已经有一年没这样了。

次日早晨,马奇梅因夫人离开牛津,带着塞巴斯蒂安随行。我和布莱兹赫德去他的住处,把他可能托运和留下的物品逐一分类整理。

布莱兹赫德仍如以往一样严峻而冷漠。"可惜塞巴斯蒂安和贝尔蒙席不太熟。"他说,"他会发现跟此人同住很称心。我最后一学年住在他那儿。我母亲认为塞巴斯蒂安是一个嗜饮成癖的酒鬼,是吗?"

"他有可能成为酒鬼。"

"我相信上帝喜欢酒鬼,而不是许多体面人。"

"看在上帝的份上,"我说,因为那天早晨我几欲落泪,"干吗说什么都把上帝扯上?"

"对不起,我忘了。但你知道那是一个特别有趣的问题。"

"有趣吗?"

"对我而言,不是对你而言。"

"对,不是对我而言。在我看来,要是没有你们的宗教,塞巴斯蒂安本来可以成为一个快乐而健康的人。"

"这话值得商榷。"布莱兹赫德说,"你觉得他还用得着这只象脚吗?"

当天傍晚,我穿过四方院去看科林斯。他独自坐在窗前,就着微弱的光线阅读课文。"你好,"他说,"进来吧。我整个学期都没见过你。恐怕我拿不出什么东西来招待你。你怎么抛弃了那个漂亮的伙伴?"

"我是牛津最孤独的人。"我说,"塞巴斯蒂安·弗莱特已经被开除了。"

稍后,我问他在长假期里干些什么。他对我说了。他的话听起来无聊之极。接着我问他是否找到了下学期的住处。找到了,他告诉我,相当远但很舒适。他将和廷盖特同住,他是学院散文学会的秘书。

"我们还有一间屋空着。贝克准备来住,可是他觉得,眼下他正在竞选学生会主席,应该住得离学校近一些。"

我和他心里都在想,我兴许会租下这间屋子。

"你打算去哪里住?"

"我本来打算和塞巴斯蒂安·弗莱特去默顿街。现在不行了。"

我们两个依然谁都没有提出这一想法,时机错过了。我临走前他说:"希望你找到别人去默顿街住,"我说,"希望你找到别人去伊弗莱路住。"此后我再也没有和他说话。

本学期只剩十天就放假了。我好歹挨过这十天,返回伦敦,正如一年前那样,只是处在不同的境况下,心里没有任何打算。

"你那位挺漂亮的朋友,"我父亲问,"他没和你在一起吗?"

"没有。"

"我满以为他已经把这儿当成了自己的家。我很遗憾,我喜欢他。"

"爸爸，你是不是特别希望我取得学位？"

"我希望你？啊呀，我为什么要这种东西？对我没有一点用。对你也没有多少用处，照我看。"

"我近来也真是这么想的。我认为重回牛津也许是白白浪费时间。"

直到此刻，父亲对我正在说的话才产生了一点兴趣。这时他放下书，摘掉眼镜，凝视着我。"你已经被开除了。"他说，"我哥哥提醒过我的。"

"没有，我没被开除。"

"呃，那么，这番话是什么意思？"他不耐烦地说着，复又戴上眼镜，寻找书上那一页他读到的地方，"每个人都得待至少三年。我认识一个人，为取得神学学位用了七年时间。"

"我只是想，如果我将来从事一种无须学位的职业，不妨现在着手做自己想做的事。我想当一个画家。"

不过父亲当时对我的这番话未置一词。

然而，他的主见似乎已经在头脑中扎了根，及至我们重提此事，业已完全确定。

"一旦当上画家，"星期日，他在午餐桌上说，"你就需要一间画室。"

"是的。"

"噢，这里可没有画室，甚至没有一间屋你可以用作像样的画室。我也不愿意让你在走廊上作画。"

"没错，我根本无意于此。"

"我既不愿看见家里到处都是裸体模特，也不愿听到评论家们刻薄而晦涩的行话。我不喜欢松节油的气味。我猜想你大概准备认真从事这一行，用油画颜料？"我父亲所属的这一代人，一般依据画家使用油彩还是水彩，将其分为专业和业余两类。

"我认为我在第一年不该画许多画。说到底，我应该去一所美术学校深造。"

"出国?"父亲满怀希望地问道,"国外有几所相当出色的学校,我相信。"

事态发展之快远远超出我原先的打算。

"出国或是这儿。我先得四处考察一番。"

"那就出国考察。"他说。

"那你同意我离开牛津啰?"

"同意?同意?我亲爱的孩子,你已经二十二岁了。"

"二十岁,"我说,"到十月份满二十一。"

"是这样吗?时间好像长多了。"

马奇梅因夫人的一封来信将这则轶事补充完整。

"我亲爱的查尔斯,"她写道,"塞巴斯蒂安今晨离开我出国去他父亲那里。他临行前我问他是否给你写过信。他说没写,于是得由我来写,尽管我不能奢望在一封信里完全说出我们上次散步时我无法说出的话。但我不该什么都瞒着你。

"学院只让塞巴斯蒂安休学一学期,准其圣诞节后复学,条件是他得和贝尔蒙席住在一起。此事有待他本人决定。与此同时,桑姆格拉斯先生出于好意答应照管他。一俟他探望父亲的行程结束,桑姆格拉斯先生将带上他远赴地中海东部诸国,桑姆格拉斯先生早已有意考察那里的一些东正教修道院。他希望此行或可使塞巴斯蒂安产生一种新的兴趣。

"塞巴斯蒂安此次在家一直很不愉快。

"圣诞节他们回来时,我知道塞巴斯蒂安将希望见到你,我们也全都一样。但愿你下学期的各项安排没被过分打乱,愿你诸事顺遂。

"你诚挚的

"特蕾莎·马奇梅因

"今晨我去花园屋,心里甚觉惆怅。"

第二部
旧地荒芜

# 第一章

"我们刚刚到达小路的尽头,"桑姆格拉斯先生说,"就听到后面响起骏马疾驰的声音,两名骑兵纵马赶到旅行队的前列,命令我们回头。他们是将军派来的,正好及时赶上我们。前方不到一英里的地方有一帮人。"

他蓦地打住,他的几个听众默默地坐着,全都意识到他是在设法吸引他们,却又吃不准该怎样有礼貌地表现出凝神倾听的样子。

"一帮人?"朱莉亚说。"天哪!"

他似乎仍在期待更多的反应。马奇梅因夫人终于说:"依我看,你在那些地方采集的民间音乐也太单调了。"

"亲爱的马奇梅因夫人,一帮强盗。"坐在我身旁沙发上的考德莉亚,压低嗓音吃吃地笑起来。"山上尽是强盗。基马尔[1]军队的散兵游勇;撤退时被切断后路的希腊士兵。都是亡命之徒,我敢说。"

"快拧我一下。"考德莉亚轻声说。

我拧了她一把,沙发弹簧的吱嘎吱嘎声旋即止住。"谢谢。"她说,用手背揉揉眼睛。

"这么说你们哪儿都没去成。"朱莉亚说,"你是不是特别失望,

---

[1] 基马尔(1881—1938),土耳其共和国缔造者、第一位总统,发展民族经济,实行社会改革,被授予"土耳其之父"的称号。

塞巴斯蒂安?"

"我?"塞巴斯蒂安说,他坐在阴影里,避开灯光,避开燃烧着的木柴散发的热量,避开家庭圈子和一些摊在牌桌上的照片。"我?嗯,我想那天我不在,对吧,桑米[1]?"

"那天你病了。"

"我病了,"他的应答有如一声回音,"所以我哪儿都不该去,对吧,桑米?"

"喏,这张,马奇梅因夫人,是在阿勒颇一家客栈院子里的旅行队。这是我们的亚美尼亚厨师,贝格德比安;那是我骑在小马上;那是折叠起来的帐篷,那里面有一个精疲力竭的库尔德人,那段时间他总是跟着我们……这些是我在本都[2],以弗所[3],特拉布宗[4],克拉克-德斯-切瓦利埃尔[5],萨莫色雷斯岛[6],巴图姆[7]——当然,我还没有按照时间顺序把它们排好。"

"全都是向导,废墟,骡子。"考德莉亚说,"塞巴斯蒂安在哪儿?"

"他嘛,"桑姆格拉斯先生说,声音里稍带得意的口吻,似乎他早已料到这个问题,并且预先想好了答案,"他拿着照相机。他刚刚学会不用手遮挡镜头,就成了一名摄影高手,你说是吧,塞巴斯蒂安?"

阴影里没有传来回答。桑姆格拉斯先生又把手伸进他的猪皮小包里摸索起来。

"这儿,"他说,"是一张合影,在贝鲁特圣乔治旅馆的露台上,

---

[1] 桑姆格拉斯的昵称。
[2] 黑海南岸古王国。
[3] 古希腊小亚细亚西岸的一重要贸易城市,以阿其特弥斯神庙而闻名。
[4] 土耳其北部港市。
[5] 位于叙利亚和黎巴嫩交界处,是中世纪至今现存最著名的军事建筑,意为"骑士城堡"。
[6] 希腊爱琴海北部一岛屿。
[7] 在格鲁吉亚。

一位街头摄影师拍的。这是塞巴斯蒂安。"

"嗨,"我说,"那是安东尼·布兰奇,当真?"

"是的,我们多次见到他。在君士坦丁堡凑巧碰到他,一个可爱的伙伴。我和他真是相见恨晚。我们去贝鲁特,都有他一路同行。"

茶具撤掉了,窗帘也拉上了。这是圣诞节过后的第三天,我来此做客的第一个夜晚;也是塞巴斯蒂安和桑姆格拉斯先生回来的第一个夜晚,我此前下火车后在月台上惊讶地发现了他们。

三周前马奇梅因夫人写来一封短信称:"我刚收到桑姆格拉斯先生的信,说他和塞巴斯蒂安将回家过圣诞节,如同我们所愿。我久未获悉他们的音讯,唯恐他们失踪,因此在收到信后才做出安排。塞巴斯蒂安将渴望见到你。如能抽出时间,务必来和我们共度圣诞。或节后尽快前来。"

我已跟伯父约定圣诞节去他那里,自然不能爽约,于是我先坐主干线火车,中途再换乘支线火车,预计见到塞巴斯蒂安时,他已经在家中安顿下来;然而,他竟然在那里,就在与我相邻的车厢里,我问他在做什么,桑姆格拉斯先生口齿伶俐地说了一大通,告诉我们说行李如何放错了,厨师的行李整个假期都取不到,我当即觉察出他们另有隐情瞒着我。

桑姆格拉斯先生感到很不自在,他保持着表示自信的所有习惯性体态,然而负疚感久久萦绕在心头,像是经久不散的污浊的雪茄烟雾。我从马奇梅因夫人对他的问候中,听出一种期盼的声调。喝茶的时候,他始终绘声绘色地讲述他的旅途见闻,后来马奇梅因夫人把他拉出来,领着他上楼,"闲聊片刻"。我怀着某种几近怜悯的心理瞅着他离去。任何一个头脑迟钝的人都能明显看出,桑姆格拉斯先生的手法何等拙劣,我在喝茶时注视着他,开始怀疑他岂止是在隐瞒,简直是在欺骗。有些事情他必须说,却又不想说,而且不太清楚该如何向马奇梅因夫人讲述他在圣诞期间的所作所为,但是,不仅如此,我猜,关于地中海东部诸国之行,还有许多他该说却压根不愿说的事情。

"去看看奶奶吧。"塞巴斯蒂安说。

"请问,我也可以去吗?"考德莉亚说。

"来吧。"

我们爬上穹顶里的育婴室。中途考德莉亚问道:"你在家里一点都不高兴吗?"

"我当然高兴。"塞巴斯蒂安答道。

"唔,那你可以露出一点高兴的样子。我一直特别盼望见到你高兴的样子。"

奶奶并不特别希望有人跟自己说话;她最喜欢别人来访时不注意自己,听任她一边做着纺织活儿,一边望着他们的脸,回想她记忆中他们童年时的模样。相较于他们儿时生的病犯的错,他们眼下的行为没有多少意义。

"哎呀,"她说,"你现在看起来消瘦多了。我想准是那些外国饭菜不合你的胃口。现在你回来了就得养胖些。看样子你好像熬了几夜,看你的眼睛就知道——跳舞跳的吧,我猜。"(霍金斯奶奶一向认为,上流阶层悠闲安逸的夜晚大多是在舞厅里消磨掉的。)"那件衬衫也该补一下,送去洗以前先拿来给我。"

塞巴斯蒂安的确是一副病容。短短五月给他带来的变化实不亚于数年时光。他越发苍白、憔悴,眼睑松垂,嘴角耷拉,下巴颏上露出一个疖子的疤痕;他的声音更加低沉含混;他的行为时而懒散,时而过激;他还显得邋遢,衣服和头发以前虽然随意,倒还不失体面,现在干脆不修边幅;最糟糕的是,他的眼里有一种警觉的神情,一种在复活节被我偶尔发现而今已惯常流露的警觉神情。

我对这种警觉的眼神心存顾忌,因此没向他打听任何有关他自己的事情,只说了我在秋冬两季的大致情况。我跟他说起我在圣路易岛街的寓所和美术学校,告诉他老教师们如何好,学生们如何差。

"他们从不走近罗浮宫,"我说,"或者说,即使去,也仅仅因为他们某一篇荒谬的画评,忽然'发现'了一位符合本月美学理论的大师。他们当中有一半人一心想要引起轰动,享有声誉,就像皮卡比亚[1]那样;另一半人只想维持生计,将来给《时髦》杂志画广告,为夜总会装潢布置。教师们仍然继续试图让他们像德拉克洛瓦[2]那样作画。"

"我不知道你是什么意见。"

"查尔斯,"考德莉亚说,"现代美术尽是瞎扯,对吧?"

"完全是瞎扯。"

"嗬,我真高兴。我和我们学校的一个修女争论过一次,她说我们不该批评自己不懂的东西。现在我要告诉她,我的话可是一位真正的艺术家亲口说的,趁机把她奚落一顿。"

不一会儿,考德莉亚该去吃晚饭,我和塞巴斯蒂安也该下楼去客厅喝鸡尾酒了。布莱兹赫德独自待在那儿,威尔考克斯紧随我们进门,对他说:"夫人请你上楼有话说,少爷。"

"这可不像妈妈啊,差人来叫什么人。她一般都是亲自把人哄骗上楼。"

客厅里根本看不见鸡尾酒托盘。几分钟过后,塞巴斯蒂打铃。一个男仆应声而来。"威尔考克斯先生正在楼上夫人那儿。"

"嗯,不碍事,把鸡尾酒托盘端来。"

"钥匙由威尔考克斯先生掌管,少爷。"

"呃……那好,他一下楼就让他把酒端来。"

我们聊了一会儿安东尼·布兰奇——"他在伊斯坦布尔期间留着胡子,不过我让他剃掉了。"——十分钟后塞巴斯蒂安说:"罢了,我可不想喝鸡尾酒了;我去洗澡了。"随即离开了客厅。

这时是七点半,我估计其他人都去更衣了,然而,我刚想随他

---

[1] 皮卡比亚(1879—1953),法国画家,属后期印象派,达达主义的创始人。
[2] 德拉克洛瓦(1789—1863),法国浪漫派画家,代表作有《自由引导人民》等。

们而去,便碰见布莱兹赫德走下楼来。

"请稍等,查尔斯,有件事我得解释一下。我母亲已经传话,无论哪个房间都不得把酒留在里面。你会理解这其中的缘故。如果你想喝酒,可以摇铃向威尔考克斯索取——最好等到你单独一人的时候。抱歉,但情况就是这样。"

"有这个必要吗?"

"照我看很有必要。你大概已经听说,大概还没有,塞巴斯蒂安刚回英国就再一次酒瘾发作。整个圣诞节都不见他的踪影。桑姆格拉斯先生昨晚才发现他。"

"我已猜出发生了某种类似的情况。你确信这是解决问题的最佳途径吗?"

"这是我母亲的途径。你不喝杯鸡尾酒吗,反正他已经上楼去了?"

"会呛住我喉咙的。"

每次我来这里,总是被安排在我初次来访时住过的房间,紧邻塞巴斯蒂安的房间,我们合用那间一度曾是化妆室、二十年前改建而成的浴室,原先的床被换成了一只带有桃花心木边框的深槽铜浴盆,只需扳动那个重如轮机的铜把手,浴盆里即可注满水;房间里的其他陈设仍保持原样,冬天总是生炭火炉。我经常想起这间浴室——墙上的水彩画在气雾的熏蒸下变得浸渍不清,搭在印花布面扶手椅靠背上的大毛巾暖烘烘的——与此形成鲜明对照的,是诊疗室般统一规格的小小寝室,闪烁着在现代社会被视为奢侈品的镀铬盘和穿衣镜的光辉。

浴盆里泡了一阵后,我又躺在炉火旁慢慢烘干身子,心里始终想着我的朋友此番回家的郁闷情绪。接着我披上晨衣去塞巴斯蒂安的房间,像平时那样,没有敲门就直接进屋。他坐在壁炉旁,衣服尚未穿好,听见我的脚步声,他愤怒地跳起来,放下一只漱口杯。

"哼,原来是你。吓我一跳。"

"看来你喝了酒。"我说。

"我不知道你是什么意见。"

"看在基督的分上,"我说,"你不必跟我装假!你不妨给我喝一点。"

"只是长颈瓶里喝剩的一点酒,我已经喝完了。"

"发生了什么事?"

"没有事。许多事。改天我告诉你。"

我换好衣服,去找塞巴斯蒂安,可是发现他仍像刚才我离开时一样,衣裳尚未穿好,坐在炉火旁。

朱莉亚独自待在客厅里。

"喂,"我问,"发生了什么事?"

"嗨,又一件无聊的家庭纠纷。塞巴斯蒂安又喝得烂醉,我们都得留心看着他。真烦人。"

"对他来说也是够无聊的。"

"唔,那得怨他自己。为什么他的行为举止不能像旁人一样呢?说到照管旁人,桑姆格拉斯先生怎么样?查尔斯,你是否注意到此人有点不靠谱?"

"很不靠谱。你觉得你母亲看出来了吗?"

"妈妈只看到她满意的情况。她不能把整个一大家子人都置于自己的监视之下。我也正在引起她的焦虑,你知道。"

"我不知道,"我说,又谦卑地补充道,"我刚从巴黎回来。"——以免造成她可能遇到的任何麻烦并非尽人皆知的印象。

这是一个气氛特别压抑的夜晚。我们在彩绘客厅用餐。塞巴斯蒂安来晚了,我们感到极其痛苦而紧张,我当时觉得大家都以为他准会来一个低俗喜剧式的登场亮相,晃着身子,打个嗝儿。他进来时,当然,举止十分恰当得体;他道了歉,坐在空位上,任由桑姆格拉斯先生继续滔滔不绝地讲下去——没被打断,而且似乎没人在听。德鲁兹人、东正教的高级主教、圣像、臭虫、罗马式建筑的遗迹、用山羊和绵羊眼珠烹制的稀罕菜肴、法国和土耳其的官吏——近东旅行的种种见闻悉数道出，以博我们一乐。

我注视着香槟酒在餐桌上斟了一圈，轮到塞巴斯蒂安时，他说："我要喝威士忌，请斟上。"我瞧见威尔考克斯的目光掠过他的头顶，投向马奇梅因夫人，只见她难以察觉地微微颔首示意。在布莱兹赫德，他们用一种小巧别致的细颈瓶，每瓶约能容纳四分之一的瓶装酒，全都斟满了放在索要的人面前。威尔考克斯放在塞巴斯蒂安面前的那只细颈瓶只斟了一半的酒。塞巴斯蒂安从容地拿起酒瓶，将其倾斜，注视片刻，稍后默默地把酒倒进自己的酒杯里，两根手指托着杯底。随即我们全都说起话来，除了塞巴斯蒂安以外。于是有一刻，桑姆格拉斯先生发现没人陪自己聊天，干脆对着蜡烛台说起马龙派[1]教徒。可是很快我们重又陷入沉默，餐桌漫谈继续由他一人把持，直到马奇梅因夫人和朱莉亚离开房间。

"别待得太久，布莱德。"她照平时习惯在门口说，这天夜晚，我们都没心思久留。我们的杯里都斟满了葡萄酒，细颈酒瓶立刻被拿出房间。我们赶紧喝完杯中酒，全都去了客厅，布莱兹赫德请他母亲朗读，于是她感情充沛地朗读《一个小人物的日记》，直到十点才合上书，说她感到莫名地疲倦，实在太疲倦了，当晚不想去小教堂了。

"谁明天去打猎？"她问道。

"考德莉亚。"布莱兹赫德说，"我准备带上朱莉亚的那匹小马，好让它见识一下猎物。我带它出去不会超过两小时。"

"雷克斯说不准什么时候到。"朱莉亚说，"我最好留下来迎接他。"

"在什么地方碰头？"塞巴斯蒂安忽然问道。

"就在这儿，弗莱特的圣玛丽教堂。"

"那我也想去打猎，好吧，要是有什么让我骑的话。"

---

[1] 流行于黎巴嫩的天主教教派。

"当然有。这太让人高兴了。我本来想邀请你的,只是你一直抱怨说,别人总是逼迫你外出。你可以骑廷克贝尔。它在这个狩猎季一直跑得很稳。"

人人都因塞巴斯蒂安想去打猎而陡生兴致,这似乎在一定程度上抵消了当晚心头的感伤。布莱兹赫德打铃要威士忌。

"还有哪位想喝点什么?"

"给我也拿点来。"塞巴斯蒂安说,虽然这回是一个男仆而不是威尔考克斯,我还是看到仆人同样向马奇梅因夫人使了个眼色,她也同样微微颔首。每个人事先都得到了提醒。仆人端进来两种酒,都已倒入杯中,像是酒吧的"双料酒",我们的目光全都随着托盘移动,仿佛是餐厅里的一群狗,正在依靠嗅觉寻觅猎物。

然而,由塞巴斯蒂安的狩猎意愿激发的欢快情绪持续不减,布莱兹赫德列了张骑马用具的单子,我们全都意犹未尽地睡觉去了。

塞巴斯蒂安径自上了床;我坐在他的炉火旁,吸着一支烟斗。我说:"我真希望明天跟你一道外出。"

"唔,"他说,"你肯定看不到多少打猎的场面。我不妨告诉你我究竟想干什么。刚到第一个掩蔽处,我就撇开布莱德,骑马缓行到最近那家不错的小酒店,一整天都待在前厅,静静地开怀畅饮。如果他们把我当作嗜酒狂看待,那么他们就会看到一个地地道道的嗜酒狂。我讨厌打猎,不管怎么说。"

"唔,我没法阻止你。"

"你能,实际上——只要什么钱都不给我。他们停付了我的银行账户,知道吧,是在夏天。这始终是我的一个主要难题。我当掉了手表和烟盒,确保自己圣诞快乐,所以明天我不得不找你解决我当天的开销。"

"我不给,你完全清楚我不能给。"

"你不愿意,查尔斯?那好,我敢说我可以靠自己想办法。我最近在这方面脑子可灵了——自己想办法。我必须这样做。"

159

"塞巴斯蒂安，你和桑姆格拉斯先生前段时间都干了些什么？"

"他在餐桌上跟你们说过了——废墟、向导、骡子，桑米接触的就是这些。我们决定按照自己的路线走，就是这样。到目前为止，可怜的桑米表现得确实很好。我希望他能继续保持这种表现，只是他写给我的圣诞祝词似乎过于草率。大概他认为，如果他对我多有美言，兴许保不住自己监护人的职位。

"他利用这一职位捞了许多好处，你知道。我不是说他偷窃。我应该认为他在钱财方面是相当诚实的。他确实保存了一本特别麻烦的小笔记本，记下所有兑成现金的旅行支票，记下每笔钱的用项，以备妈妈和律师过目。但是所有那些地方他都想去，有我领着他路上舒舒服服，对他来说可是太方便了，而不是像大学老师通常那样旅行。唯一不便的是得忍受我的陪伴，我们很快就为他解决了这个问题。

"我们踏上了一段堪称大旅行[1]的旅程，知道吧，随身带着写给各地头面人物的介绍信，先后住过位于罗德岛的军事总督府和英国驻君士坦丁堡大使馆。这是桑米签约接受这一工作的首要原因。当然，他暂时中止学校的工作专门监管我，可他事先给我们所有的东道主都打招呼说我这人不可靠。"

"塞巴斯蒂安。"

"不太可靠——由于我没钱可花，我无法经常走开。他甚至连小费都替我付，把钞票塞进人家手里，当场在笔记本上草草记下具体的数额。我走运的时候是在君士坦丁堡。有天晚上，我瞅准桑米没有盯住我的时机，在牌桌上赢了些钱。第二天我把他甩掉，后来在托卡特里安街上的一家酒吧愉快地消闲，谁知这时偏巧走进来的竟然是蓄着胡须的安东尼·布兰奇，还带着一个犹太男孩。安东尼刚借给我一张十镑的钞票，桑米就吁吁带喘地跑进来，当场将我拿获。打那以后，我连一分钟也无法脱离他的视线。使馆职员将我们安顿

---

1 指从前英国贵族子弟教育所不可少的欧洲大陆观光旅行。

在前往比雷埃夫斯[1]的船上,目送我们驶离码头。可是在雅典就宽松多了。一天吃过午饭,我信步走出公使馆,到库克饭店兑换钞票,还打听了前往亚历山大港的轮船航班,单单为了蒙骗桑米,然后乘坐一辆公交车去码头,找到一名说美国英语的水手,睡在他船上,直到船即将起航,接着匆匆赶回君士坦丁堡,就这么简单。

"安东尼和犹太男孩住在集市附近一座破败不堪但挺舒适的房子里。我在那里一直住到天气奇寒的时候,然后和安东尼坐船南行,三星期前终于按照约定和桑米在叙利亚碰面。"

"难道桑米不在乎吗?"

"哦,我想他照自己糟透了的方式生活还挺快活哩——当然他只是再也无法过上高级生活罢了。我想他起初有些焦急。我不愿意让他惊动整个地中海舰队,于是从君士坦丁堡给他发海底电报,说我一切都好,希望他汇款到奥特曼银行。他一接到电报便迅速赶来。当然他的处境很困难,因为我已成年,而且没有被证明为精神病患者,所以他无法申请地方当局扣押我。他不可能靠我的钱生活,同时又让我挨饿,他不可能向妈妈告状时不露出满脸蠢相。我摸透了他的心思,可怜的桑米。我本想索性撇下他,倒是安东尼在这件事情上起了很大作用,说用温和的方式处理这些事自然再好不过。他的确用非常温和的方式处理了这些事。于是我就回来了。"

"在圣诞节后。"

"是的,因为我决心过一个快乐的圣诞节。"

"过得快乐吗?"

"我认为是的。怎么过的,我不大记得了,这总归是一个好兆头,不是吗?"

第二天早餐时,布莱兹赫德穿着鲜红色衣服,考德莉亚打扮得

---

1 希腊东南部港市。

漂漂亮亮，一袭白色连衣裙，下巴颏儿翘得高高的。当塞巴斯蒂安穿着花呢外套露面时，她悲叹道："唉，塞巴斯蒂安，你可不能穿成这样出门。快去换一下。你穿着猎装可潇洒呢。"

"锁在什么地方了。吉布斯找不到。"

"扯谎。我在喊你之前帮他们把猎装取出来了。"

"有一半东西都不见了。"

"这只会助长斯特里克兰-维纳布尔斯的行为，他们的表现可糟了，他们甚至不戴礼帽就带着马夫出门。"

已经十一点差一刻了，马儿还没有牵来，但是楼下没有人出现，他们好像全都隐蔽在哪里，单等听到塞巴斯蒂安脱身而退再露面。

其他人都已上马、塞巴斯蒂安即将动身之际，他示意我进前厅。桌上他的帽子、手套、马鞭和夹心面包旁边，放着那只他拿出来准备灌满酒的长颈瓶，他拿起瓶子晃了晃，里面是空的。

"你瞧，"他说道，"他们不信任我居然到了这个地步。发疯的是他们，不是我。现在你可不能拒绝给我钱了。"

我给了他一镑。

"再来点。"他说。

我又给了他一镑，瞧着他翻身上马，跟在他的兄妹后面疾行。

接着，像是在舞台上做出暗示一样，桑姆格拉斯先生走到我的肘边，一只胳膊挽着我的胳膊，把我带回到壁炉前。他烤了烤自己那双干净的小手，继而又转身烤着臀部。

"这么说塞巴斯蒂安猎狐去了，"他说，"我们小小的难题可以暂时搁置一两个小时喽？"

我可不吃桑姆格拉斯先生那一套。

"你们的大旅行我可全听说了，昨天晚上。"我说。

"啊，我早料到你会听说的。"桑姆格拉斯先生毫不惧怯，似乎因为多了一个知情人而感到释然。"我没用那些事折磨我们的女主人。总之，此事结局之好，远远超出了一个人有权做出的预测。然而,我的确感到,关于塞巴斯蒂安在圣诞节的个人活动,我应当向夫人做些解释。昨晚你大概注意到我们采取了一些防范措施。"

"我注意到了。"

"你认为那些措施太过分了吧?我也有同感,尤其考虑到我们来此短期做客,有可能因为这些措施而颇感不便。我今天早晨去见了马奇梅因夫人——你不该以为我刚刚起床。我和我们的女主人在楼上谈了一会儿。我想我们可以指望今晚宽松些了。昨天夜晚的情形,我们谁都不希望重演。昨晚我竭力要让你们开心些,理应得到感谢,你们却并不怎么承情,我想。"

我很讨厌和桑姆格拉斯先生议论塞巴斯蒂安,但却被迫说道:"我可不敢说今晚就是我们开始松弛的最佳时机。"

"真的吗?今晚怎么不行,难道在布莱兹赫德审判官似的目光监视下,在野外过了一天还不行?我们还能挑到更好的时机吗?"

"嗯,我认为这真的不关我的事。"

"严格说来,也不关我的事,既然他已经平安到家。马奇梅因夫人遇事找我商量,令我深感荣幸。可是,此刻我心里牵挂的不是塞巴斯蒂安的幸福,而是我们的幸福。我需要喝第三杯波尔图葡萄酒;我在图书室里需要那只盛情待客的托盘。可是你居然明确反对我们今晚放松些。我想知道为什么。塞巴斯蒂安今天不会任性胡闹,就因为这一点,他没有钱。我碰巧知道。我留心这件事。我甚至有他楼上的手表和烟盒。他不会造成任何伤害……只要没有人出于歹意给他钱……啊,朱莉亚小姐,早安,早安。今天早晨出去打猎,那只狮子狗怎么样?"

"噢,狮子狗挺好。听着,我已经让人叫雷克斯·莫特拉姆今天过来。我们绝对不能再有一晚像昨晚那样了。得有人跟妈妈说说。"

"有人已经说了。我说的。我想一切都会很好。"

"感谢上帝。你今天画画吗,查尔斯?"

每次来布莱兹赫德做客,我都要照例在花园屋的墙壁上画一个圆形图案。这个惯例于我十分相宜,因为它使我有充足的理由避开其他人。每当这座宅邸宾客盈门的时候,花园屋堪与育婴室媲美,不时有人躲到这里发泄对别人的不满,我因而轻易接触到布莱兹赫德的各种流言和传闻。我现在已经画完了三幅图案,每一幅就其本身而言都很美观,可是换一种角度来看却又不够顺眼,因为我的审美趣味发生了变化,在我开始画这一系列图案的十八个月里,我的技法已经渐趋娴熟。作为一种装饰性的设计,它们只能算是败笔。许多个上午我都发现花园屋不啻一座圣殿,今天上午在它们当中很有代表性。走进花园屋后,我立即着手工作。朱莉亚随我一起来,看着我开始动笔,我们不可避免地谈起塞巴斯蒂安。

"难道这个话题你还没有谈腻?"她问,"为什么每个人都必须把它当成一件大事?"

"仅仅因为我们都喜欢他。"

"唔。我也喜欢他,大概是在某种程度上,只是我希望他的言谈举止也和旁人一样。我从小伴随着一桩家丑长大,你知道,就是爸爸。我们小时候,家里谁也不能当着用人的面谈他,不能当着我们的面谈他。如果妈妈打算开始把塞巴斯蒂安当成一桩家丑,那就太过分了。如果他想成天喝得醉醺醺的,那他干吗不去肯尼亚,或者别的哪个无所谓的地方呢?"

"为什么他在肯尼亚过得不愉快,不像他在其他地方那样要紧呢?"

"别装傻了,查尔斯。你完全明白。"

"你是不是说,如果是在肯尼亚,你们就不会碰到那么多尴尬的场面了?唔,我想说的是,我担心今晚就有可能出现一个令人尴尬的场面,只要塞巴斯蒂安逮着机会。他的心情很糟糕。"

"噢,打一天猎会使他的心情好起来。"

看到人人都对一日狩猎的作用寄予厚望,我不禁深受感动。今天上午马奇梅因夫人来看我时,为此用她出名的含蓄讥讽口吻自嘲了一番。

"我向来厌恶打猎，"她说，"因为它似乎在最有教养的人们身上产生了一种极为恶劣粗鄙的影响。我不知道它是怎么回事，反正他们一旦身穿猎装，骑在马上，就俨然成了一帮普鲁士人，过后还要吹嘘一番。晚上我坐在那里吃饭，惊骇地看见那些我认识的男男女女，成了一帮浑浑噩噩、自视甚高、偏执狂妄的蠢货！……然而，你知道——它准是几百年前流传下来的什么风气——想到塞巴斯蒂安与他们一道外出，我今天的心情轻松多了。'他其实什么毛病也没有，'我心里说，'他出去打猎了'——仿佛这是对我祈祷的一种回报。"

她询问我在巴黎的生活。我跟她说起我在那儿的寓所，可以眺望塞纳河和巴黎圣母院的塔楼。"我希望这次回去时，塞巴斯蒂安能来和我一起住。"

"那可敢情好哇。"马奇梅因夫人说着叹了口气，仿佛是为了此事的遥不可及。

"我希望他能来伦敦和我一起住一阵。"

"查尔斯，你知道这是不行的。伦敦是个最坏的地方。在那里就连桑姆格拉斯先生也管不住他。我们这个家里没有事情瞒你。他失踪了，知道吧，整个圣诞节期间。桑姆格拉斯先生找到他，只是因为他在那地方没钱付账，人家把电话打到我们家里来。这太可怕了。不，伦敦是不行的，如果他在这里有我们在都不能守规矩……我们必须让他在这儿快乐些，健康些，打打猎，然后再打发他跟桑姆格拉斯先生一起出国。……你瞧，这一切我以前都经历过。"

反驳的话涌到嘴边，没有出口，但我们两人都心照不宣——"你过去管不住他，他跑掉了。塞巴斯蒂安将来还会跑掉。因为他俩都恨你。"

我们下面的山谷里响起号角声和猎手的叫喊声。

"他们去那儿了，快到我们家的树林了。但愿他今天尽兴。"

就这样,我与朱莉亚和马奇梅因夫人处于僵持状态,这倒不是因为我们不能互相理解,而是因为我们彼此理解得太透彻了。和布莱兹赫德在一起,他回来吃午餐时跟我聊到这个话题——因为家中这个话题无处不在,就像一艘轮船底舱深处吃水线之下的一团火焰,在黑暗中变成黑与红双色,随着舱口下方冒出和从舷窗口与通气管候地喷出的一缕缕呛鼻的浓烟骤然闪亮——和布莱兹赫德在一起,我处在一个奇异的世界,一个对我而言死寂的世界,处在一个由光秃秃的熔岩构成的月球地貌环境,一个令人心肺憋闷的高地。

他说:"但愿这是嗜酒狂病症。这只不过是一个我们都必须帮助他忍受的极大不幸。过去我常常担心的是,每当自己喜欢、因为自己喜欢,他就故意喝醉。"

"他过去的确是这样——我们两人都是这样。现在他跟我在一起也是这样。我可以使他只到这一步,只要你母亲信得过我。如果你用监管人和宗教教义烦他,不出几年他的身体就会完全垮掉。"

"身体垮掉也没有什么罪过,你知道。世上没有什么道德义务,要求谁当上邮政部长,或者成为驯狗大师,或者活到八十岁还能步行十英里。"

"罪过,"我说,"道德义务——现在你又扯回宗教来了。"

"我从没离开过宗教。"布莱兹赫德说。

"你可知道,布莱德,如果我有一刻觉得自己想成为一个天主教徒,那我只需和你谈五分钟,便会打消这个念头。你能把听起来很有道理的主张,变成十足的胡言。"

"你这么说真是太奇怪了。这话我以前听别人说过。由于很多原因,我认为自己不能成为一名优秀的牧师,这也是其中之一。是我思维方式上的什么问题,我估计。"

午餐时,朱莉亚满脑子想的都是她那位当天要到的客人。她驱车去车站接他,把他带回家中吃茶点。

"妈妈,一定要看看雷克斯的圣诞礼物。"

这是一只小乌龟，活生生的背壳上用一粒粒钻石镶成朱莉亚姓名的首字母，这个有点猥琐的家伙，时而孱弱无力地在光滑的板壁上爬行，时而大模大样地通过牌桌，时而缓慢笨拙地紧贴一块小地毯挪动，被谁用手一碰便缩回身子，接着又伸出脖颈，晃晃它那干瘪衰老的脑袋，成为当晚一个令人难忘的物件。一个经验老到的高手，眼看大事不妙时赶紧吸引别人的注意。

"我的天！"马奇梅因夫人说，"我不知道它吃的东西是不是和普通乌龟一样。"

"它死了你怎么办呢？"桑姆格拉斯先生说，"你能不能把另一只乌龟安进它的壳里？"

雷克斯此前已经听说过塞巴斯蒂安的问题——如果没有听说，他在这种气氛中几乎无法忍受——他有解决问题的独门秘籍。他在喝茶时轻松而坦率地提出这个问题，人们私下嘀咕了一天之后，听到雷克斯的公开谈论，心里自然感到踏实了一些。"把他送到苏黎世的博莱图斯那儿。博莱图斯是一个人的名字，他在他的那个疗养院每天都在创造奇迹。你们知道查理·基尔卡特尼原先喝成啥样吧。"

"不知道，"马奇梅因夫人说，带着她那亲切的调侃口吻，"不知道，恐怕我不知道查理·基尔卡特尼过去喝成啥样。"

朱莉亚听见自己的情人遭到讥讽，不禁冲着那只乌龟蹙起眉头，可是雷克斯却不能察觉这类微妙的揶揄。

"两个妻子对他都很绝望。"他说，"他跟希尔维娅订婚时，希尔维娅把她去苏黎世接受治疗作为一个先决条件。治疗是有效的。过了三个月他回来时，完全换了个人。打那以后他滴酒不沾，即使被希尔维娅抛弃也是如此。"

"她为什么要抛弃他呢？"

"哎，可怜的查理一旦戒了酒，就成了特别讨嫌的人物。但这其实还不是此事的关键之处。"

"对，我猜也不是。实际上，我猜，真的，这注定是一个振奋人心的故事。"

朱莉亚朝她那只嵌着钻石的乌龟怒目而视。

"他也接受性病患者,知道吧。"

"噢,亲爱的,可怜的塞巴斯蒂安在苏黎世会结交多么离奇古怪的朋友啊。"

"他要提前几个月预约,不过我想,如果我跟他打招呼,他会留出空房的。我今晚就可以在这儿给他打电话。"

(雷克斯在他最和善的时刻表现出一副夸张的热情姿态,仿佛他正在把一台真空吸尘器强行交到一位很不情愿的家庭主妇手上。)

"我们得考虑一下。"

我们正在考虑这事时,考德莉亚打猎回来了。

"嘀,朱莉亚,这是什么?真恶心。"

"这是雷克斯送的圣诞礼物。"

"哟,对不起。我总是把脚踩在上面。真残忍!它肯定痛极了。"

"它感觉不到。"

"你怎么知道?我敢说它能感到。"

她吻了吻当天还没见到的母亲,和雷克斯握了握手,接着摇铃索取鸡蛋。

"我在巴奈太太家里吃了茶点,在她那儿打电话要车,可我还是很饿。今天可是妙极了。琼·斯特里克兰-维纳布尔斯摔倒在烂泥里。我们一口气从本格斯跑到上伊斯特莱。我估计有五英里,你说呢,布莱德?"

"三英里。"

"不止,照他那样跑……"她在大口吞吃炒鸡蛋的当儿跟我们讲述当天狩猎的见闻,"……你们真该瞧瞧琼从泥浆里爬起来时的那副模样。"

"塞巴斯蒂安在哪儿?"

"他可丢脸了。"几个词儿由孩子的清脆噪音说出,宛若敲响了丧钟一般,可她兀自接着说:"出门时身上是那件捕鼠人穿的劣质外套,系着一条难看的小领带,像是从莫文上尉骑兵学校出来的什么人。我在集合地简直认不出他了,但愿谁也没有认出他。他还没回来吗?我估计他又走丢了。"

威尔考克斯进来清理茶具,马奇梅因夫人问:"没有塞巴斯蒂安少爷的踪影吗?"

"没有,夫人。"

"他准是留在哪里跟什么人喝茶了。这可完全不像他啊。"

半小时后,威尔考克斯端着鸡尾酒托盘进屋,他说:"塞巴斯蒂安刚才打来电话,要我们派车去南特温宁接他。"

"南温特宁?谁住在那儿?"

"他是从旅馆打电话的,夫人。"

"南特温宁?"考德莉亚嚷道。"天哪,他真的走丢啦!"

他到家的时候面颊绯红,双眼如发热似的炯炯有神,我看出他已有六七分醉意。

"亲爱的孩子。"马奇梅因夫人说,"看到你的气色又这么好,真叫人高兴。在外待了一天,你的身体已经有了起色。酒在桌上,你自己喝吧。"

她这番话并无特别之处,只是她说话的行为本身异乎寻常。六个月前这番话她是不会说的。

"谢谢。"塞巴斯蒂安说,"我会喝的。"

预料中的一击,再度落在一处伤口上,没有引起剧痛或惊愕,只有一阵令人恶心的隐隐作痛,同时吃不准自己能否经受类似的另一次打击——这就是那晚人们的感觉,他们坐在塞巴斯蒂安对面用餐,瞅着他惺忪的醉眼和胡乱摸索的动作,听到他粗浊的噪音不合时宜地骤然响起,打破残酷的长久沉默。等到最后马奇梅因夫人、朱莉亚和仆人们相继离去,布莱兹赫德说:"你最好去睡吧,塞巴斯蒂安。"

"先喝点葡萄酒。"

"好的,想喝你就喝点。可是别到客厅里去。"

"喝得酩酊大醉,"塞巴斯蒂安说着,吃力地点点头,"就像在古老的年代,绅士们在古老的年代总是喝得酩酊大醉才去找太太小姐。"

("可是,你知道,过去并不是那样,"桑姆格拉斯先生说,他后来想跟我就此闲聊一阵,"这根本不像古老的年代。我不知道区别在哪里。缺乏好心情?缺乏友情?知道吧,我想他今天准是一直在独自喝酒。他哪儿搞到的钱呢?")

"塞巴斯蒂安上楼去了。"我们来到客厅时,布莱兹赫德说道。

"是吗,要我朗读吗?"

朱莉亚和雷克斯在玩伯齐克牌;那只乌龟在母狮子狗的戏弄下把头缩进壳里;马奇梅因夫人高声朗读《一个小人物的日记》,她读着读着,眼看时间尚早,就说该睡觉了。

"我能不能留下来,再玩一会儿,妈妈?就玩三盘?"

"完全可以,亲爱的。睡前过来看看我,我不会睡着的。"

我和桑姆格拉斯先生都明白,朱莉亚和雷克斯不希望旁人待在他们身边,于是我俩也走开了;布莱兹赫德不明白,他安安稳稳地坐着读当天还没看见的《泰晤士报》。接着,走到宅邸我们住的那一边时,桑姆格拉斯先生说:"这完全不像古老的年代那样。"

次日早晨我对塞巴斯蒂安说:"跟我说实话,你希望我继续住在这儿吗?"

"不希望,查尔斯,我想我不希望。"

"我帮不了忙吗?"

"帮不了。"

于是我去他母亲那儿致歉。

"有些话我必须问你,查尔斯,你昨天给塞巴斯蒂安钱了?"

"是的。"

"知道他会怎样花掉这笔钱吗？"

"知道。"

"这我就不明白了，"她说，"我真不明白怎么会有人如此存心使坏。"

她略停片刻，可我知道她并不期待任何回答；我一时无话可说，除非重新挑起一场熟悉的、无休止的争论。

"我无意责备你。"她说，"上帝知道不该由我来责备任何人。我子女的失败就是我的失败。但我就是不理解。我不理解你在许多方面都很优秀，怎么干出如此残忍而绝情的事。我不理解我们大家怎么全都那样喜欢你。你是不是一直恨我们？我不理解我们怎么就得到这种报应。"

我没被她的话打动；我丝毫没有被她的哀怨所触动。这很像我经常想象的被学校开除的情形，我几乎希望听到她说："我已经写信通知你不幸的父亲。"但就在我驱车驶离此地，掉转头向整座宅邸回望可能是今生最后一眼时，我觉得我正在留下自己的一部分，今后我无论走到哪里，都会感到这部分的缺失，都会无望地将它苦苦寻觅，犹如传说中的鬼魂，频繁出没于他们的财宝埋藏地，舍此他们便付不起前往阴间的路费。

"我绝不会回来了。"我对自己说。

一扇门关上了，那扇我在牛津几经寻觅后找到的开在墙里的低矮小门，现在打开它，我肯定不会看到迷人的花园。

我已经浮上水面，接触到寻常白昼的光线和海天清爽的空气，终于摆脱了没有阳光的珊瑚宫殿和起伏不定的海底森林的长期拘禁。

我已将什么留在身后——什么呢？青春，妙龄，浪漫的爱情，魔术用品，"青年魔术师用品清单"，那只整齐的橱柜，里面摆放着乌木魔杖，旁边是几只蒙人的台球，一枚对折的一便士硬币，几朵能够缩入空心蜡烛的羽状绒花?

"我把梦幻留在了身后。"我暗自说道,"自此我生活在一个三维世界里——借助我的五种官能。"

我从此知道,并不存在这样的世界,可是接着,汽车拐了个弯,再也见不到那所宅邸,我却认为那个世界不必寻找,就在林荫路尽头我的周围。

于是我回到巴黎,回到我在那儿结交的朋友当中,回到我业已形成的习惯中。我以为再也不会听到布莱兹赫德的消息了,但是人生中如此决绝的隔离毕竟少有。不到三星期,我就收到一封考德莉亚用法式女修道院字体写来的信:

"亲爱的查尔斯,"她写道,"你走的时候,我是多么伤心啊。你可以来跟我告别嘛!

"你蒙受耻辱的事我都听说了,我写信告诉你,我也蒙受了耻辱。我偷了威尔考克斯的钥匙,拿威士忌给塞巴斯蒂安喝,被当场抓住。他好像巴不得这样。当时(现在也是)大吵了一顿。

"桑姆格拉斯先生离开了,(太好了!)我想,他也受了点屈辱,但是我不知道为什么。

"莫特拉姆先生深受朱莉亚的喜爱,(糟糕!)将把塞巴斯蒂安带去(糟糕!糟糕!)见一个德国医生。

"朱莉亚的乌龟失踪了。我们认为它埋葬了自己,像它的同类那样,于是一桩倒霉事就此了结(莫特拉姆先生的说法)。

"我很好。

"爱你的

考德莉亚"

接到此信准有一星期后的一天下午,我回到寓所,发现雷克斯正在等我。

大约是下午四点,因为一年当中这时候,画室里的光线早已开始发暗。门房告诉我说有客人在等我,我从她脸上的表情可以看出,楼上有一位了不起的人物:她具有一种把来人的不同年龄不同魅力形诸神色的本领,她此时显露的表情暗示这是一位举足轻重的要人,而雷克斯的外表似乎确实印证了这一点,因为我发现他身上穿着大号风衣,堵住了那扇俯瞰塞纳河的窗口。

"喂,"我说,"喂。"

"我今天上午过来的。他们告诉我你通常在什么地方吃午餐,可我在那儿没找到你。你找到他了吗?"

我不必问他是谁。"这么说他也把你甩掉了?"

"我们昨晚来到这里,准备今天动身去苏黎世。晚饭后我把他留在洛蒂旅馆,因为他说他累了,然后我去旅行者俱乐部玩了一局纸牌。"

我注意到,即便跟我在一起,他也在编造一个个理由,似乎在排练自己的一套谎言,以便到别处复述。"因为他说他累了"是一个不错的理由。我很难想象雷克斯居然听任一个半醉的小伙子打搅他玩牌。

"这么说你回去时发现他不在了?"

"根本不是,要是那样倒好了。我发现他正坐在那儿等我。我在旅行者俱乐部手气极好,赢了一大笔钱。塞巴斯蒂安趁我熟睡之际把钱统统偷走了。他唯一给我留下的,是插入穿衣镜边框的两张去苏黎世的头等火车票。有将近三百镑呢,该死的家伙!"

"现在他可能待在几乎任何地方。"

"任何地方。你没有碰巧把他藏起来吧?"

"没有。我和那个家庭的交道已经完结。"

"我想我和他们的交道才刚刚开始。"雷克斯说,"嗐,我还有许多话要说,我答应了旅行者俱乐部的一个家伙,今天下午给他一个复仇雪耻的机会。你愿意与我共进晚餐吗?"

"愿意。哪里?"

"我一般都是去希罗。"

"为什么不去派拉德呢?"

"从没听说过。你知道我请客。"

"知道你请客。让我点菜吧。"

"嗯,那好。再说一遍那地方?"我给他写下地址。"它是不是可以看到当地生活的地方?"

"是的,你可以这么说。"

"呃,那将是一次生活体验。点些好菜。"

"我也是这个意思。"

我比雷克斯早二十分钟到达派拉德。如果我得同他消磨一个夜晚,那就无论如何应该按照我自己的方式。那顿晚餐我记忆犹新——酸模汤,一道用白葡萄酒调味汁简单烹制的鳎鱼,一道八宝仔鸡,一碟柠檬蛋奶酥。最后一刻,我担心雷克斯觉得所有这些过于简单,又添加了鱼子酱。至于葡萄酒,我让他给我来了一瓶1906年的蒙特拉斯,其时尤为甘醇,主菜是一只鸭子,再配一瓶1904年贝兹产的葡萄酒。

那时在法国的日子还是很好过的。按照当时的现金兑换率,我的生活费很经用,手头并不拮据。然而,像这样吃一顿饭在我还是实属稀罕,看着雷克斯终于来到饭店,将帽子和外套递给侍者,带着不屑再见它们的派头,我对他生出了一种亲近感。他用怀疑的目光环视这个光线昏暗的小地方,仿佛希望见到几个小流氓,或者一伙饮酒的学生。他看到的只是四个参议员,胡须下面掖着餐巾,正在默不作声地用餐。我能想象他事后告诉生意场上的朋友:"……我认识的一个有趣的家伙,一个在巴黎学习美术的年轻人,带我去一家古怪的小饭馆——你经过时懒得一顾的那种地方——那里有一些我以往吃过的上等佳肴。那里还有六七位参议员,表明你来对了地方。价钱一点也不便宜。"

"有塞巴斯蒂安的踪影吗?"他问道。

"不会有的，"我说，"除非他需要钱。"

"这也有点过分了，就那样溜掉了。我真希望，如果我把他的事办妥，能让我在其他方面受益。"

他显然希望谈论他自己的事情。他的事情可以等一等，我想，等到吃饱肚子有了耐性的时候，等到科涅克上等白兰地端来的时候；他的事情可以等到我神思倦怠，只能心不在焉地听人说话的时候。在这头脑清醒的时刻，那名侍者总管将平底锅里的薄饼翻了个身，他身后两个打下手的准备把薄饼用力压平，我们开始聊到自己。

"你在布莱兹赫德待的时间长吗？我走后他们提到我的名字了吗？"

"提到你的名字？我早听腻了，老弟。侯爵夫人管你叫'坏良心'的人。她抓住这点大做文章，我估计，她说的是你们的最后一次见面。"

"'存心使坏''残忍而绝情'。"

"这话够狠的。"

"'人家怎么称呼你都无所谓，除非他们把你叫作鸽肉馅饼，再把你吃掉。'"

"嗯？"

"一句俗语。"

"啊。"鲜奶油和热黄油一起搅拌，溢了出来，剔出鱼子酱中每一粒淡灰蓝色的鱼子，再用两张白色和金黄色的薄饼将其裹住。

"我喜欢在鱼子酱里再搁点洋葱泥。"雷克斯说，"一个懂行的家伙跟我说它能提味。"

"先尝尝没有洋葱泥的。"我说，"再说说有关我本人的消息。"

"好吧，当然可以，格里纳克，管他叫什么——那个高傲的大学教师——他栽了个大跟头。大伙儿全都幸灾乐祸。他在你走后得宠了一两天。用不着怀疑，唆使老太太把你撵走的正是此人。他总是把我们逼得喘不过气来，到最后朱莉亚忍无可忍，打发他走了。"

"朱莉亚干的？"

"正是，他开始管起我们的闲事，你知道。朱莉亚发现他是个冒牌货，一天下午塞巴斯蒂安喝醉了——他大多数时候都会喝醉——朱莉亚从他口中获悉了大旅行的全部内情。这下桑姆格拉斯先生完蛋了。事后马奇梅因夫人开始觉得她也许对你有些太粗暴了。"

"那跟考德莉亚吵架是怎么回事？"

"此事轰动一时。那个小姑娘是个了不起的人精——她在我们眼皮底下弄威士忌给塞巴斯蒂安喝，弄了整整一星期。我们想不出他是从哪儿弄到酒的，那正是侯爵夫人身体最后垮掉的时候。"

吃完油腻的薄饼，始觉这道汤爽口——滚热，清淡，微苦，多沫。

"我告诉你一件事，查尔斯，这事马奇梅因妈妈没对任何人透露。她病得挺厉害，任何时候都可能断气。乔治·安斯特鲁瑟秋天看过她，估计还有两年的寿命。"

"你究竟是怎么知道的？"

"这事我是听人说的。就照眼下她家里这光景，我看她一年也活不了。我恰巧认识一个能治好她的维也纳人。索尼亚·班弗夏尔经他治疗终于康复，可此前所有人，包括安斯特鲁瑟，都认为她没治了。马奇梅因妈妈偏偏不愿接受任何治疗。我认为这多少与她那愚蠢的宗教有关，毫不顾惜自己的肉体。"

鳎鱼太平常了，毫不起眼，因此雷克斯没理会它。我们用餐的同时，发出压迫心肺的刺耳噪音——嚼骨头的吱嘎吱嘎声，吸吮鲜血和骨髓的哧溜哧溜声，餐匙往薄面包片上涂抹黄油的啪嗒啪嗒声。餐桌上沉默了一刻钟。我开始喝第一杯贝兹产的葡萄酒，雷克斯吸着他的第一支香烟。他仰靠椅背，将一团烟雾喷到餐桌对面，说道："你知道，这儿的饭菜还不赖，应该有人把这地方接过来，利用它大赚一笔。"

少顷，他又把话题转向马奇梅因一家：

"我再告诉你另一件事——他们要是再不留神的话,很快就会出现巨额资金亏空。"

"我还以为他们阔得很呐。"

"唔,按照一般人静静地守住自己钞票的做法,他们是很阔。这种人比起他们自己在1914年的状况,可就不算阔喽,弗莱特一家好像还没有意识到这一点。照我看,那些替他们处理家庭事务的律师发现,如数付给他们想要的现金,什么问题都不提出,这种做法最省事。且看他们的生活方式——布莱兹赫德庄园和马奇梅因府都是那么大的排场,成群的猎狐犬,地租不提高,谁都不解雇,几十个老仆人不知道他妈的忙些什么,还需要别的仆人伺候,除了这些以外,那个老家伙还单独建了一所公馆——建造规模并不亚于原来的公馆。你知道他们透支了多少钱吗?"

"我当然不知道。"

"在伦敦足足透支了十万镑。我不知道他们在其他地方透支了多少。噢,这可真是一大笔,对于那些没有用自己的钱投资的人而言。去年十一月,九万八千镑。这都是我听来的。"

这些是他听来的消息,绝症和债务,我想。

我喜欢喝勃艮第葡萄酒。这种酒似乎提醒我,这世界是一个比雷克斯所知道的更古老、更美好的世界,人类历经长期的苦难,学到了不同于雷克斯的智慧的另一种智慧。后来我偶然再次喝到同样这种葡萄酒——战争爆发头一年的秋天,与我的酒商在圣詹姆斯街共进午餐之时。它在其间许多年里口味已经柔和偏淡,但它依然以其纯正地道的腔调诉说自己的韶华岁月,说着同样充满希望的话语。

"我不是说他们将变成穷光蛋,那个老家伙一年总能支付大约三万镑的款项,可是一场剧变即将来临,上层社会的人们一旦听到风声,首先想到的往往是裁减女佣。我希望在它到来之前,赶紧办妥婚后夫妻财产处理协议这桩小事。"

还没到喝科涅克白兰地的时候,我们已经开始聊到关于他的话题。二十分钟以后,我应该准备好,听他说出一切。我尽量不理会他,只顾吃面前的菜肴,可是有几句话败坏了我的兴致,使我想起雷克斯置身其中的那个冷酷而又贪婪的世界。他需要一个女人,他需要市场上最好的女人,他要按自己出的价钱得到她,他的话无非是这个意思。

"……马奇梅因妈妈不喜欢我。嗨,我也不会求她喜欢我。她可不是我想娶的女人。她没有胆量公然说:'你不是一个绅士。你只是一个来自殖民地的冒险家。'她说我们生活在不同的环境里。这话说得很对,可是朱莉亚偏巧喜欢我所处的环境。……然后她提出宗教问题。我没有任何理由反对她的宗教信仰,我们在加拿大不太体谅天主教徒,但是情况不同;我们在欧洲遇到的一些天主教徒可是十分体面的。好吧,朱莉亚什么时候想去教堂都可以去,我不会阻拦她。其实,去教堂对于她并没有什么意义,但我喜欢一个姑娘有宗教信仰。再说,她可以把孩子们培养成天主教徒。我会按照他们的要求做出所有'保证'……之后是我的过去。'我们对你的了解太少了。'她对某个人可是太了解了。你大概知道,我曾经跟某某人密切接触了一两年。"

我知道,但凡见过雷克斯的人,全都知道他和布伦达·钱皮恩的风流韵事;还知道他从中得到了一切,使自己明显有别于其他任何一位股票批发商;知道他和威尔士亲王打高尔夫;知道他是布拉特俱乐部的会员,甚至他在议会下院吸烟室里的朋友,因为他最初在那里露面,他所在政党的头目介绍他时没有说'瞧啊,这位就是北格里德利选区前程无量的青年议员,他就租借限制法案发表了精彩的演讲',而是说'这位是布伦达·钱皮恩新近结交的朋友'。这话在他与男人打交道时起了很大作用;女人他通常能够迷住。

"嗯,那件事已经完结了。马奇梅因妈妈心思缜密,再也不提这个话题,她只是说我'劣迹昭彰'。唔,她到底期待一个怎样的女婿——一个像布莱兹赫德那样见识短浅的修道士？朱莉亚对另一件事也完全知情，只要她不在乎，我看不出它与旁人有何相干。"

鸭子吃完后，端上来一道水田芥和菊苣色拉，上面撒了薄薄一层细香葱。我努力只以这道沙拉为念。我一度做到了心里只想那碟蛋奶酥。然后等来了科涅克白兰地和向他倾诉这番知心话的恰当时机。"……朱莉亚快到二十了。我不想等到她成年的时候。无论如何，不把这事办妥我是不愿意结婚的……绝不能偷偷摸摸……我得留神别让她的正当财产被人骗走。只要侯爵夫人不采取任何行动，我就去见那个老头，设法笼络他。我估计，凡是他知道会让他头疼的事情，他都有可能答应。他眼下在蒙特卡罗。我已经谋划好了，把塞巴斯蒂安撂在苏黎世后，我就赶到那里。所以我为弄丢了他伤透了脑筋。"

科涅克白兰地不合雷克斯的口味。它色纯而偏淡，端上来的时候是一整瓶，瓶上既无尘垢，也不见拿破仑一世姓名首字母的花押字。这酒仅仅年长雷克斯一两岁，而且是最近才装进瓶内的。侍者将酒倒进狭长的郁金香形中号玻璃杯里，端给我们。

"白兰地我还多少懂点，"雷克斯说，"这种酒的颜色不好看。再说，装在顶针似的这种酒杯里，我没法品味。"

两个侍者给他拿来一只足有他的脑袋那么大的球形酒杯。他吩咐侍者将酒杯对着酒精灯加热。他随即旋转杯中晶莹耀眼的酒液，把自己的脸贴近热腾腾的雾气，宣称这正是他在家中掺兑苏打水喝的那种酒。

于是，他们面带愧色地从隐蔽处用车推出一大瓶陈年老酒，这是专为雷克斯之类的顾客预备的。

"这才对头。"他说着，连连倾斜这种蜜糖似的调制酒，直到玻璃杯周边出现了几道黑圈。"他们总是把一些酒藏在里面，绝不会拿出来，除非你把他们教训一通。喝一点吧。"

"这种酒我喝着挺好。"

"哎，如果你不是真正品鉴这种酒的话，喝它可是一种罪过。"

他点燃雪茄，带着与世无争的神态坐回到座位上；我也一样与世无争，不过是在另一个不同于他的世界。我俩都很尽兴。他谈起朱莉亚，我听见他的声音，难以理喻地隔得老远，犹如寂静的深夜几英里外响起的犬吠。

五月初，报上公布了两人订婚的消息。我看到《大陆每日邮报》上的启事，由此推测雷克斯已经"笼络好了那个老头"。然而事情的进展并不如人所料。再次获悉他们的消息已是六月中旬，我从报纸上得知他们在萨沃里小教堂冷冷清清地举行了婚礼。没有王室成员到场；没有首相；没有朱莉亚家的任何人。听起来像是一件"偷偷摸摸"的事，然而没过几年我就听说了此事的原委。

# 第二章

现在该说说朱莉亚了,迄今为止,她在塞巴斯蒂安的这出戏中,始终扮演了一个时隐时现、有些捉摸不定的角色。她当时在我眼里是这样,我在她眼里亦是如此。我们各自追求不同的目标,从而使我们彼此接近,但我们依然形同路人。她后来告诉我说,她曾经在心里对我有过一种留意,好比你两眼扫视着书架,寻找某一本书,目光却被另一本书攫牢,你取下书,朝扉页瞥了一眼,说,"有时间我一定读读这本书",遂将书放回原处,继续寻找。我的兴趣要浓厚一些,因为兄妹二人之间总有形体的相似之处,这些相似之处,在不同的姿势中和不同的光线下屡屡被我发现,每次都使我重新受到触动,而且,随着塞巴斯蒂安的迅速堕落,形象日渐暗淡而模糊,朱莉亚的形象愈加清晰而牢靠。

那些日子她很瘦,胸脯扁平,双腿细长。她好像只有四肢和脖颈,没有躯体,浑似一只大蜘蛛。她至今一直趋附时尚,只是入时的发式和女帽,入时的茫然凝视和张嘴发呆的表情,以及颧骨上两抹丑角般滑稽的胭脂,都不能使她成为典型的时尚人物。

初次与她相遇,是在那个车场,她接到我,在暮色中驱车送我到家,1923 年的那个仲夏时节,她刚满十八岁,刚刚开始参加自己的第一个伦敦社交季。

有人说，那是战后最盛大的一个社交季，生活正在重新步入正轨。朱莉亚处于它的中心。当时大概尚有五六座堪称"历史上著名"的伦敦府邸，圣詹姆斯街上的马奇梅因府即为其中的一座，为朱莉亚举行的专场舞会，尽管当时的舞服质地粗陋，但根据各种说法，还是尽显壮观的景象。塞巴斯蒂安为此来到伦敦，顺口提议我跟他一起去，我拒绝了，随后又后悔不该拒绝，因为这是那里举办的最后一场类似的舞会，系列豪华舞会的最后一场。

我怎么可能知道呢？那些日子似乎做什么都有时间，整个世界任人从容察看。那个夏天我的身心完全被牛津占据；伦敦不妨等一等，我想。

其他几座豪宅属于朱莉亚的男性亲属或儿时的伙伴，此外，在梅费尔和贝尔格拉斯亚街区还有无数的富裕人家，灯火通明，门庭若市，夜复一夜地轮番举行舞会。那些从自己荒芜的国土返回的外国侨民写信给家人说，在这里他们仿佛瞥见了一个他们以为永远消失在泥泞和铁丝网中的世界。经过幸福美好的几星期，朱莉亚脱颖而出，放射出光彩，其中既有林间闪烁的阳光，也有镜中映照的烛光，于是那些上了岁数的男人和女人，坐在旁边遥想自己的当年，把她视为一只青鸟[1]。"'布莱德'·马奇梅因的长女。"他们说，"可惜他今晚没见到她。"

那一夜，以及随后接连几夜，她总是置身知心伙伴的小圈子里，无论走到哪里，总能带来一阵欢乐，如同翠鸟倏地掠过水面，引得河岸边的人心旌摇荡一般。

就是这个人，既不是孩子又不是妇人，在那个夏日的薄暮时分为我开车，没有经历爱情的烦恼，惊诧于自己美貌的魅力，久久徘徊于生活的冷漠边缘；她陡然发现自己在不经意间武装起来。神话故事中那位转动手中魔戒的女主人公，她只需用指尖触碰魔戒，轻

---

[1] 幸福的象征，典出比利时作家莫里斯·梅特林克（1862—1949）的戏剧《青鸟》（1908年）。

声念出咒语，脚下的大地顿时开裂，钻出她那个身躯庞大的仆人，无论她要求什么，那个媚态十足的妖魔都会遵命拿来，只是东西的形状也许并不如她所愿。

那天夜晚她对我没有兴趣；那个精灵[1]不请而至，在我们的下方发出低沉的响声；她离群独居在一个小小的世界里，在一个小小世界的内部，在若干个同中心球体的最深处，这些球体像是在中国精雕细镂的一串象牙球；一道小小的难题令她劳心伤神——在她看来很小，就抽象术语和符号。她在思索，不动感情而又远离现实，思索自己应当嫁给谁。战略家们正是这样踌躇不决地面对地图，面对地图上的几枚大头针和几道彩色粗笔线条，用心琢磨大头针和线条的一处改动，几英寸的事，可是在屋外，在这些凝神思考的军官们看不见的地方，此事可能涉及过去、现在和将来的毁灭或生存。她在当时对她本人来说，无非是一个符号，缺乏孩子和妇人的生活体验；胜利与失败是大头针和粉笔线条的变动；她对战争一无所知。

"要是住在国外就好了，"她想，"这些事都由父母和律师一起安排。"

结婚成家，尽快而且仪式隆重，是她所有朋友的共同目标。如果她把目光投向婚礼以后的岁月，就会把婚姻视为个人生活的开始，一场令人深受激励的小规模战斗，从此开始探索人生的真谛。

她远比同龄的其他姑娘出色，但她知道，在她居住的世界里的那个狭小世界，有一些困扰她的严重障碍。在老人们统计牌戏得分的靠墙沙发上，有几件对她不利的事情。其中包括她父亲的丑闻，那个由此留下的小小污迹，有损于她明艳的光彩，而且似乎由于她的某种生活方式变得更深——刚愎，执拗，一种比大多数同龄人都不受约束的习惯。若不是这些，谁又知道是什么呢？……

对于靠墙坐着的夫人们而言，有一个话题远比其他所有话题重

---

[1] 此处指穆斯林神话中的神灵，地位低于天使，能化成人或兽形，影响人的命运。

要：年轻的王子们将和谁结婚呢？他们不能指望还有谁的血统比朱莉亚更纯粹，风度比她更优雅，但是这层淡淡的阴影笼罩在她身上，使她不配享受至高无上的荣誉；还有她的宗教信仰。

朱莉亚最不敢奢望的事情，便是与王室结亲。她知道，或者自以为知道，她需要什么，她需要的不是这个。然而无论她转向哪里，她的宗教信仰都似乎是挡在她与自己的正常目标之间的障碍。

在她看来，这件事是无可挽回的损失。倘若她此时叛教，鉴于她从小接受教会的教育，她得下地狱，而她认识的笃信新教的姑娘们，快乐而无知地接受学校教育，能够嫁给别人家的长子，与她们的世界和谐相处，而且能在她之前进入天堂。不可能再有长子留给她了。次子们都是鄙俗之辈，虽然必需，却无足称道。次子们无权让自己默默无闻；他们表面的义务，便是让自己深藏不露，直到什么突发的灾祸将他们提升到长子的位置上，而且，因为这是他们应该发挥的作用，所以要求他们必须保持完全适合接替长兄的状态。如果一个家庭有三四个儿子，另一个天主教家庭或许可以将女儿嫁给这家最小的儿子而不招致非议。当然有些人本身就是天主教徒，但是他们很少走进朱莉亚为自己创造的狭小世界；进入这个世界的都是她母亲的男性亲属，这些人在她眼里全都冷酷而又怪异。在十二三个富有而高贵的天主教家庭中，当时没有一个年龄适中的财产继承人。外国人——在她母亲的家庭里有许多外国人——对于钱财颇有心计，行为也很古怪，一个英国姑娘嫁给外国人，结果注定要倒霉。还有什么其他选择呢？

这便是朱莉亚在伦敦连续数周出尽风头之后所面临的难题。她知道这道难题并非无法解决。总该有一些人，她想，虽然在她自己的世界之外，但完全有资格被吸引进来；令她脸面蒙羞的是，她得寻找他们。她没资格进行近乎奢侈的冷酷而审慎的挑选，没资格在壁炉前的地毯上悠闲地玩猫捉老鼠的游戏。她绝非珀涅罗珀[1]；她必须在林中

---

1 希腊神话中奥德赛的妻子，在丈夫远征离家后拒绝无数求婚者，二十年后等到丈夫归来。

寻猎。

她已经勾勒出她认可的那种男人荒唐的形象：他是一位英国外交官，相貌英俊，但缺少阳刚美，有一所小于布莱兹赫德的府邸，更加靠近伦敦；他年岁不小，三十二三，新近凄惨地丧偶，朱莉亚觉得她会偏爱一个由于早年不幸而稍显消沉的男人；有着远大前程，但陷于孤寂之中，越发显得冷漠，她无法确定，他是否会落入外国某个无耻的猎男女子之手；他需要注入一股新的青春活力，伴随着他前往驻巴黎使馆。他虽然宣称自己相信一种温和的不可知论，但也喜欢宗教仪式，完全同意让自己的子女接受天主教的教育。然而，他认为应该将自己的家庭谨慎地限制在两个男孩和一个女孩之内，并且将他们宽松地分散在十二年间出生，而不是要求她年复一年地怀孕，像一个天主教丈夫可能做的那样。每年，他工资除外另有一万二千镑的进项，而且没有近亲需要负担。这样的人应该可以了，朱莉亚想，那年夏天她去火车站接我，正是在寻找他。我不是她的意中人。当她从我唇间取下香烟时，虽然未曾开言，但却分明表达了这层意思。

我了解到的关于朱莉亚的这一切，都是一点一滴得来的，如同一个人了解他所爱恋的女人的早年生活——这在当时仿佛是她生活的预备阶段——于是此人认为自己便是她早年生活的一部分，将其迂回曲折地引向他自己。

朱莉亚把我和塞巴斯蒂安留在布莱兹赫德，去她舅妈罗斯康芒那儿，住在弗拉角[1]她的别墅里。一路上她都在思考自己的问题。她已经给她那位新近鳏居的外交官取了个名字，她管他叫"尤斯塔斯"。自那时起，他成了她眼中一个有趣的人物，一个有些内向、不善交际的可笑人物，因此，当此人终于与她邂逅——尽管他不是什么外交官，而是皇家近卫骑兵团一位终日愁闷的少校，他当即爱

---

[1] 法国东南部尼斯和摩洛哥之间伸入地中海的一个海角，以气候宜人著称。

上她，送给她几件恰好合她心意的礼物，可是她却把他打发走了，致使他比以往更加愁闷——因为她这时已经遇到了雷克斯·莫特拉姆。

雷克斯的年龄于她十分相宜，因为朱莉亚的朋友中有一种势利的嗜老倾向；年轻人都被视为拙于言辞满脸脓包之辈，他们普遍认为，让别人瞧见自己单独在瑞兹饭店吃午餐，是一件特别时髦的事——这种事，不管怎样，只有少数姑娘才可以做，限制在朱莉亚的密友小圈子之内。对于这种事，几位负责记分的年长者抱着不以为然的态度，他们倚着舞厅的墙壁愉快地闲聊——他们坐在你进门时左侧的桌边，旁边是一个拘谨刻板满脸皱纹的酒色之徒，我母亲在做姑娘时人家就警告她提防的人，而不是在舞厅中央和一伙精力旺盛血气方刚的年轻子弟待在一起。雷克斯，的确，既不刻板又无皱纹；他的上司把他当成一个进取心强的年轻听差，朱莉亚却从他身上看出明显的时尚——"马克斯""弗·伊"和威尔士亲王的风度，坐在狩猎俱乐部的大桌旁喝第二大瓶酒吸第四支雪茄的情调，毫无歉疚地让司机连续等候数小时的气派——这些都会引来她朋友们的羡慕。他的社会地位很独特；它被笼罩在一种神秘甚或罪恶的氛围里；人们说雷克斯带着枪闯过天下。朱莉亚和她的朋友对她们所说的"庞特街"，有一种既迷恋又憎恶的心理；她们搜集了若干用后必遭报应的词，在她们当中——经常莫名其妙地在公开场合——用夹杂着这些词的语言说话，"庞特街"才会戴一枚图章戒指，在戏院里给人巧克力吃；"庞特街"才会在跳舞的当儿说，"我能为你抢点什么吗？"甭管雷克斯是什么人，反正他绝对不是"庞特街"。他已经从底层社会径直进入布伦达·钱皮恩的世界，钱皮恩本人处于若干只同心牙雕球的最深处。朱莉亚也许从布伦达·钱皮恩身上察觉出某种暗示，预知她和她的朋友们十二年后的大致情形。在这个姑娘和那个女人身上，存在着一种用别的方式难以解释的敌对倾向。当然，单是雷克斯被布伦达·钱皮恩当作私人财物这一事实本身，便吊足了朱莉亚对雷克斯的胃口。

雷克斯和布伦达·钱皮恩当时也在弗拉角,住在邻近一栋别墅里,该别墅被一位报业巨头买下,政客们频繁出入其间。他们按照常规不会进入罗斯康芒夫人的领地,然而他们住得如此之近,双方难免互相交往,雷克斯立刻开始谨慎地献起殷勤来。

整个夏天,雷克斯始终觉得心绪不宁。事实证明钱皮恩太太已经走上一条绝路。起初他一直感到心醉神迷,现在他却为种种束缚徒生烦恼。钱皮恩太太,他发现,也像一般的英国人那样,习惯于生活在一个狭小世界中的狭小世界内;雷克斯要求更开阔的视野。他需要确保自己的收益;需要降下舰旗上岸,把短弯刀挂在烟囱顶端[1],盘算种地的收成。他现在也该结婚了;他也在寻找一位"尤斯塔斯",然而,像他过去那样生活,他遇不到几个姑娘。他听说了朱莉亚,根据所有人的说法,她是初入社交界的青年女士中的佼佼者,一个值得追求的对象。

在钱皮恩太太墨镜后面冰冷目光的监视下,雷克斯在弗拉角难有作为,只能建立一种容待日后发展的友谊。他虽然从未完全单独和朱莉亚待在一起,却刻意让她参与他所做的大多数事情;他教她玩九点[2]赌博,每次他们去蒙特卡罗或尼斯,他总是安排她们坐在他的车上。他的所作所为,足以促使罗斯康芒夫人写信给马奇梅因夫人。钱皮恩太太不等到他们原先计划的日子,便迫使他去了昂蒂布。

朱莉亚去萨尔茨堡与她母亲相聚。

"范妮舅妈来信说,你和莫特拉姆先生来往密切。我敢肯定,他绝不会是很体面的人。"

"我也觉得他不是。"朱莉亚说,"我知道自己并不喜欢很体面的人。"

---

[1] 指准备结束冒险生涯。

[2] 一种纸牌赌法,庄家与赌客各分二至三张牌,以总点数最大但不超过九为胜。

谁都知道,在大多数暴富的男子中间,有一个他们如何挣到第一笔万镑家财的谜,这就是他们在变成恶棍之前表现出的品质,那时候每个人都需要抚慰,那时候只有希望能使他们振作,在这个世界上他们什么都不能指望,只能凭借诱哄的手段从中获利,如果他们在胜利以后继续有所作为,这些品质能使他们赢得女人。置身伦敦相对自由的氛围,雷克斯对朱莉亚典意逢迎,他围绕她的生活计划自己的生活,他专去那些能遇见她的地方,刻意巴结那些能在她面前替自己美言的人;他参加了若干慈善事业委员会,以便接近马奇梅因夫人;他几次为布莱兹赫德提供帮助,替他争取一个议会的席位(但遭到议会的拒绝);他对天主教表现出浓厚的兴趣,直到他发现这并不能使朱莉亚动心方才作罢;他随时准备驾驶他的西斯帕诺车,送她前往她要去的无论什么地方;他把她和她的朋友们带到职业拳击赛场,坐在台边前排观看比赛,赛后将她们介绍给拳击手。他始终未向她表露过爱情。对她来说,雷克斯已经从合意变得不可或缺。她先是在公开场合以他为荣,后来又略感害臊,但从圣诞节到复活节那段时间,他已经成为不可缺少的人。后来,完全没有料到的是,她忽然发现自己爱上了他。

她发现这一未经寻求的恼人真相,是在五月的一个黄昏,此前雷克斯跟自己说他在议院有事要忙,她当时碰巧开车经过查尔斯街,瞧见他正走出据她所知是布伦达·钱皮恩的家。她委屈和愤怒到了极点,在晚餐桌上几乎无法保持常态;刚刚恢复了常态,就立刻回到家里,痛哭了十分钟之久,后来她感到饿了,后悔晚餐没有多吃些,吩咐用人拿来牛奶面包,睡觉的时候说:"要是莫特拉姆先生明早打来电话,不管什么时间,就说我不愿旁人打扰。"

第二天,她照常在床上吃早餐,看报纸,给朋友打电话。最后她问:"莫特拉姆先生凑巧来过电话吗?"

"嗯,是的,小姐,来过四次了。如果他再来电话,我是不是让您接呢?"

"接过来。不要。就说我出门了。"

她来到楼下,大厅的桌子上有一张给她的便条。莫特拉姆先生期待朱莉亚小姐一点半到瑞兹饭店。"我今天在家里吃午饭。"她说。

下午她和母亲外出购物;她们与一位姨妈一起喝茶,六点钟回到家里。

"莫特拉姆先生正在等您呢,小姐。我把他领到图书室了。"

"噢,妈妈,我可不能让他打搅。干脆叫他回去吧。"

"这样也太不厚道了,朱莉亚。我以前常说,你的朋友当中我并不怎么喜欢他,可是我对他越来越习惯了,差不多喜欢上他了。你可不能像这样对人家一会儿热一会儿冷——尤其是莫特拉姆先生这种类型的人。"

"噢,妈妈,我一定得见他吗?我见了他,准会大吵一通。"

"别胡扯了,朱莉亚,那个可怜人还不是由你任意摆布。"

于是朱莉亚走进图书室,一小时后出来时,两人已经订婚了。

"嗨,妈妈,事先我提醒过你,我要是进去,准会发生这样的事。"

"你根本没这样说过,你只是说准会大吵一通。这样的吵架我可是绝对想象不出来。"

"不管怎么说,你确实喜欢他,妈妈。你刚才这样说了。"

"他在某些方面一直相当不错。我认为他完全不适合做你丈夫。大家也都这么认为。"

"该死的大家。"

"我们完全不了解他。他或许还有黑人血统呢——其实他肤色发黑就很可疑。亲爱的,整个事情都是不可能的。我不明白你怎能傻到如此地步。"

"我若不是这样,他要是跟那个可恶的老婆子搞到一起,我有什么权利生他的气?你把拯救堕落的女人当成一件大事。唔,我来改变一下,拯救一个堕落的男人。我在把雷克斯从深重的罪孽中解救出来。"

"别说不相干的话,朱莉亚。"

"嗯,难道和布伦达·钱皮恩上床还不算罪孽深重?"

"或者算下流吧。"

"他已经保证永远不再见她。我不能要求他这么保证,除非我承认自己爱他,对吧?"

"钱皮恩太太的道德品质,感谢上帝,跟我毫不相干。你的幸福与我有关。如果你执意要知道,我认为莫特拉姆先生是一个和善而又有益的朋友。可是我压根也不信任他,我断定他将来的孩子们会很不招人喜欢,他们总会出现返祖现象。我不怀疑过几天你就会后悔整个事情。在此期间,什么事都别做,任何事都别告诉任何人,也别让人家暗自猜疑。你再也别跟他共进午餐了。你可以在这儿见他,当然,但不能在任何公共场所。你最好叫他来见我,我跟他聊聊这事。"

由此朱莉亚长达一年的秘密订婚期开始了,一段令人倍感压抑的时期,因为雷克斯那天下午第一次向她求爱。他求爱时,不是像此前一两次向她求爱时的感情用事、难以捉摸的男孩,而是带着一股激情,使她流露出些许内心深处类似的激情。他们的激情令她惧怕不已,一天,她忏悔结束回来,决意了结此事。

"要不然我再也不见你了。"她说。

雷克斯当即换成了一副谦卑的模样,就像那年冬天,他日复一日地忍受严寒,在自己宽大的轿车里等候她的到来。

"但愿我们随时就能结婚。"她说。

接下来的六星期,他们之间始终保持一定的距离,见面和分手时互相吻一下,同时坐着的时候彼此远离,谈论他们准备做什么,将来住在哪里,以及雷克斯当上副部长的可能性。朱莉亚很满足,陶醉在爱情里,生活在未来中。后来,就在这一学期即将结束时,她听说雷克斯和一位股票经纪人在森宁代尔共度周末,而且钱皮恩太太也在森宁代尔。可他却说他是在他的选区。

在她听说这个消息的夜晚,雷克斯照例来到马奇梅因府,他们重演了两个月前的这场争吵。

"你还指望什么?"他说,"你有什么权力提出这么多要求,给我的却这么少?"

她把自己的问题带到法姆街,笼统说了一下,不是在忏悔室,而是在专门进行这类谈话的一间阴暗的小客厅。

"神父,我自己犯下一个小小的罪过,以阻止他犯下严重得多的罪孽,这想必没什么错吧?"

但是那位温和而年长的耶稣会会士拒不同意她的说法。她几乎没有听他在说什么,他在拒绝满足她提出的要求,她需要知道的正是这一点。

他在结束谈话时说:"你现在最好还是忏悔。"

"不,谢谢你。"她说,仿佛是在拒绝店员推荐的一件商品,"我今天不想忏悔。"随即,她气呼呼地步行回家。

从那一刻开始,她不再理会她的宗教。

马奇梅因夫人看出了这一情形,加上她对塞巴斯蒂安的新愁,对她丈夫的宿怨,以及自身染上的沉疴,她每天带着这些伤心事去教堂;她的心好像已被几柄忧伤之剑刺穿,一颗活着的心有待敷上膏药和软膏。她回家时带着怎样的慰藉,只有上帝知道。

于是,随着这一年时光的流逝,订婚的秘闻从朱莉亚的几位知心女友扩散到她们的知心女友当中,到后来,犹如滴水瓦上的卷纹花饰终于破裂,报纸上对此事也略有提及,身为公主侍女的罗斯康芒夫人,就此受到人们的详细打探,需要做些什么加以补救。接着,朱莉亚拒绝参加圣诞节圣餐仪式,马奇梅因夫人发现起初是我、接着是桑姆格拉斯先生和考德莉亚相继背叛了她,这些发生后,在一九二五年头几个阴沉沉的日子里,她决定采取行动。她禁止人们对订婚一事进行任何议论;她禁止朱莉亚和雷克斯再见面;她计划将马奇梅因府关闭六个月,带着朱莉亚出国旅行,依次探望她们那些男性亲属。正是由于一种伴随着她虚弱病体的老年返祖式的冷酷特性,在这场危机中,她甚至让塞巴斯蒂安在雷克斯的照管之下一路去找博尔图斯先生,而不认为这有悖常理。雷克斯在这件事情上辜负了她的重托,继续前往蒙特卡罗,在那儿让她彻底崩溃。马奇梅因勋爵并不关心雷克斯的个人品质有什么优点;他认为这是他女儿自己的事。雷克斯似乎是一个粗犷而健康的成功人士,这个名字勋爵通过阅读政治报告早已熟悉;他在赌桌上出手豪爽,又不乏理智;他交往的似乎都是正派体面的人士;他很有前途;马奇梅因夫人不喜欢他。总体说来,马奇梅因勋爵因为朱莉亚做出如此明智的选择而深感欣慰,同意他们立即结婚。

雷克斯满怀热情地着手进行各项准备。他给她买了一枚戒指,不是如她所料,购自用托盘展示首饰的卡地亚珠宝店,而是在哈顿公园的一间密室里,一个男人从保险柜的几只小袋内取出若干钻石,摆放在写字台上让她挑选。稍后在另一间密室,另一个男人捏着一截铅笔头,在一张信纸上画了几幅钻石镶嵌式样的草图,其结果是引起她所有朋友的羡慕。

"这些事情你是怎么知道的,雷克斯?"她问道。

每天,她都为他知道和不知道的各种事情惊讶不已,这两类事情当时都使他平添了几分吸引力。

他目前在哈特福德街的房子很宽敞,足够他们两人居住,最近又由一家要价最高的公司配置了家具,装饰一新。朱莉亚说她不想在乡下置别墅,他们要是出门玩,总能租到带家具的住所。

他们在制定婚后夫妻财产处理协议时遇到了麻烦事,朱莉亚又不愿意亲自过问,律师们感到绝望,雷克斯坚决不同意用股本进行结算。"我拿着信任债券管什么用?"他问道。

"我哪知道,亲爱的。"

"我让钱为我生钱。"他说,"我期待百分之十五、二十的收益,我得到了。不得出售或转让、利息只有百分之三或三点五的股本,只是一叠废纸。"

"我确信是这样,亲爱的。"

"那些家伙说话的语气,活像我要抢劫你似的。其实抢劫别人财物的正是他们。他们想抢走我可以为你带来的三分之二的收入。"

"那有什么要紧,雷克斯?我们有很多收入,不是吗?"

雷克斯希望把朱莉亚的全部嫁妆都掌握在手里,以便为自己赢利。几位律师执意要让嫁妆受到约束,不得随意变卖,但却无法让他按照他们的要求提供一笔同样数额的资金。最后,他总算勉强答应给自己办理人寿保险,不过此前他还向律师详细解释说,这只不过是将自己的一部分合法收入装进别人口袋的一种手段。好在他与一家保险公司有些联系,他们做出的安排使他不太为难,同时他还获得了一笔代理佣金,这也符合律师的期望。

最后也是最无关紧要的问题,是雷克斯的宗教信仰。他曾经在马德里参加过一次皇家婚礼,他也想为自己举办一场那样的婚礼。

"这种事只有你那个教会才能办到,"他说,"办得很气派。你永远找不出能与红衣主教媲美的人。你们英国有多少红衣主教?"

"只有一位,亲爱的。"

"只有一位?我们从国外雇几个怎么样?"

于是朱莉亚向他解释说,异教通婚的婚礼是不太讲排场的。

"你说的'异教'是什么意思?我又不是黑鬼什么的。"

"不是的,亲爱的,是天主教徒和新教徒之间通婚。"

"哦,是这样?唔,如果就是这样,很快就不是异教了。我将成为一个天主教徒。那样的话,一个人得怎么做?"

马奇梅因夫人听说了这一新情况,心里顿感惶恐而迷茫;嘱咐自己务必出于善意承认他的真诚,照样不起任何作用,她不禁想起另一次求婚和另一次改变信仰的情形。

"雷克斯,"她说,"我有时不知道,你是否意识到,自己在宗教信仰上承受的是一件多么重大的事情。如果你采取这一步骤并非出于虔诚的信仰,那将是非常恶劣的行为。"

雷克斯善于巧妙地与她周旋。

"我没有佯装无比虔诚的信徒,"他说,"也没有假充神学家。可是我知道,一家之内二教并存,这种形式不合情理。如果你们的宗教有利于朱莉亚,那也同样有利于我。"

"很好,"她说,"我一定让你受到启蒙教育。"

"哎,马奇梅因夫人,我可没时间。启蒙教育对于我也是白搭。你干脆给我表格,我直接签上大名得了。"

"这通常要花几个月时间——常常是一辈子。"

"嗯,我学起来快。考验我一下。"

于是马奇梅因夫人把雷克斯送到法姆街莫布莱神父那儿,此人以善于感化冥顽不灵的初入教的教徒而著称。第三次交谈之后,他来和马奇梅因夫人一起喝茶。

"嗯,你觉得我未来的女婿怎么样?"

"他是我见过的最难改变信仰的人。"

"呃,亲爱的,我原以为他很容易转变信仰。"

"正是这个意思。我根本没办法接近他。他似乎没有一点求知欲或天生的虔诚。

"第一天,我想了解他至今过着怎样一种宗教生活,因而问他祈祷有什么意义。他说:'我看不出有任何意义。你告诉我吧。'我试着跟他说了几句,他说:'好了,祈祷就讲到这里。下面还有什么事?'我把《教理问答》给他带走。昨天我问他,主是否有不止一种本性。他说:'你说是多少就是多少,神父。'

"接着我又问他:'假如教皇抬头看到一朵云,说天要下雨,是否注定会下雨?''哦,是的,神父。''可假如没下雨呢?'他想了想说:'我猜那大概是心灵的洗礼吧,只因我们罪孽深重,所以

看不见。'

"马奇梅因夫人,他不符合传教士所了解的异教信仰的任何一种程度。"

"朱莉亚,"神父走后马奇梅因夫人说,"你肯定雷克斯做这件事,不单是为了讨我们欢心?"

"我想他脑瓜里不会冒出这个念头。"朱莉亚说。

"他真心希望改信异教吗?"

"他已经铁了心要成为天主教徒,妈妈,"接着她自语道,"在天主教漫长的历史中,准有一些相当古怪的皈依者。我估计克洛维[1]的军队并不是清一色的天主教思想。多一个皈依者并没有坏处。"

下一周,那位耶稣会教士又来喝茶。恰逢复活节假日,考德莉亚也在场。

"马奇梅因夫人,"他说,"你真该挑选一位比我年轻的神父承担这项工作。等不到雷克斯成为天主教徒,我早死了。"

"哎,亲爱的,我还以为你进展顺利呢。"

"从某种意义上说是这样。他出奇地温顺,说不管我跟他说什么他都接受,一点一滴地记住我讲的话,不提出任何问题。我不喜欢他这样。他好像没有现实感,不过我知道他正持续处于天主教的影响下,所以我愿意接受他。人有时需要碰碰运气——对于半傻的人,比方说。你永远不知道他们理解了多少。你只要知道有人关照他们,就一定会碰碰运气。"

"我真希望雷克斯能听到这番话!"考德莉亚说。

"昨天我可是开了眼界。现代教育的问题在于,你根本不知道人们愚昧到何等地步。面对任何一个五十岁以上的人,你都可以大致认定哪些东西他学过,哪些东西被他忽略了。可是那些年轻人表面上才学兼备,不知什么时候就会外表忽然绽裂,被你窥见你不知其所有的混沌的

---

[1] 克洛维(466—511),法兰克国王,曾将墨洛温王朝版图扩展至西欧大部分地区。公元496年率领部众皈依天主教。

内里。就拿昨天来说，他似乎学得很不错，他背了一大半《教理问答》，还背下了《主祷文》和《万福马利亚》。于是我照例问他可有什么烦心事，他用狡黠的目光瞅着我说：'我说，神父，我觉得你对我很不坦诚。我存心加入你们的教会，即将加入你们的教会，可你有太多的事情都在瞒着我。'我问他这话什么意思，他说：'我和一位天主教徒长谈了一次———位非常虔诚、很有教养的天主教徒，对教会的事情也还略知一二。比如说，睡觉时脚要朝着东方，因为那是天堂的方向，假如你死在夜里，就可以走到那儿。以后我睡觉时，脚都会朝着朱莉亚中意的方向，可是你真以为一个成年人会相信走向天堂的说法吗？还有，教皇把自己的一匹马变成红衣主教是怎么回事？还有，你们在教堂门口放一只箱子，如果你把写有某人名字的一镑钞票塞入箱子，他就会被送入地狱。我并不是说所有这些说法都没什么道理，'他说，'但是这些你应该主动告诉我，而不是让我自己慢慢发现。'"

"这个可怜人可能是什么意思呢？"马奇梅因夫人说。

"你看他离教会可远着呢。"莫布莱神父说。

"可是谁能跟他这样长谈呢？这一切是不是他梦见的？考德莉亚，这是怎么回事？"

"真是一个傻瓜！噢，妈妈，真是一个大傻瓜！"

"考德莉亚，是你。"

"哦，妈妈，谁能想到他居然当真呢？除了这些，我还告诉他许多事。关于梵蒂冈的神猴——各种各样的事情。"

"哎，你这下可是大大加重了我的工作量。"莫布莱神父说。

"可怜的雷克斯。"马奇梅因夫人说，"你知道，我觉得这样反而使他更讨人喜欢了。你权当他是个傻孩子，莫布莱神父。"

于是宗教启蒙继续进行下去，莫布莱神父终于同意在婚礼前一周接受雷克斯皈依天主教。

"你会认为他们为了让我入教全都出了不少力。"雷克斯抱怨道，"其实我在这一或那一方面也能帮助他们；而他们倒像是一帮在卡西诺赌场上发牌的家伙。再说,"他补充道,"考德莉亚把我的脑瓜弄得晕乎乎的,我都不知道哪些是《教理问答》上的,哪些是她胡诌的。"

婚礼前三周的情形大抵就是这样。一张张请柬发出去了,一份份礼品很快相继送来,女傧相们很喜欢自己的礼服。接着发生了朱莉亚称为"布莱德的炸弹"的事件。

布莱德以其特有的冷酷,事先不加警告,便将一枚炸弹扔到此前一直心情舒畅的一家人当中。马奇梅因府的图书室当时专门用以存放结婚礼品。马奇梅因夫人、朱莉亚、考德莉亚、雷克斯,全都忙着将礼品逐一拆封、登记。布莱兹赫德走进来,注视了他们片刻。

"贝蒂舅妈送来的几只有裂纹的花瓶,"考德莉亚说,"古董。我记得以前是放在他们巴克博恩家中楼梯上的。"

"这些都是什么?"布莱兹赫德问道。

"彭德尔-加思韦特家的先生、太太和小姐合送的,一套早期的早茶茶具,古德店里买的,三十先令,太吝啬啦。"

"你们最好把这些破烂货统统包起来。"

"布莱德,你这话什么意思?"

"只有一个意思,婚礼取消了。"

"布莱德。"

"我早就认为对这位未来的妹夫,我还是亲自调查一番好,因为当时好像谁都对此不感兴趣。"布莱兹赫德说,"今晚我得到了最终答案。他1915年就在蒙特利尔和萨拉·伊万杰琳·卡特勒小姐结了婚,这位小姐至今还住在那儿。"

"雷克斯,这是真的吗?"

雷克斯站在那里,用挑剔的眼光端详着自己手上的一只玉雕飞龙。少顷,他小心翼翼地将它安放在乌檀木底座上,朝大家露出坦然纯真的微笑。

"确有其事。"他说,"那又怎么样?你们为什么看起来都这么激动?她不是我的意中人。她从没安什么好心。我那时毕竟还只是个孩子。类似的错误谁都可能犯。我早在1919年就离了婚。我甚至不知道她后来住在那儿,直到布莱德刚才在这儿告诉我。至于这么闹嚷嚷的吗?"

"你可以早告诉我的。"朱莉亚说。

"你从没问过嘛。说实话,我已经好几年没想过她了。"

他的诚意很明显,他们只好坐下来冷静地商量这件事。

"难道你没意识到,你这个可怜又可爱的小傻瓜,"朱莉亚说,"只要你的另一个妻子活在世上,你作为天主教徒是不能结婚的?"

"可是我没有啊。我刚才不是跟你说了,我们已经在六年前离婚了。"

"可是你作为天主教徒是不能离婚的。"

"我当时可不是天主教徒,而且我离婚了。离婚文件我搁在什么地方了。"

"难道莫布莱神父没向你解释婚姻问题吗?"

"他说我不能和你离婚。嗯,我也不想离婚。他讲的东西我也记不全——圣猴,天主教的全免罪罚,临终四件事——如果我把他告诉我的话全都记住,准没时间干别的事情。说到底,你们的那位意大利表妹弗朗西斯卡又怎么样?——她结过两次婚。"

"她的婚姻被取消了。"

"那好啊,我也取消婚姻。需要多少钱?通过谁取消?莫布莱神父受理过吗?我只想做正当合法的事。没有人告诉我。"

他们费了很长时间才使雷克斯相信,他的婚姻存在着一个严重的障碍。他们讨论到晚餐时分,仆人在场时暂停,仆人刚走重又开始,一直延续到午夜以后很久。争论时起时伏,兜着圈子、盘旋、突进,恰似一只海鸥,时而飞临大海,不见踪影,冲向云天,如此无谓地循环往复,时而又正好落在飘浮着腐肉的一小片海域。

"你们想让我怎么办？我应该去见谁？"雷克斯不停地问，"别对我说没人能处理这件事。"

"没有任何办法，雷克斯。"布莱兹赫德说，"这仅仅意味着你们的婚事不能办了。我很抱歉，无论从谁的角度来看，它来得太突然了。你自己应该告诉我们。"

"哎，"雷克斯说，"你也许说得不错。严格依照法律，我也许不应该在你们的大教堂举行婚礼。可是大教堂已经预订了，那儿没有人提出任何疑问；红衣主教对此毫不知情；莫布莱神父对此毫不知情。除了我们，谁也不知道这件事。那又何必自找许多麻烦呢？只要不声张，让这件事悄悄地过去，好像什么事也没发生。谁会因此而有任何损失？也许我得承担下地狱的风险，好吧，那我准备承担这个风险。这和别人有何相干？"

"怎么没有？"朱莉亚说，"我不相信这些教士们无所不知。我不相信为了这种事就要下地狱。我知道自己绝不相信什么地狱。说到底，这种事我们应该认真对待。我们并没有要求你拿自己的灵魂冒险。干脆躲开吧。"

"朱莉亚，我恨你。"考德莉亚说着走出房间。

"我们都累了。"马奇梅因夫人说，"如果还有什么话，我提议还是到早晨再讨论。"

"可是已经没有什么需要讨论了，"布莱兹赫德说，"除了用什么最稳妥的方式能结束整个事情。这个由我和妈妈合计。我们必须在《泰晤士报》和《晨邮报》上刊登一则启事；这些礼品都得退回。我不知道女傧相的礼服通常该怎么办。"

"稍等一下，"雷克斯说，"稍等一下。也许你能阻止我们在你们的大教堂结婚。好吧，见鬼，我们可以在一座新教教堂里结婚。"

"这个我也不允许。"马奇梅因夫人说。

"可是我认为你不会的，妈妈。"朱莉亚说，"你瞧，我做雷克斯的情妇至今已有一段时间，我将继续做他的情妇，无论结婚与否。"

"雷克斯,这是真的吗?"

"不是,瞎扯,不是的。"雷克斯说,"我倒希望是真的。"

"我看这事我们只好等到早晨再讨论。"马奇梅因夫人虚弱无力地说,"我现在再也不能谈下去啦。"

此时她需要儿子搀扶才能走到楼上。

"你到底为什么跟你母亲说那样的话?"事隔多年我问朱莉亚,当时她正向我讲述那场争吵的情形。

"这也正是雷克斯想知道的。大概是因为我认为事实如此吧。不是按照字面意义——虽然你应该记得我当时只有二十岁,仅仅听别人讲,谁也不会真正知道'生活的真相'——不过,当然,我并不是说照字面意思这是事实。我的意思是,我和雷克斯的关系,已经很深,不可以说,'商定的婚礼不能举行',这事就算完了。我想做一个诚实的女人。从那以来我一直想做一个诚实的女人——我开始想这个问题。"

"后来呢?"

"后来又是没完没了的讨论。可怜的妈妈。神父们参与其中,姑姑姨妈们掺和进来。人们提出各种各样的建议——雷克斯必须去加拿大,莫布莱神父必须去罗马,看是否有任何理由取消婚姻,我必须去国外待一年。就在讨论到节骨眼上的时候,雷克斯给爸爸拍了一封电报:'我和朱丽亚愿按新教仪式举行婚礼。您是否反对?'他随即复电'乐意',这就解决了妈妈按照法律阻挠我们的问题。此后许多人为此呼吁。我奉命跟那些神父修女姑姊姨妈谈话。雷克斯干脆平静地——或者说相当平静地——继续依计而行。

"噢,查尔斯,多么寒碜的一场婚礼!萨沃里小教堂是离过婚的人们的结婚场所——一个狭小的地方,完全不符合雷克斯的心愿。我只想在哪天早晨溜进一家婚姻登记处,在两个打杂女工的见证下把事情办妥算了,雷克斯无非是请来了女傧相,预备了白色香橙花[1],演奏了婚礼进行曲。那种情形委实可怕。

"可怜的妈妈表现得活像一位殉教者,执意让我披上她饰有花边的纱巾。嗯,她多少也是非这样不可——礼服就是照着纱巾的款式设计的。我的朋友来了;当然,还有雷克斯那帮古怪的同伙,被他称为他的朋友;其他来宾的类型实在太奇特了。妈妈的娘家人当然谁都没来;爸爸自家的人来了一两个。那些古板的家伙全都躲开了——你知道,安克雷基夫妇、查斯姆夫妇、范布勒夫妇——我想:'幸亏他们没来,反正他们总是不把我放在眼里。'可是雷克斯心里窝火,因为他显然希望这些人到场。

"我还一度希望干脆别搞什么聚会。妈妈说我们不能使用马奇府。雷克斯想拍电报给爸爸,并且由家庭律师率领一帮宴席承办人抢占马奇府。最后决定婚礼头天晚上在家里举办一个聚会,以便观赏结婚礼品——显然,按照莫布莱神父的看法,这样的安排是恰当的。喏,谁能推辞去看看自己送的礼品呢,所以这次聚会举办得相当成功,然而雷克斯第二天在萨沃里为参加婚礼的客人们举办的招待会就太寒酸了。

"那些佃户特别尴尬。最后布莱德赶来招待他们吃了一顿篝火晚餐,完全不符合他们赠以银汤碗理应得到丰厚回报的期待。

"可怜的考德莉亚吃够了苦头。她原来一心指望做我的女傧相——这件事早在我进入社交界之前我们就开始谈论了——当然,她也是一个非常虔诚的孩子。起初她不跟我说话。后来在婚礼举行的当天早晨——我已经在头天晚上搬去范妮·罗斯康芒家里住了,大家认为这样比较合适——我还没起床她就闯进来,直接从法姆街赶来,眼泪汪汪地乞求我别结婚,接着紧紧搂住我,把她买的一枚可爱的小胸针送给我,说她刚才祈求我永远幸福。永远幸福,查

---

[1] 在英国婚礼上常由新娘佩在身上,或作为花束捧在手里。

尔斯!

"这是一场特别不得人心的婚礼,你知道。所有人都站在妈妈一边,他们一向如此——并不是因为她从中得到了任何好处。妈妈这一生得到了所有人的同情,却从没得到她所爱的人们的同情。他们都说我对她的态度极为恶劣。实际上,可怜的雷克斯发现他娶了个被自家抛弃的女人,这与他原来的所有希望完全相反。

"所以你瞧,我们的婚姻似乎从来都不顺利。厄运从一开始就降临到我们头上。可我还是很爱雷克斯。

"想起来挺可笑的,不是吗?

"你知道,莫布莱神父一眼就看穿了雷克斯的真面目,而我婚后花了一年时间才看出来。他其实没有完全出现在那里。他压根不是一个完整的人。他只是一个人身上微小的一部分,发育得很不正常;装在一只瓶子里的什么东西,存放在实验室里的一只活性器官。我以为他是一种没开化的野蛮人,但他却是个绝对时髦新潮的家伙,只有这个恐怖时代才能造就——稍有一点人形,硬充一个完整的人。

"好啦,一切都过去了。"

她跟我说这番话,是在十年以后大西洋上的一场暴风雨中。

# 第三章

我在1926年春天由于当时的总罢工回到伦敦。

这次总罢工是巴黎热议的话题。法国人总是对他们昔日朋友的窘状幸灾乐祸,将海峡对岸我们的那些模糊概念转换成他们自己的精确术语,预测到革命和内战。每天傍晚,各个报刊亭都在展示关于厄运的报道,在咖啡馆里,几个老相识用半带嘲讽的口吻招呼一个熟人:"哈,我的朋友,你在这儿的处境比在国内好多了,是吧?"后来我和几个与我境况相似的朋友果真相信,我们的祖国处于危险中,我们应该为她承担自己的责任。我们当中还加进了一位比利时的未来主义者,他平时自称吉恩·德·布里萨克·拉·莫特,我认为这是化名,他声称自己在任何地方任何战役中都有权拿起武器跟下层阶级作战。

我们走到一起来了,一帮血性男儿,盼望着到达多佛时,眼前展现出近些年在欧洲各地不断重复且鲜有变化的历史景象,我至少在自己的脑海里形成了一幅清晰然而是组合的"革命"画面——邮政局上飘扬的红旗,被推翻在地的有轨电车,一个个喝醉的军士,牢门大开,一伙伙被释放的犯人在街头游荡,从首都驶出的列车没有到达目的地。类似的情形人们在报纸上读到,在银幕上看到,在咖啡馆的桌旁听到,屡屡重复达六七年之久,直到它间接成为自己的经历，有如佛兰德斯[1]的泥淖和美索不达米亚[2]的苍蝇。

后来我们下船登岸，相继遇到的是海关旧时的通行手续，准点到达的邮船联运列车，维多利亚火车站上排列成行和聚集在头等车厢门口的搬运工，排成长队等候客人的出租汽车。

"我们先分开，"我们说道，"看看正在发生什么事情。晚饭的时候再碰头交换情况。"不过我们心里已经明白什么事情都没发生；至少没有发生任何需要我们参与的事情。

"噢，亲爱的，"父亲说，他恰巧在楼梯碰到我，"多么高兴很快又见到你。"（我出国在外已有十五个月。）"你这次回来，正赶上一个很麻烦的时候，你知道，他们两天后还要举行一场这样的罢工——许多愚蠢的举动——我不知道你什么时候才能离开。"

我想起我主动放弃的塞纳河畔华灯齐放时举行的晚会，想起我在那里的几位同伴——我当时很牵挂两位解放了的美国姑娘，她们合住在奥特伊尔区一座未婚男子的寓所里——真希望自己没回来。

当晚我们在皇家咖啡馆就餐。那儿的气氛更像战时一样紧张，里面挤满了来伦敦服国民义务兵役的在校大学生。来自剑桥的一组学生当天下午已经签约成为运输大楼[3]的信使，他们桌后的另一组学生则已被录用为特种警察。这一伙那一伙学生不时转身挑衅似的大声叫嚷，不过这种背靠背的挑衅很难导致激烈的冲突，后来他们互敬高杯淡啤酒了事。

"你们真该在霍尔蒂[4]开进布达佩斯的时候到达现场。"吉恩说，"那才是政治。"

当晚摄政王公园里有一场聚会，欢迎刚刚抵达英国的"黑鸟"

---

1　欧洲西部一地区，濒北海，包括比利时的东佛兰德省和西佛兰德省，以及法国北部和荷兰西南部的部分地区。
2　亦称"两河流域"，即底格里斯和幼发拉底两河流域平原，在叙利亚东部和伊拉克境内。
3　英国工党总部所在地。
4　匈牙利苏维埃共和国成立后一个月，1919年4月，协约国发动公开武装干涉。该年8月，苏维埃政府被颠覆。1920年3月，前奥匈帝国的海军上将霍尔蒂上台。

乐队。我们当中的一位受到邀请,于是我们全都跟着他去那里。

我们平时经常出入于布洛梅街的砖顶咖啡馆和黑人舞厅,因此并不觉得那里的情景有什么特别异样。我刚走进公园大门,便听到一种不会听错的嗓音,一阵乍听仿佛来自往昔岁月的回声。

"不,"这个嗓音说道,"他们不是动物园里的动物,穆尔卡斯特,让人瞪大眼睛看稀奇。他们是艺术家,亲爱的,非常伟大的艺术家,理应受到尊敬。"

安东尼·布兰奇和博伊·穆尔卡斯特坐在那张桌边,桌上摆着葡萄酒。

"谢天谢地,这儿有我认识的人。"穆尔卡斯特说话时,我坐到他们中间,"姑娘带我来的,现在哪里也见不到她。"

"她把你甩掉了,亲爱的,你知道为什么吗?因为你看上去很不对头,可笑极了,穆尔卡斯特。这根本就不是你们这号人的聚会,你不应该待在这儿;你应该离开,知道吗,去老一百号,要不去贝尔格雷夫广场,参加那种凄凄惨惨的舞会。"

"刚从一场舞会过来的。"穆尔卡斯特说,"现在去老一百号还太早,我再待一会儿。气氛也许会热烈起来的。"

"我懒得搭理你。"安东尼说,"我跟你聊聊吧,查尔斯。"

我们拿上一瓶酒和自己的酒杯,到另一间屋里找了个角落坐下。我们脚边有五名"黑鸟"乐队的乐手,蹲在地上掷骰子玩。

"那家伙,"安东尼说,"脸色苍白的那个,亲爱的,有天早晨照准阿诺德·弗里克海默太太的脑瓜猛地砸了一记,亲爱的,用一只装满牛奶的奶瓶。"

我们几乎是立即且不可避免地谈起塞巴斯蒂安。

"亲爱的,他是那种滥饮无度的酒鬼。去年你把他抛弃后他就过来跟我一起住在马赛,他可真让我受够了。抿呀,抿呀,抿呀,活像有钱的寡妇整天抿个不停。而且行为诡秘。我总是丢失一些小东西,亲爱的,我很喜欢的一些东西;有一次我丢了两套衣服,是那天早晨莱斯利和罗伯兹送来的。当然,我不知道是不是塞巴斯蒂安——几个怪人,亲爱的,时常出入于我的狭小寓所。还有谁比你更了解我对怪人的爱好哩?喏,最后,亲爱的,我们找到了塞巴斯蒂安当——当——当掉那些东西的那家当铺,后来他搞不到当票了,当票在小酒馆也有市场,可以卖掉。

"我能从你眼里看出那种古板而又不满的神色,亲爱的查尔斯,你大概以为我在教唆那小子。这正是塞巴斯蒂安不太招人喜欢的一个品质,他总是摆出一副受人教——教——教唆的姿态——像是马戏团的一匹小马驹。可是我向你担保,我什么都做了。我一再对他说:'干吗喝酒呢?如果你想找到陶醉的感觉,人世间有趣的事情实在太多啦。'我带他去见那个最棒的人。对了,你跟我一样很了解他,纳达·阿罗波夫,吉恩·勒克思莫尔,凡是我们认识的人,都和他打过几年交道——他总是待在女王酒吧里——而后我们为此惹出了麻烦,因为塞巴斯蒂安给他一张空头支票——一张假——假——假支票,亲爱的——一大帮气势汹汹的家伙闯到公寓里来——尽是暴徒,亲爱的——塞巴斯蒂安当时还不明白是咋回事,反正这事特别让人难堪。"

博伊·穆尔卡斯特朝我们慢慢踱过来,不等我示意便坐到我身边。

"那边的酒快喝光了,"他说着,径自从我们的酒瓶里倒酒,把瓶子倒空了,"这里的人我以前一个也没见过——全是黑家伙。"

安东尼没搭他的话,继续说下去:"所以后来我们离开马赛去了丹吉尔[1],在那儿,亲爱的,塞巴斯蒂安又和他的新朋友打得火热。我怎么形容他这新朋友呢?他很像《警告的阴影》里的那个仆人——一个德国壮汉,曾经在外籍军团服役。他用枪打掉自个儿的脚拇趾后退役,伤口至今没有愈合。塞巴斯蒂安发现他时,他正饿着肚子在卡斯

---

[1] 摩洛哥北部港市。

巴街的一家商号推销商品，塞巴斯蒂安把他带来和我们住在一起，那样子可怕极了。于是我回来了，亲爱的，回到古老美丽的英格兰——古老美丽的英格兰。"他重复了一遍，手一挥，将蹲在我们脚边赌博的几个黑人全都包括了进去。穆尔卡斯特痴呆呆地盯着前方，身穿睡衣裤的女主人向我们介绍她自己。

"以前从没见过你们。"她说，"从没请过你们。所有这些穷酸白人都是谁啊，干脆说。我觉得自己准是走错了地方。"

"国家紧急状态时期，"穆尔卡斯特说，"什么事情都可能发生。"

"晚会还顺利吧？"她焦急地问道，"你们觉得弗洛伦斯·米尔斯今晚会唱歌吗？我们以前见过的。"她又对安东尼说。

"经常，亲爱的，可是你今晚根本就没请我。"

"哦，亲爱的，大概是我不喜欢你吧。我原以为我什么人都喜欢呢。"

"你们是不是觉得，"女主人走后穆尔卡斯特问，"报火警挺好玩呢？"

"是的，博伊，赶紧去打电话吧。"

"可以活跃气氛，我是说。"

"的确。"

于是穆尔卡斯特离开我们去找电话。

"我认为塞巴斯蒂安和他的瘸腿朋友去了法属摩洛哥。"安东尼继续说，"我离开他们时，丹吉尔警方正在找他们的麻烦。我回到伦敦后，侯爵夫人一直特别烦人，缠着我跟他们取得联系。这个可怜的女人过的是什么日子！这只能显示生活中还有点正义。"

不久米尔斯小姐开始唱歌，除了那伙赌博者以外，所有人都拥到隔壁房间里了。

"那个就是我的姑娘，"穆尔卡斯特说，"和那个黑人待在一起的那一个。就是她把我带来的。"

"她现在好像已经把你忘了。"

"是的。我要是不来就好了。我们去别的地方吧。"

我们离开时开来了两辆救火车,一群头戴防护帽的消防员挤入楼上聚集的人群。

"那家伙,布兰奇,"穆尔卡斯特说,"不是好人。有一回我把他扔进了水星池。"

我们先后去了几家夜总会。穆尔卡斯特在两年的时间里,似乎已经实现了他在这种地方出名且招人喜欢的简单的抱负,在最后一家夜总会,我和他心里都激荡着一股巨大的爱国热情。

"你我二人,"他说,"都还太年轻,不能上前线参战。别的青年人都在战斗,几百万人已经阵亡。牺牲的不是我们。我们要向他们证明,我们要向阵亡的人们表明我们也能战斗。"

"这正是我回来的目的。"我说,"从海外归来,危急时分聚集在古老祖国的身边。"

"就像澳大利亚人一样。"

"就像那些可怜的战死的澳大利亚人。"

"你在哪个组织?"

"还没参加。备战工作尚未就绪。"

"只有一个组织可以参加——比尔·梅多斯作战队——保卫团,全都是棒小伙,安顿在布拉特俱乐部。"

"我参加。"

"你记得布拉特俱乐部吗?"

"不记得了,我也参加。"

"那就好。所有的棒小伙都像阵亡的年轻人那样。"

于是我参加了比尔·梅多斯作战队,这是一支快速特警队,负责保护伦敦最贫穷地区的食品运输。我首先被编入保安组,进行效忠宣誓,发给一顶头盔和一根警棍;随后我又被提名为布拉特俱乐部会员,并且和其他一些新成员一起,通过选举参加了专为应对目前局势而召开的一个委员会会议。一星期的时间,我们始终待在布拉特俱乐部整装待命,一天三次坐在一辆卡车上,为运送牛奶的车队开道。沿途我们受到路人的嘲笑,有时还遭遇污物的袭击,但只有一次采取了行动。

那天午餐后,我们围坐在一起,比尔·梅多斯打完电话兴致勃勃地回来。

"出发。"他说,"商业路上有一场恶战。"

我们驱车疾行,到达现场后发现两根灯柱之间拉起一根钢缆,一辆卡车被推翻在地,人行道上一个孤零零的警察,正遭到五六个年轻人的一阵猛踢。在这骚乱中心的两侧,相距不太远,已经聚集起相互对峙的两伙人。我们跳下车,发现旁边第二名警察坐在人行道上,眼神恍惚,双手捂住脑袋,鲜血从指缝间涌出来;两三个同情者正密切注意他的情况;钢缆的那一边,是一小伙心怀憎恨的年轻的码头工人。我们兴奋地冲进去,解救出那名警察,正要袭击那股敌人,却跟一伙当地的牧师和市议员发生了冲突,他们是从另一条路同时赶来劝架的。他们成了我们唯一的牺牲品,因为他们刚到就有人喊了一声"留神点,警察来了",一辆满载警察的卡车在我们后边停下。

闹事的人群溃散逃窜,不见了踪影。我们把这些调解人带上车(其中只有一人伤势严重),巡逻了几条偏僻街道,查找动乱的情形,没有发现任何迹象。翌日总罢工宣布取消,除了煤田以外,全国所有地方都恢复了秩序。这就好像一头长期以残忍而著称的猛兽,已经现身了一小时,刚刚嗅出危险,随即悄悄溜回自己的巢穴——当时我离开巴黎并不值当。

加入另一个连队的吉恩,在坎登城被一个老年寡妇失手摔落的栽着羊齿草的花盆砸中脑袋,在医院里住了一星期。

通过我在比尔·梅多斯特警队的队员身份,朱莉亚得知我回到了英国。她打电话给我,说她母亲急着要见我。

"你会发现她病得很重。"她说。

我在实现和平的当天早晨去了马奇梅因府。我进入大厅,恰逢艾德里安·波森爵士离开。他从我身边走过;他用一方扎染印花大手帕捂住脸,胡乱摸索着自己的帽子和手杖;他在哭泣。

我被带进图书室,不到一分钟,朱莉亚便出现在我面前。她跟我握手时,带着一副陌生的高雅庄重的姿态;在这间屋子的阴影里,她仿佛是一个幽灵。

"你来得真是太好了。妈妈一直问起你,可是我不知道她此时究竟能不能见你。她只是跟艾德里安·波森说了声'告别',就已经累得要命。"

"告别?"

"是的,她快死了。她也许能活一两个星期,也许随时就走了。她太衰弱了。我去问问护士。"

死亡的沉闷气息似乎已经在这座房子里弥漫开来。没有人再坐在马奇梅因府的图书室里。这是他们两处住宅里的一间难看的屋子,一排排维多利亚时代的橡木书架上,摆放着许多卷英国议会议事录和老式的百科全书,都是从未翻开过的;那张没铺桌布的桃花心木桌,似乎专门用于召开一个委员会的会议。这里既有公众场合的景象,又透出一种鲜有人迹的冷落。外面是前院和围栏,还有一条寂静的断头路。

不一会儿朱莉亚回来了。

"不行,恐怕你不能见她。她睡着了。她可能那样连续躺好几个钟头;她希望做的事我可以告诉你。我们去别处吧,我讨厌这间屋子。"

我们走过大厅,来到人们经常聚在一起吃午餐的小客厅,分别坐在壁炉两边。朱莉亚的脸上似乎映现出四面墙上深红和金黄的色彩,好像失去了些许热情。

"首先,妈妈想说她很抱歉,她和你最后一次见面时,对你实在太粗暴了。她常常说起这件事。她现在知道当时冤枉了你。我确信你会体谅她,并且立刻把这事丢到脑后,可是为了这种事,妈妈永远无法原谅她自己——这种事她可是太难得做了。"

"务必告诉她说,我完全体谅。"

"另一件事,当然,你已经猜到了——塞巴斯蒂安。她想见他。我不知道这是否可能。可能吗?"

"我听说他的情况很糟。"

"这个我们也听说了。我们拍了电报到当时我们掌握的最后一个地址,但是没有收到答复。现在也许还来得及见她。我刚刚听说你在英国,就觉得你是唯一的希望。你能不能设法找到他呢?我提出的要求太为难你了,可我觉得只要塞巴斯蒂安想通了,他也会想见她的。"

"我试试看。"

"我们再没别人可求了。雷克斯实在太忙了。"

"是的。我听到有关报道说,他正忙着组建煤气厂。"

"是的。"朱莉亚说着,透出少许她惯常的冷淡口吻,"他通过这场罢工受到许多赞赏。"

接着我们聊了几分钟布拉特特警队。她告诉我说布莱兹赫德拒绝担任任何公职,因为他怀疑事业的正义性;考德莉亚在伦敦,眼下正在睡觉,因为她在母亲的病榻前守候了整整一夜。我告诉她说我已经从事建筑绘画,很喜欢这一行。这些话全都无关紧要,该说的我们在头两分钟已经全部说完了。我留下来喝了茶,随后便离开她走了。


法国航空公司有一趟飞往卡萨布兰卡的航班,我抵达卡萨布兰卡后搭车前往费茨,黎明时分启程,黄昏才到达费茨的新城。我从旅馆打电话给英国领事,当晚在他那栋靠近旧城城墙的漂亮官邸与他共进晚餐。他为人和善而又严肃。

"我很高兴终于有人来照看年轻的弗莱特了。"他说,"他在这里已经成了我们的一块心病。这地方根本不适合一个靠国内汇款生活的人。法国人完全不理解他,他们认为凡是不经商的人都是间谍。他的生活不像是一位英国绅士的生活。这儿的日子可不容易。战争就在离这栋房子不到三十英里的地方进行,尽管你可能没有想到。上星期还有一些小傻瓜骑车来到我们这里,志愿加入阿卜杜勒·克里姆的军队。

"再说那些摩尔人[1]是一帮难以捉摸的家伙,他们不赞成饮酒,而我们这位年轻的朋友,你也许知道,差不多整天都在喝酒。他到这里来做什么呢?拉巴特或丹吉尔有的是他住的地方,都是以旅游者为服务对象。他在城里租了一座房子,知道吧?我想阻止他,可他是从一个在艺术部工作的法国人那里租到的。我不是说他有什么恶行,可他的确令人担忧。还有一个依靠他养活的坏小子——一个来自外籍军团的德国人,人人都说他是一个坏透了的家伙,注定会捅出娄子。

"请注意,我喜欢弗莱特。我不常见到他。他以前常来这儿洗澡,直到在自己的住所里安顿下来。他总是富于魅力,我妻子特别喜欢他。他需要的是工作。"

我说明了自己的使命。

"你此刻或许能在家里找到他。上帝作证,老城到了晚上无处可去。如果你愿意,我可以让我的门房为你带路。"

就这样,我吃过晚饭出门,领事馆的门房手提灯笼走在前面。摩洛哥对于我是一个新奇而陌生的国家,白天,汽车载着我连续许多英里行驶在平坦的战略公路上,经过一个个葡萄园,一个个新建的白人住宅区,经过早熟庄稼长势已高的大片大片开阔的田野,以及许多宣传法国商品的广告牌——杜邦涅,米什兰,罗浮宫——我原以为这是一个相当古板而又新潮的国度,此刻在星光下,在四面围着城墙的城内,只见街道是灰扑扑的缓坡,城墙高高耸立,两端都没有窗户,城墙上空的星星时而被云层遮蔽,时而又重新露出;

---

[1] 近代欧洲人对非洲西北部地中海沿岸城市里伊斯兰教徒的泛称。

薄片石路上积满厚厚的尘土,行人悄悄地从我们身边走过,身穿白色长袍,趿着软底拖鞋,或是光着坚硬的脚板;空气中散发着丁香的芬芳、焚香的气息和燃柴的烟味——这时我才明白是什么吸引塞巴斯蒂安来到这里,而且使他久留于此。

领事馆的门房高傲地阔步走在前面,灯笼连连晃动,长手杖笃笃敲地。有时一扇门开处,只见一伙人静静地坐在金黄色的灯光下,围着一只火钵。

"这么邋遢的人,"门房转过头来鄙夷地说,"没有教养。法国人听任他们这么肮脏。不像不列颠民族,我的民族,"他说,"总是不列颠味儿十足。"

他来自苏丹警察局,因而看待他文化的这个古老中心,犹如一个新西兰人看待罗马。

我们走过一扇扇装有饰钉的大门,终于来到最后一扇门前,门房用手杖在上面敲了敲。

"英国勋爵府。"他说。

门上栅格后面出现了灯光和一张黝黑的脸。领事馆的门房语气急促地说着什么,来人撤掉几道门栓,我们走进一个小院,院子中间有一口井,头顶的架上爬着一串葡萄藤。

"我在这儿等着。"门房说,"你跟这位同胞去吧。"

我走进房子,走下一段台阶,来到起居室。我看见一台留声机,一只煤油炉,二者之间还有一个年轻人。稍后,我环顾四周,注意到另外一些比较顺眼的东西——地上铺的几块小地毯,四面墙上悬挂的绣花绸缎,天花板上精雕细描的横梁,带有孔眼装饰的沉重的吊灯,拴在一根链条上,投下灯罩的柔和阴影。然而首先接触的这三样,留声机因其噪音——它正在播放法国爵士乐队的唱片——煤油炉因其气味,年轻人因其恶狼似的表情,都刺痛了我的神经。他懒洋洋地倚在一张柳条椅上,伸出一只裹着绷带的脚,搁在一只木箱上;他身穿一件薄薄的中欧式仿花呢上装,里面是一件领口敞开的网球衫;那只没受伤的脚穿着一只棕色网球鞋。他身边有一只铜托盘,搁在木撑架上,托盘上放着两只啤酒瓶,一只脏盘子,一个堆满烟蒂的烟灰缸;一杯啤酒端在手里,一根香烟紧贴住下唇,说话时烟卷粘在嘴皮上;他那长长的金黄色头发朝后梳着,没留一条分缝,明明是个年轻人,脸上却反常地布满皱纹;他缺了一颗大门牙,因此每次发咝音,或是带有舌音,或是带有令人发窘的一声哨音,被他咯咯笑着掩饰过去;剩下的牙齿被烟草熏得焦黄,稀疏地排列着。

这显然便是英国领事描述的那个"坏透了的家伙",圣安东尼[1]那个影子似的仆人。

"我来找塞巴斯蒂安·弗莱特。这是他的房子,是不是?"我说话时提高了嗓门,尽量使自己的声音盖过舞曲,让他听到,但他却用英语柔声回答,其流利的程度足以表明,他现在已经习惯说英语了。

"是的。不过他不在这儿。这儿只有我,没别人。"

"我从英国来找他,有要紧的事情。你能不能告诉我在哪里可以找到他?"

唱片这时已经放到了头。德国人把它翻转过来,给唱机上紧发条,带动唱片重新旋转起来,这才回答我的话。

"塞巴斯蒂安病了,几个修士带他去医院了。他们也许会让你见他,也许不会。我很快哪一天也得去那儿,把脚包一下。到那里我问问他们。如果他好一些,他们会让你见他的,也许吧。"

屋里还有一张椅子,我走过去坐下来。德国人看到我想留下来,便递给我一杯啤酒。

"你不是塞巴斯蒂安的哥哥?"他说,"也许是表哥?也许你和他的妹妹结婚了?"

"我只是一个朋友。我们是大学的同学。"

---

[1] 圣安东尼(251?—356?),古埃及隐修士,相传系基督教古代隐修院的创始人。

"我在大学时有一个朋友。我们是学历史的。我朋友比我聪明,身子弱,矮个头——我生气的时候,常常拎起他猛摇——可是他太聪明了。有一天我们说:'有什么办法?在德国没有工作可干。德国完蛋了。'于是我们去向教授们告别,他们说:'是的,德国完蛋了。学生目前在这里没什么可学的。'于是我们离开了学校,走啊走的,最后来到这儿。后来我们说,'德国现在没有军队,可是我们必须当兵',于是我们加入外籍军团。我朋友去年死于痢疾,当时在阿特拉斯山[1]作战。他死的时候我说,'有什么办法'?随即朝我的脚开了一枪。这只脚现在全是脓,尽管已经治了一年。"

"不错。"我说,"听起来挺有趣。可我眼下最关心的是塞巴斯蒂安。大概你能跟我说说他的情况。"

"他是一个挺好的人,塞巴斯蒂安,他对我来说相当不错。丹吉尔那地方糟透了。他带我来这儿——房子好,吃得好,仆人好——这里的一切都很合我意,我想。我很喜欢。"

"他母亲病得很重。"我说,"我是来告诉他的。"

"她有钱吗?"

"有钱。"

"她为什么不多给他些钱呢?那样的话,我们就可以住在卡萨布兰卡,或许还能住进一套漂亮的公寓。你跟她熟吗?你能让她多给他一些钱吗?"

"他出了什么事?"

"我不知道。我估计大概是酒喝得太多了吧。修士们会照看他的。他很适合待在那儿。那些修士是好人。那儿很便宜。"

他拍了拍巴掌,吩咐仆人再拿些啤酒。

"你瞧见了吧?有一个很不错的仆人在照顾我。这就很好。"

我向他打听出那家医院的名字就离开了。

---

[1] 在非洲西北部。

"告诉塞巴斯蒂安我还在这儿,我很好。我估计他在为我担心呢,也许吧。"

我次日早晨去的那家医院,是一片位于新城和旧城之间的低矮平房。它是由一些方济各会修士开办的。我穿过一群摩尔病人,来到医生的诊室。他是一个平信徒[1],面颊刮得溜净,身穿浆洗过的白色罩衫。我们用法语交谈,他告诉我说塞巴斯蒂安没有危险,但很不适宜旅行。他患了流感,一侧肺叶伴有轻度炎症;他身体很虚弱;他抵抗力很差。谁能预料之后如何呢?他嗜酒过度。医生不动感情几近冷酷地说着,带着科学工作者时而具有的那种特点,出言吐语仅限于无实质性的内容,并且把自己的工作删减到枯燥无聊的地步。但他后来让那个满面胡须、光着脚板的修士接待我,此人没有医务人员资质,只是一个干脏活的杂役,他说的却是另一番情形。

"他很有耐性,完全不像一个年轻人。他躺在那儿,从不抱怨——可以抱怨的事情有很多。我们没有设施,政府给我们的是士兵们剩下来的东西。他为人很和气,还有一个可怜的德国小伙子,一只烂脚无法愈合,还有二期梅毒,也来这儿治疗。弗莱特勋爵发现他在丹吉尔挨饿,便收留了他,给他房子住。一个真正乐善好施的人。"

"可怜而单纯的修道士,"我想,"可怜的傻瓜。"上帝饶恕我!

塞巴斯蒂安住在专为欧洲人保留的厢房里,所有病床都被低矮的隔板分隔成一个个狭小病室,像是私密单间。他仰面躺着,双手搁在被子上,两眼凝视着墙上唯一的装饰品,一幅宗教题材的石印油画。

"你的朋友。"修士说道。

他慢慢地转过头来看看。

"哟,我以为他说的是库尔特呢。你在这儿干什么,查尔斯?"

他比以往任何时候都消瘦。别人纵酒往往显得肥胖而红润,他

---

[1] 指未受神职的一般信徒。

却变成一副枯瘦憔悴的模样。那位修士离开了我们,我坐在他床边,说起他的病情。

"我有一两天精神错乱,"他说,"我一直以为自己回到了牛津。你去过我的住处吗?你喜欢那地方吗?库尔特还在那儿吗?我不会问你是不是喜欢库尔特,没人喜欢他。说来可笑——没有他,我就没法活下去,知道吧。"

接着我说起他母亲,他一时间静默无语,兀自躺在那儿,凝视着那幅七悲圣母[1]的石印油画,而后说道:

"可怜的妈妈。她真是一个不幸的女人,轻轻一碰,即刻毙命。"

我给朱莉亚拍了电报,称塞巴斯蒂安无法旅行,随后在菲斯待了一星期,每天都去医院探视,直到他渐渐好转能够走动。他体力恢复的第一个迹象,是在我看望他的第二天要喝白兰地。到了第三天,他多少搞了一些,把它藏在床褥下面。

医生说:"你的朋友又开始喝酒了,这里严禁饮酒。我还能怎么办?这里不是一所少年教养院。我没法在病区布置警力。我在这儿是为了治病救人,不是防止他们染上恶习,或是教他们学会自控。白兰地现在对他不会有什么危害。等到下次他生病,这种酒会使他更加衰弱,以后哪天一点小毛病就会送了他的命。这儿可不是酒鬼之家,这个周末他就得走人。"

那个打杂的修士说:"你的朋友今天特别高兴,像是完全变了个人。"

"可怜而单纯的修士,"我想,"可怜的傻瓜。"但是他又补充道:"你知道为什么吗?他把一瓶白兰地藏在床上,这是我发现的第二瓶。我刚拿走一瓶,他又搞到另一瓶。他太不守规矩了。是那几个阿拉伯男孩给他拿来的。不过看见他又很高兴也好,这些日子他可是

---

[1] 天主教有"七悲圣母"画像,画中她胸前插有七把刀,象征圣母的七大悲痛,如逃亡埃及、耶稣之死等。

太难受了。"

临走前的最后一个下午,我说,"塞巴斯蒂安,你母亲已经去世了"——当天早晨我们才获悉这一消息——"你想回英国去吗?"

"这倒是个好主意,从某些方面来说,"他说,"可你觉得库尔特愿意我走吗?"

"看在上帝的份上,"我说,"你总不至于和库尔特过一辈子吧,是不是?"

"我不知道。他好像有意跟我过一辈子。'这样很适合他,我估计,也许吧。'"他模仿库尔特的口音说道。他继而补充的一段话,倘若我稍加留意,便能从中得到我没能想出的谜底;那些话我当时听了,也记住了,只是没往心里去。"你知道,查尔斯,"他说,"等到你一辈子都有人照顾,这是一种多么让你欣慰的变化。当然,这非得是某个绝望之极、需要我照顾的人。"

我在行前能够把他的财务事宜安排妥当。他到这时候日子过得十分拮据,有时发电报给律师索要一点钱。我见了银行分行的经理,安排他在伦敦汇来专款的情况下,先收下塞巴斯蒂安本季度的生活费,每周付给他一笔零用钱,并预留一笔款项应急。此款只能支付给塞巴斯蒂安本人,而且只有在经理认为他有正当用途时方可支付。所有这些塞巴斯蒂安全都欣然同意。

"不然的话,"他说道,"库尔特会趁我喝醉之机让我在一张支票上签名,抵偿他所有的花销,然后溜掉,碰上各种各样的麻烦。"

我把塞巴斯蒂安从医院送回住处。坐在柳条椅上,他似乎比躺在病床上更加衰弱。两个病人,他和库尔特,面对面坐着,中间隔着那架留声机。

"你也该回来了。"库尔特说,"我需要你。"

"你需要我,库尔特?"

"我认为是这样,你病了的时候,我一个人待着,日子可真不好过。那个用人是个懒家伙——总是在我需要他的时候溜走。有一次他在外面待了整整一夜,我醒来后,身边居然没人为我煮咖啡。一只脚上尽是脓可真不好受,好多回我都睡不好。保不准下一回我也要溜走,溜到我能得到照顾的地方。"他拍了拍巴掌,可是没有仆人来。"你瞧见了吧?"他说。

"你需要什么?"

"香烟。我的床底下的袋子里还有一些。"

塞巴斯蒂安开始痛苦地从椅子上站起身。

"我来拿。"我说,"他的床在哪儿?"

"别动,这是我的事。"塞巴斯蒂安说。

"是的,"库尔特说,"我认为这是塞巴斯蒂安的事。"

于是我把塞巴斯蒂安和他朋友留在巷子尽头这座封闭的小房子里。我对他再也帮不上任何忙了。

我原想直接返回巴黎,然而塞巴斯蒂安生活费的事需要解决,意味着我必须去伦敦面见布莱兹赫德。我取道海路,在丹吉尔又搭乘半岛和东方轮船公司的客轮,六月初回到国内。

"你是不是认为,"布莱兹赫德问道,"我弟弟和这个德国人的关系有什么歹毒的成分?"

"没有,我肯定没有。无非是两个天涯沦落人走到一起罢了。"

"你说他是一个罪犯?"

"我说的是'一个类似罪犯的人'。他曾经蹲过军事监狱,后来挺不光彩地被释放了。"

"医生说塞巴斯蒂安是在借助酒精自杀?"

"使自己越来越衰弱。他既不是震颤性谵妄,也不是肝硬化。"

"他没有神经错乱吧?"

"绝对没有。他找到了一个他碰巧喜欢的同伴,发现了一个他碰巧愿意居住的地方。"

"那就依照你的建议,务必让他得到自己的生活费。事情已经很清楚了。"

从某些方面来看,布莱兹赫德倒是一个容易打交道的人。他对任何事物都有一种近乎狂热的绝对把握,因此能够迅速而简练地做出决定。

"你愿意画这栋房子吗?"他忽然问道,"一张画房子的前面,一张画后面的园子,一张画楼梯,一张画大客厅?四小幅油画,这是我父亲想要留下的一份记录,以后保存在布莱兹赫德。我一个画家都不认识,朱莉亚说你是专门学建筑的。"

"好吧。"我说,"我很愿意画。"

"你知道这房子要拆掉吗?我父亲要把它卖掉。他们即将在这儿砌一栋公寓楼。他们打算保留原名——我们显然没法阻止他们。"

"真是一件可悲的事。"

"呃,我当然很难过。可是你认为按照建筑学原理它美观吗?"

"我知道的最漂亮的宅邸之一。"

"我看不出来,我一向认为它很难看。你的画儿兴许能使我用不同的眼光看它。"

这是我第一次应人之托作画。我得抓紧时间工作,因为建筑承包商单等卖方最后签字便开始拆房子。尽管如此,或许正因如此——由于我有在一幅画布上耗时过长的毛病,对画稿从无满意之时——这四幅油画堪称我的得意之作,正是它们的成功,无论在我自己还是旁人看来,奠定了我由此开始的职业生涯的基础。

我首先画那间长形客厅,因为他们急于搬走自客厅建成之时起便一直摆放在里面的家具。这是一间精美对称的亚当[1]式长屋,有两扇凹窗正对着格林公园。下午我动笔作画时,阳光从西边照进房间,被窗外的小树染成鲜亮的绿色。

我用铅笔描出透视图,精心确定各个细部。我从画稿前后退几

---

[1] 罗伯特·亚当(1728—1792),英国建筑师和家具设计师,新古典主义"亚当式"建筑风格的创始人。

步,犹如一个潜水员临水而立;一旦入水,发现自己随即浮起,顿觉精神振奋。我通常用笔缓慢而矜谨;那天下午,第二第三天,我全都画得很快。我不能出任何错。每当一个细部结束,我都略停片刻,心里忐忑,不敢画下一个细部,恰似一个赌徒,唯恐手气变坏,输掉一堆钞票。时间一分一秒地流逝,画面一点一点地逐渐成形。没有什么困难可言,光线和色彩复杂而精细地反复叠加,成为一个整体;调色盘上调出的颜色颇合我意;每一笔刚刚完成,都好像始终存在于画面。

最后一个下午,我刚开始动笔就听见一个声音在背后说:"我可以留在这儿看看吗?"

我回头,见是考德莉亚。

"可以,"我说,"只要你不说话。"接着继续画下去,忘记了她的存在,直到光线变暗,迫使我放下画笔。

"能干这种事情,一定挺有意思。"

我忘了她在那儿。

"是的。"

即便到了此刻,我还是舍不得离开自己的画,尽管夕阳已经西下,室内一片昏暗,景物成了单色。我从画架上取下画,举到窗前,放回原位,再将画上的一片阴影描淡些。而后,一阵倦意蓦地袭上头部、双眼、脊背和胳膊,我遂因天晚而搁笔,身子转向考德莉亚。

她现在十五岁,过去十八个月中间,她个头长得挺高,几乎达到她身高的极限。她不可能具有朱莉亚十足意大利文艺复兴时代的那份妩媚;她修长的鼻子和高耸的颧骨已有少许布莱兹赫德的外形特征;她一身黑服,正在为母亲服丧。

"我累了。"我说。

"你肯定累了。画完了吗?"

"差不多完了,明天还得再改一下。"

"你可知道现在早已过了晚餐时间?如今这里已经没有人做饭

了。我今天才来，没想到这里已经破败到如此地步。你不愿意带我出去吃饭吗？"

我们从花园门出去，进入公园，在暮色中走到里茨·格里尔餐厅。

"你见到了塞巴斯蒂安？他不愿回家，现在还是不愿意？"

我这时才意识到她已经很懂事了，我说是这样。

"唔，我爱他胜过爱任何人。"她说，"马奇家真够惨的，是吧？你知道他们要在这里盖一栋公寓，雷克斯想要一个他称为'顶层公寓'的套间。这是不是挺像他？可怜的朱莉亚。这对她实在太过分了。他完全不能理解；他以为她想留住自己的老宅。所有的事情很快将要完结，是不是？显然爸爸负债累累已经很久了，卖掉马奇府，使他再一次还清债务，并且省下不知道一年多少税款。不过拆掉房子似乎是一件丢脸的事。朱莉亚说，她宁愿房子拆了也不愿意别人住在里面。"

"那你怎么办呢？"

"到底怎么办？有各种各样的建议。范妮·罗斯康芒舅妈要我跟她住在一起。雷克斯和朱莉亚谈到要买下布莱兹赫德的一半，还住在那儿。爸爸不想回来。我们以为他可能回来，可是他没有。

"他们关闭了布莱兹赫德的小教堂。布莱德和主教一起；妈妈的安灵弥撒是那座教堂举行的最后一次弥撒。妈妈入葬以后，那个神父走进小教堂——我一个人待在那儿。我想他没有见到我——拿出那块圣坛石板放进他的袋子里，接着他用圣油引燃了几卷羊毛，然后把灰烬丢弃到外面；他倒空了圣水钵，吹熄了圣坛里的灯，让神龛空荡荡地敞开着，仿佛从今往后将永远是耶稣受难日。我估计所有这些对你没有任何意义，查尔斯，可怜的不可知论者。我待在那儿，直到他走开。霎时间，那里再也没有小教堂了，只是一间装饰得离奇古怪的屋子。我没法跟你说清楚那是什么感觉。你从没参加过熄灯礼拜[1],对吧?"

"从来没有。"

"呃,如果你参加过,就会明白犹太人对于他们的圣殿的感情。寂无人烟的城市就像这样屹立在那里……这是一首很美的圣歌。你应该去一次,单单为了听这首歌。"

"还想让我改变信仰,考德莉亚?"

"哦,不是。那也是过去的事了。你知道爸爸成为天主教徒后是怎么说的吗?妈妈跟我说过一次。他对妈妈说:'你已经使我的家庭恢复了他们祖先的信仰。'言过其实,你知道。信仰对人们的影响是不同的。不管怎么说,家庭不是一成不变的,对吧?他走了,塞巴斯蒂安走了,朱莉亚走了。但是上帝不会允许他们离开很久,知道吧。我不知道你是否记得妈妈在塞巴斯蒂安第一次醉酒的那个夜晚给我们朗读的故事——我指的是那个糟糕的夜晚。'布朗神父'的一句话,大意是'我抓住了他'(窃贼),'用的是一只无形的钩子,还有一条无形的长线,这条线实在是长,纵使他游荡到世界的尽头,只需用力一拽,仍然能把他拉回来'。"

我们很少提到她的母亲。在我们交谈的过程中,她一直在贪馋地吃着,其间有一次说:

"你看到艾德里安·波森爵士发表在《泰晤士报》上的诗了吗?真滑稽:他知道她是最出色的人——他一辈子都爱着她,知道吧——然而这却好像跟她没有任何关系。

"我们家人当中,我跟她处得最好,可我认为我并没有真正爱过她,不像她希望或理应得到的那样。我不爱她,这本身很奇怪,因为我充满了正常的感情。"

"我从来没有真正了解你母亲。"我说。

---

[1] 指(天主教)在复活节前一周最后三天的早课经和赞美经,举行礼拜仪式时将灯烛渐次熄灭。

"你不喜欢她。我有时觉得,每当人们要恨上帝的时候,他们就开始恨妈妈。"

"你这话是什么意思,考德莉亚?"

"喏,你瞧,她像圣徒但却不是圣徒。谁也不可能真正仇恨一位圣徒,不是吗?他们也不可能真正仇恨上帝。每当他们想要恨他和他的圣徒时,他们就得找一个类似于自己的东西,把它想象成上帝并且恨它。大概你觉得这都是信口胡诌吧。"

"我以前也曾听到过几乎完全相同的说法——说的人跟你完全不同。"

"噢,我可是相当认真的。这话我已经琢磨了好多次。这话好像可以解释可怜的妈妈的为人。"

接着这个古怪的姑娘带着恢复如初的馋相继续大吃起来。"我头一回被人单独带进餐馆吃饭。"她说。

而后又说:"朱莉亚听说他们准备卖掉马奇府时说:'可怜的考德莉亚。她终究不能在那儿举办她初进社交界的首场舞会了。'这件事我们过去经常议论——就像议论我当她的女傧相一样——傧相也没有当成。朱莉亚举行舞会时,允许我进场待了一个钟头,和范妮舅妈坐在角落里,当时她说:'再过六年这些你全都会有。'……但愿我已经得到一份神召[1]。"

"我不明白这是什么意思。"

"意思是说你可以当一名修女。如果你没有神召,无论你多么想当修女也无济于事;如果你有神召,你就无法摆脱它,不管你多么讨厌它。布莱德以为他得到了神召,其实他没有。我过去以为塞巴斯蒂安得到了神召,而且讨厌神召——可我现在不知道了。所有的事情忽然间完全变了。"

可是我没有耐心倾听这番有关修道院的无聊闲话。我觉得那天

---

[1] "神召"(vocation),亦可表示职业,故查尔斯有下面的问话。神召即内心感到上帝在召唤他从事教会工作,或过一种虔诚的宗教生活。

下午握在手里的画笔有了灵性，我已经参与了那项饶有趣味的伟大创造。我那天夜晚俨然成了文艺复兴时期的一个人物——勃朗宁[1]的文艺复兴。我曾经穿着热那亚的丝绒衣踽踽独行于罗马街头，曾经用伽利略的望远镜遥看天上的星辰，我藐视托钵僧，藐视他们蒙尘已久的大部头典籍，凹陷而又嫉妒的眼睛，以及晦涩烦琐的讲演。

"你会坠入情网的。"我说。

"哟，但愿不会。我说，你看我能不能再来一块这种美味的蛋白甜饼？"

---

[1] 伊丽莎白·巴蕾特·勃朗宁（1806—1861），英国女诗人，罗伯特·勃朗宁之妻，婚后移居意大利，代表作有《孩子们的哭声》、爱情诗《葡萄牙十四行诗集》等。

# 第三部
## 猛拽一线

# 第一章

我的主题是回忆,一大群长着翅膀的东西,战时一个灰暗的早晨在我的周围飞翔。

这些回忆构成了我的生命——因为我们确定拥有的只是过去,此外一无所有——时刻伴随着我。犹如圣马可广场上的鸽子,它们到处都是,在我的脚下,或是单只,或是成双,或是一群群地聚集,发出悦耳的叫声,点着头,眯着眼,昂首踱步,转动羽毛柔软的脖颈,觑准我驻足不前的当儿栖息在我的肩头;直到正午的炮声骤然响起,随着一阵扑喇喇的拍翅声,人行道上顿时空荡荡的,整个天空黑压压地布满骚动不安的鸽子。这正是战时那个早晨的情形。

我和考德莉亚那天晚上待在一起。在那之后将近十年的死寂岁月里,我被迫沿着一条表面上充满变化与事件的道路前行,但是在这么多年里我从来没有,除了偶尔在我动笔作画期间——而且间隔的时间越来越长——像当年和塞巴斯蒂安保持友谊时那样活跃。我认为我正在失去的是青春,而不是生命。我的工作支撑着我,因为我选择的是能够胜任的工作,一天比一天有长进,而且乐于从事。顺便说一句,这种工作当时其他人谁都不愿尝试。我成了一名建筑画师。

相较于伟大建筑师的作品,我更爱那些默默地历经数百年的建筑物,它们捕捉并保留了每个年代的精华,而时间抑制了艺术家的骄矜和庸才的浅俗,弥补了拙劣工匠的鄙陋。英国盛产这类建筑物,英国人在他们声势显赫的最近十年中,似乎第一次意识到他们原先熟视无睹的东西,并且在其衰败之际开始颂扬自己的成就。因此我的成功并不值得夸耀;我的工作无足称道,只不过技巧渐趋成熟,热衷于表现自己的主题,不被流行见解左右罢了。

这一阶段的经济萧条,使许多画家找不到工作,反倒促进了我的成功,这本身确实是衰微的一个征兆。泉眼干涸时,人们纷纷寻找蜃景里的水源。我首次举办个人画展之后,应邀奔赴全国各地,为那些即将被遗弃或贬值的宅邸画像。的确,我好像经常只是比拍卖商早到一步,成为厄运的前兆。

我出版了三种精美的对开画册——《赖德的乡间别墅》《赖德的英国住宅》《赖德的乡村和地方建筑》,每种发行几千册,每册售价五畿尼[1]。我难得有不能取悦于人的时候,因为我和我的主顾之间并无矛盾,我们双方的目标是一致的。然而,随着岁月的流逝,我开始为马奇梅因府客厅我熟知的某种东西的缺失感到遗憾,自此有一两次我想到艺术激情和单一性,相信它绝非徒手可及——一句话,得靠灵感。

为了寻觅这种日趋衰微的灵性,我以一种老派的方式出国,携带大量本行当所需的用具,在异域环境中生活了两年,更新自己的知识技能。我没有去欧洲,欧洲的艺术珍品很安全,太安全了,受到重重专业保护,被尊崇到暗昧难明的程度。欧洲可以等一等,早晚有机会去欧洲,我想,这样的日子很快就会到来,那时我身边将需要一个人,替我支画架拿颜料;那时我将下榻于一家高档旅馆,不愿夜色已深,晚宴早已结束,又在一家卡巴莱[2]消磨了几个钟头,而后我们终于独自待在旅馆的一间客房里。

"有些信寄丢了。我清楚地记得你在信里说,果园里的水仙是梦

---

[1] 旧时英国金币名。一畿尼等于二十一先令。
[2] 指有歌舞或滑稽短剧等表演助兴的餐馆或夜总会。

中见到的,那个育儿保姆实在难得,那张摄政时期[1]的四柱床是一项最新发现,可是坦率地说,我不记得你说过你给新生婴儿取名卡洛琳,你为什么取这个名呢?"

"随查尔斯嘛,当然。"

"啊!"

"我请伯莎·范·霍尔特当孩子的教母,我以为她准会送一份像样的礼物。你猜她送了什么?"

"伯莎·范·霍尔特鬼点子多可是出了名的。什么礼物?"

"一张十五先令的购书抵用券。既然约翰约翰有了一个伴儿——"

"谁啊?"

"你的儿子,亲爱的。你不会把他也忘了吧?"

"看在基督的面上,"我说,"你为什么这样叫他呢?"

"这是他替自己发明的名字。你不觉得它很好听吗?既然约翰约翰有了一个伴儿,我寻思我们一段时期内最好不要再有一个,你说呢?"

"随你喜欢就行。"

"约翰约翰常常念叨你,他天天晚上祈祷你平安归来。"

她一边这样说着,一边脱掉衣服,竭力显得轻松随意;而后她坐在梳妆台前,用一把梳子梳理头发,赤裸的脊背朝着我,对着镜子打量自己,说道:"我要不要卸妆上床?"

这是我很熟悉而又不喜欢的一句话,她的意思是,她是否应该去除脸上的脂粉,抹上润肤油,戴上发网。

"不要,"我说,"别那么快。"

她知道自己需要的是什么。她做那种事情也有清洁卫生的方式,不过她热情的微笑兼有宽慰和自豪的意味。后来我们分开了,各自

---

[1] 指英国 1811—1820 年乔治三世精神失常后由其子摄政的时期。

231

躺在相隔一二码的两张床上吸着烟。我看了看手表,已经凌晨四点,但是我俩都没有睡意,因为这座城市普遍流行神经官能症,被居民误认为是精力健旺。

"我认为你一点也没变,查尔斯。"

"不错,恐怕是没变。"

"你希望变吗?"

"它是生活的唯一证据。"

"但是你可能会变得不再爱我了。"

"有这种危险。"

"查尔斯,你还没有不再爱我了吧?"

"你自己说我没变。"

"唔,我开始觉得你变了。我没变。"

"没有,"我说,"没变,我能看得出没变。"

"今天我们相见时你有点害怕吗?"

"一点也不害怕。"

"你不想知道我在此期间是否已经爱上了别人?"

"不想知道。你爱上别人了吗?"

"你知道我没有。你呢?"

"没有,我没有恋爱。"

我妻子似乎很满意这个回答。她在六年前我首次画展期间嫁给了我,自那时起致力于促进我们的利益。人们说她"造就"了我,但她只承认为我提供宽松和谐的环境是自己的功劳;她坚信我有天赋和"艺术家的气质",坚信诡秘行事其事无成这条原则。

稍后她说:"盼着回家吧?"(我父亲送我一笔钱作为结婚礼物,足够买一栋住宅,我在妻子的家乡买了一座教区长的老宅。)"我有一件你意想不到的礼物要送给你。"

"是吗?"

"我已经替你把那间旧谷仓改造成了画室,这样你就不会受到孩子们或者家中来人的打扰了。我委托艾姆登负责实施。大家都认为改造得非常成功。《乡村生活》还就此刊登了一篇文章,我买了一份给你看。"

她给我看那篇文章:"……优美建筑风格的绝佳范例。……约瑟夫·艾姆登爵士巧妙利用传统材料,使之适应现代环境的需要……",还有几张照片:泥地上现已铺上宽幅橡木地板;北墙上开了一扇很高的石质直棂的凹窗,巨大的木屋顶以前一直被阴影笼罩,现在桁条之间抹上了洁白的灰泥,轮廓清晰,采光充足,看上去像是一座乡间宅邸。我还记得谷仓原先的气味,如今也该消失了。

"我挺喜欢那个谷仓。"我说。

"可你能够在那儿工作了,不是吗?"

"作画时蹲在地上,周围蛰人的飞虫成团飞舞,"我说,"头顶上的骄阳把画板上的纸张晒得滚烫,有了这样的经历之后,我甚至能在公共汽车顶上绘画。我估计教区牧师会喜欢借这个地方玩惠特牌。"

"有大量工作在等着你。我已经答应了安柯雷奇太太,你一到家就去画安柯雷奇府。那里也要拆了,知道吧——下面砌商铺,上面砌居室的套间。你没想到吧,对不对,查尔斯,你一直画的都是异国建筑,这会毁了你的才情,使你画不了这类建筑。"

"怎么会呢?"

"嗯,完全不同嘛,请别生气。"

"它只不过即将被另一片丛林围住。"

"我完全知道你的感受,亲爱的。乔治王朝协会弄得这么乱,可是我们无能为力……你收到我那封有关博伊的信了吗?"

"收到了吗?信上说什么了?"

(博伊·穆尔卡斯特是她的哥哥。)

"关于他订婚的事。事情全过去了,现在无所谓了,不过我父母亲当时心里可是烦透了。她是个可怕的姑娘。他们只得给她一笔钱才算了事。"

"没有，我从没听说博伊的什么事情。"

"他和约翰约翰现在是特别要好的朋友。看到他俩在一起，真叫人打心眼里高兴。他不管什么时候来，首先把车直接开到老宅那边。他径自走进门里，谁也不睬，只是大声嚷道，'我的小哥们约翰约翰在哪儿？'，约翰约翰跌跌撞撞地从楼上跑下来，他们一起走到小灌木林，在那里玩耍几小时。听到他俩在一起交谈，你准以为他们同龄呐。正是约翰约翰，使他用理智的眼光看待那个姑娘。说正经的，知道吧，约翰约翰可机灵了，他准听到我和妈妈的谈话了，因为博伊下次来的时候他说：'博伊舅舅别跟那个可恶的姑娘结婚，扔下约翰约翰一个人。'就在这天，博伊没经过法庭，用两千英镑了结了此事。约翰约翰对他佩服极了，每件事都要跟他学。这对他们俩都挺好。"

我走到房间那头，再次徒劳地试着调低散热器的温度；我喝了几口冰水，打开窗户，然而，飘入窗内的除了夜晚冷冽的空气，还有隔壁房间收音机里播放的音乐。我关上窗，转身朝妻子走去。

她终于又说开了，带着越发浓重的睡意……"花园里林木茂盛……你种植的黄杨树篱去年长了五英寸……我从伦敦请了几个人整修网球场……当时第一流的厨师……"

随着我们下方的城市渐渐苏醒，我们都睡着了，只是没过多久，电话铃骤然响起，一个两性人似的快活噪音说道："萨沃伊——卡尔顿——旅馆——早安。现在是八点一刻。"

"我没有要求你们叫早，知道吧。"

"对不起。"

"噢，没关系。"

"有事尽管吩咐。"

我开始刮脸，这时妻子在浴室中说道："跟往昔完全一样。我不再担忧了，查尔斯。"

"很好。"

"我本来特别担心两年的时光有可能产生某种变化。现在我知道,我们完全可以从中断的地方重新开始。"

"什么时候?"我问,"什么?我们什么时候中断什么了?"

"当然是你离开的时候喽。"

"你没有想到别的什么事情,不久之前?"

"噢,查尔斯,事情已经过去了,已经没什么了。从来就没有什么事,事情完全过去了,早忘了。"

"我只是想知道。"我说,"我们重新回到了我出国那一天的情形,是吗?"

于是,我们恰好在两年前中断的地方重新开始那天的生活,我的妻子流下了眼泪。

我妻子的温柔和她那英国式的缄默,她细小整齐的白牙,洁净的玫瑰色指甲,天真顽皮的女学生的神态和衣着,身上那些造价不菲、远看好似批量生产的时髦首饰,时常露出的以示答谢的微笑,她对我的遵从,对我个人爱好的热衷,还有一副慈母心肠,每天都要给家里的保姆拍发电报——总之她独具的魅力,使她深受美国人的青睐。当天,我们的客舱里便堆满了裹着玻璃纸的各种礼物——鲜花、水果、糖果、书籍、玩具——全都是她认识不过一个星期的朋友们送的。客舱服务员像育婴堂的修女一样,常常依据礼品的数量和价值判断乘客的身份,因此我们从起航时就倍享尊荣。

妻子登上船后首先想到的是乘客名单。

"这么多的朋友,"她说,"这趟旅行一定很有意思。今晚我们举办一场鸡尾酒会吧。"

升降口扶梯刚撤走,她就开始忙着打电话。

"朱莉亚。我是西莉亚——西莉亚·赖德。发现你也在船上,我真高兴。你一直在做些什么呢?今晚来这儿参加鸡尾酒会吧,好好跟我说说。"

"哪个朱莉亚？"

"莫特拉姆。我好多年没看见她了。"

我也多年没见她了。事实上，自从我婚礼那天起，我就再也没有见过她的面；自从我个人画展的预展举行以后就再没跟她说过话。在那次画展上，由布莱兹赫德出借的四幅马奇ं因府内景油画悬挂在一起，倍受观者瞩目。这四幅画是我与弗莱特家的最后联系。经历了一两年来往密切的生活后，我和他们截然分开了。我知道塞巴斯蒂安仍在国外；雷克斯和朱莉亚呢，我有时听说他俩在一起并不幸福。雷克斯并不像原先预料的那样仕途顺利，而是一直处在政界的边缘，虽然有些名望，却令人隐隐生疑。他生活在富豪们当中，但在演讲中又似乎倾向于革命政策，同时与共产主义者和法西斯主义者暗通款曲。我经常在谈话中听到莫特拉姆夫妇的名字；当我随意翻看报纸不耐烦地等候某人时，也会偶尔在《闲话报》上瞥见他们的名字，但是我和他俩早已形同陌路。人们在英国，只有在英国，才能这样各自处于彼此隔离的两个世界，两个人际关系单纯独立旋转的小小星球——物理学上或许可以找到一个贴切的比喻说明这个过程，我隐隐约约地认识到——通过带能量的粒子在不同的磁力体系中组合和重新组合的方式。这个比喻对于一个有把握谈论这些事的人很适用；对我并不适用。我只能说这类知己故交的小圈子在英国比比皆是，即以我自己和朱莉亚的情形而论，我们可能住在伦敦的同一条街上，有时可能同时看到几英里外乡间的地平线，可能彼此互有好感，有些牵挂对方的命运，甚至为我们彼此的分隔感到惋惜，而且知道我俩无论是谁只消拿起电话筒，即可倚着枕头跟对方说话，享受见面时分的欢愉，享受那随之而来的早晨的橙汁和阳光，但却不能这样做，因为我们受到各自星球的向心力和冷寂的星际空间的双重制约。

我妻子坐在散乱堆放着玻璃纸和丝绸缎带的沙发背上，继续打电话,兴致勃勃地查阅旅客名单……"是的,当然要带他来,我听说他很可爱……是的,我终于把查尔斯从蛮荒之地带回来了,真够好的吧……在登记表上见到你的名字真是高兴!这使我的旅程……亲爱的,我们也住在萨沃伊-卡尔顿旅馆。我们怎能漏掉你们呢?"……她时而转身朝我说:"我得弄清楚你是否真的还在那里,我到现在还没习惯呢。"

我沿阶而上走出舱门,这时客轮正缓缓地顺流行驶,旅客们站在几个大玻璃罩前注视着陆地慢慢后移,我来到其中一个之前。"这么多的朋友。"妻子刚才这么说。他们在我眼里是陌生的一群人,离别时分心头涌动的激情正在逐渐平息,其中一些人与送行者饮酒话别到最后一刻,他们此时依然心潮难平;其他人在盘算哪里能够弄到甲板座椅。乐队的演奏难以被人觉察——所有人都像蚂蚁一样乱哄哄的。

我转身依次走进几个娱乐厅,全都很大而没有任何华丽装饰,仿佛最初设计的是一节火车车厢,而后又被愚蠢地扩大了若干倍。我经过一道青铜巨门,上面刻着其薄如纸欢跃嬉戏的亚述国的野兽;我脚踩着色如吸墨纸的地毯;彩绘壁板也像吸墨纸一样——是幼儿园手工制品那种单调的浅灰色——四个墙角镶满一码一码未经木工斫凿的木片,这些木片,经过汽蒸、挤压和抛光再被扭弯,不露痕迹地一片片拼接起来;吸墨纸似的地毯上胡乱摆放着好几张桌子,大概是卫生设备工程师设计的,还有许多正方形实心木块,带有供人入座的凹痕,上面的垫子似乎也是吸墨纸的颜色;大厅的灯光从几十个洞孔中散发出来,光线均匀,没有投下阴影——整个大厅回荡着上百只排气扇的嗡嗡声,并且随着下面几部巨型发动机的工作而颤动。

"我回来了,"我想,"从密林里归来,从废墟中归来。这儿,财富不再光彩夺目,权力不再具有尊严。寂无人烟的城市就像这样屹立在那里。"(我以前曾经听到这句伟大的赞美诗,一次是考德莉亚在马奇梅因府的客厅里为我引用的,另一次是将近一年前危地马拉一个混血儿唱诗班吟唱的。)

一名客舱服务员走到我面前。

"您需要什么吗,先生?"

"一杯威士忌苏打水,不要冰镇的。"

"对不起,先生,所有的苏打水都是冰镇的。"

"水也是冰镇的吗?"

"哦,对,先生。"

"嗯,没关系。"

他疾步走开,在响彻大厅的嗡嗡声中困窘而无声地离去。

"查尔斯。"

我回头朝后面看去。朱莉亚正坐在一块吸墨纸似的方垫上,双手交叠于膝上,十分安静,因此我刚才经过时没有注意到她。

"我听说你在这儿,西莉亚打电话告诉我的,心里真高兴。"

"你在做什么呢?"

她摊开搁在膝上的空空的双手,做了个含意丰富的小小手势。"等候。我的女仆正在开箱取东西,自打我们离开英国以来,她总是别别扭扭的。现在又开始抱怨我的客舱。我不明白这是为什么。我瞧着挺顺眼嘛。"

那个服务员回来了,端着一瓶威士忌和两只杯子,一杯是冰水,一杯是开水。我把酒和水兑到合适的温度。他眼里瞧着,嘴上说:"我得记住你是怎么兑酒水的,先生。"

大多数乘客都有自己的特殊嗜好。他受雇于人,正是为了助长乘客的自尊心。朱莉亚要了一杯热巧克力。我挨着她坐在另一个方形木块上。

"我现在根本看不见你。"她说,"我好像从来看不见自己喜欢的人。我不知道这是为什么。"

但她说话的语气像是仅仅隔了几周,而不是时隔多年不见;也好像我们在别离以前已经是挚友似的。我和她的不期而遇,完全不同于这类意外相逢的普通经历,因为我们发现时间已经筑牢了自己的防线,掩饰了薄弱环节,在所有的路上布下了地雷阵,除去几条频繁行走的道路以外,因此,我们往往只能从乱糟糟的电线的一头,向对方发生一个信号。我和她正是这样,以前从来不是朋友,此时却以长期保持的亲密关系在此相遇。

"你在美国都做些什么呢?"

她从巧克力杯上方慢慢抬起头,那双妩媚而严肃的眼睛直视我的眼睛,说道:"你不知道?那我改天再告诉你吧。我真是个傻瓜。我以为自己爱上了什么人,可结果却不是那样。"我的思绪回到十年前布莱兹赫德的那个夜晚,这个胳膊腿细长的可爱姑娘,仿佛被人从育婴室带进房间待了一小时,由于没有受到成年人的关注而恼怒,她当时说:"我也在让人担心呢,知道吧。"我当时想,"这些姑娘利用她们的恋情把自己的身价抬得多高啊。"现在我很少这样想了,虽说已经有了足够的资格。

现在情形不同了,她说话的态度里只有谦卑、友善和坦诚。

我很想对她的信任做出回应,做出某种认可的表示,但是在我单调而多事的最近几年里,实在是乏善可陈。我只好说起我在丛林中度过的日子,说起我遇见的滑稽人物,我游历的胜地遗址,可是我怀着重温旧谊的心情,故事讲得断断续续,最后猝然中止。

"我渴望看到那些油画。"她说。

"西莉亚想让我取出几张画挂在客舱里,作为鸡尾酒会的装饰。我不能那么做。"

"对了……西莉亚还是那么漂亮吗?我一向认为,她在那些跟我同龄的姑娘中间是最秀气的一个。"

"她没变。"

"你变了,查尔斯,变得如此消瘦而冷峻,完全不是塞巴斯蒂安当年带回家的那个俊小伙了,也更强硬了。"

"而你更温柔了。"

"是的,我也这么觉得……而且现在很有耐性。"

她还不到三十岁，但她自身蕴含的美的潜质已尽显无遗，正臻于极致。她已不复当年那胳膊腿细长的时髦形象；她那我曾觉得带有文艺复兴时期特征的脑袋，当年稍稍有些碍眼地长在她肩上，如今真正成了她自身的一部分，完全不像佛罗伦萨女人；她与绘画或其他艺术或她本人除外的任何事物都没有任何关联。因此要对她的美貌详加分析说出名目将是枉费气力，因为美是她的特质，只有在她身上，得到她的认可，通过我即将对她产生的爱情，才有可能意会。

岁月还造成了另一种变化，没有为她露出蒙娜丽莎诡秘而得意的微笑；岁月不仅是"七弦竖琴和长笛的声音"，她为此感到悲哀。她似乎在说："瞧着我，我尽了自己的本分。我很美，我的美是一种非同寻常的美。我为快乐而生，可我从中得到了什么呢？我的报偿在哪儿呢？"

这就是她十年来身上发生的变化，这其实就是她的报偿，这种难以消逝、富于魔力的伤感情绪，它直接向心灵倾诉，令人沉默无语；这是她美的极致。

"也更伤感了。"我说。

"哦，不错，伤感得多了。"

两小时后我回到客舱，发现我的妻子情绪高涨。

"我只得做好所有准备。看上去怎么样？"

我们没有额外花钱就可以使用一套宽敞的舱房，一套特别大的舱房，实际上平时除了轮船公司董事以外难得有人预订，在大多数航行途中，事务总长承认，只给他希望致以敬意的旅客使用。（我妻子善于捞取这类小小的实惠——首先凭借她的美貌和我的名望打动那些很吃这一套的人，优势一经确立，迅即换成一副几近轻佻的友好姿态。）为了表示谢意，她邀请事务总长出席我们的酒会，事务总长呢，为了表示自己的谢意，事先送来一尊与实物体积相当的天鹅塑像，这尊塑像用冰浇铸成形，里面填满了鱼子酱。这件冷冰冰的奢华礼品，耸立于中央一张桌子上，俯视着整个房间，它开始慢慢融化，从喙部滴下的冰水落入盛它的那只银盘内。当天早晨送来的鲜花尽量遮住墙上的上镶板（因为这间客舱等于是上面那个怪异大厅的缩微模型）。

"你得赶紧换礼服了。这半天你在哪儿？"

"跟朱莉亚·莫特拉姆聊天。"

"你认识她？噢，当然，你过去是她那个酒鬼哥哥的朋友。天哪，她那魅力！"

"她也很欣赏你的美貌。"

"她曾经是博伊的一个女朋友。"

"不至于吧？"

"他一直这么说。"

"你可曾想过，"我问道，"你的客人们怎么吃这些鱼子酱啊？"

"想过了，是不好办。不过这儿全是。"——她让我看几个托盘上光亮透明的美味珍馐——"不管怎么说，人们总有办法在酒会上吃东西。你还记得我们有一次用一把裁纸刀吃罐装小虾吗？"

"我们这样吃过吗？"

"亲爱的，就是在你提出这个问题的晚上。"

"根据我的记忆，是你提出的。"

"唔，我们订婚的那个晚上。可是你还没有说你觉得这些安排怎么样。"

她所说的安排，除了天鹅和鲜花以外，还包括两个服务员，一个已经困在临时柜台后面无法脱身，另一个手里端着托盘，相对比较自由。

"一个电影演员的梦想。"我说。

"电影演员们，"妻子说，"这正是我想谈论的话题。"

她同我一起来到化妆间，利用我换装的时间跟我说话。她此前已经想到，既然我的兴趣在建筑方面，那么我的专长理应是电影布景设计,于是她邀请了两位好莱坞巨头光临酒会,希望我能博得他们的欢心。"

我们回到起居室。

"亲爱的,我相信你很反感我的这只鸟,只是别在事务总长面前做出讨厌它的样子,他想到这个已经很不错啦。再说,你知道,如果你在描述16世纪威尼斯一场宴会的文字中看到天鹅,准会说生活在那样的年代真了不起。"

"16世纪的威尼斯,天鹅的形状也该略有不同。"

"圣诞老人来啦。我们对你的天鹅简直喜欢得要命。"

事务总长走进客舱,和我们用力地握手。

"亲爱的西莉亚夫人,"他说,"如果你明天愿意穿上最保暖的衣服,随我进冷库探险,我会让你见到一整条装着这种吃食的挪亚方舟。烤面包片稍后就来,他们正在给它加热。"

"烤面包片!"我的妻子嚷道,仿佛这是饕餮之徒做梦也想不到的什么美味,"你听见了吗,查尔斯?烤面包片。"

客人们很快开始来到这里,没有任何事情耽搁他们。"西莉亚,"他们说,"好大的客舱,好大的天鹅哟!"虽说这是客轮上最大的客舱,没多久就变得拥挤不堪,他们开始把烟蒂扔进现已积聚在天鹅周围的一泓冰水里熄灭。

依照水手们的惯例,事务总长预言暴风雨将临,于是造成了一阵骚动。"你怎能如此狠心?"我妻子问道,声音里透出些许逢迎巴结的意味,仿佛是在暗示我们,不仅是客舱和鱼子酱,而且还有风浪,统统听候他的调遣。"不管怎么说,暴风雨总不至于影响这样一艘客轮,对吧?"

"也许会使我们稍稍受阻。"

"可它不会让我们晕船吧?"

"那得看你是不是习惯乘坐海轮。我在风暴中总是晕船,从小到大一贯如此。"

"这我可不信,他这是在故意折磨人。快到这儿来,我给你看一样东西。"

那是一张她两个孩子的近照。"查尔斯还没见过卡洛琳呢,他不会乐得浑身颤抖吗?"

酒会上没有我的朋友,可我认识其中三分之一的客人,我跟他们客客气气地聊天。一个年长的妇人对我说:"你就是查尔斯啊。我觉得我已经完全了解你了,西莉亚谈了你那么多的情况。"

"完全了解。"我想,"完全了解可是一个漫长的过程啊,太太。我心里那些支配自身行为的隐秘部位,我都无法找到,你真能发现吗?你能否告诉我,亲爱的斯托伊弗桑特·奥格兰德夫人——我想如果我没听错,我妻子是这样称呼你的——为什么就在此刻,我和你在这里谈我即将举行的展览,心里却始终惦记着朱莉亚何时能来呢?为什么我能这样跟你聊天,跟她却不能呢?为什么我已经将她与世人隔绝开来,把我自己和她摆在一起呢?被你妄加揣度的我隐秘的内心世界,到底正在发生什么呢?你在编造些什么呢,斯托伊弗桑特·奥格兰德夫人?"

朱莉亚还没有来,这个因其太大无人租用的房间,此刻显得太小,里面二十个人的噪声,抵得上一大群人的喧嚣。

接下来我见到一桩怪事。那边有一个满脑袋红发的矮小男人,似乎没人认识,一个邋里邋遢的家伙,完全不像我妻子的客人那种类型。他站在鱼子酱边不停地吃了二十分钟,速度之快实不亚于一只野兔。此刻他用手帕捂了捂嘴,显系一时心血来潮地俯身向前,轻轻擦拭天鹅的喙,抹掉一滴正凝聚在喙部颤颤欲坠的水珠。而后,他偷偷地环顾一下屋子,想知道自己是否引起了旁人的注意,刚与我的目光相遇,便神经质地咯咯笑出了声。

"早就想这么做了。"他说,"我跟你打赌,你不知道一分钟落多少滴。我知道,我数过了。"

"我说不出来。"

"猜猜看。你错了就给六便士；你猜着就拿半美元。很公平。"

"三滴。"我说。

"嘀，你真机灵，准是自个儿一直在数吧。"只是他没有露出半点付钱的意思，而是说："你是怎么算出来的呀。我是一个生长在英国的英国人，不过这是我头一回乘船在大西洋上航行。"

"你大概是坐飞机出来的吧？"

"不对，不是坐飞机。"

"那我猜你是环绕地球，横跨太平洋过来的。"

"你脑瓜真灵，没错儿。我已经为这个问题和别人争得不可开交啦。"

"那你走的哪条航线呢？"我问道，很想顺着他的心思说话。

"噢，以后再说吧。好啦，我得赶紧溜啦。再见。"

"查尔斯，"妻子说，"这位就是克拉姆先生，星际电影制片公司的。"

"你就是查尔斯·赖德先生。"克拉姆先生说。

"正是。"

"好的，好的，好的。"他稍顿了顿，我等待着。"这儿的事务总长说我们就要遭遇恶劣天气，你对这一点了解多少呢？"

"远远不及事务总长。"

"请原谅，赖德先生，我不太理解你的意思。"

"我是说我知道的不如事务总长多。"

"是这样吗？好的，好的，好的。我感到我们聊得很投机。我希望有了这第一次，还将有许多次。"

一个英国女人说："噢，这只天鹅！我在美国待了六星期，现在对冰已经感到惧怕不已。一定跟我说说，时隔两年与西莉亚重逢是什么感觉？我知道我肯定觉得像是很不恰当的婚礼。不过西莉亚从没摘下戴在头上的香橙花，是不是？"

另一个女人说："嘴上说再见，心里明白我们过半小时又会见面,而且连续多天每隔半小时见一次面,这岂非美事?"

客人们开始陆续离去,每一位客人临走时都告诉我,我的妻子已经答应过些时候带什么给我。今晚的话题是我们应该经常聚聚,我们已经形成了那种只有物理学家才能阐明的分子体系。最后那只天鹅也用推车运走了,我对妻子说:"朱莉亚一直没来。"

"是没来,她打过电话了。我听不清她说些什么,当时的噪音实在太响了——大概为了一件衣裳吧。真够幸运的,这儿连再来只猫儿也容纳不下了。酒会挺好的,不是吗?你很讨厌它吗?你举止优雅,气派高贵。你那位红发好友是谁呀?"

"不是我的好朋友。"

"这可太奇怪了!你跟克拉姆先生提到去好莱坞工作的事了吗?"

"当然没有。"

"唉,查尔斯,你真让我担心。仅仅站在那儿,摆出尊贵的气派和为艺术牺牲的姿态,这是不够的。咱们去吃晚饭吧。我们和船长同桌。我估计他今晚不会下来吃饭,不过出于礼貌应该守时。"

我们来到餐桌前,发现其他客人都已就位。船长那张空着的椅子两侧分别坐着朱莉亚和斯托伊弗桑特·奥格兰德夫人;除了她们以外,还有一位英国外交官和他的夫人,参议员斯托伊弗桑特·奥格兰德,一位美国牧师,此时孤零零地坐在两对空着的椅子之间。这位牧师后来把自己说成是——似乎纯系多余——一位主教制教会的主教。餐桌旁夫妻都是挨着坐的。尽管服务员试图让我们在他的引导下入座,我的妻子速做决断,挨着上议员坐下,我坐在主教旁边。朱莉亚朝我们微露苦相,聊表心里的同情。

"鸡尾酒会伤透了我的心,"她说,"我那可恶的女仆和我所有的衣服统统消失了。她半个小时前才回来,她一直在打乒乓球。"

"我刚才告诉参议员他没看到哪些人,"斯托伊弗桑特·奥格兰德夫人说,"无论西莉亚在哪里,你都会发现,所有的重要人士她全都认识。"

"在我右边,"主教说,"预计会来的是一对很有身份的夫妻。他们平时都在自己的客舱里用餐,除非事先接到通知说船长将来这里。"

我们这个圈子里全是讨嫌乏趣的人,就连我妻子高涨的社交热情也低落了。我不时听到她零散、片断的谈论。

"……一位满头红发身材矮小的非凡男士,相貌酷似福尔诺夫船长。"

"但是照我的理解,你是说,西莉亚夫人,你与他并不相识。"

"我是说他像福尔诺夫船长。"

"我有些明白了。他假冒你的这位朋友,是为了参加你的酒会。"

"不,不。福尔诺夫船长只是个滑稽角色。"

"这个人身上好像没有任何特别有趣之处。你的朋友是一位喜剧演员吗?"

"不是,不是。福尔诺夫船长是一家英国报纸上的虚构人物。知道吧,就像你们的'暴突眼'。"

参议员放下手中的刀叉。"简明扼要地说:一个冒名顶替者前来参加你的酒会,受到你的欢迎,因为他和一部动画片里的一个虚构人物有一种想象出来的相似之处。"

"是的,我想的确是这样。"

参议员瞅着他妻子,仿佛在说:"重要人士,嘿!"

我听见餐桌对面的朱莉亚正在跟那位外交官交谈,试图为他解释清楚她的匈牙利和意大利表兄妹之间的婚姻关系。一颗颗钻石首饰在她头上和手指间闪烁着亮光,她的手指却神经质地搓揉着几个小面包球,她那珠宝映衬下的脑袋绝望地低垂着。

主教对我说起他的巴塞罗那之行担负的友好使命……"一项非常非常有价值的清理工作已经完成,赖德先生。在更广阔的基础上重建的时机已经来临。我为自己确定的目标是,促成所谓的无政府主义者和所谓的共产主义者的和解,以此作为目标,我和我的委员会已经吃透了现存所有关于这一问题的文献资料。我们的结论,赖德先生,得到一致赞同。两种意识形态之间没有根本的分歧。这是性格问题,赖德先生,凡是性格造成的分歧,性格也能够弥合……"

我听到餐桌另一边有人说:"我能否冒昧地问一句,你丈夫的长途考察受到什么机构的资助?"

外交官夫人勇敢地跨过那道将她和主教相隔绝的鸿沟,与他攀谈起来。

"你到了巴塞罗那,将说哪一种语言呢?"

"理性和兄弟情谊的语言,夫人,"而后转向我,"下一个世纪,人们说话将通过思想而不是借助语言。你不同意吗,赖德先生?"

"同意。"我说,"同意。"

"语言是什么呢?"主教说。

"到底是什么呢?"

"无非是传统符号罢了,赖德先生,这是一个恰当地怀疑传统符号的时代。"

我只觉得一阵晕眩;经历了我妻子那鹦鹉窝般狂躁的酒会和情绪难以揣摸的下午,目睹了她在纽约的纵情享乐,此前我又在雾气弥漫绿荫浓重的丛林地带孤寂地度过了几个月,眼前这些更是难以忍受。我感到自己像是荒原上的李尔[1],像是那个被狂徒逼入绝境的马尔菲公爵夫人[2]。我呼唤着疾风骤雨——仿佛凭借了魔术,我的要求迅即得到了满足。

有一阵,虽说我当时并不知道是不是神经紧张造成的幻觉,我

---

[1] 莎士比亚悲剧《李尔王》中的主人公。
[2] 英国作家约翰·韦伯斯特(1580?—1625?)所著同名悲剧中的主人公。她在丈夫死后,下嫁其仆人安东尼奥,因而受到她两个兄弟的残酷迫害。

感到一种持续反复不断增强的运动——这间宽大餐厅的骤然起伏和颤动,犹如一个正在熟睡的男人的胸脯。这时妻子转向我说:"要么是我有些醉,要么就是风暴来了。"甚至没等她把话说完,我们发现自己连同坐着的椅子陡然侧倾;摆放在墙边的餐具哗啦一声丁零当啷地掉落于地,我们餐桌上的酒杯全被掀翻,在桌面上滚动,我们每个人都使劲稳住盘子和餐叉,用各自不同的眼神瞅着别人,外交官夫人眼里是明显的恐惧,朱莉亚的眼里则是欣慰。

在我们这个禁锢隔绝的世界听不见看不到也感觉不出的八级大风,在我们头顶上方呼啸了一小时后,现已掉转方向,朝我们的船头猛地袭来。

剧烈的碰撞声过后是沉默,继而又是一阵神经质的高声痴笑。服务员用餐巾遮住一摊摊泼溅出来的葡萄酒液。我们很想继续交谈,可是都在等待,恰似那个肤色姜黄的矮小男人先前盯着水滴渐渐饱胀直至从鹅喙坠落,等待着下一次巨大的撞击;等来的撞击比上一次更猛烈。

"我该向你们诸位告辞了。"外交官夫人说着站起身。

她丈夫领着她返回自己的客舱。餐厅顿时空了许多,很快只剩下我和妻子及朱莉亚待在桌边,朱莉亚仿佛与我心灵相通似的说,"就像李尔王一样"。

"只是我们每人就完全是他们三人。"

"你这话什么意思?"妻子问道。

"李尔、肯特、弄臣[1]。"

"哦,亲爱的,好像又要再来一遍那场令人痛苦的福尔诺夫式的谈话,别再解释了。"

"我不知道我是否解释得了。"我说。

又一次跃升,又一次猛然跌落。服务员忙着扣紧系牢物品,关

---

[1] 均为《李尔王》中的人物。李尔王在暴风雨中奔向荒野后,好心的肯特伯爵找到了李尔王及随侍他的弄臣。

上门窗,赶紧拿走那些放立不稳的饰物。

"好哇,我们已经吃完晚餐,树立了英国人气度从容的一个典范。"妻子说,"我们去看看情况怎么样吧。"

我们三人一起前往娱乐室,其间有一次,我们得同时紧紧搂住一根柱子。我们走到那里,发现室内几乎空无一人;乐队奏着舞曲,可是没人跳舞;里面摆了几张专供乘客玩汤博拉[1]的桌子,但是没人买一张票,这艘船的高级职员养成了一种特殊嗜好,动辄利用下级船员的各种行话报数——"漂亮的十六,亲嘴没轮上——房门钥匙,二十一——咔嗒——咔嚓,六十六"——此时正和几个同事悠闲地聊着天;吸烟室里有二十来个分散坐着读小说的人,几桌人在打桥牌,几个人在吸烟,还有几个在喝白兰地,只是我们两小时前的客人都不见了。

我们三人在空荡荡的舞池旁坐了一阵。我妻子的点子多,按照她的主意,我们可以挪到餐厅的另一张桌上而不显得失礼。"去饭馆可就太蠢了,"她说,"完全一样的饭菜,还得额外付钱。反正只有拍电影的人才去那儿,我不明白我们干吗非去那儿不可。"

稍后她又说:"风浪害得我脑瓜疼,我还感到疲倦,真的,我去睡了。"

朱莉亚和她一起走了。我在船上随意走动,在一层带有顶篷的甲板上,狂风怒号,苍茫的大海上涌起的巨浪,撞击着玻璃隔板,白色和褐色的泡沫飞溅;舷梯口有人把守,阻止旅客走上露天甲板。于是我也往下走。

在我的梳妆室里,所有易碎物品都已收起藏好,通向客舱的门敞开着,拴在铁钩上,我妻子从里面发出悲哀的呼喊。

"我觉得好可怕。我不知道这么大的船也会这样颠簸。"她说着,眼里满含惊愕和怨恨,就像一个产妇临盆之际终于意识到,无论这

---

[1] 即"翻筋斗"赌戏,尤指在游乐会上进行的一种从旋转着的鼓中抽彩票的抽彩给奖法。

家私人产科医院多么豪华舒适,无论医生的收费多么昂贵,她分娩的痛苦都不可避免。这时客轮的起伏变得很有规律,有如分娩时感受的阵痛。

我睡在隔壁,或者确切地说,我躺在那儿蒙蒙眬眬,似睡非睡。如果躺在狭窄的铺位上,褥垫又硬,我可能睡得安稳,可是这里的床铺全都宽大而又胀鼓鼓的。我把能够找到的床垫全都搜集起来,试着把自己牢牢夹住,可是整整一夜,我随着船的每次摇晃和旋转而翻身——这时的船不仅上下颠簸,而且左右摇晃——我的头脑里回荡着嘎吱嘎吱嘭啪嘭啪的声音。

破晓前一小时,我妻子幽灵般出现在门口,用双手抵住门两侧,以此支撑自己,说:"你醒了吗?你能不能做点什么?能不能到医生那儿取点药来?"

我按铃叫来夜班服务员,他配了一剂药,她服下后舒坦了一些。

我整夜都在半睡半醒之间时时想着朱莉亚,她在我短暂的梦境里变幻成一百种怪异可怖而又淫荡的外形,及至我醒来,脑海里重新浮现出她那满脸哀怨、头上珠宝生辉的相貌,恰似我在晚餐桌上见到的她。

看到天上的第一抹晨光,我接着睡了一两个小时,醒来时神志清晰,并且萌生了一种快乐的预感。

狂风已经稍稍减弱,服务员告诉我说,但是依然刮得很猛,海面波涛汹涌。"再也没有什么比汹涌巨浪比,"他说,"更使乘客扫兴的了。今天想吃早餐的人可是不多。"

我进去看了看妻子,发现她还在睡,便随手关上我们之间的那道门;接着我开始吃鲑鱼、青豆洋葱蛋烩饭和冷布雷登火腿,而后打电话叫理发师来给我理发。

"起居室里有太太的不少东西,"服务员说,"我是不是暂时把东西留在那儿？"

我走过去察看。原来是船上商店送来的第二批玻璃纸包装的大小包裹，有些是纽约的朋友通过电报订购的，只是他们的秘书没有将我们离开的消息及时告知，有些则是我们的客人离开鸡尾酒会时购买的。今天可不是瓶里插花的日子，我吩咐服务员把花束都留在地板上，转念一想，连忙摘掉克拉姆先生送的玫瑰花上的名片，叫服务员把花儿连同我的爱给朱莉亚送去。

理发师给我刮脸时她打来电话。

"你做了一件多么令人遗憾的事，查尔斯！这可不像你啊！"

"你难道不喜欢吗？"

"这种天气我有玫瑰花又能干什么？"

"嗅嗅花香。"

对方一阵沉默，接着响起拆包的窸窸窣窣声。"这些花根本没有一点香味。"

"你早餐吃的什么？"

"麝香葡萄和罗马甜瓜。"

"我什么时候能见到你？"

"午餐前。我这里有一位女按摩师，直到午餐前才可以走开。"

"女按摩师？"

"是的，是不是很奇怪？我以前从没请过按摩师，除了有一回打猎时伤了肩膀以外。一条船上人人摆出一副电影明星的派头，到底想怎么样？"

"我可没有。"

"这些令人尴尬的玫瑰花是怎么回事？"

理发师异常娴熟地干着活儿——的确是手脚麻利。他的站姿酷似芭蕾舞中的一名剑客，时而用这只脚站立，时而换用另一只脚尖。他轻巧地弹去刀刃上的皂沫，趁着轮船恢复平稳之际继续刮我的下巴——我肯定连一把保险剃刀都不敢用来刮脸。

251

电话铃又响了。

是我的妻子。

"你好吗，查尔斯？"

"感到疲倦。"

"你不过来看我吗？"

"我来过一次。我这就再来。"

我把起居室的鲜花带给她；她已经在客舱里营造出产科病房的氛围，就差这些花了；那位女服务员身穿上过浆的亚麻布衫，带着助产士的神态，镇定自若地端立于床边，活像一根石柱。妻子从枕头上转过头来，露出惨淡的微笑；她伸出一只裸露的胳膊，用指尖轻轻蹭着这最大花束外面的玻璃罩纸和缎带。"这些人可真好。"她淡淡地说，仿佛这场八级大风只是她个人蒙受的不幸，世人正怀着爱心纷纷对她表示慰问。

"我以为你还没起床呢。"

"哦，起来了，克拉克太太可真好。"她总是很快知道用人的名字，"别太麻烦了，有时过来跟我讲讲外面的情形就行。"

"哦，哦，亲爱的，"女服务员说，"今天我们还是尽量少受打扰为好。"

就连自己的晕船，我妻子都似乎把它搞得像一场庄严的女性仪式。

朱莉亚的舱房，我知道，就在我们下面一层的什么地方。我在主甲板舷梯旁等着她，她上来后我们绕着散步甲板走了一圈；我扶着栏杆；她挽着我的另一只胳膊。甲板上行走不易，隔着湿淋淋的玻璃护板，我们看到一个灰天黑水的畸形世界。当船猛烈地摇晃时，我扳转她的身体，让她用另一只手握住栏杆。狂风的呼啸减弱了，可是整艘船在巨大的张力之下吱嘎吱嘎作响。我们又走了一圈，朱莉亚说："不对劲。那个给我按摩的女人手法太重，我总是觉得浑身乏力。我们坐下来吧。"

娱乐室的两扇青铜门已经挣脱了拴住它们的挂钩,此时正随着船的左右摇晃来回开合:有节奏地而又似乎不可抗拒地先是这扇随即另一扇,开启而后复又关闭;每次开启之后略作停顿,接着慢慢移动,随着一声响亮的撞击倏地牢牢关上。通过这两扇门并没有多大危险,除非你动作失误,挨到那飞快的最后一击;你有足够的时间从容走过两扇门,只是这个庞大而失控的金属物体来回摆动,令人望而生畏,心虚胆怯者见状,有可能畏缩不前,或者迫不及待地跨过去。我觉得朱莉亚的手稳稳地挽住我的胳膊,知道有我走在她身边,她心里全然无惧,我为此感到高兴。

"妙极了。"坐在不远处的一个男人说,"我承认我是从另一条路绕过来的。不知怎的,我不喜欢这两扇门的形状。他们整个上午都在设法固定两扇门。"

那天上午我们附近只有寥寥数人,他们似乎出于一种彼此敬重、惺惺相惜的心态聚在一起;他们只是愁闷地坐在扶手椅里,偶尔喝一两口酒,为了没有晕船而互相道贺。

"你是我今天见到的第一位夫人。"那个男人说。

"我很幸运。"

"我们都很幸运。"他说,随着我们脚下吸墨纸颜色的地板陡然下沉,他做了个起先弯腰继而侧身前倾双膝触地的动作。船体的这次剧烈晃动,把我们从他身边甩出老远,我俩紧挨在一起,依然站住了脚,赶紧坐在被顺势甩出之后落脚的地方,甲板上远离旁人的另一侧;娱乐室里已经拉起一条条横贯其间的救生索,我们像是一对拳击手,置身绳索拦隔的拳击场内。

服务员走过来:"还是通常喝的酒,先生?威士忌兑温水,我想是吧。夫人喝点什么?喝点香槟好吗?"

"你可知道,事情坏就坏在我总是非常喜欢喝香槟。"朱莉亚说。"何等的人生享乐——玫瑰花,让一个女拳击手按摩半小时,现在又喝香槟!"

"但愿你别再提什么玫瑰花了。它一开始也不是我的主意,是人家送给西莉亚的。"

"噢,这可完全不一样。它充分暴露了你的内心思想,不过它使我按摩时的感觉更加糟糕。"

"我当时坐在床上让人刮脸呢。"

"我喜欢那些玫瑰。"朱莉亚说,"坦率地说,它们让我吃了一惊。花儿使我想起我们一开始就出了纰漏。"

我理解她话里的意思,觉得我在那一刻抖落了冰冷十年岁月的一些积灰和沙粒;那一刻和平时一样,无论她怎样跟我说话,半个句子,几个词儿,晦涩难懂的当代流行语,借助眼睛嘴唇或手的难以察觉的动作,无论她的思想多么难以言传,无论她的思想对眼前事物投来多么遥远而迅疾的一瞥,无论她的思想沉得有多深,像它经常那样从表面直接潜入幽微深邃之中,我都理解;甚至在那天,我依然处于爱情的最边缘,照样理解她话里的意思。

我们喝着葡萄酒,不久我们的新朋友抓着救生绳摇摇晃晃地朝我们走来。

"不介意我来你们这儿吧?风雨交加的恶劣天气最容易使人们聚在一起。这是我第十次乘坐海轮,以前从没见过这样的风浪。我能看出你对海上旅行很有经验,年轻的夫人。"

"哪里。事实上,我以前从没出海旅行过,除了这次去纽约以外——当然,曾经渡过英吉利海峡。我没有晕船,感谢上帝,只是觉得疲倦。起初我以为是按摩引起的,不过现在我断定是轮船本身的缘故。"

"我妻子的情形很糟糕。她可是一位老练的海轮乘客。只是一种假象罢了,对不对?"

他和我们一起吃午餐,我并不介意他待在那儿。他显然喜欢上了朱莉亚,他以为我们是一对夫妻。他的这种误解和殷勤,似乎在一定程度上促使朱莉亚和我更加亲密。"看到你俩昨晚在船长的餐桌上,"他说,"和那些上流人物在一起。"

"无聊之极的上流人物。"

"要是叫我来说,上流人物总是很无聊。你要是碰上这样的暴风雨,就能看出人们的真实面目。"

"你对不晕船的旅客有一种偏爱吧?"

"唔,听你这样说,我不知道自己有什么偏爱——我的意思是说,暴风雨使大家聚在一起。"

"是的。"

"就拿我们来说吧。倘若不是这样的天气,我们大概永远不可能相遇。我一生中曾经在海上有过几次非常浪漫的经历。只要夫人恕我冒昧多言,我不妨跟二位讲讲我在利翁湾[1]的一桩小小艳遇,那时我可比现在年轻。"

我们俩都很疲乏,缺少睡眠,持续不断的嘈杂声,加上一举一动需要消耗的体力,都使我们疲惫到极点。当天下午我们待在各自的舱房里。我睡了一觉,醒来时只见海上涌起和以往一样高的浪涛,墨黑的云团在我们头顶上翻卷,玻璃窗上依然淌着雨水,不过我已经习惯了在暴风雨中入睡,适应了它的节奏,适应了暴风雨,所以我醒来后,恢复了体力和信心,并且发现朱莉亚处在和我同样的精神状态。

"你觉得怎么样?"她说,"那个人今晚要在吸烟室为所有不晕船的乘客举办一场小型'联欢会'。他邀请我带丈夫一起出席。"

"我们去吗?"

"当然……我不知道我此时的感觉,是否应当像我们的朋友前往巴塞罗那途中遇到的那位夫人。我不像她,查尔斯,一点也不像。"

出席"联欢会"的一共有十八人,我们除了不晕船以外,其他毫无共同之处。我们喝着香槟,过了一会儿,东道主说:"容我告

---

[1] 位于地中海西北部,法国和西班牙之间。

诉诸位,我搞到了一个轮盘。问题是我们不能去我的客舱,由于我妻子的缘故,而公开场合又不允许玩轮盘赌。"

于是联欢会转移到我的起居室继续进行,我们以小笔输赢玩轮盘赌,一直玩到深夜,朱莉亚离开时,我们的东道主喝得醉醺醺的,对我和她并不同居一室没有感到惊讶。客人们全都离去后,他在椅子上睡着了,我听任他那样睡下去。这是我最后见到他的情形,因为后来——服务员把轮盘赌具送回此人的客舱后告诉我——他摔倒在走廊上,跌断了大腿骨,被送进了船上的医院。

次日一整天,我和朱莉亚始终不受打扰地待在一起,聊天,懒得动弹,由于海浪汹涌在椅子上久坐不起。吃过午餐,最后一批经得起风浪的乘客也去休息了,只剩下我们两人,仿佛这里已经专为我俩腾出了偌大的场地,仿佛人人都在圆滑世故的心理驱使下踮着脚尖溜了出去,仅仅留下我们两人。

娱乐室的两扇青铜门被固定了,不过此前已有两名海员身负重伤。他们尝试了各种方法,先是用绳索绑缚,眼见这招不灵,又改用钢缆,但是不管用什么材料都不能将两扇门绑紧;最后,他们将木楔强行打入木框底下,利用两扇门敞开后静止不动的瞬间卡住它们,终于固定住了。

晚餐前,她去自己的客舱做准备(那晚没有人穿礼服),这时我与她同行,未经邀请,也未遭拒,但却符合她的心愿,我随手关上门,将她搂在怀里,第一次吻了她,下午的那种情绪持续不变。后来,我在心里反复琢磨此事,在这个孤寂而困倦的漫漫长夜,随着轮船的颠簸辗转反侧,我回忆起过去已逝的十年间的一次次求爱:怎样在动身前系好领带,将栀子花插入上衣的纽扣眼,计划当晚的活动,盘算着在如此这般的一个时候,利用如此这般的一个机会,我怎样越过起跑线,主动发起进攻,无论成败与否。"这一阶段的战役已经拖了很久,"我想,"应该做出决定了。"面对朱莉亚,没有阶段,没有起跑线,没有任何战术可言。

然而，那天深夜她去睡觉，我跟着她走到房间门口时，被她拦住了。

"不，查尔斯，现在不，或许永远不。我不知道，我不知道我是否需要爱情。"

稍后某种东西，已逝十年间残存的幽灵——因为一个人的死亡，即使是短暂的死亡，不可能不招致一些损失——迫使我说，"爱情？我不是在求爱"。

"哦，是的，查尔斯，你是在求爱。"她说着，抬起手温柔地抚摸我的面颊，然后关上了门。

我跟跟跄跄地往回走，走过光线柔和空寂无人的长长的走廊，先是挨着这一边的墙，而后又挨着那一边的墙，因为风暴似乎形成了一个环状：整个白天我们持续航行在平静的风暴眼里，此时我们再度遭到暴风雨最猛烈的袭击——这一夜将比前一夜的风浪更加汹涌。

十小时的长谈，我们该说些什么呢？大多是明显的事实，我们两人生活经历的回忆，长时期天各一方而今又紧密相连的两个人。在这饱受颠簸的整个夜晚，我一遍遍地重温她告诉我的那些话；她已不像昨夜那样，轮番变幻成女淫妖和头上珠宝生辉的形象。她已经将她过去所有可转换的一切都托付于我，如我此前所述，她把自己的恋爱与婚姻的经历告诉了我；她向我讲述她的童年往事，仿佛深情地逐页翻阅一本当年的育儿记录本，于是我陪伴她在草地上消磨一个个晴朗和煦的悠长白昼，霍金斯奶奶坐在轻便折凳上，考德莉亚睡在婴儿车里，夜里她安静地睡在穹顶下方，摇床四周都是已经褪色的宗教绘画，夜灯微明，壁炉里余烬已熄。她说起她和雷克斯的生活，说起这次昧着良心的、灾难性的秘密出逃，一路逃到纽约。她也同样度过了死气沉沉的十年。她还告诉我，为了她是否该要一个孩子，她和雷克斯长期争执不休。起初她想要一个，但是一年后又听说她需要动手术才能生孩子，这时她和雷克斯已经没有了爱情，可是他仍然想要自己的孩子，她总算同意了，最后产下的却是死婴。

"雷克斯从来没有存心对我不好。"她说，"可他根本不是一个真正的人；他只是一个人身上高度发达的几种官能，其余的一概没有。他竟然无法想象，我们度完蜜月回到伦敦两个月后，我发现他仍和布伦达·钱皮恩保持联系，我为什么那样伤心。"

"我发现西莉亚对我不忠时倒很高兴。"我说，"我觉得我有理由不喜欢她。"

"她不忠？你觉得高兴？我很高兴。我也不喜欢她。你为什么娶她呢？"

"肉体的吸引力。占有欲。所有人都认为她是一位画家的理想妻子。孤独，失去了塞巴斯蒂安。"

"你爱他，是吗？"

"嗯，是的。他是爱情的先导。"

朱莉亚明白了。

轮船吱嘎作响，剧烈颤抖，上下起伏。我妻子从隔壁房间里喊我："查尔斯，你在那儿吗？"

"在。"

"我睡了这么长时间。现在几点了？"

"三点半。"

"天气还是不见好，对吧？"

"更糟了。"

"可是我觉得好些了。你认为如果我按铃的话，他们会给我端来茶水什么的吗？"

我从夜班服务员那儿给她拿来一些饼干和热茶。

"你昨夜过得有意思吗？"

"每个人都晕船了。"

"可怜的查尔斯。这本来也会是一次愉快的旅行。也许明天会好些。"

我关了灯,再关上我们之间那扇门。

我时而醒来,时而睡去,随着漫漫长夜船体的颠簸和嘎吱作响,心情极度紧张,四肢摊开,脊背绷紧,试图减轻摇晃的程度,在黑暗中睁大双眼,躺在床上想着朱莉亚。

"……我原以为妈妈去世后爸爸大概会回到英国,或者再婚,可他还是照老样子生活。我和雷克斯现在经常去看他。我已经渐渐喜欢上他了……塞巴斯蒂安杳无音讯……考德莉亚随着一支战地救护队去了西班牙……布莱德过着他自己的古怪生活。妈妈去世以后他打算关闭布莱兹赫德,可是爸爸出于某种考虑阻止了他,于是我和雷克斯如今住在那儿,布莱德在穹顶有两间屋紧挨霍金斯奶奶的住处,原来的育儿室。他很像契诃夫作品中的人物。我们有时在他从图书室出来或走上楼梯时遇见他——我压根不知道他什么时候在家——他有时忽然来到餐室吃饭,恰似一个幽灵,完全出人意料。

"……哦,雷克斯那帮人!政治和金钱。他们做什么都是为了金钱。如果他们在湖边散步,准得用钱打赌他们看到多少只天鹅……他们坐到夜里两点钟,跟雷克斯带来的姑娘们调情,听着她们闲聊,听着她们喀嗒喀嗒不停地在十五子棋盘上走棋。男人们在玩扑克,吸雪茄,那股雪茄烟味儿,我早晨醒来还能嗅到头发里的雪茄烟味儿;晚上换衣服时,衣服里也有烟味。现在我身上有烟味吗?你觉得今天给我按摩的那个女人,会不会嗅出我皮肤上的烟味儿?

"……起初我常随雷克斯去他那些朋友家里住一阵。他现在不再要我去了。每当他发现我没有显示出他希望的那种气质,他就为我感到害臊,为他自己的失算而感到羞愧。我可不是他廉价购买的商品。他看不出我的特点,但当他认定我没有任何特点,开始感到舒坦时,他总会碰到一件意想不到的事——某个他所敬重的男人甚或女人喜欢上我,他忽然看出有很多东西我们懂,而他自己并不懂……我出走后他心情烦躁,他盼着我早点回去。在发生最近这件事之前,我一直忠实于他——什么也比不上良好的教养。你可知道，去年我打算要一个孩子的时候，我决定把孩子培养成一个天主教徒？我以前从没考虑过宗教；从那以来也没想过；但就在那时，在我等待分娩的日子里，我想，'这是我能够给她的一样东西。宗教好像没有给我带来多少好处，但是我的孩子应当有宗教信仰'。想想真是奇怪，一个人居然要把自己以前失落的东西送给别人。然而，到头来我甚至连这也没法给她；我甚至不能给她生命。我从没见过她，我当时病得太厉害，完全不知道发生了什么事情，后来很长一段时间，直到现在，我都不愿意说起她——她是个女儿，所以雷克斯对她的死并不怎么在意。

"我因为嫁给雷克斯多少受到了一点惩罚。你知道，我没法将这些事统统从脑中赶走——死亡，末日审判，天堂，霍金斯奶奶，《教理问答》。如果一个人及早得到这类东西，它就会融入他的生活。我还希望自己的孩子得到这些……现在我觉得我将为自己的行为受到惩罚。或许正因如此，你和我才像这样在这里相聚……几分天意。"

这几乎是她当天对我说出的最后的话——"几分天意"——随后我们走下舷梯，我把她留在舱房门口。

第二天，风势又减弱了，我们继续随着船身的颠簸摇来晃去。人们现在的主要话题已经从晕船变成了骨折——夜里有不少人被风浪掼倒在地，浴室地板上发生了多起伤残事故。

这一天，由于我和朱莉亚前一天话已经说了许多，再加上我们不得不说的话只需几个词即可达意，我们甚少开口。我们都带着书；朱莉亚发现了一种她喜欢的游戏。我们经过长时间的沉默开口说话时，发现各自的思绪是在同步向前推进。

有一次我说道："你在看护自己的哀伤。"

"这是我得到的一切，你昨天说了，我的报酬。"

"一张由生活提供的借据，一张见票即付的凭证。"

正午时分雨停了；傍晚浓云消散，阳光从我们身后骤然射入娱乐室内,所有的灯顿时敛去原有的光亮。

"夕阳西下,"朱莉亚说,"我们一天的结束。"

她站起身,不顾船身的颠簸摇晃似乎并未减弱,领着我走到跳板上。她挽着我的胳膊,顺势将一只手伸入我的掌心,揣进我的大衣口袋里。干燥的甲板上空荡荡的,只有轮船疾行时掀起的风呼啸而过。我们走走停停,吃力地朝前挪动,避开从烟囱里飘出来的煤灰,轮番彼此冲撞对方,接着在几乎被强行隔开之际奋力相拥,我攥住栏杆,朱莉亚贴紧我,我们的胳膊和手指交缠在一起。再次彼此冲撞,再次被拽开。接着,在船体一次低到极点的下降中,我发现自己被甩到她身上,压得她紧紧贴住栏杆,我赶紧用胳膊箍住她的腰,以免跟她相撞;在船体停止下沉仿佛为了积蓄力量上升的一瞬间,我们就这样相互搂着站在露天,面颊贴着面颊,她的头发掠过我的眼睛。浪涛滚滚的黑色地平线,此时闪耀着金色的光芒,依然处于我们的视线之上,随即陡然下降,直到我透过朱莉亚乌黑的发丝注视着金黄色的辽阔天宇,她猛地倒向我的胸口,被我攥紧栏杆的双手挡住,她的脸仍然贴着我的脸。

就在这一刻,朱莉亚的嘴唇靠近我的耳朵,随着咸腥的海风呼出温热的气息,尽管我未曾开言,她却说,"好吧,现在",趁轮船恢复平稳暂时驶入平静海域之机,朱莉亚领着我走下舷梯。

甜美惬意的温情还不是时候;甜美惬意的温情将随着燕子和香橙花适时而至。此刻,在浪涛汹涌的海上,我们需要履行一套手续,仅此而已。仿佛一份转让她纤细腰身的契约已经拟定并盖了章,我作为一笔财产的终身保有者正在将其登记入账,留待今后从容地享用和开发。

当晚我们在船体高处的餐馆里就餐,隔着船首的窗户瞧见一颗颗星星相继出现,迅即遍布天空,我想起自己也曾在牛津的塔楼和三角墙上方看到满天星辰。几个服务员断言乐队第二天晚上将恢复演奏,这里一定客满。我们现在最好提前预订,他们说,如果我们需要一张位置好的餐桌。

"噢，亲爱的，"朱莉亚说，"我们在好天气能藏到哪儿呢，我们这两个暴风雨的弃儿？"

当夜我不能离开她，不过次日清晨，当我再次沿着走廊往回走的时候，我发现自己能够行走自如了；轮船行驶在平静的海面上，我知道我们的隔绝状态被打破了。

我的妻子从她的舱房里快活地喊道："查尔斯，查尔斯，我觉得好极了。你知道我在吃什么早餐吗？"

我走过去看，她正在吃一块牛排。

"我已经和理发师约好了时间——你知道他们要到下午四点钟才能接待我，他们忽然忙到这种地步？所以我要到傍晚才能露面，可是今天上午有许多人要来看我们，我已经邀请迈尔斯和珍妮特来我们的起居室，与我们共进午餐。只怕是最近两天我这个妻子对你没起任何作用，你一直在忙些啥呢？"

"一个愉快的夜晚，"我说，"我们玩轮盘赌到深夜两点，就在隔壁的起居室里，我们的东道主昏过去了。"

"天呐，听起来很不光彩。你可守规矩呀，查尔斯？你没勾搭几个风骚迷人的美女吧？"

"周围几乎没有一个女人。大部分时间我都和朱莉亚待在一起。"

"哦，那好。我一直希望把你俩撮合到一起。她是我的一个我知道会被你喜欢的朋友。希望你是上天赐予她的朋友。她最近一直心情苦闷。我估计她不会提到这个，可是……"妻子开始按照一个流行的版本说起朱莉亚的纽约之行。"我要请她参加上午的鸡尾酒会。"她最后说。

朱莉亚随着其他客人一道过来，现在只要挨近她，我就感到很幸福。

"我听说你一直替我关照我的丈夫。"我妻子说道。

"是的,我们处得可好呢。我和他,还有一个我们不知其名的男人。"

"克拉姆先生,你的胳膊是怎么搞的?"

"只怪浴室的地板。"克拉姆先生说着,详细解释了他倒地受伤的过程。

当晚船长在他的餐桌上用餐,桌边座无虚席,因为两位要求参加聚餐的客人坐在主教右侧,两位日本人,对主教的世界亲善计划表达了浓厚的兴趣。船长不停地拿朱莉亚在暴风雨中的坚忍毅力打趣,表示要雇她当一名水手——多年的航海经历使他在各种场合都能开玩笑。刚从美容院出来的我的妻子气色不错,身上没有苦熬三日的任何痕迹,在许多人看来似乎比朱莉亚更加光艳夺目。朱莉亚的愁容已然全消,换上了一副不可言传的满足而又安详的表情——对所有人都是不可言传,唯独对我除外。我和她被众人隔开,却又在人们的簇拥下单独坐在一起,就像前天晚上我们互相搂抱着那样。

当晚船上洋溢着节日的气氛。尽管第二天黎明就得起身收拾行装,所有人依然执意要在这个夜晚尽情享受他们被暴风雨剥夺的各种乐趣。没有清静可言。船上的每个角落都是纷乱的人群,舞曲和响亮热烈的谈话声,服务员们端着放满玻璃酒杯的托盘飞快地到处穿行,负责发行汤博拉彩票的高级船员的声音——"凯利的眼睛———号;两脚,十一;我们可要摇口袋啦。"——斯托伊弗桑特夫人头戴一顶纸帽,克拉姆先生手臂上缠着绷带,两个日本人规规矩矩地扔着纸飘带,发出鹅叫似的嘶嘶声。

我没有跟朱莉亚说话,整晚都是独自待着。

第二天我们在轮船的右舷接触了一分钟,当时人们都拥到左舷去看几位出现在船上的军官,远眺德文郡绿色的海岸线。

"你有什么打算?"

"在伦敦待几天。"她说。

"西莉亚打算直接回家,她想看看孩子们。"

"你也是吗?"

"不。"

"那就是在伦敦。"

"查尔斯。那个红头发的矮小男人——福尔诺夫,你瞧见了吗?两个便衣警察把他带走了。"

"我没看见。船那边当时聚集了一大群人。"

"我查看了火车班次,拍了份电报。我们可以在吃晚饭的时候到家。两个孩子那时已经睡着了。我们也许可以叫醒约翰约翰,就这一次。"

"你回家。"我说,"我还得在伦敦待几天。"

"哦,我说查尔斯,你必须回去。你还没见过卡洛琳呢。"

"她过一两个星期就会模样大变吗?"

"亲爱的,她每天都有变化。"

"那现在见她又有什么必要呢?对不起,亲爱的,可是我必须把这些画拆开来,看看这趟旅行过后它们怎么样了。我必须立即落实画展的事情。"

"必须如此吗?"她说。可是我知道,如果我利用自己这一职业的神秘性作为理由,她就不会再继续坚持了。"这实在让人扫兴。再说,我不知道安德鲁和辛西娅是否会搬出那所公寓,那个套间他们本来是一直租到本月底的。"

"我可以去住旅馆。"

"可是这样也太不近情理了。我不忍心让你回来头一晚就一个人住。我待一晚,明天再回家。"

"你可不能让孩子们失望呀。"

"不会的。"她的孩子,我的艺术,我们各自行业的两个秘传诀窍。

"那你回来过周末吗?"

"争取吧。"

"所有持英国护照的旅客请到吸烟室集中。"一个服务员喊道。

"我已经跟那位与我们同桌吃饭的可爱的外交部官员谈妥了,请他带我们早些下船。"我的妻子说。

# 第二章

星期五举行我个人画展的预展,这是我妻子的主意。

"这回我们要吸引那些批评家的注意。"她说,"现在到了他们开始重视你的时候,他们知道这一点。这是他们的一次机会。如果你在星期一举行预展,他们大多数人那时刚刚从乡下度假回来,只好在晚餐前匆匆写上几段评论了事——我当然只是在担心那些周刊。如果我们让他们在周末凝神思考一番,他们就会产生一种周日乡间度假般闲适从容的心态。吃过一顿丰盛的午餐之后,他们就会定下心来,撸起袖口,写出一篇洋洋洒洒的漂亮文章,以后还将把该文收入一本精美的小册子。这个时间可是再合适不过了。"

在筹备画展的那个月,她奔波往返于教区长老宅和伦敦之间,重新审订应邀出席的客人名单,同时参与布展。

预展当天早晨,我打电话给朱莉亚说:"我对那些画已经感到厌恶了,不想再见到它们,只是觉得我还得露一下面。"

"你希望我来吗?"

"我情愿你别来。"

"西莉亚寄给我一份请柬,上面用绿墨水写有'可携带任何一位伴儿'的字样。我们什么时候会面呢?"

"火车上。你可以带上我的行李。"

"如果你及时收拾好行装,就可以搭我的车,到时候让你在美术馆下车。我十二点在隔壁试衣样。"

我到达美术馆时,只见我的妻子正站在窗前朝街上张望。她身后有五六位不知名的美术爱好者,手持目录,依次观赏一幅幅油画:这些人都曾买过一幅木刻,因而被列入画廊赞助人名录。

"一个人都没来呢。"妻子说,"我十点钟来的,一直待到现在,实在太无聊了。你坐谁的车来的?"

"朱莉亚的。"

"朱莉亚的?你为什么不带她进来呢?奇怪得很,我刚才一直在跟一个身材矮小的滑稽男人谈论布莱兹赫德,他好像很了解咱俩。他自称桑姆格拉斯先生,他显然是柯珀勋爵在《每日兽报》上提到的那号已届中年的年轻人。我想向他多介绍些情况,可他似乎比我还了解你,他说他多年前曾在布莱兹赫德见过你。要是朱莉亚来就好了,我们可以向她询问有关他的情况。"

"我对他印象很深。他是个骗子。"

"没错,那是明摆着的。他一直在谈论他所说的'布莱兹赫德的那帮人'。显然雷克斯·莫特拉姆已经把这个地方变成一帮图谋不轨分子的巢穴。你知道吗?特蕾莎·马奇梅因要是知道会怎么想呢?"

"我今晚去那儿。"

"今晚别去了吧,查尔斯,你今晚不能去那儿。孩子们盼着你回家呢。你答应过,只要展览会筹备就绪,你就立即回家,约翰约翰和保姆已经做了一面写上'欢迎'字样的旗子。而且你还没见过卡洛琳。"

"我很抱歉,全都定下来了。"

"再说,爸爸也会觉得不可思议。而且博伊星期日也要回家。何况你还没见过那个新画室。你今晚不能去。他们邀请我了吗?"

"当然,可我知道你不能去。"

"我现在不能去了。我本来可以去的,要是你早点告诉我的话。我巴不得在家里见到'布莱兹赫德的那伙人'。我觉得你真够狠心的,不过眼下可不是闹家庭纠纷的时候。克莱伦斯夫妇答应午饭前来这里,他俩随时都可能到。"

我们的谈话被猝然打断,但并非由于王族成员的莅临,而是由于某家日报一位女记者的来访,她此刻被美术馆经理领到我们跟前。她来这里不是为了参观画展,而是为了搜集我历尽艰险的旅行中一个"动人故事"的素材。我让妻子接待她,第二天早晨便在她的报纸上读到:"查尔斯·'华厦'·赖德深入地图上没有标注的荒僻之地。跻身社会名流的美术家赖德认为,原始密林的毒蛇和吸血蝙蝠跟梅费尔[1]毫无关系,他放弃了大人物的府邸,探寻赤道非洲的废墟……"

几间展室渐渐挤满了人,我赶紧殷勤地接待他们。我的妻子无处不在,招呼这些人,介绍那些人,巧妙地引导纷至沓来的人们举行一场聚会。我瞧见她领着朋友们依次上前在那本打开了的签名簿上签字,订购《赖德的拉丁美洲》一书;我听见她说:"不,亲爱的,我一点也不惊讶,对吧?你知道查尔斯活在世上只为一件事——美。我认为他已经厌倦了在英国轻易发现美;他只得远赴异国,为自己创造美。他希望发现一些有待征服的新领域。毕竟,他对乡间别墅做出了权威性的结论,是不是?我不是说,他已经完全放弃了那项工作。我相信他总会为朋友们再画一两幅画。"

一位摄影师让我俩站在一起,镜头上的闪光灯朝我们的脸亮了一下,随即让我们分开。

不久,几位皇家客人走进展厅,人们稍稍安静下来,侧着身子让道。我瞧见我的妻子行屈膝礼,听到她说,"噢,阁下,您真叫人高兴",随后我被人领到前面空出来的地方,克莱伦斯公爵说:

---

[1] 伦敦西区的高级住宅区。

"照我看，那里相当热。"

"是的，阁下。"

"你把那种炎热的景象描画得特别逼真，巧妙极了，让我觉得身穿这件大衣特别不舒服。"

"哈，哈。"

他们走后我的妻子说："天哪，我们的午饭要晚了。马格特要为你举行一次午餐会。"她在出租汽车里说，"我刚刚想起一件事，你何不致信克莱伦斯夫人，恳请她允许你将《拉丁美洲》题赠给她呢？"

"我为什么要这么做？"

"她会很喜欢这本画册的。"

"我无意将它题赠任何人。"

"你瞧你，总是这副德行，查尔斯，为什么要错过一个取悦别人的机会呢？"

出席午餐会的有十一二个人，尽管我的女主人和我妻子高兴地说，他们来这里给我捧场，我心里却很明白，他们当中有一半人不曾听说过我的画展，他们之所以来到这里，是因为受到了邀请，而且没有其他约会。席间他们不停地谈论辛普森夫人[1]，不过他们全都，或者说几乎全都随我们返回了画廊。

午餐后的一小时，我们忙碌到了极点。来宾当中包括泰特美术馆[2]和国家艺术收藏品基金会的代理人，他们全都答应短期内和同事再来，同时初定了几幅画容待酌情购买。那位最有权威的美术评论家，过去曾用几句生硬唐突的恭维话应付我，现在那双眼睛从他的阔檐毡帽和羊毛围巾的缝隙间注视着我，抓住我的一只胳膊说："我早就知道你有才气。我从你的作品中看出来了。我一直在等着呢。"

---

[1] 辛普森夫人（1896—1986），温莎公爵爱德华（即爱德华八世）的美国籍妻子，在她尚未与第二任丈夫离婚前，因与爱德华关系暧昧，导致爱德华不得不放弃王位（1936）。
[2] 位于伦敦泰晤士河北岸，是一家收藏现代绘画和雕刻作品的陈列馆，由英国精制糖业家泰特（1819—1899）捐资兴建，故名。

从时髦人物和老派人物的口中,我都断断续续地听到一些赞誉之词。"如果你存心让我猜,"我无意中听到,"我怎么也不会想到赖德这个名字——画面雄浑有力,充满激情。"

他们全都以为自己发现了什么新的东西。我曾经在这几间展室举办了我出国前的最后一次画展,当时的情形可不是这样。当时出现了一种明显的厌倦迹象。当时人们热衷议论的不是我,而是这里的房子,以及房主人的种种轶闻。正是这个女人,我心里想到,这个此刻盛赞我的雄浑和激情的女人,当时站在离我很近的地方,面对一幅我费尽心血绘就的油画说,"如此不费气力"。

我回想起那次画展,还有另一个原因:我在那个星期窥探出妻子的奸情。她当时如同现在,也是一位不知疲倦的女主人,我听到她说:"现如今无论何时我看见什么美丽的东西——一座建筑或是一幅风景——我就暗自想道:'这是查尔斯画的。'我看任何东西都要借助他的眼光,他对我而言就是英国。"

我听到她说这番话,这是她说惯了的套话。在我们的整个婚姻生活中,我一次次地觉得自己对她说的话无动于衷。然而这一天,在这家美术馆,我听见她的话依然无动于衷,但却陡然意识到,她再也无力伤害我了;我是一个自由人;她用短暂而诡秘的堕落行径使我获得了解放;妻子有了外遇,我虽然蒙受"绿帽"之耻,却反而能够真正主宰自己。

这一天结束时我妻子说:"亲爱的,我得走了。画展非常成功,不是吗?我会编出一些话回家告诉他们,可我不希望出现这样的局面。"

"这么说她知道了。"我想,"她的嗅觉很灵敏,她从吃午餐时就一直在嗅鼻子,并且嗅出了什么气味。"

我让她离开这地方,正要随她而去——几间展室几乎没有人了——忽然听见旋转栅门那儿响起一种久违多年的嗓音,一种刻意模仿、令人难忘的结巴腔调,一种抑扬顿挫的尖声抗议。

"不,我没有带请柬,我甚至不知道自己是否收到过请柬。我不是来参加社交聚会的,我不是硬要厚着脸皮和西莉亚小姐交朋友;我不想让自己的照片登在《闲话报》上;我不是来展示自己的,我是来看画的。你大概还不知道有些绘画作品在这儿展出。我个人碰巧对这位画家有些兴趣——如果画家这个词对你还有任何意义。"

"安东尼,"我说,"请进。"

"亲爱的,这儿有个戈——戈——戈耳戈[1]式的丑女人,她以为我未经邀请硬要闯进来呢。我昨天刚到伦敦,吃午饭的时候偶然听说你正在举办画展,于是我当然按捺不住地匆匆赶到这座艺术殿堂表示敬意。我变样了吗?你还认得我吗?那些画儿在哪里?让我向你解释那些画吧。"

自从我上次见到安东尼·布兰奇以来,他的样子一直没变,其实,是从我初次见到他以来他一直没变。他脚步轻盈地走过展室,来到那张最醒目的油画面前——一张丛林风景画——驻足片刻,脑袋歪向一侧,活像一只机警的小猎犬,问道:"你是在什么地方,亲爱的查尔斯,发现这片郁郁葱葱的草木的?特——特——特伦特,还是特——特——特灵的温室角落里?哪一位多么讨人喜欢的高利贷者培育出这些蕨类植物供你观赏?"

而后他又浏览了两间展室,其间他始终沉默不语,有一两次深深地叹了口气。走到展室尽头时,他又一次叹了口气,更加深沉地叹了口气,说道:"可是它们告诉我,亲爱的,你陶醉于爱情中。这就是一切,是不是,或者说差不多是一切?"

"它们有那么糟糕吗?"

安东尼把他的声音压低到一种尖利的耳语:"亲爱的,我们还是不要戳穿你小小的欺骗伎俩吧,当着这些平凡善良的人们的面。"——他狡黠地朝最后几位观众瞟了一眼——"我们还是不要败坏他们纯真的

---

[1] 希腊神话中三个蛇发女怪之一,面貌狰狞,人见之立即化为顽石。

乐趣吧。我俩，你和我，都知道，这些全是无——无——无聊透顶的蹩——蹩——蹩脚货色。咱们还是赶紧走吧，免得惹恼那些绘画鉴赏家。我知道一家名声不好的酒吧，就在附近。我们还是去那儿吧，谈谈被你征——征——征服的其他女人。"

只有这种来自往昔的声音，才能使我回忆往事；在这日程过紧的一整天，那些絮絮叨叨地一味夸赞我的话对我产生的影响，就像一条长长的车道上接连出现的广告牌，平均每公里有一块钉在白杨树上，指示行人前往某家新开的旅馆，因此当他驱车到达车道的尽头，身体僵直，风尘仆仆，眼看到了目的地，却似乎势必拐进那个院子，门口的招牌始而使他生厌，继则令他恼怒，最终与他的疲劳不可分离地联系在一起。

安东尼领着我走出画廊，拐上一条小街，来到一家破旧的报刊经销店和一家破旧的药店之间的一扇门前，上面用油漆写着"蓝穴俱乐部，非会员免进"。

"不太像是你待的环境，亲爱的，而是我待的环境，我敢说。毕竟你已经在你的环境里待了一整天。"

他领着我走下楼梯，走过散发着猫儿气味的地方，走过混杂着杜松子和烟蒂气味的地方，再来到响着收音机的地方。

"屋顶爵士乐队演奏期间，一个脏老头给了我这里的地址。我非常感激他。我离开英国很久了，像这种真正合意的小酒吧变得实在太快。我昨晚第一次来到这儿，就已经有了特别舒适自在的感觉。晚上好，希里尔。"

"哟，托尼[1]，又来啦？"售酒柜台后面的那个青年说道。

"我们拿上饮料坐到一个角落里。你该记得，亲爱的，你在这儿可真够显眼的，而且恕我冒昧，有些反常，亲爱的，如同我在布——布——布拉特俱乐部那样。"

---

1 安东尼的昵称。

这地方到处漆上蓝中带绿的颜色，地板上铺着蓝中带绿的油地毡。天花板和四面墙壁上杂乱地贴着一张张银色和金色的鱼形饰纸。五六个小伙子边饮酒边玩吃角子老虎机；一个衣着考究、显然狂饮无度的年长者似乎是这里的主管；水果胶姆糖出售机周围响起一阵窃笑声，接着，从那群年轻人中走来一个对我们说，"你这位朋友愿意跳伦巴吗？"

"不跳，汤姆，他不愿意跳，我也不愿意给你酒喝了，无论怎样都不愿给了。这是一个厚颜无耻的家伙，一个专以色相骗人钱财的小无赖，亲爱的。"

"嗯，"我说，尽管在这个贼窝赌窟心里感到压抑，还是装出一副从容自如的神态，"这些年你都干了些什么？"

"亲爱的，我们到这儿来，正是为了谈谈这些年你干了些什么。我一直在密切关注你，亲爱的。作为一个讲交情的老伙计，我一直在注视着你。"在他说话的时候，那个售酒柜台，那个招待，那些蓝色的柳条家具，那几台赌博机，那架留声机，那两个在油地毡上跳舞的年轻人，那些围着自动售货机窃笑的年轻人，那个身穿带有紫色条纹的挺括上装坐在我们对面角落里喝酒的老头，这整个沉闷而诡秘的下等酒吧，似乎俱已消失，我又回到了牛津，透过罗斯金所欣赏的一幢哥特式建筑的窗户眺望基督教会学院的草地。"我看过你的第一次画展，"安东尼说，"我觉得它——很迷人。有一张画的是马奇梅因府邸的内景，典型的英国风格，非常准确，但是相当美妙。'查尔斯已经干出了点名堂，'我说，'不是他想做的一切，不是他能做的一切，但是有了点名堂。'

"即使在当时，亲爱的，我还是有些疑惑。我觉得你的绘画中稍有些绅士气概。你得记住我不是英国人，我无法理解你何以如此热衷于受到良好教养。在我看来，英国人的势利行为甚至比他们的道德观更加可怕。然而，我还是说：'查尔斯已经画出了一些美妙的东西。他接下来还会做什么呢？'

"我接下来看到的是你非常漂亮的一部作品——《乡村和外省建筑》,是这个书名吧?厚厚一部巨著,亲爱的,我从中发现了什么呢?还是魅力。'不太合我的口味,'我想,'这些东西英国风味太浓。'我喜欢特别刺激的东西,你知道,不喜欢雪松树荫,黄瓜三明治,银质奶油罐,也不喜欢那个英国姑娘,她身上穿着不管什么英国姑娘打网球时都穿的衣裳——我不喜欢这些,不喜欢简·奥斯汀,不喜欢米——米——米特福德[1]小——小——小姐。说实话,亲爱的查尔斯,我对你感到失望。'我是一个堕落的老达戈[2],'我说,'查尔斯呢——我说的是你的艺术,亲爱的——是一位身穿绣花麦斯林纱衣的教长的女儿。'

"你再想象一下今天午餐时我有多激动。所有的人都在谈论你。我的女主人是我母亲的一位朋友,斯托伊弗桑特·奥格兰德夫人;也是你的朋友,亲爱的。那样顽固守旧的一个女人!完全不是我想象中与你交往的人。然而,他们全都看过你的画展,他们谈论的全都是你,你怎样偷偷溜走,逃到热带地区,成为一位高更,一位兰波[3]。你可以想象我这颗衰老的心脏是怎样怦怦跳动的。

"'可怜的西莉亚,'他们说,'她为赖德做了那么多。''他的一切都应归功于她,这太糟了。''和朱莉亚搞在一起,'他们说,'在她在美国那样表现之后,''正当她要回到雷克斯身边的时候。'

"'可是那些画呢,'我说,'跟我谈谈它们吧。'

"'噢,那些画,'他们说,'那些画非常奇特,''完全不同于他平时的画。''很有力度。''十分野蛮。''我认为它们特别不健康。'斯托伊弗桑特·奥格兰德夫人说。

"亲爱的,我在椅子上简直坐不住了。我真想冲出屋子,跳上一辆出租车说,'快把我送到查尔斯不健康的画展去'。是的,我去

---

[1] 米特福德(1787—1855),英国女作家,以创作美妙的散文而见长。
[2] 对肤色浅黑的西班牙人、葡萄牙人或意大利人的蔑称。
[3] 阿尔蒂尔·兰波(1854—1891),法国诗人,代表作有《彩图集》等。

了那儿,可是午饭后的画廊里挤满了愚蠢可笑的女人,头上戴的帽子那样古怪,真该逼着她们吃下去。我歇息了一会儿——我就在这儿歇息,跟希里尔和汤姆这些漂亮小伙子一起。后来我在不合时宜的五点钟又回到那儿,嗬,那种场面。我发现了什么?我发现,亲爱的,一场顽皮透顶、十分成功的恶作剧。它使我想起亲爱的塞巴斯蒂安,他当年很喜欢戴上假髯化装。那又是一种魅力,亲爱的,一种单纯的带有奶油味儿的英国式魅力,装得挺像那么回事。"

"你说得很对。"我说。

"亲爱的,我当然说得对。多年前我就说对了——说起来很高兴,比你我显示出的年纪还要长——我当时警告过你。我带你出去吃晚餐,我提醒你要提防魅力,我明确而详尽地告诫你谨防弗莱特家的人。魅力是一种折磨英国人的顽症,它在潮湿的英伦三岛之外是不存在的。凡是让它碰到的东西都会被它玷污乃至扼杀。它扼杀爱情;它扼杀艺术。我特别担心,亲爱的查尔斯,它已经将你扼杀了。"

那个叫作汤姆的小伙子又走到我们身边。"别逗我了,托尼,给我买杯酒吧。"我想起自己还要乘火车,便离开了他和安东尼。

我站在靠近餐车的月台上,瞧见我和朱莉亚两人的行李从眼前经过,朱莉亚那个满面愠色的女仆迈着大步走在脚夫身边。他们开始关车厢的时候,朱莉亚才不慌不忙地登上车,在我前边入座。我这张桌子是两人合用的。这趟车十分方便,晚餐前半小时开车,晚餐后半小时到站。而后,我们没有依照马奇梅因夫人在世时的惯例换乘支线火车,而是在联轨车站会合。火车驶离帕丁顿站时天色已黑,城市的璀璨灯火渐渐消失,眼前只见郊区的稀疏光亮,接着便是漆黑的田野。

"我好像有许多天没见到你了。"我说。

"六个小时。昨天我俩一直待在一起。你看上去疲惫不堪。"

"这是梦魇般的一天——那么多的观众,批评家,克莱伦斯夫妇,马格特家的午餐会,最后又来到一家同性恋酒吧,让人对我的画进行了半小时义正词严的诽谤……我觉得西莉亚知道咱俩的事了。"

"唔,她迟早总得知道的。"

"好像每个人都知道了。我的那个同性恋朋友,人在伦敦还不到二十四小时就听说了。"

"该死的每个人。"

"雷克斯怎么样?"

"雷克斯根本就不是人,"朱莉亚说,"他其实并不存在。"

火车载着我们驶过黑暗的田野,桌上的刀叉丁零当啷直响;玻璃杯里杜松子和味美思小小的圆形酒液,随着车厢的晃荡,拉长成了椭圆,再缩成圆形,杯沿刚刚沾唇,酒液复又回流,没有溅出一滴。我把这一天抛到身后。朱莉亚摘下帽子,扔到头顶上方的衣帽架上,抖了抖她夜色般漆黑的秀发,轻轻发出一声惬意的叹息——适合听到这声叹息的地方,是枕边,是将熄的炉火旁,是可见天上繁星和低语裸树的一扇敞开的卧室窗前。


"你回来可是太好了,查尔斯,就像往日一样。"

"就像往日一样?"我想。

雷克斯四十刚刚出头,已经变得面色红润,身躯笨重;他原先的加拿大口音没有了,现在是像他所有朋友那样嘶哑的高音,仿佛他们无休止地扯着嗓门叫唤,好让自己的声音盖过一群人,仿佛他们正在遭到青春的遗弃,没有时间等待说话的机会,没有时间倾听,没有时间答话,只有时间哈哈一笑——一声粗嘎的苦笑,一种表达善意的卑劣的流行方式。

挂毯大厅里有五六位这样的朋友:五六位政客;四十刚出头的"年轻的保守党人",头发稀疏,血压很高;一位来自煤矿的社会主义者,已经带有他们清晰的声调,叼在唇边的雪茄渐渐变成了碎末,给自己倒酒的手在颤抖;一位岁数比其他人都大的金融家,根据旁人对他的态度，可以猜出他在他们当中最有钱；一位害了相思病的专栏作家，他独自默然无语，阴沉而贪婪的目光注视着在座唯一的女人；他们称为"格里泽尔"的一个女人，一个精明而放荡的女人，他们在心底里都对她有几分畏惧。

他们也全都惧怕朱莉亚，包括格里泽尔本人。她朝他们打了声招呼，为自己没在这里迎候诸位表示歉意，一副彬彬有礼的神情，让他们一时间说不出话来；接着她过来挨着我坐在壁炉旁边，随即再次掀起一阵谈话的风暴，在我们耳畔不停地轰鸣。

"当然啰，他可以娶她，第二天就让她当上王后。"

"我们在十月是有机会的。我们为什么不让意大利舰队葬身多国共有的海底呢？我们为什么不把斯培西亚[1]炸成一片火海呢？我们为什么不在潘泰莱里亚岛[2]登陆呢？"

"佛朗哥只不过是一个德国间谍。他们试图给他撑腰，好着手准备建立几个用以轰炸法国的军事基地。不管怎样，他们已经下了那一大笔赌注。"

"这将使君主国比都铎王朝以来的任何时期都更加强大。人民拥护它。"

"新闻界拥护他。"

"我拥护它。"

"现在谁还在乎离婚呢，除了几个未婚老处女之外？"

"要是他和那帮老家伙摊牌，那他们只会消失，像、像……"

"我们为什么不封锁运河呢？我们为什么不轰炸罗马呢？"

"完全没有那个必要。一份强硬的照会……"

"一次强硬的演说。"

"一次摊牌。"

---

[1] 意大利西部港市，意大利海军基地所在地。
[2] 意大利一火山岛，位于西西里岛和突尼斯之间，在古罗马时代是一个流放地。

"无论如何,佛朗哥会很快窜回摩洛哥。我今天看到查普[1]刚从巴塞罗那来……"

"……查普刚从贝尔维德尔堡来……"

"查普刚从威尼斯宫来……"

"我们唯一需要的就是摊牌。"

"和鲍德温[2]摊牌。"

"和希特勒摊牌。"

"和那帮老家伙摊牌。"

"……但愿我在有生之年看到我的祖国,克莱夫[3]和纳尔逊[4]的土地……"

"……霍金斯[5]和德雷克[6]的祖国。"

"帕默斯顿[7]的祖国……"

"请你别这样好吗?"格里泽尔对那位专栏作家说,他一直在颇为惆怅地想要拧她的手腕,"我偏偏不喜欢这样。"

"我不知道哪种东西更可怕,"我说,"西莉亚的艺术和时装,还是雷克斯的政治和金钱。"

"干吗替他们操心?"

"噢,亲爱的,为什么爱情竟然让我仇恨这个世界?爱情理应产生截然相反的效果。我觉得似乎整个人类,还有上帝,都在合谋反对

---

1 好莱坞著名电影演员卓别林的昵称。
2 斯坦莱·鲍德温(1867—1947),英国保守党政治家,1923—1937年间三次任首相,纵容法西斯侵略政策。
3 罗伯特·克莱夫(1725—1774),英国将领、殖民主义者,1775年率军占领孟加拉,为首任总督。
4 霍拉旭·纳尔逊(1758—1805),英国海军统帅,在特拉法尔加角海战中大败法-西联合舰队,本人受重伤阵亡。
5 约翰·霍金斯(1532—1595)英国海军行政官和指挥官、奴隶贩子,曾指挥一个中队击败西班牙无敌舰队(1588)。
6 弗朗西斯·德雷克(1540—1596),英国著名的私掠船船长、航海家,伊丽莎白时代的政治家。
7 弗朗·约翰·坦普尔·帕默斯顿(1784—1865),亦译巴麦尊,英国外交大臣、首相,实行保守政策和炮舰外交,任内曾两次发动侵略中国的鸦片战争。

我们。"

"他们是这样,他们是这样。"

"尽管如此,我们还是得到了自己的幸福;此时此地,我们已经拥有了它。他们无法伤害我们,对吗?"

"今晚不会;此时不会。"

"多少个夜晚不会呢?"

# 第三章

"你还记得,"朱莉亚在一个飘散着橙花香气的静谧黄昏说,"你还记得那场暴风雨吗?"

"青铜门乒乒乓乓地响。"

"裹着玻璃纸的玫瑰花。"

"举办'联欢会'的那个男人,之后他再也没有露面。"

"你还记得我们最后一天的傍晚,太阳怎样露出来,就像今天刚才这样?"

这是一个乌云低垂、夏飑[1]频现的下午,天色如此晦暗,因此我有时只得停下工作,把坐着打盹的朱莉亚唤醒——她常常这样坐着。给她画像我从不感到厌倦,在她身上总能发现新的雍容优雅的气质——终于我们早早地去沐浴,下楼前换上了晚餐礼服。在这白昼将逝的最后半小时里,我们发现世界变了样,太阳出来了,狂风已经减弱为舒缓的微风,轻轻吹拂着橙树盛开的花朵,携来花儿的芳香,这种刚经雨洗格外清新的香气,与黄杨和逐渐干燥的石头的甜丝丝的气息融合在一起。方尖塔的阴影遮蔽了平台。

我从柱廊的掩蔽处拿来两只露天用的靠垫,搁在喷泉池边上。

---

[1] 飑,气象学上指风向突然改变,风速急剧增大的天气现象。飑出现时,气温下降,并可能有阵雨。

朱莉亚坐在那儿，一袭白色的宽大长外衣，里面是一件金黄色的束腰紧身短上装，一只手在水里悠闲地转动着指间一枚翡翠绿宝石戒指，捕捉落日映照的耀眼光芒；几尊石雕兽像矗立在她乌黑的头顶上方，上面是厚厚的绿色苔藓，闪光的石块，浓重的阴影，周围的几股泉水喷涌而出，它们发出噗噗的声响，散落成稀疏的光斑。

"……这么多值得回忆的东西。"她说，"从那以来有多少天我们没有见过面。一百天，你认为有吗？"

"没那么多。"

"两个圣诞节。"——这种每年一度的单调乏味的短途旅行，已经变成必须遵守的礼仪。博顿，我家的住地，我的堂兄贾斯珀的住地，怀着儿时何等抑郁的种种回忆，我重访它的油松回廊和潮湿的墙壁！我和父亲怨气满腹地并排坐在我伯父的亨伯牌轿车里，车子驶近威灵顿利亚斯林荫道时，我知道我们在这条道的尽头准能瞧见我的伯父、伯母，我的菲利帕姑姑，我的堂兄贾斯珀，以及近几年新添的贾斯珀的妻子和孩子；除了他们以外，也许已经等在那里，抑或随时可能来到的，是我的妻子和几个孩子。这种每年一度的自我牺牲把他们联结在一起。这里，冬青树、槲寄生[1]和经过雕琢的云杉下，正在按照仪式举行客厅游戏，有白兰地黄油，卡尔斯巴德的葡萄干，油松门廊里扮成黑人的乡村唱诗班，金绳和带有枝叶纹饰的包装纸，我和她受到了接待，尽管过去一年这里盛传种种难听的谣言，还是作为夫妻受到接待。"我们必须维持现状，不管付出多大的代价，为了我们的孩子。"妻子说。

"是的，两个圣诞节……还有我随你去卡普里岛[2]以前那美滋滋的三天。"

"我们的第一个夏天。"

---

[1] 槲寄生小枝，常用作圣诞节悬挂饰物。按西俗，凡站在此小枝下面的女子，男子都可与之接吻。

[2] 意大利那波利湾入口处一小岛，风景优美，为旅游胜地。

"你可记得,我当时怎样在那不勒斯到处闲逛,然后又去找你,我们怎样按照约定在山坡小路上相见,又是怎样出了岔子吗?"

"我回到别墅说:'爸爸,你猜谁到了旅馆?'他说:'查尔斯·赖德,我猜。'我说:'你为什么想到他呢?'爸爸答道:'卡拉从巴黎回来,带来了你和他形影不离的消息。他好像特别偏爱我们的孩子们。罢了,带他来这儿吧,我想我们有一个空房间。'"

"你有一段时间得了黄疸病,拒绝让我见你。"

"后来我得了流感,你也不敢来了。"

"雷克斯的选区记不清去了多少次。"

"还有那个加冕典礼周,你从伦敦逃了出去。你身负友好使命去见岳父大人。那次你去牛津画的那幅画,他们并不喜欢。哟,不错,足有一百天。"

"两年多一点的时间里消磨了一百天……没有一天的冷漠、猜疑或失望。"

"从没有过。"

我们陷入了沉默,只有许多鸟儿在橙树上发出细弱而清晰的啁啾;只有泉水在石雕兽像间潺潺低吟。

朱莉亚从我的上衣口袋里掏出手帕,把一只手揩干,而后点燃了一支烟。我唯恐破坏回忆的魅力,可这一回我们的思绪没有合拍,因为朱莉亚终于开口时,伤感地说:"还要多少天?另一个一百天?"

"一辈子。"

"我想嫁给你,查尔斯。"

"将来哪一天吧,为什么要现在?"

"战争,"她说,"今年,明年,很快什么时候。我希望和你过一两天真正安宁的日子。"

"这还不安宁吗?"

太阳这时已经落到山谷那边的林地后面,对面整个山坡笼罩在暮色里，我们下方的几泓湖水被染得一片火红；将逝之际的晚霞在牧草地上拖下几道长长的阴影，同时又将越发浓烈、越发瑰丽的光芒完全投射在这座府邸的石墙上，照亮了窗户玻璃，辉映着檐口、柱廊和穹顶，将泥土、石头和树叶原本聚拢的芬馥色泽全都弥漫开来，使我身边这个女人的头部和金黄色的双肩熠熠生辉。

"你说的'安宁'是什么意思，如果不是这些？"

"远远不止这些。"少顷，她用一种就事论事的冰冷腔调继续说道："结婚并不是一件我俩脑瓜一热即可办成的事。必须办一道离婚手续——两道离婚手续。我们得筹划一番。"

"筹划，离婚，战争——在这样的一个黄昏。"

"有时候，"朱莉亚说，"我觉得过去和将来在各自一端彼此贴得太紧，根本容不下现在。"

威尔考克斯顺级而下，走进落日余晖，告诉我们晚餐已经备好了。

彩绘客厅内，百叶窗关上了，窗帘拉上了，蜡烛点燃了。

"喂，这可是三个人的餐具。"

"布莱兹赫德勋爵半小时前回来了，夫人。他捎回口信说，请你们不必等他吃晚饭，因为他有可能晚到一会儿。"

"从他上回在这儿到今天，好像已经有几个月了，"朱莉亚说，"他在伦敦究竟干了些什么呢？"

这是我俩时常揣摩的一件事——进而产生了许多古怪的念头，因为布莱德是个神秘人物；一个从地下钻出来的人；一个鼻长嘴硬、刨地掘洞的冬眠动物，成天避开光亮。他在成年以后的人生岁月里始终没有任何作为，有关他的种种传闻，什么效力军界，进入议会，隐匿于修道院，纯属无稽之谈。外界确实知道他做过的仅有一件事——此事为人所知，是因为在消息匮乏的新闻淡季里，它被写成一篇专稿发表在报纸上，题为《伯爵沉溺于特殊嗜好》——是收集火柴盒。他把火柴盒逐个固定在一排排木架上,编好卡片索引,它们年复一年地占据他在威斯敏斯特狭窄住所里越来越多的空间。起初他为报纸给自己带来的名声惴惴不安,后来却很是快慰,因为他发现这是他与世界各地的收藏家建立联系的一种途径,他现在与他们保持书信往来,互相交换火柴盒的复制品。除此以外,人们不知道他是否有别的什么爱好。他仍然是马奇梅因府的另一位主人,只要在家,就会出于责任感和他们每周去打两次猎。他从不和附近那帮人结伴狩猎,虽说他们的领地条件更好些。他对打猎没有任何真正的热情,他在那个狩猎季节外出围猎不足十次;他没有几个朋友;他定期看望婶婶和姨妈;他参加为天主教募捐而举行的聚餐会。他在布莱兹赫德庄园履行当地所有不可推卸的职责,不管是登上讲台、出席宴会还是走进委员会的会议室,他都携着一团迟钝和冷漠的薄雾。

"上星期在旺兹沃恩,人们发现一个姑娘被一截带刺的铁丝勒死了。"我说道,回想起当年的一个古怪念头。

"那准是布莱德干的。他品行恶劣。"

我们在餐桌边坐了一刻钟,他才过来跟我们一起吃饭。他慢吞吞地走进房间,穿着一件深灰色丝绒吸烟服,这件吸烟服他平时放在布莱兹赫德庄园,回来后总是穿在身上。三十七岁的他显得身躯笨重,头上早早地谢了顶,可能会使别人误以为他已有四十五岁。

"哦,"他说,"哦,就你们俩,我原来指望在这儿看到雷克斯呢。"

我经常揣度他如何看待我,如何看待我一直住在这里;他似乎毫无疑虑地承认我是家庭的一员。过去两年间,他曾两度以貌似友善的举动令我感到惊诧;这个圣诞节他寄给我一张他身穿马耳他爵士袍服的照片,而后不久,又邀请我与他同去一家晚餐俱乐部。两次举动都有一种解释:他洗印了很多自己的照片,不知道该怎样处理;他为他的俱乐部而自豪。这是由各行业显赫人物组成的一个惊世骇俗的联谊会,每月一次,度过一个特别拘礼而又怪诞的夜晚;每人都有自己的绰号——布莱德叫作"大公兄弟"——都戴着一枚专门设计、酷似骑士勋章的饰物,作为各自绰号的象征;他们的背心上都缀有俱乐部的专用纽扣,都有一套引荐客人的烦琐礼节;晚餐后,他们先是读报,继而轮番发表谐谑的演说。引荐享有殊荣的人物显然带有一定的竞争性,由于布莱德只有很少几位朋友,由于我已小有名气,因而受到了邀请。即便在这个宴饮交际的夜晚,我都能觉察出我的这位引荐者频频释放那种搅扰各位兴致的微量磁波,在自己周围形成一池令人尴尬的死水,本人却像木块似的平静地漂浮于水面。

他坐在我对面,那颗头发稀疏的粉红色脑袋俯在餐盘上。

"嗯,布莱德,有什么消息吗?"

"其实,"他说,"我听说了一个消息。不过还可以等一下。"

"现在就告诉我们吧。"

他扮了一个鬼脸,我把它理解成"仆人面前免谈"的意思,接着说:"你的画怎么样了,查尔斯"?

"哪幅画?"

"你正在画的随便哪一幅。"

"我开始画一幅朱莉亚的素描,可是今天一整天光线都很难把握。"

"朱莉亚?我还以为你以前给她画过了呢。我想你是从建筑改画人物,这可难多了。"

他说起话来常常伴有很长的停顿,其间他的思维仿佛处于停滞状态;但他总是能恰好从刚刚打住的地方开始说起,把对方的思路拉回来。这一次过了一分多钟他又说道:"这个世界充满了各种不同的主题。"

"说得很对,布莱德。"

"假如我是一个画家,"他说,"每次都要选择一个截然不同的主题,本身具有丰富的行为的主题,就像……"又一次停顿。接下来是什么?

我想。从伦敦到爱丁堡的快车？轻骑兵队的冲锋？亨莱赛船会[1]？稍后他出人意料地说道："……就像麦克白[2]。"将布莱德视为行动派画家，这种想法本身具有一种极其荒诞的成分；他时常有荒诞的表现，但却以自己孤傲和永不显老的气质赢得了一定的尊严；已有五分世故的他，依然带着五分稚气；他身上似乎没有任何当代生活的痕迹；他本性纯朴，难以通融，对世事漠然处之，反倒迫使人们尊敬他。我们虽然经常嘲笑他，他却从来不是一派纯然可笑的模样；有时他甚至令人心生畏怯。

我们持续谈论中欧传来的消息，直到布莱德骤然打断这个枯燥的话题，问道："妈妈的首饰在哪里？"

"这是她的首饰，"朱莉亚说，"还有这个。她自己的物品都在我和考德莉亚手里。家庭的珠宝首饰都交给银行保管了。"

"很久没瞧见这些东西了——不知道这些首饰我是否全看到过。都有些什么呢？是不是有些名贵的红宝石，像有人跟我说的那样？"

"是的，一串项链。妈妈过去常戴的那串，你不记得了吗？还有些珍珠——她总是戴了出门。不过它们当中的大部分一年年地存放在银行里。几只难看的金刚石护垫，我记得，还有一只难看的维多利亚时期的宝石项圈，现在谁也无法戴啦。还有不少质地很好的宝石。干吗问这个？"

"哪天我想瞧瞧它们。"

"我说，爸爸莫不是要典当它们？他没有再欠债吧？"

"没有，绝无此事。"

布莱德缓慢而贪婪地吃着。我和朱莉亚注视着位于两根蜡烛之间的他。过了一会儿他说："假如我是雷克斯，"——似乎他脑瓜里装满了这类假设："假如我是威斯敏斯特大主教。""假如我是大西

---

[1] 每年7月在牛津郡泰晤士河畔的亨莱市举行的赛船会。
[2] 莎士比亚同名悲剧中的主人公。

方铁路公司的头儿。""假如我是一名女演员。"仿佛仅仅由于造化弄人,他才没有成为这样或那样一个人物,没准他哪天早晨一觉醒来,会发现事情得到了纠正——"假如我是雷克斯,就会住在我的选区。"

"雷克斯说如果不住在那儿,每周可免除四天的工作。"

"可惜他不在这儿。我有一件小事要宣布。"

"布莱德,别这样故作神秘。说出来吧。"

他扮了个怪相,意思好像还是"仆人面前免谈"。

后来葡萄酒端到了桌上,屋里只剩下我们三人,朱莉亚说:"听你宣布了消息我再走。"

"好吧。"布莱德说着,坐回到椅子上,目光牢牢盯住自己的酒杯,"你只要等到星期一,就可以看到报纸上登出这条消息。我已经订婚了。我希望你们高兴。"

"布莱德。真是……真是太惊人啦!和谁呢?"

"噢,这人你不认识。"

"她漂亮吗?"

"照我看你大概不会说她漂亮;我认为'标致'这个词儿倒还和她沾边。她是个身材高大的女人。"

"胖吗?"

"不,高大。她名叫穆斯普拉特夫人;她的教名是贝里卡。我跟她相识已久,不过直到去年她还有丈夫;现在她成了寡妇。你们笑什么?"

"抱歉,这一点都不可笑,不过太出人意料了。她……她差不多和你同龄吧?"

"差不多,我想。她有三个子女,长子刚刚去了安普尔弗思。她的处境很不好。"

"可是,布莱德,你是在哪儿发现她的?"

"她已故的丈夫,海军上将穆斯普拉特,收集火柴盒。"他非常严肃地说。

朱莉亚的身子微微哆嗦着,差点没笑出声,随即恢复了自制,问道:"你莫不是为了她的火柴盒才娶她的吧?"

"不是,不是,全部藏品都已捐赠给法尔默思市图书馆了。我很喜欢她。尽管处境艰难,她还是一个非常乐观的女人,酷爱演戏,她和天主教演员协会有联系。"

"爸爸知道吗?"

"我今天早晨接到爸爸的一封来信表示同意。他一再催促我择日结婚。"

我和朱莉亚同时想到,我们正在一味纵容自己好奇和惊诧的心理,于是我们用几乎不带半点讽意的柔和口吻向他道贺。

"谢谢你们,"他说,"谢谢你们。我觉得我非常幸运。"

"可是我们什么时候能见到她呢?我原以为你会把她带来的。"

他没吭声,兀自小口抿酒,凝视着杯中酒。

"布莱德,"朱莉亚说,"你这个残忍、狡诈、得意忘形的家伙,为什么不把她带到这里来呢?"

"哦,我不能那样做,你知道。"

"为什么不能?我很想见见她。我们现在就打电话请她来吧。这样的时候撇下她一人在家,她会认为我们太不近人情了。"

"她还有几个孩子呢。"布莱兹赫德说,"再说你就是不近人情,不是吗?"

"你这话是什么意思?"

布莱兹赫德抬起头,神情肃穆地瞅着自己的妹妹,继续用同样简单的口吻说着,好像他现在说的话与他适才所言并没有什么区别:"照目前的情形,我不可能请她来。这样做不合适。毕竟,我只是这儿的一名房客。说到具体的房主,眼下这房子是雷克斯的。不管这里发生什么,都是他自己的事。可是我不能把贝里尔带过来。"

"我简直闹不明白。"朱莉亚厉声说道。我看着她,温和的讥诮口吻俱已消失;她似乎警觉起来,几乎受到了惊吓。"当然,我和雷克斯都希望她来。"

"哦,是的,这一点我并不怀疑。问题完全是在其他方面。"他喝完葡萄酒,又斟满酒杯,把酒瓶推到我面前。"你们应该懂得,贝里尔是一个恪守天主教原则的人,这种原则以中产阶级的种种偏见为坚实基础。我不可能把她带到这儿来。你愿意跟雷克斯或查尔斯姘居,甚或跟他们两人姘居,这是无所谓的事——我一向避免打探你的私生活——可是无论如何,贝里尔也不会同意做你的客人。"

朱莉亚站起身。"哼,你这个自命不凡的蠢货……"她说着,蓦地打住,转身朝门口走去。

起初我以为她会憋不住笑出声,而后我为她打开门,惊愕地发现她泪流满面。我不禁犹豫起来。她从我身边溜出去,没有瞥我一眼。

"大概我给人造成了一种印象,使人以为这是一桩有利可图的婚姻。"布莱兹赫德继续平静地说道,"我不能为贝里尔说话,我的牢固地位无疑对她有些影响。的确,她也说过这样的话。就我本人而言,且容我着重指出,我对她可是倾心相恋。"

"布莱德,你居然对朱莉亚说出那样粗鲁无礼的话!"

"不应该引起她的任何反感,我只是说出了一个她很清楚的事实。"

她不在图书室,我上楼去她的房间,但她不在那里。我在她那摆满东西的梳妆台边伫立片刻,猜测她是否会来。接着,通过敞开的窗户,屋里的光线从露台上流泻而过,融入暮色,映照着那座似乎总能吸引我们前去休憩养神的喷泉。就着这束光线,我瞥见了石头旁边的一袭白裙。时近夜晚,我发现她藏身于最黑暗的隐蔽处,坐在一张木椅上,位于水池周边修剪过的黄杨树篱之间的一片隙地。我将她搂在怀里,她把脸颊贴住我的胸口。

"你在这儿不冷吗?"

她没答话,只是紧紧地依偎着我,身子随着啜泣而颤抖。

"亲爱的,怎么啦?你干吗这么介意?那个笨蛋说些什么,又有什么关系?"

"我不介意,没什么关系,只是感到震惊。别笑话我。"

在我们恍若一世光阴的两年恋爱生活中,我从未见到她如此动情,感到如此无助。

"他怎么敢那样跟你说话?"我说,"这个冷酷心肠的老骗子……"然而她对我的怜恤并不领情。

"不,"她说,"不是这样。他一点没错。"他们完全了解此事,布莱德和他那个寡妇;他们白纸黑字都看到了,他们在教堂门口花一便士就买到了传单[1]。你在那儿花一便士,什么事情都能知晓,白纸黑字清清楚楚,而且没有人监督你付钱;只有一个老太婆手拿一把笤帚在忏悔室那头哗哗哗地扫地,一个年轻女人在七悲圣母像前点燃一根蜡烛。往盒里放一便士,或者不放,悉听尊便,取走传单。白纸黑字你看得分明。

"归纳为一个词,一个平凡而致命的小小词儿,贯穿你的一生。"

"'姘居'。不仅仅是做了错事,就像我当年去美国那样,做了错事,知道错了,不再犯错,就此忘却。他们可不是这样的意思。这根本不是布莱德的意思。他说的正是传单上白纸黑字表明的意思。"

"姘居,有罪的生活,永远是一回事,就像一个白痴儿童备受照料和看护,以免遭到世人'欺负'。'可怜的朱莉亚,'他们说,'她不能再与异性交好。她得清除自身的罪孽。发生这种事,真是遗憾,'他们说,'可这罪孽又是如此深重。这样的孩子一贯如此。朱莉亚实在舍不得摒弃她那小小的、疯狂的罪孽。'"

---

1 此处指宣传宗教思想的印刷品。

"一小时前,"我想,"她坐在夕阳下,在水里转动手上的戒指,数着幸福的日子;此时晚星初露,最后一次响起白昼疹人的沙沙声,尽是这种纠结于心的莫名的烦恼!我们在彩绘客厅里发生了什么事?烛光里落下了哪道阴影?——讲了两句粗话,一个用滥了的套语。"她失去了理智。她的声音,时而在我的胸腔里隐隐作响,时而清晰而又痛苦,将一个个互不连贯的词儿和断断续续的句子说给我听。

"过去和将来,那些年我一直试着做一个好妻子,在雪茄烟雾中,一个个筹码在十五子棋盘上咔嗒咔嗒作响,那个'哑巴'伙计在男人们的桌旁斟酒;在我打算怀上他孩子的时候,被肚里已死的胎儿折磨得痛苦不堪;抛开他,忘掉他,找到他,和你相处的过去两年,和你在一起的整个将来,和你在一起或者不在一起的整个将来,战争来临,世界灭亡——罪孽。

"一个来自很久以前的词儿,从霍金斯奶奶那儿听到的,她当时坐在壁炉旁缝补衣裳,就着圣心像前摇曳的烛光。每个礼拜日的午餐以前,我和考德莉亚在妈妈屋里一起温习《教理问答》。妈妈带着我的罪孽去教堂,站在私人祈祷室里,脸上蒙着黑色的网眼花边面纱,在罪孽的重负之下低垂着脑袋;带着我的罪孽,在伦敦亮起万家灯火前偷偷溜出来,走过空寂的街道,送奶人的马原地站立,两只前蹄踩在人行道上;妈妈被我的罪孽折磨得奄奄一息,那种惨状更甚于她自己的绝症所带给她的痛苦。

"妈妈带着罪孽死去。基督带着罪孽死去,手和脚都被钉上了铁钉;悬挂在夜间婴儿室的床头;年复一年地悬挂在法姆街那间铺着闪光油布的狭小阴暗的书房里;悬挂在那座阴暗的教堂里,只有一个打杂女佣扬起尘土,只有一根点燃着的蜡烛;正午时分高高地悬挂在围观人群和士兵们的头上。没有任何宽慰,除了蘸满醋的海绵和一个窃贼的几句好话以外,永远悬挂着;永远没有冰凉的石墓,没有铺在石板上的尸衣,漆黑的墓穴里永远没有香油和香料;永远是正午时分的太阳,咔嗒咔嗒地掷骰子分一件无缝尸衣。[1]

"没有退路;大门上了栓;所有的圣徒和天使都排列在墙边。抛掉了,废弃了,朽坏了。患狼疮的老头拄着一根叉状手杖,在夜幕降临之际一瘸一拐地走到外面去翻垃圾,希望能找到什么东西装进他的麻袋——能够出卖的什么东西,最后厌恶地转身走开了。

"没有名字的死者,就像那个女婴,我还没看见她就被他们裹起来抱走了。"

她一边流泪一边讲述,渐渐陷入了沉默。我什么也干不了。我随波漂流在一片陌生的海面上。我的双手搭在她束腰外衣的镂金丝绒上,冰凉而僵硬,我的两眼干涩。此刻她在黑暗中紧紧搂住我,我却远离她的精神世界,正如多年前我从火车站前往她家的路上给她点燃一根纸烟,却与她相距遥远;正如她在寂寞无聊的岁月神智失常时我与她相距遥远,无论是在教区长旧宅还是我后来在原始密林里。

泪水随着她的倾诉涌出眼眶。不久,她默默地止住啜泣。她坐起来,避开我,拿起我的手帕,哆嗦着站起身。

"罢了。"她用一种几近正常的声音说道,"布莱德常有这种惊人之举,对吧?"

我随她进门,走到她的房间;她坐在镜子前面。"考虑到我刚刚摆脱了一阵歇斯底里,恢复了常态,"她说,"我要说这不算太糟。"她的眼睛似乎出奇地大而明亮,她苍白的面颊上泛起两片红晕,她当年做姑娘时经常往上面涂抹胭脂。"大多数歇斯底里的女人都好像得了重伤风。你最好先换掉这件衬衫再下楼,上面尽是泪痕和口红。"

"我们还要下楼吗?"

"当然啰,我们不应该在可怜的布莱德订婚的当晚离开他。"

我回到她的房间里时,她说:"我很抱歉刚才出现了那样可怕

---

[1] 这里引用了耶稣之死的典故。据圣经《新约》记载,耶稣被钉在十字架上,从正午开始受刑。有人拿海绒蘸醋给耶稣喝,耶稣不愿喝,看守他的士兵拈阄瓜分他的衣服。

的情形,查尔斯。我无法解释。"

布莱兹赫德在图书室里,一边抽着烟斗,一边平静地读着一本侦探小说。

"外面还好吧?我要是知道你们出去,也会跟着去的。"

"相当冷。"

"但愿雷克斯从这里搬出去没有什么不便。知道吧,巴顿街的房子对于我们和三个孩子来说实在太窄了。何况贝里尔喜欢乡村。爸爸在来信中建议我们把这里所有的地产立刻转让出去。"

记得当年我作为朱莉亚的客人初到布莱兹赫德,雷克斯是怎么欢迎我的。"这种安排真让人高兴。"他曾经这样说,"对我再合适不过了。老爷子继续照看这个地方;布莱德和承租人完全是封建契约的关系;我负责管理整栋住宅,免交房租。我的所有开销只是伙食费和宅内仆人的工资。再也提不出比这更优惠的条件了,是吧?"

"我觉得他一定会为搬走而伤心。"我说。

"哦,他会在别的地方找到便宜住房,"朱莉亚说,"相信他吧。"

"贝里尔有几件她酷爱的家具,我不知道放在这里是否合适。你知道,橡木碗橱、棺材垫凳之类的东西。我觉得她可以把这些东西放在妈妈的老屋里。"

"不错,那地方正合适。"

于是兄妹二人坐在一起讨论这栋住宅的布局,一直谈到睡觉时间。"一小时前,"我想,"就在白杨树篱间黑暗的隐蔽处,她为自己的上帝的死哭得伤心欲绝;此刻她却在议论贝里尔的孩子们到底应该住在原先的吸烟室,还是他们自己的教室。"我心里一片茫然。

"朱莉亚,"我后来说道,这时布莱兹赫德已经上了楼,"你有没有见过霍尔曼·亨特[1]一幅名叫《良心觉醒》的画？"

"没有。"

我几天前在图书室见过一本《前拉斐尔派[2]》。我把书找来，给她读了其中罗斯金的有关描述，她愉快地笑起来。

"你说得太好了。这正是我当时的感受。"

"可是，亲爱的，我不相信你流了那么多眼泪，仅仅是为了布莱德的几句话。你肯定以前一直在考虑这件事。"

"几乎没有，偶尔想想，最近考虑得多些，因为最后审判日的号角就要吹响了。"

"当然，这种事只有心理学家才能解释。从儿时起就及早做好准备，从你在育儿室受到灌输的一派胡言中产生了罪恶感。你在心底里知道那尽是瞎扯，不是吗？"

"我巴不得那尽是瞎扯！"

"塞巴斯蒂安有一次跟我说过几乎同样的话。"

"他已经皈依了宗教，你知道。当然，他从没像我这样果断地脱离宗教。我已经走得太远了，现在不可能回头了，这我知道，如果你说你知道那尽是瞎扯，指的是这个意思。我希望自己能做的，无非是用一种合乎人性的方式，把我的生活纳入某种常规，赶在一切人类秩序尚未终结之前。这就是我想嫁给你的原因。我想要一个孩子，这是我能做到的一件事……我们再到外面去吧，这时候月亮一定升起来了。"

一轮满月高悬于天上。我们沿着宅院周围散步。朱莉亚走到橙树下驻足，漫不经意地从许多枝条中撅下很长的一根——都是去年在树干周围长出来的，边走边剥去它的表皮，正是孩童的做派，可她神经质地扯下树叶，攥在手指间用力捻碎，那种恃强逞性的举止

---

[1] 霍尔曼·亨特（1827—1910），英国画家，前拉斐尔派兄弟会的重要成员，代表作有《世界之光》《替罪羔羊》《良心觉醒》等。
[2] 19世纪中叶出现于英国的一个画派。主张真正的艺术存在于意大利文艺复兴时期画家拉斐尔之前，企图以振兴拉斐尔以前的艺术来挽救英国绘画，因而称为前拉斐尔派。

又不像是孩童所为；她开始剥树皮，用指甲连挠带抠。

我们又一次在喷泉边停下脚步。

"它好像是一出喜剧的背景。"我说，"地点：一个贵族庭院中的巴洛克喷泉。第一幕，日落，第二幕，黄昏，第三幕，月光下。剧中人物经常聚集在喷泉旁边，具体原因不太明确。"

"喜剧？"

"戏剧，悲剧，闹剧，随你怎么叫。这是和解的场面。"

"之前吵过架吗？"

"第二幕中有过疏远和误解。"

"噢，别用这种该死的武断方式讲话。为什么这必须是一出戏？为什么我的良心必须是一幅前拉斐尔派的画？"

"这就是我的方式。"

"我讨厌这种方式。"

在这个情绪骤变的夜晚，她的愤怒就像每个变化一样出人意料。她忽然挥起手中的鞭子抽打我的脸，她那带着的恶意造成剧痛的奋力一抽。

"现在你知道我有多讨厌它了吧？"

她又抽了我一下。

"好哇，"我说，"继续抽。"

接着她扬起手，却又蓦地止住，将剥了一半皮的枝条扔进水里，任它随波飘浮，在月光的映照下显得黑白分明。

"那儿疼吗？"

"疼。"

"真的？……我弄疼的？"

霎时间，她的怒气已然全消；她的眼泪重又涌出来，滴到我一侧的面颊上。我扶住她，跟她稍稍隔开距离。她垂下脑袋，用自己的脸蹭着我搭在她肩头的一只手，像是猫，可又不像是猫，在我的手上留下一滴眼泪。

"房顶上的猫儿。"我说。

"畜生!"

她朝我的手咬过来,可是我并没有把手让开,已经被她的牙齿碰到,她这时却顺势将啮咬变成亲吻,亲吻又变成了舌舔。

"月光下的猫儿。"

这是我知道的那种心情。我们转身朝房子走去。我们走到灯光明亮的大厅,她说:"你那可怜的脸。"她用手指抚摸上面的伤痕。"明天还会有一道痕迹吗?"

"我想会有的。"

"查尔斯,我是不是快疯了?今晚发生了什么事?我累极了。"

她打起了哈欠。她接连打着哈欠。她坐在梳妆台前,耷拉着脑袋,头发遮住脸,抑制不住地打着哈欠,及至她抬起头,我看到她肩膀上方的镜中一张疲惫而茫然的脸,像是一名正在撤退的士兵,旁边是我的脸,上面有两道鲜红的血痕。

"累极了,"她重复道,一边脱掉金色的束腰外衣,任其滑落在地板上,"疲惫,疯狂,无用。"

我侍候她上了床。她闭拢的蓝色眼睑遮住了眼睛;她苍白的嘴唇在枕头上翕动,但到底是祝我晚安,还是喃喃地吟诵一段祷辞——她在此时这个充满哀怨和睡意的幽暗世界想到的一首音韵铿锵的童谣:一首古老而虔敬的歌谣,历经几百年的床边低吟传到霍金斯奶奶这里,历经所有的语言变化,从赶着驮马行走在朝圣路上的年代流传下来——我不得而知。

第二天晚上,雷克斯与他的那些政界搭档跟我们待在一起。

"他们不会开战。"

"他们无法开战。他们没有钱;他们没有石油。"

"他们没有钨;他们没有士兵。"

"他们没有胆量。"

"他们害怕。"

"怕法国人；怕捷克人；怕斯洛伐克人；怕我们。"

"这是虚张声势。"

"这当然是虚张声势。他们的钨在哪儿？他们的锰在哪儿？"

"他们的铬在哪儿呢？"

"我告诉你们一件事……"

"注意听他讲，一定有意思，雷克斯要告诉你们一件事。"

"……我的一位朋友骑着摩托车行驶在黑林山[1]区，就是几天前，刚从那儿回来，在我们打高尔夫的时候亲口跟我说的。唔，这位朋友驱车前行，沿着一条小路驶上公路。除了一支军事护卫队以外，他还能发现什么呢？不能停，径直开上公路，迎面撞上一辆侧身停在路上的坦克。他拼命刹住车……等一等，这正是滑稽可笑之处。"

"这正是滑稽可笑之处。"

"他索性穿过坦克，连摩托车的漆皮都没有蹭掉。你们猜怎么了？坦克是用帆布做的——竹子搭好框架，再蒙上画了图形的帆布。"

"他们没有钢。"

"他们没有机床。他们没有劳力。他们吃不饱肚子，他们没有脂油。儿童患有佝偻病。"

"女人不能生育。"

"男人阳痿。"

"他们没有医生。"

"医生都是犹太人。"

"现在他们都得了肺结核。"

"现在他们都得了梅毒。"

"戈林告诉我的一个朋友……"

"戈培尔告诉我的一个朋友……"

---

[1] 位于德国西南部，东北—西南走向，东、北坡多为森林覆盖。

"里宾特洛甫告诉我,只要希特勒能够不花钱搞到东西,军方就会支持他继续执政。一旦有人起来跟他作对,他就完了,军队就会开枪将他击毙。"

"自由派会把他绞死。"

"共产党会剁掉他的四肢。"

"他会自残而亡。"

"如果不是因为张伯伦[1],他现在就会自残而亡。"

"如果不是因为哈里法克斯[2]。"

"如果不是因为塞缪尔·霍尔爵士[3]。"

"还有 1922 年委员会。"

"和平诺言。"

"外交部。"

"纽约的银行。"

"唯一需要的是一条坚不可摧的战线。"

"雷克斯的一条战线。"

"加上我的一条战线。"

"我们要把一条坚不可摧的战线送给欧洲,欧洲正在等待雷克斯发表演讲。"

"还有我的演讲。团结世界上所有热爱自由的民族。德国会起来;奥地利会起来。捷克人和斯洛伐克人一定会起来。"

"聆听雷克斯的演讲和我的演讲。"

"要不要打一局板球?再喝杯威士忌?你俩谁要吸一支大雪茄?喂,你们两个要出去吗?"

"是的,雷克斯,"朱莉亚说,"我和查尔斯要到月光下走走。"

---

[1] 亚瑟·内维尔·张伯伦(1869—1940),英国首相,保守党领袖,1938 年与希特勒签订出卖捷克斯洛伐克的《慕尼黑协定》,执行纵容法西斯侵略的绥靖政策。

[2] E. F. L. W. 哈里法克斯(1881—1959),英国保守党人,历任驻印度总督、上院领袖等要职,在外交大臣任内对纳粹德国实行绥靖政策。

[3] 塞缪尔·霍尔(1880—1959),英国政治家,爵士,多次在内阁任职。

我们关上身后的几扇窗户，各种音响戛然而止。月光像灰白的霜一样洒在阳台上，喷泉的潺潺水声悠然入耳；阳台上的石栏杆恍若特洛伊人的城墙，静谧的园内仿佛支着希腊人的营帐，克瑞西达[1]那天夜晚就躺在里面。

"几天，几个月。"

"时不可失。"

"一生只在月出与月落之间。以后便是黑暗。"

---

[1] 中世纪特洛伊战争传奇中一个对其情人特洛伊罗斯不忠的女子，莎士比亚以此为题材写出戏剧《特洛伊罗斯和克瑞西达》。

# 第四章

"当然,西莉亚会照看孩子们。"

"当然。"

"那么教区长的旧宅怎么办?你总不至于想和朱莉亚住在那里,还要嘭嘭嘭地敲我们的门吧?孩子们把这里当成了自己的家,你知道。罗宾要等到他叔叔去世后才会有自己的住处。毕竟,你从没用过那间画室,对吧?罗宾几天前还说,这里可以成为一间很好的娱乐室——大到能打羽毛球的地步。"

"罗宾可以买下教区长的旧宅嘛。"

"现在说到钱,西莉亚和罗宾自然不愿意接受任何财产,但问题是孩子们的教育。"

"这件事会处理好的。我会找律师出面解决。"

"嗯,我想这正是关键之所在。"穆尔卡斯特说,"知道吗,我这辈子见识过几起离婚,从没看到哪一起的了结,能让双方当事人皆大欢喜。几乎无一例外,无论人们起初如何友善,一旦涉及具体问题,心头就会窜起一股邪火。请注意,恕我直言,最近两年有些时候,我认为你对西莉亚的态度有点粗暴。谈到自己的妹妹时话不太好讲,可我一向认为她是一个特别迷人的姑娘,任何一个小伙子都乐于娶她为妻——同样爱好艺术,正好对你的口味。但是我必须承认你很会挑人,我一直对朱莉亚有一种偏爱。不管怎么说，事情发展到这一步，似乎合乎每个人的心意，罗宾一直狂热地迷恋西莉亚，长达一年或更长的时间。你知道他吗？"

"隐隐约约。记得他是一个耽于空想、满脸粉刺的青年。"

"哦，我要说的可有些不一样。他相当年轻，当然，但关键是约翰约翰和卡洛琳都很喜欢他。你在那儿还有一双漂亮儿女哩，查尔斯。代我向朱莉亚问好，祝她事事顺心如意，为了过去的岁月。"

"这么说你正在办理离婚。"我父亲说，"这是不是毫无必要呢，毕竟你们这么多年一直幸福地生活在一起？"

"我们并不是很幸福，你知道。"

"你们不幸福？你们不幸福？我清清楚楚地记得去年圣诞节看到你俩在一起，我想你们看上去可真幸福，当时还纳闷为什么。你将发现一切从头开始，知道吧，会让你伤透了脑筋。你多大岁数了——三十四岁？这可不是重新开始的年龄。你应当过安定的生活。你有什么打算吗？"

"有。离婚手续一旦办妥我就立刻结婚。"

"哦，要我说这可太愚蠢了。我能理解一个男人但愿自己没有结婚，企图从婚姻中解脱出来——虽说我自己从未有过这种感觉——然而甩掉一个妻子，再赶紧另娶一个，这完全没有道理。西莉亚一向对我以礼相待，我在一定程度上也很喜欢她。如果你和她在一起不能幸福，又怎能指望和别的女人在一起就一定幸福呢？听从我的忠告，亲爱的孩子，彻底打消这个念头吧。"

"干吗把我和朱莉亚扯进来？"雷克斯问道，"如果西莉亚想要再婚，那好，由她去吧。这是你和她的事。不过我应该认为，朱莉亚和我过去很幸福，现在也很幸福。你不能说我这个人一向不好相处吧，许多人的脾气可是糟得很呢。我希望自己是一个世故通达的人，我有自己的事情要干。然而离婚可是一件完全不同的事情，我从来不知道哪一起离婚对谁有过什么好处。"

"这是你和朱莉亚的事。"

"哦，朱莉亚执意要这样。我希望你能说服她改变主意。我一直尽量争取不妨碍你，如果我在附近出现的次数过多，不妨直言相告，我不介意。可是眼下许多事情全都凑到一起来了，由于布莱德想把我从宅子里撵走的缘故。真是伤脑筋，我的烦心事已经够多的了。"

雷克斯的公共生活正面临一个紧要关头。事情的进展并没有如他原先设想的那样顺利。我对财务一无所知，但已听说他的各项交易并不被正统的保守党人看好；甚至连他待人友善和富有魄力的优良品质都对他不利，因为他在布莱兹赫德举办的聚会引起了各种议论。报纸上总是登出太多有关他的消息；他与几位报界巨头和他们那些目光忧郁脸带微笑的随从打得火热；他在演讲中提到的事情成为舰队街"制造新闻"的素材，这对他本人和他那个党派的头领们都没有任何好处；只有战争才能使他的财务状况趋于好转，并使他掌握权力。一次离婚不会对他造成多大的损害。这就好比他正在经营一家大银行，无暇旁顾。

"如果朱莉亚执意要离婚，我想她肯定能办到。"他说，"只是她选择了一个不能再坏的时机。告诉她稍微等一下吧，查尔斯，请你做一回好人。"

"布莱德的寡妇说，'这么说，你要和一个离过婚的男人离婚，再和另一个离过婚的男人结婚。这事听起来可真够复杂的，可是亲爱的，'——她称呼我'亲爱的'约有二十次——'我发现每个天主教家庭里通常有一个叛教者，而且往往是长相最好的那个。'"

朱莉亚刚刚到家，她此前参加了罗斯康芒夫人为祝贺布莱兹赫德订婚而举行的午餐会。

"她长得怎么样？"

"魁梧，肉感；相貌平平，当然；嗓音嘶哑，大嘴，小眼，染发——有件事我得告诉你，她对布莱德隐瞒了年龄，她足有四十五岁。我看她没有抚养一个继承人。布莱德的目光一刻也离不开她，他在席间始终色眯眯地盯着她，真是令人作呕。"

"人随和吗？"

"谢天谢地，随和，就是带有一副屈尊俯就的架势。知道吧，我猜想她以前在海军界一定惯于把人呼来喝去，有一帮将军的副官围着她转，还有一些想要升迁的年轻军官对她谄媚奉承。呃，她在范妮舅妈的午餐会上显然要收敛一些，因为有我这个有辱门楣的人在场，她心里舒坦多了。实际上，她把话题集中在我身上，征求我对购物和一些事情的建议，并且相当坦率地说，她希望在伦敦经常见到我。我想布莱德只是担心她会和我睡在一个屋里。很明显，无论是在女帽店、美容店，还是在利兹饭店吃午饭，我都不能使她受到严重伤害。说到底，只有布莱德心存顾忌；那个寡妇可是相当强悍。"

"她有没有任意支使他？"

"还不算严重。他坠入情网丢了魂儿，可怜的家伙，简直不太知道自己身在何处了。她只是一个善良的女人，想让孩子们有一个像样的家，不愿意让自己受到任何妨碍。目前她正在竭力兜售那套宗教货色。她一旦安顿下来，或许就会变得本分一些。"

两起离婚案在朋友们中间引发了诸多议论，即便是在这个人人自危的夏天，仍有那么一些最爱关注旁人私事的角落。我的妻子能够让人相信，离婚的事对于她值得庆贺，同时也令我蒙受耻辱；她表现得相当出色，除了她以外，谁也不能忍受那么长的时间。罗宾比她小七岁，单以年龄而论还不够成熟，他们在隐秘的角落里悄悄议论说，但他对可怜的西莉亚绝对忠诚，她在经历了那么多事以后，理应得到这份爱情。至于我和朱莉亚，还是老一套的说法。"冒昧地说一句，"我的堂兄贾斯珀说,仿佛此生不曾用别的语气说过话,"我不明白你为什么要费心结婚。"

夏天过去了,疯狂的民众为内维尔·张伯伦从慕尼黑归来欢呼;雷克斯在下院发表了一通狂热的演讲,在一定程度上注定了自己的命运。注定的命运,就像有时海军指挥部下达的命令是密封[1]的,留待日后海上航行时开启。朱莉亚的家庭律师们启动了她缓慢的离婚程序,他们那一只只标有"马奇梅因侯爵"字样的黑色镀锡铁皮箱,多到似乎塞满了一屋子;距此相隔仅两个门的那家生意更加兴隆的事务所,早在几周以前便着手办理我的离婚案了。雷克斯和朱莉亚必须正式分居,鉴于布莱兹赫德目前仍是朱莉亚的家,所以她继续住在那里,雷克斯则将他的行李和贴身男仆转移到他们在伦敦的住宅。朱莉亚显然不能和我一起住在我的寓所里。布莱兹赫德的婚礼日期已经确定,是在圣诞节假期的第一天,以便他那几个未来的继子女参加。

十一月的一个下午,我和朱莉亚站在客厅的一扇窗前,注视着寒风刮向一棵棵酸橙树,吹落枯黄的叶子,卷起黄叶,吹得它们打着一个个旋儿,掠过阳台和草坪,驱赶着它们经过水洼和潮湿的草地,紧紧贴住房屋的外墙和窗户玻璃,最后任由它们湿漉漉地堆集在石砌房基旁。

"春天我们就见不到它们了,"朱莉亚说,"或许再也见不到了。"

"曾经有一次,"我说,"我离开时心想,我再也不会回来了。"

"也许多年以后,再来看看这里的遗迹,带着我们以往的回忆……"

这间阴暗的屋里我们身后的一扇门打开复又关上,威尔考克斯穿过壁炉的火光走进落地窗旁的暮色里。

"一个电话留言,小姐,考德莉亚小姐打来的。"

"考德莉亚小姐!她在哪儿?"

---

[1] 原文 seal 兼有"密封"和"注定"的双重含意。

"在伦敦,小姐。"

"威尔考克斯,太好啦!她要回来吗?"

"她刚刚动身去火车站,晚饭后就会来到这里。"

"我已经有十二年没见到她了。"我说——从那天夜晚至今一直没见过,当时我们在一起吃晚饭,她说要当修女,那天黄昏我在马奇梅因府画那间客厅。"她是一个迷人的姑娘。"

"她过着古怪的生活。起初,在修道院;后来,眼看那里待不住了,又远赴战火中的西班牙。打那以后我再没见过她。战争结束后,战地救护队的其他姑娘都回来了;她继续留在那里,帮助人们重返家园,同时在战俘营里协助工作。一个古怪的姑娘。她长大后相貌平常,你知道。"

"她知道我们的情况吗?"

"知道,她还给我写过一封很客气的信。"

想到考德莉亚成年后"相貌平常",真是叫我痛心。想想看,她炽热的情感全都浪费在注射血浆和喷洒除虱粉的工作上。她到家时,穿着破旧的衣裳,由于长途旅行而略显疲惫,举手投足间透出一副无意取悦旁人的姿态,我觉得她是个相貌丑陋的女人。真怪啊,我心里暗忖,相同的基因,经过不同的排列组合,何以造就出布莱兹赫德、塞巴斯蒂安、朱莉亚和她。无疑是他们的妹妹,却没有一点朱莉亚或塞巴斯蒂安的优雅,也没有布莱兹赫德的肃穆。她显得轻快而务实,似乎沉浸于军营和绷扎所的氛围里,完全适应了各种深重的苦难,脸上没有了各种愉快而优雅的表情。她看起来不止她二十六岁的实际年龄;艰辛的生活形成了她粗糙的外表;长年使用一种外语,已经将她语言音调的细微变化消磨殆尽;她坐在壁炉旁,稍稍叉开双腿,说了句"回到家里真好",在我听来像是一头野兽归巢时发出的呼噜声。

考德莉亚最初半小时给我的这些印象,与朱莉亚的白肤绸服和戴着珠宝的秀发对比,与我记忆中她儿时的模样对比,越发显得生动而清晰。

"我在西班牙的工作结束了,"她说道,"地方当局对我很客气,感谢我所做的一切,授予我一枚奖章,然后打发我回来。看样子,这里很快就会有许多同样的工作。"

稍后她又说:"现在是不是太晚,不便去见奶奶了?"

"不晚,她整夜都坐着听她的收音机呢。"

我们三人一起上楼去老育婴室。我和朱莉亚每个白天都要在那儿待一阵。霍金斯奶奶和我父亲似乎都是永远不变的人,比起我最初见到他们时的形象,他们一点都没显老。霍金斯奶奶如今新添的一台收音机——她原先保存了少许心爱的物件———串念珠,一部《英国贵族名录》,连同一张裹住其红色烫金封皮的干净的棕色纸,几张照片,若干节日礼品——放在她的桌子上。我们向她透露了我和朱莉亚即将结婚的消息,她说,"好哇,亲爱的,但愿你们一切如意",因为她受限于自己信奉的宗教,不便询问朱莉亚的行为是否恰当。

她从来不喜欢布莱兹赫德,听到他订婚的消息,她说:"他准是费了很长时间才拿定主意。"后来她查阅《英国贵族名录》,没有找到有关穆斯普拉特夫人亲戚的条目,她又说:"她把他迷住了,我想。"

我们看到她,如同以往傍晚时分那样,坐在壁炉旁,身边放着自己的茶壶,还有一块正在编织的小幅羊毛地毯。

"我知道你们会上来的。"她说,"威尔考克斯先生派人过来说你们马上要来。"

"我给你带来一些花边。"

"哦,亲爱的,这真好,就像可怜的夫人望弥撒时衣服上缀的那种。只是他们为什么把花边做成黑色的,我可从没想明白,花边自然应该是白色的嘛。这件东西真招人爱,我相信。"

"我可以关掉收音机吗,奶奶?"

"嗯,当然可以,我没注意它还开着呢,见到你光顾着高兴了。

你把头发梳成啥样了？"

"我知道它很难看，现在既然回来了，就得好好拾掇一下了，亲爱的奶奶。"

我们坐在那儿谈话，我发现考德莉亚充满柔情的眼睛瞅着我们几个人，这才意识到她也自有一种独特的风韵。

"上个月我见到塞巴斯蒂安了。"

"他走了那么久！他还好吗？"

"不太好，所以我才去那儿。你知道西班牙距离突尼斯很近。他和那里的修道士们待在一起。"

"但愿他们会好好照料他。我估计他们会发现他是一个很难管的人。每年圣诞节他总是给我寄贺卡，不过这总归比不上他在家里。你们为什么总是往国外跑呢，我可一点都想不明白。就像爵爷一样。那一阵传说要跟慕尼黑开战，我跟自个儿说，'考德莉亚，塞巴斯蒂安，还有爵爷，全都在国外，这下可要够他们受的了'。"

"我想让他跟我一起回来，可他就是不肯。他如今蓄起了胡须，知道吧，而且虔诚地信教。"

"这个我不信，就算亲眼看见也不信。他总是有点异教徒的味道。布莱兹赫德倒是虔诚信教的人，塞巴斯蒂安不是。胡须嘛，只要想一下；他的皮肤那么白净，看上去总是那么清爽，尽管他整天不沾水，而布莱兹赫德就是白净不了，任你怎么给他擦洗。"

"真可怕，"朱莉亚有一次说道，"想想你居然彻底忘了塞巴斯蒂安。"

"他是一个先导。"

"这是你在那场风暴中说的话。打那以来我时常想，或许我也只是一个先导。"

"或许，"我暗暗生出一个念头，此时她的话语仍在我们之间的空气里悠然飘浮，像是烟草的一缕烟雾——一个念头，像烟雾一般即

307

将变淡乃至消失得影踪全无——"或许我们的所有情爱只是些许暗示和符号;没有价值的文字,随意涂写在门柱上,涂在前人疲乏地沿途走过的铺路薄片石上;或许你和我是典型的人物,悲哀降临在我们之间,缘于我们在寻求之时生出的失望,每人都在努力赶上乃至超过对方,不时瞥见那个影子,那个总是抢在我们前面一两步拐过街角的影子。"

我没有忘记塞巴斯蒂安。他每天都通过朱莉亚和我在一起;或者说,我正是通过他认识了朱莉亚,在那遥远的田园牧歌式的岁月里。

"这对于一个姑娘是一种冷酷的安慰。"她在我试图解释时说道,"我怎么知道我不会突然变成别的什么人呢?用这种方法很容易糊弄人。"

我没有忘记塞巴斯蒂安,这座房子的每块石头都有一段关于他的记忆,听着考德莉亚说起一个月前见到的他,我心中所想,一时间尽是我这位失踪的朋友。我们离开育婴室的时候,我说:"我想听到关于塞巴斯蒂安的所有情况。"

"明天吧。说起来话很长呢。"

第二天,我们一起走在寒风劲吹的林子里,她告诉我说:

"我当时听说他快死了,"她说,"是一位布尔戈斯的记者告诉我的,当时刚从北非回来。一个贫病交迫的人,名叫弗莱特,人们说是一位英国勋爵,神父们发现他快饿死了,便把他收留在迦太基附近的一家修道院内,这就是我当时听到的消息。我知道这消息可能不太准确——虽说我们没为塞巴斯蒂安做什么,他至少还能收到我们的汇款吧——可我还是立刻动身了。

"一切都很简单。我首先去领事馆,他们完全了解他的情况。他住在传教神父总部的医疗所里。根据领事的说法,塞巴斯蒂安某一天从阿尔及尔坐着一辆公共汽车来到突尼斯,申请当一名传教会的平信徒修士。神父们瞧了他一眼就把他拒绝了。随后他就开始酗酒。

他住在阿拉伯人住宅区边缘的一家小客栈里。后来我去看过那地方，那是一家酒吧，楼上有几个房间，老板是一个希腊人，到处散发着热油、大蒜、口味寡淡的葡萄酒和旧衣裳的气味。这地方常有希腊小商人光顾，玩几局国际象棋，听听收音机。他在那儿待了一个月，喝希腊苦艾酒，偶尔出去逛逛，他们不知道他去了哪儿，回来后再接着喝。他们担心他会惹事，有时还盯他的梢，但他只是去教堂，或者搭辆车去郊外的那家修道院。那里的人们挺喜欢他。他照样招人喜欢，你知道，不管他去什么地方，不管他的处境怎样。这是他身上永远不会失去的一种东西。你们真该听听客栈老板和老板家的人说起他的那番话，他们当时泪流满面，他们分明是在肆意掠夺他的财物，但是也在照料他，设法逼迫他吃饭。他的现状可是让他们吃惊不小，他不愿意吃饭；他身上有那么多钱，却那么瘦。我们在用特别古怪的法语说着话，住在这里的几个客人走进来，他们的说法全都一样。这么好的一个人，他们说，看到他如此消沉他们很难受。他们对他的家庭很反感，因为家人让他沦落到这般田地，他们家里的人就不可能发生这种事，他们说，我认为他们说得很对。

"不管怎么说，这是以后的事了。离开领事馆，我直接去那家修道院，见到了修道院院长。他是一个严厉的丹麦老头，在中非待了五十年。他跟我说了他了解的那些情况：塞巴斯蒂安怎样出现在那里，正如领事所说，蓄着胡须，拎着一只小提箱，请求他们收留他当一名平信徒修士。'他的态度非常诚恳，'那位院长说，"——考德莉亚模仿他那粗嘎的腔调，我记得她在学校里就有一种模仿的天赋——"'请不要对这一点觉得有什么可疑——他的神志很正常，态度也很诚恳。'他想去那些原始森林，尽可能走得远远的，与最单纯的人们为伍，去接触那些食人生番。院长说：'我们教区里可没有食人生番。'他说，那好，俾格米人[1]也成，或者是一条河边什么地方的一个原始村

---

[1] 一种矮小人种，身高不满五英尺，分布在中非、东南亚、大洋洲及太平洋部分岛屿。

落里的人，要不就是麻风病人，麻风病人最理想。院长说：'我们倒是有许多麻风病人，可是他们与一些医生和修女一起住在我们的居留地里。一切都井然有序。'他又转念一想，说麻风病人也许并不合他的意，是不是有一座小教堂，挨着一条河边——他总是要一条河，你瞧——神父外出期间可以由他照管。院长说：'没错，这样的教堂是有的。现在跟我说说你的情况吧。''噢，我微不足道。'他说道。'我们看出他是个怪人，'"考德莉亚又模仿起来："'他是个怪人，但是态度非常诚恳。'院长告诉他修士要经历见习期并接受培训，然后说：'你已经不年轻了。我看你也不算壮实。'他说：'不，我可不想接受培训。我可不想做那些需要培训才能做的事情。'院长说：'我的朋友，你自己倒是需要一位传教士。'他说：'是的，当然。'于是院长把他打发走了。

"第二天他又来了。他已经喝了不少酒。他说他已经决心当一名见习修士，情愿接受培训。'嗯，'院长说，'有些事情是去丛林工作的人不可以做的，其中一件便是喝酒。喝酒虽不是最糟糕的事，但却是相当致命的。我又把他打发走了。'此后每星期他都要来两三次，总是喝得醉醺醺的，致使院长干脆吩咐门房把他拦在外面。我说，'哦，亲爱的，恐怕他让你烦透了吧'，可是在那样一个地方，这种事他们当然无法理解。院长只是说，'我想我也没有任何办法帮助他了，除了祈祷以外。'他是一个非常圣洁的老人，能够看出别人身上的这种品质。"

"圣洁？"

"哦，是的，查尔斯，你们必须理解塞巴斯蒂安的正是这一点。

"唔，终于有一天，他们发现塞巴斯蒂安人事不省地躺在大门外面，前一天他步行外出——他一般总是搭一辆汽车——摔倒在地，就那样躺了一夜。起初他们以为他只是喝醉了，后来才意识到他病得很厉害，于是把他送进医院，从此他就一直待在那里。

"我跟他一起待了半个月，直到他度过了病情最危险的时期。他的样子很可怕,看不出多大岁数,头顶秃得厉害,胡须乱蓬蓬的,但是他的举止还像过去那样招人喜欢。他们给了他一个单间,只比修士的单人小间略大一点点,一张床,一个十字架,四周都是白墙。一开始他不能多说话,见到我一点都不感到惊讶,后来他感到惊讶,却不愿多说话,直到我即将动身时,才把他的所有遭遇统统说给我听,其中大多与他的德国朋友库尔特有关。对了,你见过这人,所以那些事你全都知道。他的事听上去令人厌恶,不过塞巴斯蒂安只要有他照顾,心里就挺乐意。他告诉我说,他和库尔特住在一起时,他一度实际上已经戒了酒。库尔特有病,身上还有一道无法愈合的伤口。塞巴斯蒂安帮助他克服病痛。库尔特的身体恢复以后,他俩一起去了希腊。你知道,德国人来到一个古雅的国家后,有时似乎能体验到一种体面规矩的感觉。这种感觉似乎已经对库尔特产生了作用。塞巴斯蒂安说他在雅典变得很有人情味儿。后来他被送进了监狱,我不太清楚是什么原因,显然并不完全是他的过错——跟一个军官发生了争吵。他刚刚被拘留,德国当局便逮住了他。他们当时正在世界各地围捕本国的所有侨民,逼迫他们参加纳粹组织。库尔特不想离开希腊,而希腊人又不需要他,于是他和其他许多顽固分子被直接从监狱押上一艘德国轮船,运回了国内。

"塞巴斯蒂安开始寻找他,整整一年也没发现任何踪影。最后他总算在外省的一个城市找到他,只见他一身纳粹冲锋队员的装束。起初他不愿意与塞巴斯蒂安有任何往来,满口尽是官话,祖国的复兴啦,他属于自己的祖国啦,在种族生活里发挥自身潜在的才能啦。可这仅仅是他的表象,六年的塞巴斯蒂安教给他的东西,毕竟要多于一年的希特勒。他终于收回了这些话,承认他仇恨德国,想要逃出去。我不知道这在多大程度上是由于贪恋安逸的生活,白花塞巴斯蒂安的钱,在地中海里游泳,坐在咖啡馆里消磨时光,让人把他的皮鞋擦亮。塞巴斯蒂安说不全是这样,库尔特早在雅典就已经开始成熟了。他也许说得对。反正库尔特决心试着逃出去,可是他的努力没有奏效。他不管做什么，总是遇到麻烦，塞巴斯蒂安说。他们捉住了库尔特，将他投进一个集中营。塞巴斯蒂安既不能接近他，又无法得知他的任何消息；他甚至打探不出库尔特被关押在哪个集中营。他在德国到处漂泊了将近一年，又喝上了酒，有一天他正在饮酒时，结识了一个碰巧从库尔特待过的集中营里出来的人，这才知道库尔特第一个星期就在自己的牢房上吊自杀了。

"欧洲对于塞巴斯蒂安就这样结束了。他回到以前让他感到愉快的摩洛哥，沿着地中海岸慢悠悠地且行且停，从一个地方到另一个地方，有一天他清醒过来了——现在他的酒瘾是定时发作——他生出了逃到野蛮人当中的念头。以后他就在那里了。

"我没有建议他回家，我知道他不愿意。再说他的身体非常虚弱，没有力气与我争辩，我离开的时候他好像很高兴。当然，他永远不可能去丛林地区，或者担任什么圣职，但是那位修道院院长将亲自看管他。他们有意让他当一名低级勤杂工——在一家宗教机构里，通常总有几个吃闲饭的人。这些人既不适应世俗的生活，又不适应寺院的清规。我想我自己多少就是这种人。可是由于我碰巧不喝酒，所以我更加适合受雇于人。"

我们来到小路的转弯处，最后也是最小的湖尽头的这座石桥，桥下满涨的湖水形成一道瀑布倾泻而下，注入那股溪流；远处，小路拐回来，通向前方的宅邸。我们在桥上倚栏而立，俯视桥下黑黝黝的湖水。

"我过去有一位家庭女教师，从这座桥上跳下去淹死了。"

"嗯，我知道。"

"你怎么能知道？"

"这是我听说的有关你的第一件事——在我遇见你之前。"

"多么奇怪……"

"你跟朱莉亚说过塞巴斯蒂安的这些事吗？"

"大致说了说，跟我告诉你的不太一样。她从没像我们这样爱过他，你知道。"

"爱。"这个词是对我的责备。考德莉亚的动词"爱"，没有过去时态。

"可怜的塞巴斯蒂安！"我说，"太可怜了。这该如何收场呢？"

"我想我可以确切地告诉你，查尔斯。我见过像他这样的人，我相信他们非常接近上帝，也很为上帝所爱。他将继续过着半是入世半是出世的生活，成为整天在附近转悠的一个熟悉的人物，手上拿着一把笤帚，腰间拴着一串钥匙。他将深得老神父的宠爱，并且成为见习修士们的笑柄。人人都会知道他的酗酒；差不多每个月都会失踪两三天。他们都会点点头，会心一笑，操着各种不同的腔调说，'老塞巴斯蒂安又喝上了'，而后他回来时，衣衫不整，满脸愧色，更虔诚地在私人祈祷室里待一两天。他在花园附近大概还有几个隐蔽的角落，藏着一瓶酒，不时偷偷摸摸地喝一大口。每当他们有一位说英语的客人来访，总要把他推到前面当向导，他也特别讨人喜欢，客人临走前，问起他的事，兴许还会得到一种暗示，隐约听出他在国内有一些身世高贵的亲戚。如果他活到足够长的年岁，一代一代来自各种偏远地区的传教士们，会将他视为一个古怪的老人，不知怎的是他们学生时代的一部分希望，他们做弥撒的时候会想起他。他还形成了宗教虔诚的一些小小的怪癖，以及他自己狂热崇拜的仪式；他偶尔也会出现在祈祷室里，如果到时间不来，人们还会想念他。后来，一天早晨，他在狂饮一通之后被人在门口抱起，奄奄待毙，人们为他举行最后圣礼时，看见他的眼皮微微眨动，表明他尚有意识。这样度过一生倒也不坏。"

我想起了那个在开花的栗树下搂着玩具熊的青年。"这是谁也无法预料的情景。"我说，"我想他没有受苦吧？"

"哦，不，我想他受了苦。谁也想象不出他痛苦到何等地步，像他那样遭受伤害——没有尊严，没有意志力。人不遭罪何以成圣。这就是他受苦遭罪的形式。……这几年我目睹了太多的苦难，很快人人都会蒙受许多苦难。这是爱的春天……"接着,她以对我的信奉异教表示宽容的语气补充道:"他住在一个非常美丽的地方,你知道,靠着大海——白色的回廊,一座钟楼,几畦碧绿的菜蔬,夕阳西下,有一个修士在汲水浇菜。"

我哈哈一笑:"你知道我不理解你的话吗?"

"你和朱莉亚……"她说。稍后,我们朝府邸走去时,她又说:"昨晚你见到我的时候,可是在想,'可怜的考德莉亚,这样一个迷人的孩子,如今长成了一个相貌平常、笃信宗教的老处女,做了许多好事?'可是在想'受挫'这个词?"

此时不宜信口敷衍。"是的,"我说,"我是这么想的。我现在想的不太一样了。"

"真有意思,"她说,"这恰恰是我为你和朱莉亚想到的词。当时我们和奶奶待在楼上的育婴室里。'受挫的情感。'我想。"

她说话时,带有母亲遗传给她的那种温柔而微妙的讥讽语调,但在夜晚将临时分,我耳畔重新响起的她的话语却是那样犀利。

朱莉亚身穿一件中式绣花睡袍,我俩在布莱兹赫德单独用餐时她常穿的那件,睡袍的硬褶和坠感把她安娴的姿态衬托得分外鲜明;她优雅地仰起喉部绕着一圈朴素金项链的脖颈;她的双手平静地搁在睡袍膝部的几条龙上。数不清多少个夜晚,我乐滋滋地看到她这样,今夜,凝视着她坐在炉火和灯罩透出的光亮之间,贪恋她的美貌而不忍移开目光,我忽然想道,"我在别的什么时候看到她这样呢?我为什么想起另一次的幻景呢?"于是我不禁想起那次风暴来临之前,她正是这样坐在轮船上。当时她正是这样,我意识到她已经重新获得了那种东西,我以为她永远失去的东西,将我牢牢攫住的那种迷人的哀怨,那挫败的神情仿佛在说,"我生来当然还有除此以外的目的吧"?

那天夜里我在黑暗中醒来,心头萦绕着我与考德莉亚的谈话。想起我当时怎么说——"你认为我不理解你的话。"想起多少回,我依稀觉得,自己倏地收住脚步,犹如一匹全速疾驰的马儿忽然拒绝越过一道障碍，不顾马刺的驱策而倒退，心里怕得要命，甚至不敢嗅一嗅看一看这件东西。

我眼前出现了另一幅幻景，北极地区的一间棚屋，一个捕兽人，独自守着野兽毛皮、一盏油灯和燃烧的柴火；屋内的一切干燥而整齐，屋外刮起了最后一场暴风雪，大雪迅速堆积，堵住了屋门。巨大的重量无声地抵着木门；门闩紧紧地卡在轴眼里。时间一分一秒地流逝，外面黑暗世界里的白色雪堆渐渐封死了门，不久，等到风势减弱，太阳从冰封的陡坡上升起，上面高处一大片融雪就会顺势移动，滑行，翻滚，积聚重量，直到整个山坡似乎都在崩塌，那间微光闪烁的小屋也将敞开，碎裂，消失，随着雪崩滚入沟壑。

## 第五章

我的离婚案，或者毋宁说是我妻子的离婚案，预定审理的日期大约是在布莱兹赫德婚礼当天。朱莉亚的离婚案需等到下一个开庭期提请法庭审理；与此同时，住房大调整的游戏正在热烈地进行中——我的物品从教区长旧宅搬到我的寓所，我妻子的物品从我的寓所搬到教区长旧宅，朱莉亚的物品从雷克斯的住宅和布莱兹赫德搬到我的寓所，雷克斯的物品从布莱兹赫德搬到他的住宅，穆斯普拉特夫人的物品从法尔默斯搬到布莱兹赫德，我们全都程度不等地无家可归，这时候游戏被忽然叫停，原来马奇梅因勋爵，平素偏爱那种显然被其长子效仿的戏剧性不合时宜之举，此时宣布，鉴于当前的国际形势，他打算回到英国，在家乡度过自己的余生。

全家当中唯一有望从这场变动中得到任何实惠的人是考德莉亚，她在乱哄哄的气氛中凄惨地受到冷落。布莱兹赫德的确已经正式向考德莉亚提出，请她把他的住宅当作自己的家，想住多久全凭己愿，但又听说她嫂子提议，婚礼之后随即将自己的孩子们安顿在那儿度假，由自己的一个妹妹和妹妹的朋友照看，她便决定也搬出去，声称她将独自在伦敦安家。眼下她发现自己，灰姑娘似的弃儿，竟然被提升为庄园的女主人，而她的兄嫂，此前一直指望他们在短短几天之内即可握有绝对的统治权，现在却没有一点存身之地。庄园转让契约呢，已经正式写成文本只待签字生效，只得捆扎起来，存放在林肯法院的一只黑色锡铁箱内。穆斯普拉特夫人为此感到苦恼，她不是一个欲望很强的女人，任何一座远不及布莱兹赫德气派的住宅都能让她称心如意，但她确实想为孩子们找到一个可以度过圣诞假期的栖身之地。法尔默斯的那座房子已经腾空了，准备出售；再者，穆斯普拉特夫人已经向原住地的邻居们道别，并且情有可原地替她的新居大大美言了一番，他们不可能再回到那里。她被迫匆匆将自己的家具从马奇梅因夫人的屋里搬到一间废弃的马车房里，并且在托尔奎租下一间带家具的别墅。她不是一个，如我先前所说，欲望很强的女人，但是，她的种种期望既已提得如此之高，而又如此出乎意料地跌到如此之低的地步，着实让她心里挺不是滋味。村里那伙正在忙碌的人们，原先一直为迎接新娘来临而装饰环境，此时开始拆下旗帜上的 Bs，换上 Ms[1]，抹掉彩绘花冠上伯爵的尖状饰物，印上花球和草莓叶的图案，准备迎接马奇梅因勋爵的归来。

有关他各种意图的消息，通过一连串骤然而至互相矛盾的电文，先是送达私人律师，然后送达考德莉亚，继而送到朱莉亚和我手上。马奇梅因勋爵将按时前来参加婚礼；他将在婚礼之后到达，因为他在布莱兹赫德勋爵和夫人途经巴黎时已经跟他们见过面；他将在罗马见他们。他身体欠安，完全不宜出门旅行；他即将启程；他对布莱兹赫德的冬天印象不佳，因此要等到阳春时节且供暖设备检修过后再回来；他独自回来；他将带上他的意大利家眷；他希望他归来的消息不向外界公布，希望过一种遁世隐身的生活；他将举办一场舞会。终于，他选择了一月里的一天，后来证明这个日期是准确的。

普兰德比他早到几天，这里出现了一点麻烦。普兰德不属于布莱兹赫德大户的老班底，他原先是义勇骑兵队里马奇梅因勋爵的随从，后来只是在搬运主人行李的尴尬场合才与威尔考克斯见过一面，

---

[1] Bs 代表布莱兹赫德，Ms 代表马奇梅因家族。

当时主人已经决定战后不回家了；而后普兰德一直担任贴身男仆，他至今仍是这一身份，只是在最近几年，他引荐了一个类似于副监督的人物，一个瑞士贴身侍从，专门料理勋爵的服装，而且必要时帮助料理家中的一些低级事务，事实上成了那个动荡而漂泊不定的家庭的总管，有时他甚至在电话里自称"秘书"。他和威尔考克斯之间隔着一大片薄冰。

幸运的是，这两个人彼此互有好感，而且问题通过有考德莉亚参与的三边磋商得到了解决。普兰德和威尔考克斯成为并列的贴身侍卫，就像皇家近卫骑兵队和近卫骑兵团，级别完全相等，普兰德把爵爷的私人房间当作他行使职权的领域，威尔考克斯则将所有的公共房间划归自己的势力范围；他们授予那个老资格的仆人一件黑色外套，将他擢升为司膳总管；至于那个难以归类的瑞士人，到来以后将穿上便服，完全享有贴身男仆的地位。几人的薪水也全都提高到与各自的新职位相称的程度，结果尽皆满意。

我和朱莉亚一个月前已经离开了布莱兹赫德，考虑到我们今后不会重返故地，于是回来为马奇梅因勋爵接风洗尘。那一天，考德莉亚去火车站，我们则留在家里恭候他的光临。这是一个寒冷刮风的日子。村舍小屋全都经过装饰。当晚点燃篝火并由乡村银管乐队在露台上演奏的计划取消了，可是那面家族徽旗，长达二十五年没有飘扬的徽旗，却高高升起在山墙上，在铅灰色天空的映衬下醒目地飘舞。且莫问多么刺耳的嗓音正冲着中欧的那些麦克风嘶吼，且莫问什么样的车床正在一家家兵工厂里旋转，马奇梅因勋爵重归故里才是邻里乡亲们的头等大事。

他定于三点到达。我和朱莉亚守候在客厅里，直到此前与车站站长联系而及时获知消息的威尔考克斯宣布"已向火车发出进站信号"，一分钟后又宣布"火车已经进站，爵爷已经动身"，我们才去前院的门廊，和管家们一起在那里迎候。不久，那辆劳斯莱斯轿车出现在车道拐弯处，后面隔开一段距离跟着两辆小货车。轿车停住了，先是考德莉亚钻出车来,接着是卡拉;停顿片刻,一块小毛毯递给司机,一根手杖递给男仆;稍后,一条腿小心翼翼地伸出来。普兰德此时已伫立在车门旁;另一个仆人——那个瑞士贴身男仆——也从一辆货车里出现。他俩合力抬出马奇梅因勋爵,扶着他站稳脚跟;他摸索着找自己的手杖,紧紧握住,站了一分钟运足气力,准备走上通往前门的几级低矮的台阶。

朱莉亚发出一声轻微的惊叹,碰了碰我的手。九个月前我们在蒙特卡罗看到过他,他那时身姿挺拔,气概威严,跟我在威尼斯初次见他时相比看不出什么变化。如今他已到了衰朽残年。普兰德跟我们说过他的主人最近身体不好,但他没有让我们为眼前这种状况做好心理准备。

马奇梅因勋爵伛偻着腰蜷缩着身子站在原地,那件厚实的大衣沉甸甸地压在身上,一条白围巾随意搭在脖间飘舞,一顶布帽低低地拉到前额上;他脸色苍白,皱纹密布,鼻子冻得通红;他眼里蓄满泪水,不是由于情绪激动,而是寒冷的东风所致;他费力地喘着粗气。卡拉替他披好围巾,跟他小声耳语了几句。他扬起一只戴着手套的手——中小学生戴的那种灰色羊毛手套——向聚在门口迎接的人群怏怏乏力地做了个小小的手势;接着,眼睛盯着脚底下的路,非常缓慢地走进府里。

他们替他脱去大衣、帽子和围巾,再脱掉里面的紧身皮衣。除去了这些,他似乎愈发枯槁,但平添了几分优雅的风度,他那副疲惫过度的窘状不见了。卡拉把他的领带弄直;他用一方扎染印花大手帕擦了擦眼睛,拄着手杖拖着沉重缓慢的脚步走向前厅的壁炉。

壁炉架旁有一把印有纹章图案的小椅子,靠墙摆放的一套木椅中的一把,一把不好客的平底小椅,仅凭椅背描上精巧的纹章图案这一理由,自打它做出以后,大概就没有人,甚至连一个疲乏的仆人也没有在上面坐过。此时马奇梅因勋爵坐在上面擦眼睛。

"冷风吹的。"他说,"我已经忘了英国有多冷啦。真让我吃不消。"

"您需要什么吗,爵爷?"

"不需要,谢谢。卡拉,那些讨厌的丸药在哪里?"

"亚历克斯,医生说一天服用不能超过三次。"

"该死的医生。我觉得吃不消啦。"

卡拉从她的包里取出一只蓝色药瓶,马奇梅因勋爵服了一片药。不管瓶里装的是什么,反正好像让他缓过神来了。他继续坐着,两条长腿伸向前面,手杖夹在双腿之间,下巴颏儿支在象牙手柄上,但他开始注意到我们大家,开始跟我们打招呼,同时下达指令。

"恐怕我今天浑身不舒服,这趟旅行把我累垮啦。真该在多佛多待一夜。威尔考克斯,你给我准备了哪几个房间?"

"您原先住的那几间,老爷。"

"那可不成,等我恢复过来才行。楼梯太多,只能住在一楼。普兰德,给我在楼下安张床。"

普伦德和威尔考克斯互相交换了一个焦急的眼神。

"遵命,老爷。我们该把床放进哪一间屋呢?"

马奇梅因勋爵沉吟片刻。"那间中式客厅;还有,威尔考克斯,那张'王后之床'。"

"中式客厅,老爷,'王后之床'。"

"是的,是的。我也许要在那里住几个星期。"

中式客厅是一个我从没看见有谁使用过的房间。实际上,通常谁也不能进入房间,门口只有一个用绳子围起的狭小区域,每逢府邸的公众开放日,旅客们可以站在区域之内朝屋里张望。这是一间华美富赡但不宜居住的博物馆,荟萃了齐彭代尔的木雕家具、瓷器、漆盘和油画;王后之床也是一件展品,一顶硕大的丝绒床幔,酷似圣彼得大教堂的祭坛华盖。难道马奇梅因勋爵已经为自己设计了这个遗体供人瞻仰之处,我心中纳闷,早在离开阳光灿烂的意大利之前?他在苦雨增人惆怅的漫长旅途中想起了此事?还是在那个时刻想起此事,在那一刻勾起了一个儿时的回忆，一个育婴室里的梦想——"我长大成人后，要睡在中式客厅的王后之床上。"——成年人豪华排场的极致？

很少有什么事情，当然，能像此时一样在府里搅起这么大的动静。原以为这一天大家只需谨遵礼仪，却不料都给折腾得要死：女仆们开始生火，取下床罩，铺上亚麻床单；系着围裙、平时从未露面的男仆们搬走家具；领地内的几个木匠也给招来拆卸那张床。整个下午，拆散了的大床部件一批批搬到主楼梯下：硕大的洛可可式床框，蒙着丝绒的床楣；那些用作床杆、裹着丝绒的螺旋形镀金支柱；未经抛光的原木桁条，在帷幕下面起着隐身撑架的作用；几根染过色的羽饰，从镀金鸵鸟蛋中伸出，覆盖了顶篷；最后是四张床垫，每张需要四个壮劳力才能搬动。马奇梅因勋爵似乎从他骤然萌生的古怪念头造成的后果中得到了慰藉。他坐在壁炉旁，看着忙忙碌碌的景象，我们则站成半圆形——卡拉、考德莉亚、朱莉亚和我——陪他说话。

他的面颊上重又泛起血色，眼里也闪烁着光芒。"布莱兹赫德和他的妻子与我一道在罗马吃饭。"他说，"既然我们都是家里人，"——他的目光嘲讽似的从卡拉转移到我身上——"那我就有话直说了。我发现她很可悲。她的前夫，据我了解，以航海为业，而且大概，为人不太苛求挑剔，可是我的儿子，三十八岁正当盛年，除非情形发生了很大变化，可以在英国女人中随意挑选一个，为何竟然挑中了——我觉得我应该这样称呼她——贝里尔……"他没有说完这句话，从而留下一些耐人回味的深意。

马奇梅因勋爵显然无意挪动身子，于是稍后我们把那些椅子拖过来——那些印有纹饰的小椅子，因为客厅里的其他东西都很笨重——围坐在他身边。

"大概等到夏天来临，我的身体就会真正康复。"他说，"我可指望你们四个逗我开心哩。"

此刻我们似乎没有什么办法调剂一下忧郁的情绪，他居然是我们当中兴致最高的人。"快告诉我,"他说,"布莱兹赫德求婚的过程。"

我们把自己知道的情形告诉了他。

"火柴盒,"他说,"火柴盒。我想她已经过了生育年龄。"

"在意大利,"他说,"谁都不相信会有一场战争。他们相信一切都会被'安排'好的。我估计,朱莉亚,你再也没有什么途径可以了解政治消息了吧?卡拉在这儿由于婚姻关系,幸运地成为英国国民。这件事她还不习惯提,不过结果也许是有利的。她在法律上是希克斯夫人,是吧,亲爱的?我们对希克斯所知甚少,可我们仍然要感谢他,如果战争爆发的话。还有你,"他说着把话锋转向我,"想必你会成为一名正式的画家吧?"

"不会的。说实话,我目前正在设法谋取特别预备队的一个职位。"

"噢,可是你应当成为一名画家。上次战争期间我所在的连里就有一位,和我们待了几星期,直到我们开赴前线。"

这样尖酸刻薄的话语我还是头一回领教。我总是察觉到隐藏在他文雅外表下的歹毒的内心世界,眼下这种内心世界陡然凸现,像是几欲戳破他瘪塌皮肤的一根根嶙峋瘦骨。

床还没弄好天就黑了,我们过去看床,这时马奇梅因勋爵步履轻松地穿过几个房间走过来。

"恭喜你,它看上去真的好极了。威尔考克斯,我记得好像还有一只银盆和一只大口水壶——搁在一间我们称为'主教化妆室'的屋里,我想——不妨把它们搁在这儿的落地柜上。接下来请你把普兰德和加斯顿叫到我这儿,行李可以等到明天——只需要那个梳妆盒和夜里必备的用品,普兰德知道。如果你们让我单独跟普兰德和加斯顿待在一起,我就上床了。我们以后再见。你们来这儿吃晚饭,让我开开心。"

我们转身离去。我走到门口时被他叫住了。

"它看上去挺不错,是吧?"

"非常不错。"

"你可以把它画下来——画名就叫《灵床》如何？"

"没错，"卡拉说，"他回来就是准备死的。"

"可他刚到家时，还那样自信地说到康复呢。"

"那是因为他病得太厉害了。当他清醒的时候，他知道自己快要死了，并且承认这一点。他的病时好时坏：某一天，有时连续几天，他身子硬朗，充满活力，然后做好死的准备，而后又垮下来，心里怕得很。我不知道他身体越来越差时会是怎样。那样的日子肯定很快就会到来。罗马的几位医生估计他活不过一年。有人将从伦敦过来，我想是明天，他会告诉我们更多的情况。"

"什么情况？"

"他的心脏，一种医学名称很长的心脏病。他即将死于一种医学名称很长的病。"

当晚马奇梅因勋爵兴致盎然。房间具有一种霍迦斯式的格调，怪异的中式壁炉架旁摆放了一张供我们四人用的餐桌和椅子，老人倚着几只枕头，啜饮香槟，品味，赞赏，却没吃那些专为他重归故里而准备的接连端上的一道道菜肴。威尔考克斯为了应景特意取出了那只我以前从未见人用过的金盘。那只金盘，几面镀金的镜子，漆器，大床的帷幔，加上朱莉亚的中式绣花外套，全都使眼前的情景平添了一种哑剧式的和阿拉丁[1]山洞的气氛。

临了我们正要离去之时，他的情绪陡然消沉。

"我还不想睡。"他说，"谁陪我坐坐？卡拉，卡莉希玛[2]，你累了，考德莉亚，你愿意在这个客西马尼[3]守护一个钟头吗？"

次日早晨，我问她这一晚是怎样度过的。

---

1 阿拉伯神话《一千零一夜》中的人物。
2 卡拉的意大利语昵称。
3 耶路撒冷附近的一个花园，基督教《圣经》中耶稣的蒙难地。

"他差不多立刻就睡了。我在两点钟进去看他,添了点火;几盏灯都亮着,可是他是睡着的,准是他醒来后把灯打开的,他得下床才能开灯。我估摸他是害怕黑暗吧。"

考德莉亚有医护经验,自然应当由她照料父亲。当天医生们来的时候,也就本能地向她下达了医嘱。

"除非他病情恶化,"她说,"否则我和那个贴身男仆可以照看他。只要这里不需要护士,我们就尽量不用。"

到了这种地步,医生也提不出什么建议,只能嘱咐让他舒服一些,并且留下几种他病发时服用的药。

"还有多长时间?"

"考德莉亚小姐,有些病人年纪很大,照样精神抖擞,到处溜达,而医生原先预料他们活不过一星期。我在医学上悟出一个道理:永远不要预言。"

两位医生远道而来,只是跟她说了这些;那位当地的医生来到府上,也只是接受他们用医学术语表达的同样意见。

这天夜里,马奇梅因勋爵又重启他新儿媳的话题。这个话题几乎始终在他心里盘旋,通过一整天各种诡秘的暗示表现出来,这时他倚靠在枕头上,开始详尽地说起她来。

"在这以前,我对家庭的骨肉亲情一直觉得无所谓,"他说,"可是坦率地说我很害怕那样的前景——贝里尔将来处在我母亲在这座宅子里的地位。为什么这对没有教养的夫妇就该无儿无女地坐在这里,看着宅子在他们眼前渐渐颓败呢?实不相瞒,我不喜欢贝里尔。

"大概坏就坏在我们是在罗马相见的,在别的什么地方兴许就能多一些体谅。然而,我们不妨想一下,我在什么地方见到她不会对她感到厌恶呢?我们在拉尼尔里餐馆用餐,这是一家安静的小餐馆,多年来我时常光顾——这地方想必你们也知道。贝里尔在那儿似乎太显眼了。我嘛,当然是东道主,可是听到贝里尔逼迫我儿子进餐的声调,你大概会觉得是另一种情形。布莱兹赫德这孩子一向贪吃,一个打心眼里对他体贴备至的妻子,理应设法约束他。话说回来,这毕竟是一件无关紧要的事。

"她肯定听人说过我是一个生活放荡的男人。我只能把她对我的态度说成是放肆。一个好色的老头,这就是她对我的看法。我猜她曾经遇到过一些好色的老将军,知道该怎样与他们周旋……我不打算重复她说的话。我给你们举一个例子。

"那天早晨他们去梵蒂冈聆听布道,为他们的婚姻祈福——我没有注意听——以前发生的什么事,我估计,以前的某位丈夫,以前的某位教皇,她绘声绘色地描述,她如何在一个早先的场合与一群新婚夫妇同行,他们大多是各个阶层的意大利人,一些身穿结婚礼服的纯朴的姑娘,她们如何互相评价,新郎们如何不停地打量那些新娘,将自己的新娘与别人的新娘相比,等等。接着她又说:'这回,当然,我们私下里说,不过你知道吧,马奇梅因勋爵,我当时觉得我在新娘当中名列头号。'

"这话说得真是太粗俗了。我还没有猜透她的意思,她是在拿我儿子的称号[1]打趣呢,还是,你们想想看,暗指他不容置疑是个童男?我猜是后者。反正,我们就是说着类似的玩笑话度过了那个晚上。

"我认为她在这儿不太合适,你们觉得呢?我把这地方留给谁呢?不动产的限嗣继承权到我为止,你们知道。塞巴斯蒂安,天哪,不值得考虑。谁需要它呢?你想要吗,卡拉?不想,当然你不想要。考德莉亚?我考虑把它留给朱莉亚和查尔斯。"

"肯定不行,爸爸,它是布莱德的。"

"也是……贝里尔的?我得尽快让格雷戈森哪天来一趟,把这件事仔细掂量一番。现在该最后确定遗嘱了。这里尽是怪诞离奇的事情和背弃时代的人物……我还是倾向于把朱莉亚安顿在这儿。今夜

---

[1] 马奇梅因勋爵的儿子世袭家族称号为 Brideshead,在小说中此词音译为"布莱兹赫德",直译意为"新娘的头",此处转义为新娘中的头一号。

多么美好，亲爱的，总是这样美好，非常合适，合适多了。"

说过这话不久，他即刻派人去伦敦找他的律师，但是，就在律师来的当天，马奇梅因勋爵心脏病复发，因而无法见他。"时间还很充裕，"他痛苦地喘着粗气说，"哪一天，等我身体好一些。"但他心中一直牵挂着选择继承人的事，时常提到我和朱莉亚应该结婚乃至得到这个庄园的日期。

"你觉得他真打算把这儿留给我们吗？"我问朱莉亚。

"是的，我想他是这样打算的。"

"可是这样对布莱德太不公平了。"

"是吗？可我觉得他不太在意这个地方。我可在意，知道吧。他和贝里尔会更加乐意住在别处的一座小房子里。"

"那你准备接受啰？"

"当然。这是爸爸愿意留给我们的嘛。我觉得你我在这儿会很快乐。"

这话展现出一幅前景，一幅你在林荫道的转弯处即可看到的前景，如同我当初与塞巴斯蒂安一起见到的那样，一片幽谷，由高到低、水流渐渐远去的几个小湖，令人瞩目的老宅，世上其余的一切俱已摒弃乃至遗忘；一个独享安宁、爱情和美丽的世界；一个在异国宿营地的士兵的梦幻，这幅前景或许有如神殿高高的尖顶给他带来的向往，那时他已挨过沙漠中许多饥饿的白天和豺狼肆虐的夜晚。如果我有时痴迷于这种幻象，需要为此而自责吗？

马奇梅因勋爵病重的几星期时间慢慢地流逝，宅中的生活与精力日衰的病人保持着同样迟缓的节奏。有几天，马奇梅因勋爵穿戴整齐站在窗口，或是在贴身男仆的搀扶下，依次穿过一楼的几个房间，从一个壁炉走到另一个壁炉旁。也有几天客人们来来去去——邻居、佃户、从伦敦来办事的人——打开一包包的新书，议论一番。一架钢琴搬进了那间中式客厅。二月底有一回，一个出人意料的艳阳朗照的日子，他要了一辆轿车，一直走到前厅，穿上那件皮大衣，坐车到了大门口。这时他对乘车兜风忽然没了兴致,说:"现在不去了。以后吧。夏季哪一天。"遂又挽住仆人的胳膊,由他领着自己回到座椅上。有一次,他一时兴起想换房间,还详细吩咐如何搬到彩绘客厅。这间中式屋子,他说,妨碍他休息——他在夜里让所有的灯亮着——可是很快又没了心思,于是撤销所有的指令,继续住在原先的房间里。

在其他日子里,这座府邸一片沉寂,因为他高高地坐在床上,用几只枕头支撑着,嘴里艰难地喘息着。即便到了这时他还希望我们陪伴在他周围;无论白昼黑夜,让他独自待着他都忍受不了。每当他口不能言的时候,他的目光就随着我们游移,只要有谁离开房间,他立即露出悲戚的神情,而卡拉呢,常常连续数小时坐在他身旁,倚着枕头,一只胳膊挽住他的胳膊,这时就会说,"没关系,亚历克斯,她去去就来"。

布莱兹赫德和他妻子度完蜜月回来,在这里住了几宿。时逢马奇梅因勋爵病情恶化,他拒绝他们接近。贝里尔头一次来这里做客,面对这个几乎已是、如今又有望即将成为她的家的地方,如果她不流露出几许好奇的心思,那倒是有违常理。贝里尔表现得很自然,她在逗留期间把整个地方彻底勘察了一番。马奇梅因勋爵的疾病造成了前所未有的混乱,致使此看起来在许多方面亟待改进,她有一两次说起她参观过的政府办公楼,谈到这些与布莱兹赫德规模类似的楼房是怎么管理的。布莱兹赫德白天带着她去拜访各位承租人,到了夜里,她跟我聊绘画,或者跟考德莉亚聊医院,再不就和朱莉亚聊服装,怀着愉快而又镇定的心情。失信于他们的迹象,他们的正当期望多么容易落空,这些只有我清楚。我跟他们在一起时有些忐忑;然而这对布莱兹赫德并不是什么稀罕事,在他惯常交往的性格腼腆的寥寥几个人当中,我的内疚并未被他察觉。

最后事态越发明朗,马奇梅因勋爵不想多看到他俩。布莱兹赫德仅仅获准一分钟跟老人告别的时间。他们随即走了。

"我们在这儿什么忙也帮不了,"布莱兹赫德说,"反而让贝里尔非常痛苦。如果他病情恶化，我们再回来。"

勋爵的病发作得越来越频繁，持续时间越来越长，府里雇用了一名护士。"我从没见过这样的屋子，"她说，"无论哪儿都不像这里，没有任何便利设施。"她试图把病人搬到楼上去住，楼上毕竟有自来水，有一间可供她使用的化妆室，一张"合适的"窄床，她可以"绕着床走动"——她习惯如此——然而马奇梅因勋爵执意不肯。不久他连白天黑夜都分辨不清了，这时又雇用了一名护士；专家们再一次从伦敦赶来，他们推荐了一种新的且又特别冒险的治疗方案，可是所有的药物似乎都对他的身体不起作用，吃下去没有任何反应。很快，他的病情不再有任何好转，只是身体衰朽的速度略有短暂的起伏。

布莱兹赫德被召回来了。时逢复活节假期，贝里尔忙于照顾她的孩子们。他独自回来，在父亲的床边默默地站立了几分钟，父亲坐在床上，默默地瞅着他。他走出屋子，在图书室里见到我们其他人，说："爸爸应该见一位神父。"

这个话题不是第一次提出。前些日子马奇梅因勋爵刚到时，教区神父——小教堂已经关闭，因而在梅尔斯台德有一座新教堂和教务评议会——来到这里做礼节性拜访。考德莉亚找理由赔不是，将他敷衍过去，但是他刚走，她就说："还没到时候，爸爸现在不需要他。"

此时朱莉亚、卡拉和我在场。我们每人都有话要说，话到嘴边又觉得还是不说为好。这个话题在我们四人之间从未谈及，可是朱莉亚等到单独和我在一起的时候说："查尔斯，我看宗教问题将是一个很大的麻烦。"

"难道他们不能让他平安离世吗？"

"他们所谓的'平安'，意思截然不同。"

"这样做将是一种暴行。谁也不能说清楚他一生中对宗教的看法。他们很快就会来，趁着他神思恍惚、无力反抗之时，声称他是临终忏悔者。直到现在为止,我始终对他们的教会抱有一定的尊敬。只要他们做出一件这样的事,那我就知道人们对他们种种蠢事的议论全都真实可信——他们搞的那些统统都是迷信和欺骗。"朱莉亚没有吭声。"难道你不同意吗?"朱莉亚依然没有吭声。"难道你不同意吗?"

"我不知道,查尔斯。我实在不知道。"

尽管我们谁也不提这事,我却感到这个问题在马奇梅因勋爵患病的几星期中始终存在,并且日趋严重。考德莉亚每天早晨开车出去做弥撒时,我看到了这个问题。卡拉开始与她同行时,我看到了这个问题。这朵小小的乌云,只及人的巴掌一般大,将要扩展为我们之间的一场风暴。

此时布莱兹赫德以其粗鲁无情的方式,直接将问题摆在我们面前。

"噢,布莱德,你认为他会接受吗?"考德莉亚问道。

"我一定设法让他接受。"布莱兹赫德说,"我明天就把麦凯神父带到他这儿来。"

乌云仍在聚集,没有消散。我们谁也没开腔。卡拉和考德莉亚回到病房去了;布莱兹赫德寻找一本书,找到之后便离开了我们。

"朱莉亚,"我说,"我们怎样才能制止这桩蠢事呢?"

她沉吟半响,然后说:"我们为什么要制止呢?"

"你和我都知道,这的确——的确是一件不合时宜的事情。"

"轮得到我反对不合时宜的事情吗?"她悲哀地问道。"说话回来,这样做会造成什么危害呢?我们还是问问医生吧。"

我们询问医生,他答道:"很难说。这当然有可能让他受到惊吓;另一方面,我也知道一些病例,这样做反而会对病人起到一种奇妙的镇静作用;我甚至知道它还能产生一种积极的鼓励作用。当然这对亲属通常也是一种极大的安慰。其实我认为此事应当由布莱兹赫德勋爵自己决定。请注意,眼下没有必要焦急。马奇梅因勋爵今天非常虚弱；明天他可能又会强壮起来。再等一等不是很正常吗？"

"唔，他没有多少帮助。"我们离开他以后，我对朱莉亚说。

"帮助？我实在不明白，你为什么这样执意不让我父亲做临终圣事。"

"这里面尽是巫术和虚伪的做派。"

"是吗？不管怎么说，它已经进行了将近两千年。我不明白你为什么现在突然发起脾气来。"她提高了声调——最近几个月她动辄发怒。"看在基督的分上，你可以给《泰晤士报》写稿；去海德公园发表演说；发起一场'抵制罗马天主教'的闹剧，但你别拿这事来烦我。我父亲是否见他教区的神父，这跟你我有何相干？"

我知道朱莉亚的这种激烈的情绪，正是她那次在月光下喷泉旁陡然失控的情绪，并且隐约揣度其来源；我知道这种情绪无法靠语言平息；我也无法再说什么，因为对于她的问题我还没有想出答案；我意识到不止一人的命运有待裁决，意识到高坡上的积雪正在开始下滑。

翌日早晨我和布莱兹赫德一起吃早餐，同桌还有那位刚下夜班的护士。

"他今天精神好多了。"她说，"他熟睡了将近三小时。加斯顿来给他修面的时候，他的话还挺多的。"

"好的。"布莱兹赫德说，"考德莉亚去做弥撒了。她要把麦凯神父接到这里吃早饭。"

我曾经见过麦凯神父几次，他是个矮壮而和蔼的中年格拉斯哥-爱尔兰人，每回见面总爱问我这类问题："你现在是否认为，赖德先生，画家提香[1]比画家拉斐尔的确更富于艺术性呢？"更令我难堪的，是想起我的回答后再问："赖德先生，回到我上次有幸见到你时你说

---

[1] 提香（1488—1576），意大利文艺复兴时期威尼斯画家，擅长肖像画、宗教画和神话题材画，作品有《乌尔宾诺的维纳斯》《圣母升天》等。

过的一番话，不知道现在这样说是否正确，画家提香……"通常以这样的见解结束谈话："啊，一个人有你这样的才智，赖德先生，又有时间尽情发挥这些才智，该是一笔多大的本钱。"考德莉亚善于模仿他的腔调。

这天早晨，他吃完一顿丰盛的早餐，浏览了一下报纸的大标题，继而以一种职业性的活泼口吻说道："嗯，此刻，布莱兹赫德勋爵，那个可怜人愿意见我吗，依你看？"

布莱兹赫德把他领到屋外；考德莉亚尾随他们而去，把我独自撇在早餐桌旁。不出一分钟，我听到三个人在门外的说话声。

"……只能抱歉了。"

"可怜的人。请注意，这是要见一张陌生的面孔；请相信我，这是——一个意想不到的陌生人。我很理解这一点。"

"……神父，对不起……大老远的把您接来……"

"千万别往心里去，考德莉亚小姐。嗨，我在戈鲍尔家还挨过瓶子砸呢……要给他时间。我以前见到过几个情况更糟的病人，反而死得更体面。为他祈祷吧……我以后再来……现在只要你们不见怪，我就去看看霍金斯太太。不错，的确，我认得路。"

考德莉亚和布莱兹赫德随后走进屋来。

"我猜他这次去没有成功。"

"没有成功。考德莉亚，等麦凯神父从奶奶那儿下来，你把他送回去好吗？我马上给贝里尔打电话，看看她要我什么时候回去。"

"布莱德，太糟糕了。我们该怎么办呢？"

"眼下凡是我们能做的全都做了。"他走出了房间。

考德莉亚面色阴沉，她从盘里叉起一片熏咸肉，蘸了蘸芥末吃起来。"该死的布莱德，"她说，"我知道行不通。"

"发生了什么事？"

"你想知道吗？我们排成一行走进去。卡拉正在给爸爸读报纸。布莱德说，'我把麦凯神父请来见你。'爸爸说，'麦凯神父，恐怕你被带到这里是由于一个误会。我还没有临终,况且我已有二十五年不参加你们教会的活动了。布莱兹赫德,把麦凯神父领出去吧。'于是我们全都转身走了出来,我听见卡拉又开始给爸爸念起报纸,这些,查尔斯,就这些了。"

我把消息带给朱莉亚,她躺在床上,身边的床头柜上凌乱地堆放着许多报纸和信函。"巫师走了。"我说,"那个巫师已经走了。"

"可怜的爸爸。"

"这下可是叫布莱德脸面丢尽了。"

我感到胜利了。我是正确的,其他人全都错了,真理占了上风;从那晚我在喷泉边至今始终感到的我和朱莉亚面临的威胁,已经避免了,甚或永远消除了;还有一个——我现在不妨坦言——另一个没有表达、难以言传、见不得人的小小胜利,我当时正在偷偷地为之庆幸。我估计这天早晨发生的事情,已经使布莱兹赫德进一步远离了他的合法继承权。

这一点我猜对了。伦敦的律师们委派了一位代表,一两天后他来了,全家上下随即都知道,马奇梅因勋爵已经立下一份新的遗嘱。然而我以为宗教争端已经平息,却实在是想错了;它在布莱兹赫德待的最后一夜的晚餐后又爆发了。

"……爸爸说的是,'我还没有临终,我已有二十五年不参加教会的活动了。'"

"不是'教会',而是'你们的教会'[1]。"

"我看这没有什么区别。"

"大有区别。"

"布莱德,他的意思很明显。"

"我认为他说这话是当真的。他的意思是,他一直不习惯经常接受各种圣礼,由于他此刻还没到临终,他不想改变自己的习惯。"

---

[1] 此句前一处教会指英国的国教教会,而"你们的教会"则指天主教教会。

"这简直是诡辩。"

"一个人想要准确表达自己的意见时，为什么别人总觉得他是在诡辩呢？他明确表示他不愿在这天见一位神父，但在他'临终'时就愿意了。"

"但愿有人能够向我解释，"我说，"这些圣礼的意义究竟何在。你的意思是不是说，如果他孤独地死去就得下地狱，只要一位神父往他身上涂了油——"

"哦，那可不是涂油，"考德莉亚说，"那是在帮他解脱罪孽。"

"越发离奇了——罢了，不管教士做了什么——过后他就升入天堂。你们相信的就是这个吧？"

卡拉这时插话道："我想我的奶妈告诉过我，反正别人也说过，只要神父在尸体还没冷之前到场，那就好了。就是这样，对不对？"

其他人都开始攻击她。

"不对，卡拉，不是这样。"

"当然不对。"

"你完全理解错了，卡拉。"

"喏，我记得阿尔方斯·德·加涅特去世时，加涅特夫人让一位神父躲在门外——他一看到神父就受不了——在尸体没冷之前领他进去了。她亲口对我说，他们要给他做一场完整的安魂弥撒，我也参加了。"

"举行一场安魂弥撒，并不意味着你必然升入天堂。"

"加涅特夫人认为必然如此。"

"哦，她想错了。"

"你们这些天主教徒有哪一位知道，你们觉得这位神父能做什么好事？"我问道，"你们如此安排，只是为了让自己的父亲能有一场基督教的葬礼吗？你们想让他免下地狱吗？我倒很愿意领教。"

布莱兹赫德对我大致讲了一番，话刚说完，卡拉便多少破坏了

333

天主教阵线的联盟，其实她只是带着简单的疑问说了句："这些我可从没听说过。"

"让我们把这点弄明白，"我说，"他必须做一件符合自己意愿的事；他必须表示悔罪，希望得到宽恕，对不对？可是只有上帝才知道他是否实施了符合自己意愿的行为；神父说不清楚，如果没有神父在场，他单独依照自己的意愿行事，那就等于有一位神父在场。一个人的意愿很可能依然在起作用，尽管他的身体过于虚弱，无法借助任何外在的姿势表达这种意愿，对不对？他也许躺着，似乎正在等待死亡，但一直在运用意志的力量，同时得到宽恕，这些上帝是理解的，对不对？"

"多少是这样。"布莱兹赫德说。

"罢了，看在老天爷面上，"我说，"神父有什么用呢？"

大家一时无语，朱莉亚叹了口气，布莱兹赫德吸了口气，仿佛在论辩中即将出现更多的分歧。沉默中卡拉说道："我只知道，请神父的事我会慎之又慎。"

"上帝保佑你，"考德莉亚说，"我认为这是最好的回答。"

我们出于各自不同的原因放弃了争论，认为这场争论没有得出任何结论。

稍后朱莉亚说："我希望你不要再挑起这些宗教争论。"

"不是我挑起的。"

"你没有说服任何人，你也没有真正说服自己。"

"我只想知道这些人到底相信什么。他们都说那是合乎逻辑的。"

"假使你让布莱兹赫德把话说完，他就会把事情说得完全合乎逻辑。"

"你们一共四个人。"我说，"卡拉对此事一点也不了解，她可能相信，也可能不信；你略知一二，连一个字也不信；考德莉亚也只懂一点，她是狂热地相信；只有可怜的布莱德懂得，并且相信，可我觉得他在解释的关键时刻却出了洋相。人们常说，'至少天主教徒知道他们相信的是什么。'今晚我们进行了一番典型的实例分析。"

"哦，查尔斯，别夸夸其谈了。我快要认为你自己也越来越怀疑了。"

几星期过去了，马奇梅因勋爵依然活着。6月，我的离婚判决最终生效，我的前妻第二次结婚。朱莉亚将于9月获得自由。我们的婚期越是临近，我注意到，朱莉亚就越发期盼地说起结婚的事；战争也越来越临近了——我俩谁都不怀疑这一点——但是朱莉亚那温和而淡漠、有时似乎显得极度狂热的渴望，并非源于她自身以外任何难以预料的事物；当她仿佛在竭力挣脱她对我的爱恋造成的种种束缚，犹如一头笼中困兽，这种狂热的渴望骤然冷却，成为一阵阵短暂发泄的仇恨。我被召唤到战争部，经过面谈后列入应急人员名册；考德莉亚也被列入另一份名册。名册再度成为我们生活的一部分，恰似我们在学校时一样。一切都是在应对迫在眉睫的"紧急情况"。在那间黑咕隆咚的办公室里，没人会提到"战争"这个词，这是绝对的禁忌。一旦出现"紧急情况"，一定会征召我们——不是遭遇了冲突，一种人类意志的行为；压根不像报复或惩罚一样清楚而简单；一种紧急情况；一种露出海面的东西，一个看不见脸、拼命甩着尾巴、倏地从深水中窜出来的畸形怪兽。

马奇梅因勋爵对他卧室以外的事件没有什么兴趣；我们每天给他送来报纸，试着读给他听，可是他的脑袋在枕头上扭过来，眼睛随着周围错综复杂的陈设而转动。"还要继续往下念吗？""请接着往下念吧，只要你不觉得腻烦。"但他并不在听；偶尔听到一个熟悉的名字，他就嘀咕道："欧文……我认识他——一个平庸的家伙。"间或没头没脑地发一句议论，"捷克人天生就是优秀的马车夫，仅此而已"；然而他的头脑早已远离世事——他的头脑还灵，仍在活动，集中思考他自己的事情——除了孤独地挣扎着苟活于世,他再也无力进行其他任何抗争了。

我对那位每天都和我们待在一起的医生说:"他有一种了不起的求生意志,是不是?"

"你想这样解释他的状况?我宁可说是一种对死亡的极大恐惧。"

"两者有区别吗?"

"噢,亲爱的,有区别。他从自己的恐惧中没有获得任何力量,知道吧。恐惧正在令他疲惫不堪。"

除了死亡以外,他最畏惧的是黑暗和孤独,大概由于二者都很像死亡的缘故。他情愿让我们待在他的房间里,让一盏灯在那些镀金塑像中间彻夜亮着;他不希望我们多说话,可他倒是兀自说个不停,只是声音太轻,我们常常听不清他说的是什么。他之所以说话,我想,是因为他只有自己的声音可以依赖,他在说话时确信自己仍然活着;他的话不是说给我们或者其他任何人听的,而是说给自己听的。

"今天好些了,今天好些了。我现在能够瞧见,在壁炉的那个角落里,那位清朝大臣手持金铃铛,他脚下的那棵歪脖子树鲜花盛开,昨天我脑瓜糊涂,把那座小宝塔当成了另一个人。很快我就会看到那座桥和三只鹳,知道那条路在哪儿通上山。

"明天更好些。我们住在家里的时间很长,结婚晚了。七十三岁的年龄不算太大。朱莉亚奶奶,我父亲的姑妈,活到八十八岁,生在这里,死在这里,终生未婚,在灯塔山上见过特拉法加战役[1]的炮火,总是管它叫作'新房子',这是他们在育婴室和战场上给它起的名字,不识字的人记得很久以前的事。你们可以看到乡村教堂附近那座旧房子的原址,他们管那片田叫'城堡山',霍利克的地,高低不平,一

---

1 特拉法加角位于西班牙南部,1805年英国海军将领纳尔逊在此击败法-西联合舰队。

半荒芜，低洼处长满了茂密的荨麻和荆棘，实在太深了，没法耕种。他们一直挖到墙基，把下面的石块运去建新房子，朱莉亚奶奶出生时已有一百年的那座房子。这些就是我们的根，在城堡山荒芜洼地的荆棘和荨麻丛中；在没有教会唱诗班的那座老教堂和附属小教堂的一座座墓穴中。

"朱莉亚奶奶知道这些墓穴，知道跷着二郎腿的骑士，穿着紧身背心的伯爵，貌似罗马参议员的侯爵，石灰石，雪花石膏，还有意大利的大理石；用她的乌檀木手杖轻轻叩击饰有纹章的盾牌，用手杖敲响老罗杰爵士塑像上的头盔。当时我们家是骑士，阿金考特战役[1]之后成了男爵，在乔治王朝获得一些更大的荣誉。它们到得最晚，也将去得最早；男爵爵位世代沿袭，你们都死了以后，他们将给朱莉亚的儿子取他那些出生在富裕年代之前的祖辈的名字；剪羊毛和拓宽谷地的年代，种植和造房的年代，沼泽地疏干了，荒芜的土地开垦出来，那时候谁建了房子，他的儿子增建一个穹顶，儿子的儿子再添加两侧的厢房，在河上筑一道堤坎。朱莉亚奶奶瞅着他们搭建那座喷泉，喷泉的建材运来以前已经很古老了，在那不勒斯的烈日下曝晒了二百年，在纳尔逊时代用军舰运过来。不久这个喷泉就会干涸，直到里面充满雨水，使池中的落叶飘浮起来；湖面上的芦苇会扩散开来，然后再聚拢。今天好些了。

"今天好些了。我一向起居有度，不让自己吹到冷风，吃的是适量的应时菜肴，喝的是优质波尔多红葡萄酒，睡的是我自己的被单。我还能活很久。我五十岁那年，他们收掉我们的坐骑，把我们送上前线。年纪大的留在基地上，这是命令，可是瓦尔特·维纳布尔斯，我的顶头上司，也是我的近邻，却说：'你的身体和他们当中最年轻的人一样棒，亚历克斯。'我当时身体很棒；我现在还是很棒，只要我还能呼吸。

---

[1] 英法百年战争中的一场重要战役，1415年英王亨利五世于法国北部阿金考特村重创兵力数倍于己的法军。

"没有空气,丝绒顶篷下没有风吹动。夏天来临的时候,"马奇梅因勋爵说,他已经忘了长势茂盛的谷物和日渐饱满的果实,忘了摄食过饱的蜜蜂正在他窗外的午后骄阳下懒洋洋地觅巢,"夏天来临的时候,我就会下床,坐在户外的空气中,更加畅快地呼吸了。

"谁能想象到,所有那些小金人儿,他们在自己的国家里都是些有身份的人,不呼吸也能活这么长的时间?就像煤里的癞蛤蟆,蹲在很深的矿井下面,不受打扰。天晓得,他们为什么给我掘了一个洞?难道一个人就得在自己的地窖里活活憋死吗?普兰德,加斯顿,快把窗户打开。"

"窗户全都敞开着,爵爷。"

一只氧气罐搬到他床头,上面接了一根长长的软管,配有一具面罩,还有一个他自己可以调节的小活塞。他总是说:"里面空了,快瞧瞧,护士,没有一点气出来。"

"不是的,马奇梅因勋爵,里面满满的,玻璃球里的这个气泡表明了这一点;它的压力很足,听听,你没听见它在嘶嘶作响吗?试着放慢呼吸,马奇梅因勋爵,完全放松,那样你就觉得舒服了。"

"像空气一样自由,这是他们说的话——'像空气一样自由。'现在他们让我呼吸一只铁罐里的空气。"

有一次他说:"考德莉亚,那个小教堂怎么样了?"

"他们把它关闭了,爸爸,是在妈妈去世以后。"

"那座小教堂是她的,是我送给她的。我们一向是我们家族中的建设者。我为她建了这座小教堂,建在凉亭的背阴处;是用旧围墙后面的旧石料重建的;这是新房子最后扩建的一部分,也是最先消失的部分。那里原先还有一位牧师,直到战争爆发。你还记得他吗?"

"我当时太小了。"

"然后我走了——留下她在小教堂里祈祷。小教堂是她的,这是她的地方。我从没回来打搅她祈祷。他们说我们是在争取自由,我获得了自己的胜利。这是罪过吗？"

"我想是的，爸爸。"

"在向上苍高喊复仇吗？是不是为了这个原因，你想想，他们把我关在这个洞穴里，用一根黑管子输进空气，墙边排着那些小黄人，他们不呼吸也照常活着。你是这样想的吗，孩子？不过风很快就会来了，兴许是明天吧，到时候我们又可以呼吸了。恶风刮起，于我有益。明天会好些。"

就这样，直到七月中旬，马奇梅因勋爵气息奄奄地躺着，为了挣扎着活下去完全累垮了身体。后来，他们根据常理预计不会发生突变，于是考德莉亚前去伦敦她的那个妇女组织，打探即将出现的"紧急情况"。孰料这一天马奇梅因勋爵的病情陡然加重。他静静地躺着，悄无声息，费力地喘着气；只有他那双睁开的眼睛，时不时地扫视屋子四周，表明他尚有意识。

"是不是到了尽头？"朱莉亚问道。

"这可没法说，"医生答道，"他咽气的时候，很可能就是这样。他也可能从这阵发作中缓过来。关键是千万别打搅他。任何一点点惊扰都将是致命的。"

"我去找麦凯神父。"她说。

我并不感到惊讶，我看出她整个夏天都有这个心事。她走后我对医生说："我们必须停止这种荒唐的做法。"

他说："我的责任是治疗病体。我的责任不是跟你辩论一个人是活着还是死了好，或者人死了以后会怎样。我只是设法让人活着。"

"你刚才说任何一点惊扰足以让他毙命。对于一个怕死的人来说，比如说像他这样怕死，将一位神父带到他面前——一位他在有精力时赶走的神父——还有什么比这更糟的事吗？"

"我想这可能会让他毙命。"

"那你会加以制止吗？"

"我无权制止任何事情。我只能提供自己的见解。"

"卡拉,你是怎么想的?"

"我不想让他难受,这是现在唯一的希望,希望他毫无知觉地去世。但我仍然情愿这儿有一位神父。"

"你可不可以尽量劝说朱莉亚别让神父进来——一直等到最终?那以后他就不会造成危害了。"

"我会请求他让亚历克斯愉快些,是的。"

过了半小时,朱莉亚和麦凯神父回来了。我们全都在图书室里见面。

"我已经发电报让布莱德和考德莉亚来了。"我说,"我希望你们同意,一切等他们到了以后再说。"

"他们要是在这儿就好了。"朱莉亚说。

"你可不能独自承担责任,"我说,"其他人都反对你。格兰特医生,把你刚才告诉我的话说给她听。"

"我刚才说,如果他看见神父而受到惊吓,有可能当即毙命;如果不受到惊吓,这次发作他兴许能挺过去。作为他的医生,我必须反对你们做任何惊扰他的事情。"

"卡拉?"

"朱莉亚,亲爱的,我知道你是想把事情尽量办好,可是,你知道,亚历克斯并不是一个信教的人;他一贯嘲讽宗教。我们不应该趁着他现在虚弱的机会,安慰我们自己的良心。如果麦凯神父等到他没有了知觉再来到他身边,就能以妥善的方式将他安葬,是这样吗,神父?"

"我去看看他现在的情况。"医生说着,离开了我们。

"麦凯神父,"我说,"你知道你上次来马奇梅因勋爵是怎么对待你的,你认为他现在可能改变吗?"

"感谢上帝,承蒙天恩,有可能改变。"

"也许,"卡拉说,"你可以在他熟睡之时悄悄走进去,对着他念赦罪文；他绝不会知道。"

"我见过许多男人女人去世，"神父说，"我从没见过谁弥留之际因为我在场而感到难受。"

"他们可是天主教徒；马奇梅因勋爵从来都不是天主教徒，除了名义上以外——至少有许多年不是了。他嘲讽天主教，卡拉是这么说的。"

"基督不是来召唤正直善良的人，而是召唤罪人忏悔。"

医生回来了。"没有什么变化。"他说。

"听着，医生，"神父说，"我怎么可能惊扰谁呢？"他将他那张和蔼单纯而又淡漠的面孔先是转向医生，继而转向我们其他人。"你知道我想做什么吗？一件很小的事情，不用任何排场。我没有穿专门的服装，你们知道。我就像现在这样去。他知道我现在的这身打扮，不会造成任何惊恐。我只打算问他是否为自己的罪孽而懊悔。我只想让他稍微做出一点同意的表示；我希望他，无论如何，别拒绝我；而且我想祈求上帝宽恕他。然后，虽非绝对必要，我希望为他举行敷擦圣油仪式。这没有什么，用手指触碰一下，只是从这小盒里蘸一点油，看，对他没有任何伤害。"

"哦，朱莉亚，"卡拉说，"我们应该说什么呢？我去跟他说吧。"

她去中式客厅；我们默默地候着。我和朱莉亚之间隔着一道不可逾越的障碍。不一会儿卡拉回来了。

"我觉得他并没有听见。"她说，"我认为我知道该怎样对他说。我说：'亚历克斯，你该记得从梅尔斯台德来的那位神父吧。上回他来瞧你时，你可真固执。如今他又来了。我希望你为了我见他一面，交个朋友。'但他没有回答。如果他没有意识，让他见神父他也不会难受了，是不是，医生？"

此前一直默默站着不动的朱莉亚，忽然挪动了脚步。

"感谢你的忠告，医生。"她说，"无论发生什么情况，我都承担全部责任。麦凯神父，现在请你来见我父亲吧。"她没看我一眼，兀自领着神父朝门口走去。

我们全都跟了过去。马奇梅因勋爵还像我早晨看到他时那样躺着，只是此刻两眼紧闭；他的双手搁在被单上面，掌心朝上。那位护士正用手指给他的一只手搭脉。"请进，"她朗声说道，"你们现在不会打扰他啦。"

"你是说……"

"不，不，但他什么也不会注意到了。"

护士把输氧装置贴近他的脸，屋里只听见床边氧气逸出的咝咝声。

神父俯身瞅着马奇梅因勋爵，为他祈祷。朱莉亚和卡拉在床脚边跪下来。医生护士和我站在他们身后。

"现在，"神父说道，"我知道你为一生中的所有罪孽悔恨不已，是不是？如果能够，请示意一下。你深感悔恨，是不是？"可是病人没有做出任何表示。"努力回忆你的种种罪孽；告诉上帝你感到悔恨。我即将为你举行忏悔仪式。在我举行仪式的同时，告诉上帝你为冒犯他而悔恨。"他开始用拉丁文念叨着。我听出他的话，"我以天父的名义宣告你无罪……"看到神父画十字，我随即也跪下来，心里暗自祷告："哦，上帝，如果真有上帝，饶恕他的罪孽，如果天底下真有什么罪孽的话。"躺在床上的人睁开眼睛，发出一声叹息，那种我以前认为是人们临死时发出的叹息，然而他睁开了眼，于是我们知道他依然活着。

我蓦然感到一阵想要表示什么的渴望，即使只是出于礼貌，即使只是为了我爱恋的那个女人。她跪在我前面祈祷，我知道她祈求的正是一种表示；她祈求的似乎是如此之小的一件事，坦承自己收到了一份礼物，在人群里点点头。我的祷辞更简单："上帝宽恕他的罪孽吧。""上帝啊，请你让他接受你的宽恕。"

祈求如此无关紧要的一件事。

神父从口袋里掏出那只小银盒，又用拉丁文念叨着，同时用一团蘸了油的软布碰了碰濒死者；他做完自己分内的事，收起小银盒，最后一次祈神赐福。马奇梅因勋爵倏地将一只手抬向自己的额头，我以为他已经觉察到额上的圣油，正要将其拭去。"哦，上帝，"我暗自祷告，"可别让他这样做。"其实没有必要担心，那只手缓缓地挪到胸口，又移到肩头，划了个十字符号。我随即明白，我所请求的那种表示并非小事一桩，不是随意的点头招呼，这时我想起儿时的一句话，圣殿的帷幔从上到下被撕开[1]。

事情结束了。护士回到氧气瓶旁；医生俯身察看病人；朱莉亚对我悄声耳语道："你送麦凯神父出门好吗？我想在这里待一会儿。"

刚刚走到门外，麦凯神父复又成为我以前认识的那个纯朴和善的人。"喏，你瞧，这是一件看起来很美的事情。我以前一次次见到它这样发生。魔鬼抗拒到最后一刻，而天恩的影响之大，远非他们能及。我看你不是一位天主教徒，赖德先生，可是你至少会为女士们得到宽慰而高兴。"

我们在外等候司机的时候，我忽然想起麦凯神父应该为履行圣职得到报酬。我尴尬地向他提及此事。"噢，别往心里去，赖德先生。不必客气，"他说，"不过无论你愿意馈赠什么，在我这样的教区都派得上用场。"我发现钱包里还有三镑，便悉数给了他。"嗬，你真是太慷慨了。上帝保佑你，赖德先生。我还会来的，不过我认为那个可怜的人在世上活不了多久啦。"

朱莉亚始终待在中式客厅里，直到当天傍晚五点钟父亲逝世，证实神父和医生双方在那场争执中都是正确的。

行笔至此，再录下我和朱莉亚最后一次谈话的片断，权当最后的回忆。

父亲去世后，朱莉亚在他的遗体旁待了几分钟。护士来到隔壁

---

1 指耶稣死的情景。典出《新约·马太福音》27:50："耶稣又大声喊叫，气就断了。忽然殿里的幔子，从上到下裂为两半……"

房间宣布消息，门打开时我瞥见了朱莉亚，她跪在床边，卡拉坐在她身旁。稍后两个女人一道走出来，朱莉亚对我说："现在不是时候，我送卡拉上楼去她的房间，以后再说。"

她还待在楼上的时候，布莱兹赫德和考德莉亚从伦敦赶回来了；我俩终于单独见面的时候，行动相当诡秘，好似一对年轻的恋人。

朱莉亚说："就在这个阴暗的地方，在楼梯拐角——用一分钟道别。"

"经过这么久，为了说这一句话。"

"你知道啦？"

"从今天早晨开始；从今晨以前开始；今年整整一年。"

"我到今天才知道。哦，亲爱的，但愿你能够理解，这样我才能忍受别离，或者说更好地忍受别离。我得说我的心已经碎了，如果我相信心可能碎的话。我不能嫁给你，查尔斯，我再也不能和你在一起了。"

"我知道。"

"你怎么可能知道？"

"你以后怎么办？"

"就这样继续下去——独自一人。我怎能知道今后该怎么办呢？你完全了解我，你知道我这个人不会凄凄惨惨地度日。我一向很坏，我很可能今后还会很坏，还会遭到惩罚。可是我越坏，就越需要上帝，我不能把上帝的慈悲排斥在外。我的话就是这个意思：开始一种有你而没有他的生活。一个人只能指望前面一步。但是我今天看到一桩不可饶恕的事——就像在教室里闯的祸，恶劣到无法惩罚的地步，只有妈妈才能处理——我正要做的那件坏事，不过我还没有坏到非干不可的程度；要干一件堪与上帝的善行媲美的好事。为什么必须允许我理解这一点，而没有让你理解呢，查尔斯？大概是因为妈妈、奶奶、考德莉亚、塞巴斯蒂安——也许还有布莱兹赫德和穆斯普拉特夫人——一直在为我祈祷；抑或这是我与上帝之间的一桩私下交易，只要我放弃我特别盼望的这一件事,纵使我有多坏,上帝到头来都不会对我完全绝望。

"现在我俩都要单独生活了,我再也没有办法让你理解了。"

"我不希望你为此感到轻松一些,"我说,"我希望你的心有可能碎。可是我的确理解。"

积雪陡然崩塌,将整道山坡扫得光溜溜的;最后的回声消失在那些白雪皑皑的山坡上;这个新的土丘闪闪发亮,静卧在沉寂的山谷里。

## 尾声：重归布莱兹赫德

"我们至今到过的最糟糕的地方，"指挥官说，"没有卫生设备，没有生活设施，旅部就驻扎在我们的上头。弗莱特·圣玛丽有一家酒吧，能容纳大约二十人——那地方，当然啰，是不准军官进去的；营地有一家小卖部。我希望每周去梅尔斯台德·卡伯里运输一趟物品。马奇梅因府离这里有十英里，等你到了那儿，什么也指望不上。因此连级军官们的当务之急，是为本连的士兵们组织娱乐活动。军医官，我希望你实地察看那几个湖，以确定湖里是否适合人们洗澡。"

"是，长官。"

"旅部指望我们把楼房给他们打扫干净。我本来以为，我瞧见的那些胡子拉碴、啥也不干、在指挥部附近到处游荡的家伙，有可能免除咱们这桩麻烦事。罢了……赖德，你去组织一支五十人的杂役队，十点四十五分去那栋楼房向营地军需主任报到，他会向你们交代我们接手了哪些任务。"

"遵命，长官。"

"我们的前任好像气魄不是很大。这个山谷极有潜力用作突袭训练场和迫击炮试射场。武器训练官，今天上午去侦察一番，在旅部到达之前拟好一份方案。"

"遵命，长官。"

"我要亲自和副官去勘察训练地区。哪位碰巧了解这个地方？"

我没有说话。

"那就这样，开始干吧。"

"美妙的旧宅，如果从合适的角度来看，"营地军需主任说，"可惜损毁得太严重了。"

他是一位上了年岁、退役后又被重新任命的陆军中校，从几十英里之外调来这里。我们在大门前的空地上见面，此前我率领着半连集合起来的士兵在此待命。"请进。我带你大概看一下。这地方很大，房间也多，不过我们只征用了一楼和五六间卧室。楼上其余的所有地方都属于私人住宅，大部分都塞满了家具。那些东西你绝对没有见过，有些可是无价之宝。

"楼顶层住着一个看门人和两个仆人——他们不会给你造成任何麻烦——还有一个患有空袭后遗症的红十字会随军牧师，朱莉亚小姐给了他一间屋子——一个整天惶恐不安的老家伙，不过不碍事。他已经开放了那个小教堂，那地方准许军人进去，使用它的人也同样多得惊人。

"这地方的主人是朱莉亚·弗莱特小姐，眼下她以此自称。她后来嫁给了莫特拉姆，不知是什么部的部长。她如今在国外效力于某个妇女服务机构，我尽力替她照管这些物品。奇怪得很，老侯爵把所有的东西都留给了她——对几个儿子太绝情了。

"现在这是最后一处安顿文职人员的地方了，面积很大，不管怎么说。你瞧，我已经让人用木板遮住墙壁和壁炉了，下面都是很有价值的古老艺术作品。喂，好像有人一直在这儿任意糟蹋东西，一帮搞破坏的乞丐，一帮当兵的！幸亏我们及时发现，否则你们这些人就会受到指控。

"这是另一个大房间，过去里面尽是丝绒挂毯。我建议你将它用作会议室。"

"我只是来这儿清理场地的,长官。旅部会有人来分配房间。"

"噢,呃,你可是捞了一件轻松活。上一批来的人真不错。只是他们不该把壁炉弄成这样。他们是怎么弄的?看上去挺结实的,不知道能不能修好?

"我估计旅长会把这间屋子当成他的办公室;上一位长官就是这样做的。屋里有许多画没法搬走,都是画在墙上的。你也看到了,我已经尽可能把墙全都覆盖了,可是当兵的什么都干得出来——就像旅长在角落里干的那样。还有一间绘了图的屋子,在外面廊柱下——现代作品,如果要我说,是这里最好的作品。那是他们的通讯部,被他们弄得乱糟糟的,真丢人。

"这个丑陋的房间原先被他们当作食堂来用,所以我没有把它的墙遮住;即使遭到损害,也不会有太大的关系;它总是让我想起一家豪华的拍卖行,你知道——'日式房间'……这是休息室……"

我们没费多少时间,便将这些发出回音的房间巡视了一遍。随后我们来到外面的露台上。

"这些是其他军官的厕所和盥洗间。想不通他们为什么偏要把厕所建在这里,我接手此项工作之前就已经是这样了。这里和前边原先是完全隔断的。我们修了那条林中小路,和前面的大路连接起来,有些难看但很实用——来来去去的运输车辆多极了,也把这个地方糟蹋得不像样子。你瞧,不知哪个冒失鬼正好从黄杨树篱中间穿过去,撞倒了整排栏杆,还是一辆三吨卡车撞的,你可能以为他驾驶的至少是一辆丘吉尔坦克。

"那座喷泉是我们女主人的一个伤感话题。每到款待宾客的夜晚,年轻的军官们便在里面纵情嬉闹,如今显得有点破损不堪,于是我用铁丝网把它围起来,并且关掉了水源。现在它稍显脏乱,司机们都把烟蒂和吃剩的三明治扔到里面,你们无法进去打扫,因为四周围起了铁丝网。浮华而庞大的东西,是不是……

"嗯,如果你什么都看过了,那我就走了。祝你今天好运。"

他的司机把一支烟扔进喷泉干涸的水池里,行了一个军礼,打开车门。我向他敬了礼,之后汽车载着这位军需主任驶去,穿过橙树林中那个碎石铺地的豁口。

"胡珀,"我在看到手下人开始干活时说,"你看我能不能放心让你管这帮人半小时?"

"我刚才在寻思,我们在什么地方能够搞到一些茶。"

"看在基督的面上,"我说,"他们才刚刚开始动手。"

"他们全都厌恶透了。"

"别让他们松劲。"

"好咧噢。"

我在废弃已久的一楼没待多久便上了二楼,在熟悉的走廊上独自徘徊,试着去推那些上了锁的门,接连打开几扇没锁的门走进去,只见屋里的家具一直堆到天花板。最后我见到一个年老的女仆,她手里端着一杯茶。"哎呀,"她说道,"这不是赖德先生吗?"

"正是。我正寻思什么时候能碰见一个熟人呢。"

"霍金斯太太正在上面她自个儿的老屋里。我给她端杯茶去。"

"我替你拿吧。"我说着,穿过几扇挂着粗呢门帘的门,走上未铺地毯的楼梯,来到育婴室。

直到我开口说话,霍金斯奶奶才认出我来,我的到来使她有些窘迫;我在火炉边挨着她坐了一阵,她才恢复了以往的那种平静。她在我认识她的那些年没有什么变化,近来可是老了许多。近些年的种种变故毕竟发生在她即将逝去的人生岁月,因而难以被她接受并理解。她的眼力已经不济了,她告诉我说,只能凑合着做点最粗糙的针线活。她的谈吐,由于多年和缓的交谈变得有些放肆,眼下又恢复了原先那种温柔的农民腔调。

"……只有我自己还在这儿,加上两个姑娘,可怜的蒙布灵神父,他惨遭轰炸,头上的房顶和屋里的家具都没了,后来朱莉亚发善心把他带到这儿来住,他的神经受到一些刺激……还有布莱兹赫德夫人,现在是马奇梅因夫人,照理我该尊称她勋爵夫人,可是我这么叫她很不顺口,她听着也很别扭。起先,朱莉亚和考德莉亚外出参战以后,她带着两个男孩来到这儿,后来军队把他们赶走了,他们就去了伦敦,他们在家里待了不到一个月,布莱德跟义勇骑兵队走了,就像可怜的爵爷一样,他们也遭到了轰炸,所有的东西都没了,所有那些她搬到这里、存放在马车房里的家具。后来她在伦敦郊区又搞到一座房子,又被部队征用了,她如今住在,我最近听说,海边的一家旅馆里,那总归跟你自己的家不一样,是不是?那看上去就不合适。

"……你昨晚听莫特拉姆先生的讲话了吗?他把希特勒狠狠骂了一通。我对侍候我的女仆艾菲说:'如果希特勒在听他讲话,如果希特勒懂英语,准会觉得自己是卑鄙小人。'谁能想到莫特拉姆先生讲得这么好呢?还有他的许多朋友也很棒,过去在这儿住过的?我对威尔考克斯先生说,他每月两次定期从梅尔斯台德坐公交车来看我,人可真好,我对此很感激,我说,'没想到我们招待的是一帮天使。'因为威尔考克斯先生从不喜欢莫特拉姆先生的那些朋友,我从没见过他们,只是听你们大伙儿说起,朱莉亚也不喜欢他们,不过他们干得太漂亮了,不是吗?"

临了我问她:"朱莉亚给你来过信吗?"

"考德莉亚来过信,就在上星期,她俩一直都在一起,如今仍然在一起,朱莉亚在信纸最下面附了一句问候我的话。她俩都挺好,只是不能说她们待在什么地方,可是蒙布灵神父说,根据信里那些话的意思,她们是在巴勒斯坦,布莱德的义勇骑兵队也在那里,这对她俩可是再好不过。考德莉亚说,她们一心盼着战争结束后早点回家,我相信我们大伙都在盼着她们回家呢,只是我能不能活着看到那一天,可就是另一回事了。"

我陪着她待了半小时,离开时答应常回来看她。我走到走廊那边,没有发现任何干活的迹象,只见胡珀露出满脸愧色。

"他们得去拉垫床的草,布洛克中士跟我说了我才知道。我不知道他们是不是快回来了。"

"不知道？你是怎么下达命令的？"

"嗯，我吩咐布洛克中士把他们带回来，如果他认为值得的话，我是说如果午餐前有时间的话。"

此时将近中午十二点。"你又头脑发热了，胡珀。那些草嘛，今晚六点以前什么时间都可以去拉。"

"哦上帝，对不起，赖德。布洛克中士——"

"都怨我自己走开……午餐后迅速归队，把他们带到这儿来，让他们在这儿把活干完了再走。"

"好咧噢。嗯，你不是说你以前知道这个地方吗？"

"知道，非常熟悉。它是我的一位朋友的家。"我说出这些词，在我听来，觉得十分别扭，就像塞巴斯蒂安当年说话时一样，那时他说的不是"那是我的家"，而是"那是我家住的地方"。

"这好像没有什么意思——一个人家住在这么大的地方。有什么用呢？"

"嗯，我想旅长会发现它很有用的。"

"当年造这座房子，可不是为了这个用途，对吧？"

"不是，"我说道，"不是为了这个用途造的。兴许是出于建造本身的一种乐趣，就像生下一个儿子，想要知道他将怎样长大成人。我不知道，我从来都没建造过，我丧失了看着儿子成长的权利。我没有家，没有子女，人到中年，没有爱情，胡珀。"他瞧着我，看看我是不是说笑话，断定我真是在说笑话，便笑了起来。"现在回营房去吧，注意避开指挥官，如果他结束巡视回来的话，别向任何人透露我们一上午全都乱了套。"

"好咧噢，赖德。"

这座府邸还有一个我至今尚未涉足的地方，现在我去了那里。小教堂没有露出久未修葺的衰败景象；那幅新艺术绘画还像以往那样光鲜耀眼；那盏新艺术的灯两次在祭坛前亮起。我吟诵了一句祷

辞,一句现学的古老祷辞,转身离开那儿,朝营地走去,归途中听见前方响起炊事班的号声,我心里想道:

"建造者们不知道自己的建筑将落得怎样的用场,他们用古堡的石块建造了一座新楼房;年复一年,代复一代,他们不断装饰和扩建这座房子;年复一年,园林里茂盛的树木长大成材;直到寒霜骤然袭来,出现了胡珀时代,这地方满目萧疏,整个工程终结于无,寂无人烟的城就这样屹立在那里。虚空的虚空,一切皆为虚空[1]。

"可是,"我思索着,一边继续走向营地,号声停顿片刻之后再度响起,发出的信号是"快点——来领,快点——来领,热乎乎的土豆","可是这还不是最后的话,甚至还不是恰当的话;这是十年前一句过时的话。

"完全出乎建造者们意料的某种东西,已经从他们的建筑中产生,从我在其中扮演角色的一幕惨酷的小型悲剧中产生——某种当时我们谁也不曾想到的东西。一股小小的火焰——礼拜堂的铜箔大门前饰以凄惨图案的一盏铜箔灯重新点燃的火焰;一股被古老的骑士们从自己的坟墓里看到、又见其熄灭的火焰。这股火焰又为其他士兵们点燃,他们远离家庭,他们的心比亚克港[2]或耶路撒冷还要遥远。倘若不是建筑师和悲剧演员们的缘故,这股火焰是不会重新点燃的,而今天早晨我发现了它,在古老的石块中间重新燃起来。"

我加快了步子,来到那间我们用作休息室的屋子。

"你今天看起来特别愉快。"那位副指挥官说。

---

1 见《旧约·传道书》1:2:"传道者说,虚空的虚空,虚空的虚空。凡事都是虚空。"
2 以色列西部一海港。